Lassahn

Helga de Cuveland

Der Taufengel

Ein protestantisches Taufgerät des 18. Jahrhunderts
Entstehung und Bedeutung

Mit einem Katalog nordelbischer Taufengel

FRIEDRICH WITTIG VERLAG

Gedruckt mit Unterstützung
des Nordelbischen Kirchenamtes Kiel

Die Deutsche Bibliothek – CIP-Einheitsaufnahme

Cuveland, Helga de:
Der Taufengel: ein protestantisches Taufgerät
des 18. Jahrhunderts; Entstehung und Bedeutung;
mit einem Katalog nordelbischer Taufengel/
Helga de Cuveland. – Hamburg: Wittig, 1991

Zugl.: Hamburg, Univ., Diss., 1990
ISBN 3-8048-4389-1

ISBN 3-8048-4389-1
© 1991 Friedrich Wittig Verlag Hamburg.
Alle Rechte vorbehalten.
Gesetzt aus der Janson-Antiqua.
Gesamtherstellung Paderborner Druck Centrum, Paderborn.
Printed in Germany

Inhalt

Formen der Aneignung des neuen Taufgerätes

Vorwort

Landeskundlichem Interesse für Geschichte und Kirchengeschichte in Schleswig-Holstein verdanke ich die erste Begegnung mit einem Taufengel. Sie war alles andere als ein Kunsterlebnis und dennoch auf besondere Weise beeindruckend. Im Glockenturm einer holsteinischen Dorfkirche lag die große hölzerne Skulptur in jämmerlichem, stark beschädigten Zustand. Man nahm sie auf meinen Wunsch auf und hängte sie mit einem Seil provisorisch im Gebälk des Turms auf. Der kräftige Körper wirkte schwer und erdrückend. Nur ein Arm streckte sich mir mit geöffneter Hand entgegen, der andere lag zerbrochen am Boden. Weder durch den kümmerlichen Rest eines Flügels als Zeichen seiner himmlischen Herkunft noch durch Taufschale oder Lorbeerkranz gab sich der zerstörte Engel als ehemaliges Taufgerät der Gemeinde zu erkennen. Er war kein Meisterwerk, eher handwerklich gearbeitet. Aber sein Gesicht mit den großen, weit geöffneten Augen schien Bedeutendes ausdrücken zu sollen.

Davon und durch die galionsfigurenartige Mächtigkeit der Skulptur fasziniert, begann ich nach weiteren Taufengeln in den Kirchen des Landes zu suchen. Das Ergebnis der Sammlung forderte Fragen nach Entstehung und Bedeutung der Taufengel heraus und weckte den Wunsch, dem in der kunst- aber auch in der kirchengeschichtlichen Forschung vernachlässigten Thema eine intensive, über schleswig-holsteinische Landesgrenzen hinausführende Bearbeitung zukommen zu lassen.

Bei der Organisation der Archivarbeit wurde mir von zahlreichen Seiten freundliche Unterstützung zuteil. Ich danke den Mitarbeitern des Schleswig-Holsteinischen Landesarchivs in Schleswig, des Nordelbischen Kirchenamtes und der Kirchenkreis- und Pastoratsarchive für ihre Hilfsbereitschaft, vielen Pastoren und Pastorinnen darüber hinaus für anregende und informative Gespräche zu den theologischen Fragestellungen meines Themas.

Mein besonderer Dank gilt Herrn Dr. Fritz Jacobs und Herrn Prof. Dr. Bruno Reudenbach vom Kunsthistorischen Seminar der Universität Hamburg für ihr ermutigendes Interesse und ihre konstruktiven Ratschläge.

Ich widme meine Arbeit dem Andenken an Ernst Friedrich de Cuveland.

Norderstedt 1990   Helga de Cuveland

Leezen 1756 vor der Restaurierung

Einleitung

Der protestantische Kirchenbau hat im 18. Jahrhundert charakteristische Neuerungen hervorgebracht, welche die Einrichtung betreffen. Die bedeutendste ist der Kanzelaltar, eine Kombination von Altar, Predigtstuhl und gelegentlich auch Orgel in senkrechter Anordnung übereinander, die sich in mehr oder minder direkter Verbindung mit der Kirchenwand oder einer freistehenden Altarwand zu einem eindrucksvollen Prospekt erhebt oder von unterschiedlichen Stützkonstruktionen getragen wird.

Eine andere Neuerung betrifft das Taufgerät und seinen Platz in der Kirche. Am westlichen Eingang stand der Taufstein symbolisch für den Eintritt des Menschen in die Glaubensgemeinschaft durch die heilige Taufe. Nach Inkrafttreten der protestantischen Kirchenordnungen begann man damit, die Taufsteine in die Nähe des Altars oder seitlich vor den Chorraum zu versetzen. Theologisch waren diese Veränderungen durch die größere Bedeutung der Predigt und die höhere Einschätzung des Sakraments der Taufe begründet. Die künstlerischen Lösungen in der Gestaltung des Kirchenraums hinsichtlich Symmetrie und Axialität fanden in dem prinzipiellen Ordnungsgedanken der protestantischen Theologie eine Stütze, 1. Kor. 14, 33: Denn Gott ist nicht ein Gott der Unordnung.

Zunehmend gewannen jedoch Probleme, die sich aus einem erhöhten Platzbedarf ergaben, an Einfluß. Weil es in der Kirche zu eng wurde und die neu eingezogenen Emporen oft nicht ausreichten, um allen Kirchgängern für die Dauer der Predigt Sitzplätze zu bieten, entfernte man den großen, viel Bodenplatz beanspruchenden Taufstein, um an dessen Stelle Stühle setzen zu können. Als Taufgerät mußte eine Schüssel, die zu der heiligen Handlung auf den Altar plaziert wurde, genügen. Leichte Tauftische oder hölzerne Taufen, die nach Gebrauch in die Sakristei gebracht wurden, waren weitere Alternativen, die allerdings den Nachteil besaßen, daß das Taufgerät nun seinen ständigen Platz in facie ecclesiae verloren hatte.

Eine vorzügliche Lösung bot dagegen ein Taufengel. Solche, meist hölzernen, nicht selten lebensgroßen, überwiegend schwebend dargestellten Engelskulpturen hingen an einem Gestänge, das mittels eines Seilzugs zum Dachboden der Kirche führte, dort über Rollen lief und an seinem anderen Ende mit einem Gegengewicht (zum Beispiel einem großen Feldstein) beschwert war. Auf diese Art konnte der Engel in der Vertikalen bewegt werden. Wenn er nicht gebraucht wurde, hing er im Chorraum vor dem Altar oben unter dem Gewölbe. Zur Taufhandlung zog der Küster ihn auf die erforderliche Höhe herab. Dafür benutzte er einen Stock, an dessen Ende ein Haken befestigt war, der in eine am Bauch des Engels angebrachte Öse faßte. Die Taufschale wurde in die Hände des Engels oder in einen Kranz, den er vorstreckte, eingesetzt. Andere Taufengel brachten ein muschelförmiges oder terrinenartiges Gefäß mit, das der Küster mit dem Wasser füllte. Nach beendigter Taufhandlung ließ man den Engel durch leichten Druck gegen die Zugvorrichtung nach oben entschweben, wo er als ansehnliches Dekorationsstück verharrte, bis sein erneuter Einsatz gefordert wurde. Diese Einrichtung wurde in protestantischen Landkirchen so beliebt, daß der Taufengel hier bald das übliche Taufgerät darstellte.

Kanzelaltar und Taufengel, die aus noch nachzuweisenden Gründen häufig gemeinsam auftraten, entwickelten sich im 17. und erreichten ihre stärkste Verbreitung im 18. Jahrhundert. Als in der zweiten Hälfte des 19. Jahrhunderts erst sporadisch, gegen Ende aber zunehmend und systematisch mit der Inventarisierung des Kunstdenkmälerbestandes in den Ländern begonnen wurde, fand der Kanzelaltar mit seinen architektonischen Lösungen und seiner Ausstattung viel Aufmerksamkeit und wissenschaftliches Interesse, der schwebende Engel dagegen kaum Beachtung. Um diese Zeit waren viele Bildwerke bereits abgenommen und abgestellt, auf Kirchen- und Pastoratsböden, im Glockenturm oder an anderen Stellen, wo eine hölzerne Skulptur und ihre Fassung auf die Dauer schweren Schaden nehmen. Besser trafen es solche Engel, die in die Magazine der Museen wanderten. Von den zahlreichen übrigen verkauften, verlorenen oder zerstörten Exemplaren zeugt manchmal nur noch eine Aktennotiz oder eine Randbemerkung in der Literatur. Der Bestand dieses neuartigen Taufgerätes, über dessen Entstehung, Bedeutung und weite Verbreitung es bis heute nicht mehr als nur Mutmaßungen gibt, schwand sang- und klanglos dahin.

Wo man einen Taufengel noch vorfindet, begegnet man ihm zunächst mit eher reserviertem Interesse, unsicher, wie man eine derartige, frei im Raum hängende Figur kirchengeschichtlich, kunsthistorisch und von ihrer Funktion her einordnen soll. Erst wenn man erlebt, wie eine Taufhandlung an dem langsam herunterschwebenden, großen Engel vorbereitet und zelebriert wird, wie dabei unwillkürlich etwas von den verdrängten Symbolwerten des Sakramentes ganz unreflektiert aufkeimt, wird man nachdenklich, und mit der Neugier kommen viele Fragen.

Sind die Taufengel eine »barocke Spielerei« oder sind sie ganz einfach nur die Folge einer großen Raumkalamität? Wenn man für das Taufgerät damals auf dem Boden keinen Platz mehr hatte, weil man jeden Winkel in der Kirche für neues Gestühl nutzen mußte, woran lag das? War die Bevölkerung so stark gewachsen oder gab es auch noch andere Gründe? Warum wich man nicht überall auf die schlichten Lösungen, eine Schale oder ein transportables Gerät für die Taufe zu nehmen, aus? Was für ein Verhältnis hatten die Menschen damals zu Engeln, wenn die Taufengel so beliebt werden konnten, wie man wegen ihrer weiten Verbreitung annehmen muß? Und vor allen Dingen die Frage: Wie erklärt man sich die Anwesenheit eines Engels bei der Taufhandlung, für die es in der Bibel keine Begründung gibt? Konnte es sein, daß Taufengeln damals ein semantischer Wert zukam, dessen Kenntnis später verlorenging, ja mußte dieses neue Taufgerät über seinen praktischen Nutzen hinaus nicht unbedingt einen auf die Taufe gerichteten Sinngehalt mitbringen, um von den Gemeinden überhaupt angenommen zu werden? Um welche, uns heute offenbar nicht mehr geläufigen Zeichen hat es sich dabei gehandelt? Wie lautete die Botschaft?

In Schleswig-Holstein, als einem von seiner Größe her für eine intensive topographische Bearbeitung geeigneten Land, begann ich damit, den Bestand der Taufengel zu rekonstruieren. Ausgehend von den noch vorhandenen und teilweise auch benutzten

Skulpturen erstreckte sich die Suche in der Folge auf die abgenommenen und beiseite gesetzten Figuren. Parallel dazu ergaben sich aus dem Quellen- und Literaturstudium, vor allem der älteren Provinzialzeitschriften, zahlreiche Funde von Taufengeln, die längst verloren waren oder als verloren galten. Von diesen haben sich, nachdem durch kleinere Veröffentlichungen die Aufmerksamkeit auf den Gegenstand gelenkt worden war, einige wieder angefunden. Diese erste, oft mühsam durchzuführende Bestandsaufnahme, bei der mich mein Mann, Dr. med. Ernst Friedrich de Cuveland (†) mit stetem Interesse und vielen Anregungen ermuntert und unterstützt hat, erwies sich als überraschend wirkungsvoll: Mehrere Gemeinden holten ihren abgestellten Taufengel hervor, ließen ihn restaurieren und hängten ihn wieder in der Kirche auf. Dadurch ermutigt, und in der Annahme, daß seine große Verbreitung in den protestantischen Ländern weiterführende Forschungen rechtfertigen würde, begann ich, den Fragen nach Entstehung und Bedeutung des Taufengels nachzugehen.

Methodisch waren verschiedene Wege zu beschreiten. Die Bestandsaufnahme, nunmehr vom Katalog nordelbischer Taufengel erweitert auf die protestantischen Länder beziehungsweise Regionen im 18. Jahrhundert überhaupt, erfolgte anhand der Inventare vor allem der älteren Bau- und Kunstdenkmälerliteratur. Vollständigkeit der Ergebnisse war schon von der Informationslage dieser Quellen her nicht zu erwarten. Es wurde aber eine Grundlage gewonnen, die, im Vergleich mit den Zahlen aus meinen umfassenden, auch auf ungedruckten Kirchenarchivalien basierenden Studien in Schleswig-Holstein, präzisere Angaben über die Verbreitung des angelomorphen Taufgerätes möglich machte.

Wie die archivalischen Quellen erkennen lassen, ist die Einführung der Taufengel massiv eine Folge der beengten Raumverhältnisse in den Landkirchen im ausgehenden 17. und im 18. Jahrhundert gewesen. Ursachen dafür waren nicht nur im Bereich der baulichen Substanz und der finanziellen Situation der Kirchen zu suchen. Auch die Ordnungsstrukturen des Raumes und die Nutzungsverhältnisse des Mobiliars mußten in die Betrachtung einbezogen werden. Das erforderte über den kunsthistorischen Ansatz, der das Kirchengebäude selbst und seine Ausstattungsstücke zum Gegenstand hatte, hinaus auch ein Eingehen auf theologisch-liturgische Vorbedingungen. Gleichzeitig hatten von seiten der Gemeinde in den Komplex einfließende ökonomische und soziale Bedingungen berücksichtigt zu werden. Hier konnte auch eine Zunahme der Bevölkerung ursächliche Bedeutung haben, was wiederum die Forschung im Bereich von im 18. Jahrhundert noch wenig üblichen demographischen Erhebungen notwendig machte.

Das Problem der mangelnden theologischen Erklärbarkeit eines Engels als Taufdiener war damit allerdings noch nicht in Angriff genommen. Ausgehend von der Überlegung, daß ein Hauptstück protestantischer Kircheneinrichtung, wie das Taufgerät, sich kaum allein aufgrund seiner funktionalen Zweckmäßigkeit (die auch mit einfacheren Lösungen erreichbar gewesen wäre) so außerordentlich durchsetzen konnte, war das Objekt selbst einer ikonographischen Analyse zu unterziehen mit der Fragestellung, ob zwischen der Gestaltung des Taufengels und dem theologischen Verständnis von »Engel« und »Taufe« ein Zusammenhang erkennbar sei, und ob es insofern für das Auftreten oder die Akzeptanz des Engels auch eine innere Notwendigkeit gegeben habe. Auch die Art und Weise, wie das neue Taufgerät durch die

Gemeinden angenommen wurde, sollte erwartungsgemäß zu seinem Verständnis beitragen.

Die Taufengel stellen keinen einheitlichen Typus dar, sondern präsentieren sich in einer großen Vielfalt der Erscheinung und der Attribute. Um so erstaunlicher ist die Tatsache, daß sie bislang kunsthistorisch kaum Beachtung fanden, von kleineren regionalen Arbeiten abgesehen. Ich führe dies auf den Mangel an Verständnis für den historischen Bedeutungsgehalt des Taufengels zurück, ein Desiderat, das der ikonologischen Interpretation im Wege stand, weil über die reine Formanalyse nicht hinauszukommen war. Diesen Sinngehalt hervorzuholen, die letzten Taufengel, die uns nach fast drei Jahrhunderten geblieben sind, wieder zum Sprechen zu bringen und ihnen eine angemessene kunsthistorische Würdigung zukommen zu lassen, war mein Bestreben.

Entstehung des neuen Taufgerätes

Das Raumproblem in den protestantischen Landkirchen des 18. Jahrhunderts
Kirchenbauliche, soziale und ökonomische Voraussetzungen

Eine Arbeit über das Taufgerät wäre ohne Berücksichtigung seiner topographischen Stellung und deren Bedeutung unvollständig. In der protestantischen Kirche gilt der Grundsatz, daß die Taufhandlung im Angesicht der Gemeinde vollzogen werden soll. Das Taufbecken wird darum üblicherweise vor dem Altar oder seitlich im Chor aufgestellt. Im übrigen ist der Platz jedoch nicht strikt festgelegt, sondern wechselt in Abhängigkeit von den jeweiligen baulichen Gegebenheiten und der Ordnung im Kirchenraum, die sich aus der praktischen Nutzung, vor allem des Gestühls, ergibt. Die besondere Beschaffenheit dieser Verhältnisse im 18. Jahrhundert gehört zu den Voraussetzungen für die Entstehung des Taufengels.

In den ersten Kapiteln über Kirchenbau, Altar und Kanzel sowie Gestühl beschränke ich mich auf die Darstellung von Forschungsergebnissen aus der älteren und neueren Literatur. Eigene Quellenforschung wurde hierzu *gezielt* nicht unternommen. Allerdings ergaben sich gerade für die von der Forschung vernachlässigten Landkirchen bei meinem Studium der Archivalien nordelbischer Kirchengemeinden des 18. Jahrhunderts vielfach Hinweise auf die genannten Bereiche. Sie ließen erkennen, wie gesellschaftliche und ökonomische Kräfte im kirchlichen Leben wirkten, und ergänzten solche Ergebnisse, die aus liturgischen Kategorien abgeleitet wurden.

Protestantische Kirchenbaukunst

»Die Blütezeit der protestantischen Kirchenbaukunst deckt sich mit dem Zeitalter der Orthodoxie... Zu ihren bleibenden Ruhmestiteln gehört jedenfalls wie das Kirchenlied und die geistliche Musik so auch die Schöpfung einer eigenen protestantischen Kirchenbaukunst.«[1]

An der Frage nach einer eigenständigen protestantischen Kirchenbauweise scheiden sich in der Forschung die Geister. Im 16. Jahrhundert wurden neue Kirchen fast überhaupt nicht gebaut; denn »man hatte mehr alte übernommen als nötig waren.«[2] Zudem schufen die politischen und sozialen Wirren der Zeit eine für den Kirchenbau ungünstige Situation.[3] Konfessionelle Gründe standen der Beibehaltung der bis dahin dem katholischen Kultus dienenden Gotteshäuser nicht im Wege; denn die Reformation wollte nicht die Kirche revolutionieren oder neu gründen, sondern auf die Grundlagen des Urchristentums zurückführen.[4] Noch bis zum Dreißigjährigen Krieg wurde

---

1 Wiesenhütter 1936, S. 40 f.
2 Kunze, S. 218 ff. Das gleiche bestätigt Gerhardt, S. 32 f., für Pommern.
3 Fritsch, S. 19 ff.
4 Sperl, S. 9 ff.

im engsten Anschluß an die vorgefundene Überlieferung weitergebaut.[5] Für Luther war das Gotteshaus ein Zweckbau, der zuerst den praktischen Forderungen des Gottesdienstes genügen sollte. Die katholische Symbolik des alten Kirchengebäudes existierte für ihn nicht länger. Der Raum gewann seinen sakralen Charakter dadurch, daß in ihm Gottes Wort verkündigt und im Sakrament als verbum visibile dargeboten wurde.

Entscheidende Veränderungen richteten sich zunächst nicht auf das Gebäude, sondern auf die Ordnung innerhalb des Raums. In der Notwendigkeit, die Kanzelstellung den Erfordernissen des Predigtgottesdienstes anzupassen, Gestühle und Emporen einzurichten, sieht *Wiesenhütter* die treibende Kraft.[6] Die spezifisch protestantische Kirche entstehe erst in den Neubauten der Zeit vom Dreißigjährigen Krieg bis etwa 1750[7], während die Einrichtung des Kanzelaltars ein Charakteristikum der Zeit von etwa 1750 bis 1850 darstelle.[8] Auch für *Kunze* tritt das Problem der Sakralarchitektur erst nach dem Dreißigjährigen Krieg in den Denkkreis der evangelischen Kirche.[9] Grundstrukturen des evangelischen Kirchenbaus werden in der zentralisierenden Tendenz und in den Emporen erkannt[10], während in der Frage, ob der Bau in »Raumauffassung und -gefühl« stilistischen Zeitmerkmalen folge und insoweit eine kultische Sonderform darstelle, die Ansichten geteilt sind.[11] Eine Sonderform wird mindestens in der neuen Ordnung des Innenraums mit ihrer Polarisierung von Altar und Kanzel erkannt.[12] Auch die These, daß es dem Protestantismus wegen des Vorrangs praktischer Erfordernisse an architektonischer und künstlerischer Phantasie mangele, wird kontrovers behandelt.[13] In der Mannigfaltigkeit des protestantischen Kirchenbaus, dem »jede einheitliche Richtung abgeht«, sieht *Hauck* einen Reichtum an Erfindungsgabe.[14] *Horn*

---

5 Wiesenhütter 1954, S. 13 ff.

6 ebd.

7 ebd., S. 25. Bevorzugt werde jetzt ein Bau in Kreuzform, der in Symbolik und Raumordnung nicht mehr dem mittelalterlichen katholischen Kreuzbau entspräche, sondern unter Aufgabe der Trennung zwischen Chor- und Gemeinderaum seine Funktion als Predigtraum in der großen Anzahl von Emporen und der raumbeherrschenden Stellung der Kanzel an einer Vierungsecke entfalte. Daneben repräsentieren vor allem die rechteckige Saalkirche und, in geringer Zahl, der polygonale Zentralbau den protestantischen Kirchentypus dieser Zeit. Burgheim, S. 9: »Im nordwestlichen Deutschland war die Entwicklung analog wie im übrigen Lande vor sich gegangen«.

8 Wiesenhütter 1954, S. 31 f. Diese Veränderung war mit der Aufgabe des kreuzförmigen Grundrisses zugunsten eines sich allmählich herausbildenden Ovalgrundrisses verbunden.

9 Kunze, S. 226. Zuvor seien die Lösungen zufällig, »nach Maßgaben der vorhandenen künstlerischen, finanziellen, handwerklichen, stilistischen Mittel« getroffen worden. Nur wenige repräsentative Kirchenbauten, die als Machtzeugnis gemeint waren, seien entstanden. Als Beispiele führt Kunze die Dresdener Frauenkirche und St. Michaelis in Hamburg an.

10 Grashoff, S. 16

11 ebd., S. 8. Grashoff verneint die Sonderform, aber Kunze, S. 7, fragt, wie die Sonderformen der Empore, des Kanzelaltars und des Querraums zu erklären seien. Der protestantische Kirchenraum unterscheidet sich seiner Meinung nach deutlich vom katholischen. Wenn man allerdings die Kriterien für die Beurteilung des protestantischen Baues aus dem der katholischen Kirche ableite, müsse alles, was im protestantischen Raum organisch gewachsen sei und seine berechtigte Funktion habe, als ungeschickter und unschöner Behelf erscheinen.

12 Sperl, S. 26 f.

13 Kunze, S. 217

14 Hauck in RE Bd. X, S. 793 Sein Resümee lautet: »Denn die Baukunst ist nicht dazu da, dogmatische Gedanken auszusprechen, sondern praktischen Bedürfnissen zu dienen.« Die Anwendung verschiedener Baustile resultiere außer aus finanziellen Rücksichten aus Anpassung an den baulichen Charakter des Ortes und der Umgebung der Kirche.

14

wiederum findet das Neue »nur (im) Einbau festen Gestühls.«[15] *Wex* bemerkt, daß die meisten deutschen Länder in den letzten achtzig Jahren erfaßt und katalogisiert wurden und als Ergebnis festzustellen sei, daß es *die* evangelische Kirche nicht gebe.[16]

Die kontroverse Diskussion in der Literatur über den genuin evangelischen Kirchenbau dreht sich im Grunde um die Frage, ob eine architektonische Sonderform oder die organisatorische Lösung im Innenraum bei vielen disponiblen Grundrißformen gemeint ist, sowie um das Urteil über den Stellenwert der letzteren. Da für den evangelischen Gottesdienst die Ordnung im Kirchenraum Priorität hatte (ob diese Ordnung theologischer, liturgischer oder anderer Art war, sei zunächst dahingestellt), war theoretisch eine Vielfalt von Grundrissen möglich, insoweit sie entsprechende Lösungen anboten. Die berühmten barocken Zeugnisse des protestantischen Kirchenbaus, die Dresdener Frauenkirche, St. Michaelis in Hamburg und die Kirche Beatae Mariae Virginis in Wolfenbüttel, stellen Repräsentativbauten dar und sind als Beispiel für eine allgemeingültige protestantische Bauweise nicht geeignet. Für die Untersuchung des Taufengelbestandes gilt, daß nicht große Stadtkirchen, sondern Dorf- oder Kleinstadtkirchen das neue Taufgerät annahmen, Kirchen, die in der Regel alt, zu klein, reparaturbedürftig, zum Teil sogar baufällig waren. Nur wenige Neubauten waren darunter[17], und selbst bei solchen gab es Projekte, die aus finanziellen Gründen nicht in der notwendigen Größe ausgeführt werden konnten.[18] Die Baukunst mußte ihr Geschick vor allem an Aufgaben der Raumerweiterung, bei An- und Umbauten beweisen.

Die maßgeblichen Veränderungen betreffen die Inneneinrichtung. Als ursächliche Faktoren für die neue Raumordnung galten evangelische Glaubenslehre und Gottesdienstordnung. Erst in neuerer Zeit richtet sich das Interesse auf die ökonomischen und gesellschaftlichen Verhältnisse in den Kirchengemeinden. Stärker als theologische oder liturgische Vorgaben für einen »idealen« Kirchenbau erweist sich das Leben der Gemeinde als treibende Kraft für die Ausprägung charakteristischer Ordnungsstrukturen im protestantischen Gotteshaus.[19] Diese relativ junge Forschungsperspektive erschließt Hintergründe, die bisher weitgehend übersehen wurden, und rückt theologisch unzureichend erklärbare Entwicklungen und Innovationen ins Licht. Gegenstände der Untersuchungen waren Altar, Kanzel und Gestühl. Das Taufgerät wurde in die Betrachtungen, wenn überhaupt, dann nur marginal einbezogen. Die verblüffende Veränderung, die mit dem Übergang zum schwebenden Taufengel ab Mitte des 17. Jahrhunderts einsetzte, hat kaum Interesse gefunden.

15 Horn in Wasmuths Lexikon der Baukunst Bd. 3, S. 360–365
16 Wex, S. II und S. 128 f.: »Was die protestantische Predigtkirche auf den ersten Blick erkennbar macht, gleichgültig über welchem Grundriß sie errichtet wurde, ist die Möblierung des Raumes, und diese besteht nicht allein aus den Prinzipalstücken Altar, Kanzel und Orgel, sondern vornehmlich aus dem Gestühl.«
17 Unter den nordelbischen Taufengelkirchen waren die Kirchen in Niendorf, Hohenwestedt, Breitenberg, Hohenfelde, Ottensen, Wöhrden, Oldenburg, Oldesloe, Schwarzenbek (Abb. 61) Neubauten.
18 Zum Beispiel Oldesloe und Horst, vgl. Kat. S. 164 f. u. 179 f.
19 Vgl. dazu auch die Arbeiten von Peters, Poscharsky, Wex. Wex hat seine Forschungen auf Repräsentativbauten beschränkt: zwei reichsstädtische, zwei fürstliche Kirchen und die Torgauer Schloßkapelle, das von Luther 1544 mit einer berühmten Predigt eingeweihte erste protestantische Gotteshaus. Die von mir im weiteren Text und im Katalog wiedergegebenen Auszüge aus ungedruckten Quellen schleswigholsteinischer Landkirchen können Wex' Arbeit für die Verhältnisse in Dorf- und kleinen Stadtkirchen ergänzen.

Das Kirchengebäude

Die Situation nach dem 30jährigen Krieg brachte zunächst keine Neuentwicklung im Kirchenbau. »Eingezwängt in kleine und ärmliche Verhältnisse mußte man sich behelfen, so gut es eben ging.«[20] Für Neubauten war kein Geld vorhanden, aber die Kirchenbautheoretiker rechneten auf eine günstigere Zukunft. Joseph *Furttenbach* d. Ä. (bzw. sein Sohn) machte 1649 »den verarmten und ausgesogenen Gemeinden für den Wiederaufbau ihrer während des Krieges zerstörten Kirchen« Vorschläge, wonach »ein derartiger Bau nicht nur möglichst zweckmäßig sondern auch mit möglichst geringen Kosten und in möglichst kurzer Zeit aufgerichtet werden könne.«[21] Leonhard Christoph *Sturm* versprach 1718: »Ich solte einmahl einen Rath geben/ wie man eine gewisse Kirche auf dem Lande/ ... so anlegen könte/ daß mehr Leuthe hinein kommen könen/ weil die Gemeine sich zimlich vergrössert.«[22] *Sturms* Architekturpläne zielten natürlich auf Neubauten, aber seine Vorschläge waren nichtsdestoweniger auf Gotteshäuser anwendbar, die nur erweitert, umgebaut oder im Inneren neu gestaltet werden sollten; denn die vordringlichsten Probleme bestanden in Erweiterung des räumlichen Fassungsvermögens und in der Gewährleistung der lutherischen Forderung nach guter Sicht auf Altar und Kanzel und nach einer guten Akustik.

> Statistische Erhebungen über Baubedarf und Finanzkraft der protestantischen Kirchengemeinden im 18. Jahrhundert stehen nicht zur Verfügung. Auch genaue Angaben über den Kirchenbestand in einzelnen Regionen während des 17. oder 18. Jahrhunderts sind rar. *Sperl* gibt für das Fürstentum Ansbach im Jahr 1761 folgende Verhältnisse an: Es bestanden 286 Kirchengemeinden mit 297 Gotteshäusern, von denen im 18. Jahrhundert 181, also 60,94 Prozent, instandgesetzt, ein Viertel aller Kirchen, nämlich 74, durch Neubauten ersetzt und 24 in weitgehendem Maße umgebaut wurden.[23] In der Mark Brandenburg führte die starke Einwanderung französischer Refugiés (20 000 Flüchtlinge im Jahre 1700) zur Gründung neuer Kirchengemeinden. Unter König Friedrich I. wurden etwa 200 Kirchen neu gebaut oder ausgebessert, darunter 140 lutherische, 30 deutsch-reformierte und 30 französisch-reformierte. 1732 folgten weitere evangelische Einwanderer aus Salzburg (*Ulbrich* nennt 30 000), die in Ostpreußen angesiedelt wurden.[24]

L. C. *Sturm* betonte, daß der Architekt sparsam bauen solle, weil nicht nur die verfügbaren Mittel gering seien, sondern auch die »Art der Religion mehr eine Reinigkeit als Pracht« erfordere.[25] Zu den Gründen, die gegen Prachtentfaltung und für Ökonomie sprachen, gehörte, daß die evangelische Kirche sich »mit ihrer Lehre von der alleinigen Rechtfertigung durch den Glauben ... die Quelle, aus welcher ein wesentlicher Teil der Gelder für die Ausführung der großartigen katholischen Gotteshäuser geflossen ist: die Spenden der Gläubigen« abgegraben hatte. »Die Kosten

---

20 Fritsch, S. 52 ff.
21 Furttenbach, 1649
22 Sturm, L. C., S. 27 f. Sturm war Mecklenburgischer Oberbaudirektor von 1711–1719.
23 Sperl, S. 69
24 Schwartz, S. 8 f.; Ulbrich, S. 169
25 Zit. bei Fritsch, S. 74

kirchlicher Neubauten ... mußten fortan in der Regel vom Staate, dem Kirchenpatron oder der politischen Gemeinde aufgebracht werden, sämtlich Gewalten, deren Taschen bekanntlich fast immer zugeknöpft sind.«[26] Im Archivmaterial der von mir untersuchten nordelbischen Gemeinden erreichen die Gravamina über den schlechten Zustand, die räumliche Enge und die finanzielle Not ein beachtliches Ausmaß.[27] In Schleswig-Holstein wurden dort, wo die Gemeinde zuständig war, die Kirchenlasten, wenn sie aus den Einkünften der Kirche nicht bestritten werden konnten, auf die politische Gemeinde umgelegt (Verordnung von 1768), und zwar nicht immer nach der Pflugzahl der Bauern, sondern nach der Personenzahl der Familien. Bei Ermittlung der Kopfzahl sollen »Unterschlagungen« üblich gewesen sein.[28] Das zähe Ringen zwischen Gemeinde auf der einen und Kirchenobrigkeit, königlicher Kanzlei in Kopenhagen oder adeligen Patronen auf der anderen Seite um Geld für notwendige Baumaßnahmen erstreckt sich über dickleibige Aktenfaszikel und zeitlich zuweilen über die Dauer einer ganzen Generation. In Kirchenrechnungsbüchern der Landgemeinden des 18. Jahrhunderts fand ich die Seite unter dem Titel »Von Geschenken« dagegen meistens blanko.

Altar und Kanzel

Über die beste Stellung von Altar und Kanzel ist viel geschrieben worden. Theologische, liturgische und praktische Argumente wurden angeführt. Der Altar verlor seinen Eigenbereich im Chorraum. Kanzel und Taufstein rückten aus dem Schiff herauf in seine unmittelbare Nähe. Das Gestühl, selbst die Emporen, machten vor dem Chor nicht halt und umringten bald den Tisch des Herrn. In diesem Vorgang sieht *Wiesenhütter* »die architektonische Spiegelung des religiösen Erlebnisses der Reformation. Die Scheidewand, die zwischen Gott und den Menschen aufgerichtet ist, wird niedergerissen. Die Gemeinde wird sich des allgemeinen Priestertums der Gläubigen bewußt.«[29] Natürlich wäre Vergleichbares in der katholischen Kirche mit ihrer Scheidung von Priester- und Laienraum nicht möglich gewesen. Luther hielt den Chorraum zwar nicht für unabdingbar, aber doch für sinnvoll, weil er während der Abendmahlsfeier eine Scheidung der Kommunizierenden von der übrigen Gemeinde erlaubte.[30] Die Inanspruchnahme des Chors in der protestantischen Kirche war nicht Folge der Ablehnung seines sakralen Charakters, sondern ergab sich aus der Notwendigkeit der Ausweitung des Gestühls, um eine große Zuhörerschaft während der Predigt mit Sitzplätzen zu versorgen. Der Chor bot darüber hinaus dem Adel und Personen von Rang die Möglichkeit standesgemäßer Separierung ihrer Kirchenstühle,

26 Fritsch, S. 4
27 Besonders bemerkenswerte Verhältnisse sind bei den einzelnen Gemeinden im Katalogteil behandelt.
28 Hardorff, S. 17 f.; Wiegmann, S. 143 f.
29 Wiesenhütter 1954, S. 15; 1936, S. 32
30 Vgl. Wessel, S. 90; Braun in RDK Bd. 1, S. 498 f. Art. ›Altarhaus‹: Das Altarhaus »wurde in den Kirchen lutherischen Bekenntnisses nicht ... verlassen, sondern aus traditionellen, künstlerischen, sowie namentlich praktischen Erwägungen ... auch weiterhin ... für die Spendung der Taufen, für Ordinationen, Konfirmationen und Trauungen ... beibehalten, und zwar nicht bloß bei Kirchen, die aus dem katholischen Kultus übernommen worden waren ... vielmehr auch bei Neubauten.«

ein Vorgang, der sich aus der lutherischen Vorstellung von weltlicher hierarchischer Ordnung herleitet und sich im Kirchenraum auf das Reichhaltigste entfalten konnte.[31]

Der Platz für die Hauptstücke der Ausstattung war, unter der Prämisse, daß die Handlung am Altar und das Predigtwort von der Kanzel allseits gut wahrzunehmen und zu hören seien, durchaus variabel.[32] In von mir untersuchten Kirchenbauakten treten Überlegungen für die zweckmäßigste Anbringung der Kanzel so zahlreich in Erscheinung wie es mögliche architektonische Vorbedingungen gibt. Die Kanzel wanderte je nach Opportunität von der einen zur anderen Längsseite des Schiffs, an die Chorbogenwand oder einen Vierungspfeiler, in den Chorraum, hinter oder über den Altar, mit dem sie eine mehr oder weniger feste Verbindung als sogenannter Kanzelaltar eingehen sollte. Diese als genuin evangelisch-lutherisch geltende Einrichtung hatte ihre Blütezeit etwa von 1680 bis 1780.[33] Kanzelaltäre gab es (oder waren geplant) in Nordelbien beispielsweise in Ahrensburg, Bergstedt, Breitenberg, Eddelak, Hamberge, Hohenfelde, Hohenwestedt, Horst, Kaltenkirchen, Kappeln, Niendorf, Rensefeld, Schwarzenbek, Westerhever, Wöhrden. Überlegungen, wie die Kanzel zweckmäßig zu versetzen sei, wurden in Bornhöved und Jevenstedt angestellt.[34] In Krusendorf/SH wurde die Kanzel hinter die Altarrückwand, welche die Kanzelbrüstung bildete, gebaut.

Poscharsky[35] sieht den wesentlichsten Grund zur Entstehung des Kanzelaltars in dem »ungelösten Problem der divergierenden Achsen im Raum bei getrennter Aufstellung von Altar und Kanzel«, *Wiesenhütter*[36] in »kultischen Bedingungen« und einer »barokken Einheitstendenz«. Die dazu notwendigen formal-künstlerischen Voraussetzungen habe erst das Barock geboten. Das ist gewiß richtig, insoweit es das Streben der Kirchentheoretiker und Baumeister nach Ideallösungen betraf. Aber in der Praxis galt es eben nicht, Altar und Kanzel zusammenzurücken, um »der Zersplitterung des Raumes zu entgehen«[37], sondern um den kostbaren Platz in der Kirche für Gestühl nutzen zu können, allen Projekten, die mit einer für die ganze Gemeinde wirksamen

---

31 Herrschaftliche Logeneinbauten oder große Priechen reichten auf beiden Seiten des Chorraumes bis an den Altar heran oder nahmen große Teile des Kirchenschiffs in Anspruch, zum Beispiel in Breitenberg, Gudow, Hohenfelde, Neuendorf, Wöhrden, Eddelak. Vgl. Kat.

32 Theologische Gesichtspunkte führten in der Frühzeit des Luthertums dazu, den Altar als »Tisch des Herrn« im wörtlichen Sinne aufzufassen, die geläufige Stipesform zugunsten der Tischform aufzugeben; Wessel S. 91. Andererseits bestanden aber keine theologischen Bedenken gegen die Übernahme des mittelalterlichen katholischen Flügelaltars. Vielmehr wurde dieser vom Protestantismus genutzt, um die neue Lehre in aussagekräftigen Bildern sichtbar zu machen: zum Beispiel Stadtkirche in Weimar mit den Altarbildern der beiden Cranachs und der Cranach-Altar der Schloßkirche Wittenberg. Der Protestantismus fand die Möglichkeit zu einer neuen eigenen Symbolik, wie im Thema der Antithese von Gesetz und Evangelium. Auch die alte protestantische Forderung, der Altar müsse frei und der Pfarrer hinter dem Tisch stehen können, damit er der Gemeinde nicht den Rücken zuwende, fand zwar Beifall, hat sich aber nicht durchsetzen können. Jannasch in RGG III, Sp. 1131 f. stellt fest: »... doch sind grundsätzliche theologische Erwägungen über die Kanzel als solche damals nicht angestellt worden. Die Aufgabe, die Kirche ganz schlicht als die notwendige Stätte für jeden gottesdienstlichen Gebrauch zu gestalten, wurde so nüchtern behandelt, daß hinsichtlich der Kanzel die Frage der guten Hörbarkeit und Sichtbarkeit des Predigers allein entscheidend war«.

33 Vgl. Poscharsky, S. 247 f.; Wiesenhütter 1936, S. 61 ff.

34 Die genannten Kirchen hatten auch Taufengel. Vgl. Kat.

35 Poscharsky, S. 234

36 Wiesenhütter, 1936, S. 62

37 Sperl, S. 26 f.

optischen Achse von Altar und Kanzel arbeiteten, zum Trotz.[38] Dies war der Grund, warum die Lösung als so durchschlagend empfunden wurde, und nicht, weil der »Durst nach Einheit«[39] gestillt war. Die Nachteile des Kanzelaltars wurden in Kauf genommen, weil der Gewinn an Stühlen Vorrang hatte. Bereits L. C. *Sturm* wollte 1718 Altar und Kanzel an einer der langen Wände im Schiff zusammenbringen, aber, *um mehr Platz zu gewinnen.*[39a] Auch *Furttenbach* fand für seine axiale Anordnung von Altar, Kanzel und Orgel »keine liturgische oder religiöse Begründung, sondern eine ›einfach praktische‹.«[40] Er stellte den Altar »rückenfrei« vor eine Nische und ordnete die Kanzel in der Wand darüber an.

Die gern zitierte »barocke Einheitstendenz« – ob damit die künstlerische Gesamtausstattung oder die Zusammenfügung von Ausstattungsstücken zu einer Einheit oder die Zentrierung des Raumes gemeint ist, bleibt in der Literatur oft unklar[41] – war ein Grundgedanke der Architekturtheoretiker, der die Planungen für Neubauten zu inspirieren vermochte, spielte aber in der lutherischen Kirchenbaupraxis des 18. Jahrhunderts nicht die ausschlaggebende Rolle. Welche ländliche Kirchengemeinde – städtische Prachtkirchen sind hier nicht gemeint – hätte sich in ihren Plänen von einer Einheitstendenz abhängig machen können, wenn das stilistische Konzept aus Kostengründen nicht zu realisieren war? Reiche Patrone, die einen Neubau oder eine Inneneinrichtung »aus einem Stück« finanzieren konnten, waren die Ausnahme.[42] Umbauten waren aber in der Regel Stückwerk, selbst wenn der Feudalherr sich in seinen Patronatspflichten nicht knauserig zeigte, sich unter Umständen sogar verschuldete, wie am Beispiel der Stadtkirche in Preetz deutlich wird.[43] »Nur in vereinzelten Fällen, wo ein Fürst oder eine Stadt in dem Bauwerk zugleich ein Denkmal sich errichten wollte, haben reichlichere Mittel zur Verfügung gestanden.«[44] Die Realität sah oft so aus, daß der Anspruch der Gemeinde auf Sitzmöglichkeit Vorrang vor bestmöglicher akustischer und optischer Teilnahme am Geschehen hatte. Darin lagen ohne Zweifel die Vorzüge des Kanzelaltars: In einer einzigen Richtung faßte er das gottesdienstliche Geschehen zusammen, entwickelte sich in die Höhe und sparte den Platz ein, den eine selbständige Kanzel mit der zuführenden Treppe (die sich nun auf die Rückseite der Altarwand verlegen ließ) beansprucht hatte. Welche anderen Argumente könnten beispielsweise den Einbau auch noch der Orgel in die Kanzel-Altarwand rechtfertigen? *Poscharsky* erkennt an, daß raumgestalterische Prinzipien der Orgel den Platz auf der gegenüberliegenden Westempore zuweisen würden. Dieser angestammte Platz werde dann aufgegeben, wenn Fürsten- oder Patronatsstühle auf der Westempore mit Blick auf die Kanzel-Altarwand eingerichtet werden sollten.[45] So

38 s. Kat. Kappeln Neubau 1789–93, Kanzel-Altarwand mit integrierter Orgel, »wodurch unstreitig mehr Raum gewonnen wird«.
39 Wiesenhütter, 1936, S. 62
39a Sturm L.C., S. 27 f.
40 Vgl. Wex, S. 56
41 Vgl. Sperl, S. 29; Claussen in RGG III, Sp. 1131; Poscharsky, S. 247 f.
42 s. Kat. Ahrensburg, Gudow, Breitenberg u.a.
43 s. Kat. Preetz
44 Fritsch, zitiert bei Kunze S. 227
45 Poscharsky, S. 238 f. – Es kam vor, daß die Orgel versetzt wurde, weil sich die Kirchen-Westseite witterungsbedingt für das Instrument als ungeeignet erwies.

wurde in Landkirchen auch dann verfahren, wenn es sich nur um Gemeindegestühl handelte, das man auf der ehemaligen Orgelempore im Westen errichten konnte.[46] Hier liegt vermutlich die Deutung für *Poscharskys* nicht weiter erklärte Feststellung, daß es Baumeister gebe, bei denen der Einbau der Orgel in den Kanzelaltar die Regel sei. Eine solche Kanzel-Altar-Orgelwand war bei beengten Raumverhältnissen die rationellste Lösung.

Der Kanzelaltar war von Anfang an umstritten. Vielleicht sollte er tatsächlich die gegenüber den Horizontalen der Emporen einzige Senkrechte, »die Wort und Sakrament vereinende, aber nicht vermischende Vertikale« baulich darstellen. »Eine wahrhaft geniale Konzeption, aber eine liturgisch wie künstlerisch in bedauerlicher Weise versagende Konstruktion«.[47] Schon bald nämlich fanden die Pfarrer es nicht gut, in einem Kanzelaltar während der Predigt sozusagen »auf dem Tisch des Herrn« zu stehen, und die in vielen Fällen berechtigte Klage, daß der oben in seinem »Schwalbennest« stehende Pfarrer große Mühe habe, sich seiner Gemeinde in der Tiefe des Raumes akustisch verständlich zu machen, wurde laut.[47a]

Schließlich führte die lebhafte Opposition des 19. Jahrhunderts im Eisenacher Regulativ von 1861, § 10 zu der Anordnung: »Die Kanzel darf weder vor noch hinter noch über dem Altar noch überhaupt im Chor stehen.«[48] Das Unverständnis dieser Zeit für eine Einrichtung, deren Vorgeschichte man offenbar vergessen hatte, und die nun ausschließlich nach ihren unzulänglichen form-ästhetischen Leistungen beurteilt wurde, wird in Cornelius *Gurlitts* Worten vortrefflich charakterisiert: »Zweifellos hat das Erscheinen des Predigers hoch über dem Tisch des Herrn etwas Beleidigendes... wenn derselbe, wie der Kuckuck an der Schwarzwälder Uhr, vorher ungesehen auf einem Platz erscheint, auf dem nach der sonst üblichen Anordnung sich das Altarbild befindet.«[49] *Poscharsky* fragt, ob man auch im Barock so empfunden habe wie später *Gurlitt*. Man sah zwar die Mängel, doch wurden, obwohl sich die schöne theologische Idee des himmelan strebenden geistigen Mittelpunkts der Kirche, die fromme Metaphorisierung der Vertikalen, »das lutherische Kirchenbauprogramm in seiner idealen Reinheit«[50] mit den liturgischen Erfordernissen und gelegentlich mit dem künstlerisch Wünschenswerten nicht vereinbaren ließen, Kanzelaltäre in großer Zahl gebaut, weil die lutherische Kirche den praktischen und ökonomischen Zwängen Vorrang gab.

46 Auch mit dem Platz für die Orgel wurde unkonventionell verfahren. So sollte in Grube die Orgel aus dem Altarraum an das Westende versetzt werden, damit beim Altar mehr Stühle aufgestellt werden konnten. In Bornhöved plante man sogar die ersatzlose Entfernung der Orgel, um das Gestühl zu erweitern. Vgl. Kat.
47 Kunze, S. 242
47a Vgl. Anm. 49 sowie Mai, S. 170 ff.
48 Schultze in RE Bd. X, S. 26 f.
49 Zit. bei Poscharsky, S. 242 f.
50 Kunze, S. 242

Das Gestühl

Bedeutung und Aufgaben des Gestühls in der protestantischen Kirche sind bekannt. Beim Gottesdienst ist die ganze Gemeinde anwesend. Zu den liturgisch unabdingbaren (in der Praxis nicht immer realisierbaren) Forderungen des Luthertums gehört, daß »für eine Versammlung unter dem Worte die Abendmahlsfeier verbum visibile sei … und daß die Predigt zum sacramentum audibile nicht werden könne, wenn man sie nicht hören« kann.[51] Jedermann soll von seinem Platz aus den Prediger am Altar und auf der Kanzel gut sehen und verstehen können. Deshalb schlägt bereits L. C. *Sturm* als praktische Lösung den Bau von Emporen vor.[52] In der Literatur über den protestantischen Kirchenbau wird die Empore üblicherweise unter dem Aspekt eines den Raum strukturierenden Elementes betrachtet.[53] Solche Überlegungen sind auf Repräsentativbauten anwendbar, wo Emporen eine *eigene* Organisation entwickeln, indem sie nicht nur der Linie der Außenwand folgen, sondern in Vorschwüngen und Einzügen bewegt und differenziert gestaltet sind.[54] In kleinen ländlichen Kirchen stand bei Um- oder Erweiterungsbauten jedoch die Nutzfunktion an erster Stelle, nicht die Bedeutung der Empore als raum*gestaltendes* Element.[55]

Das Gestühl expandierte alsbald kräftig. Es zog sich in oft mehreren Emporenreihen an den Wänden hinauf, drang in den Chorraum ein, verwies die Kanzel an einen günstigeren, das heißt platzsparenden Ort und nahm – wie im Kapitel über den Taufengel nachgewiesen werden soll – auch auf das Taufgerät keine Rücksicht. Nach Gründen für diese überraschende Ausdehnung, die nicht allein eine Folge des Gemeindegottesdienstes oder der Bequemlichkeit für eine lange Predigtzeit sein konnte, ist erst in jüngster Zeit gefragt worden.[56] *Kunze* vermißt als Grundlage eine »wichtige und vielleicht recht aufschlußreiche … Untersuchung statistischer Art …, durch die das Verhältnis von Sitzplatzzahl der alten und der neuen Kirchen zu der Zahl der Gemeindeglieder so genau wie möglich bestimmt würde.« Der tatsächliche Raumbedarf bei den Bauten des 17. und 18. Jahrhunderts sei nicht festgestellt, er werde einfach vorausgesetzt.[57] Beim Studium kirchlicher Bauakten und Visitationsprotokolle des 18. Jahrhunderts fällt in der Tat der ubiquitäre Mangel an Stühlen auf. Die Gründe für diese allgemein bekannte, in der Regel aber nicht weiter reflektierte Entwicklung sind, wie meine Untersuchungen ergeben haben, vielschichtig. Demographische Ur-

51 Kunze, S. 234 ff.
52 Sturm L.C., S. 4. »In den protest. Kirchen sieht man vornemlich darauf/ daß eine große Menge einen einzigen Priester wohl hören und sehen könne/ daher man die Stellen unmöglich auf der Erden gewinnen kan/ weil bey gar großen Kirchen/ die weit von der Kantzel zu stehen kommen/ nichts hören können/ sondern man muß sie übereinander zu gewinnen versuchen.« Für die übrige Bestuhlung macht Sturm, S. 30 f., Vorschläge über Breite und Tiefe der Stuhlreihen, Maße der Gänge, Notsitze u. ä.
53 Grashoff, S. 43: »Die Emporen bilden den Raum in Korrektur des Grundrisses um und schichten ihn horizontal unter Vernichtung aller Vertikalen mit Ausnahme der einen, die den gottesdienstlichen Mittelpunkt bildet.«
54 Vgl. zur Entwicklung der Empore auch H. M. v. Erffa in RDK V, Sp. 302–314
55 Grashoff, S. 25, sah in der Verbindung von raumgestalterischer Kraft mit Zweckfunktion die große Tat protestantischer Kirchenbaumeister, erkannte andererseits aber, daß die Zweckforderung für den protestantischen Kirchenbau das Primäre war.
56 Vgl. die Arbeiten von Wex und Peters sowie Poscharsky, S. 65
57 Kunze, S. 234 ff.

sachen können den Ausschlag geben. Regionale und örtliche Unterschiede, die dabei zu erwarten sind, müßten von Fall zu Fall geklärt werden. In ländlichen Räumen können agrarwirtschaftliche Verbesserungen, Aufhebung der Leibeigenschaft, Zuzug von Landarbeitern, Ausweitung des Personalbestandes der Güter zum Anwachsen der Gemeinde führen. Demgegenüber werden jedoch andere, die Entwicklung hemmende Faktoren unübersehbar wirksam, wie meine Ergebnisse aus nordelbischen Gemeinden erkennen lassen.

In Schleswig-Holstein war in der Mitte des 18. Jahrhunderts die alte Feldgemeinschaftsordnung in den Dörfern aufgehoben und die Dreifelderwirtschaft zugunsten individueller Bewirtschaftungsformen aufgegeben worden. Ein Glücksburger Prediger, Propst Philipp Ernst Lüders, bemühte sich engagiert um die Belange der Bauern im Lande, gründete eine Ackerakademie und vermittelte Kenntnisse und Anregungen zu erfolgreicher Agrarwirtschaft.[58] Auf den Feldern wurde der Fruchtwechsel eingeführt und leichte Böden durch Mergeln aufgebessert, dadurch verdoppelten bis verdreifachten sich die Erträge der Gutsbetriebe.[59] Mit den Bodenerträgen stiegen die Kornpreise. Bereits im ersten Jahrhundertdrittel und vor allem ab 1766 – nun für den Gottorfer Anteil und alle königlichen Ämter – wurde die Leibeigenschaft aufgehoben. Das Jahrhundert des Friedens nach dem Großen Nordischen Krieg war von materiellem Aufschwung gekennzeichnet.[60] Waren diese Veränderungen nun tatsächlich von einem Anstieg der Bevölkerungszahl begleitet?

In den Herzogtümern Schleswig und Holstein wurde 1769 die erste Volkszählung durchgeführt (das Herzogtum Lauenburg ist erst ab 1840 einbezogen worden). Ihre Ergebnisse hat A. C. *Gudme* mit denen der folgenden Volkszählung von 1803 verglichen.[61] Danach betrug das Bevölkerungswachstum in der Zeit von 1735 bis 1787, also in 52 Jahren, nur 48 021 Personen, aber von 1787 bis 1817, also in 30 Jahren, 115 164 Personen, d.i. 400 Prozent. Eine andere auf die dänischen Staaten bezogene Statistik von 1784 weist für die Herzogtümer im Jahre 1777 einen Geburtenüberschuß von lediglich 63 Geborenen aus, für das Jahr 1783 dagegen einen Überschuß von 2799 Geburten.[61a]

Betrachtet man aber kürzere Zeiträume, ergeben sich viel differenziertere Verhältnisse. In der Zeit von 1747 bis 1766 verminderte sich die Bevölkerung. Zwischen 1750 und 1762 grassierten im Land Epidemien (Blattern und Ruhr). Die Geburtenzahl war in dem Jahrzehnt von 1755 bis 1765 um 4225 niedriger als die Zahl der Gestorbenen, als Folge u. a. von Leibeigenschaft und spätem Heiratstermin. Gleichzeitig war die Kindersterblichkeit groß. Ein fühlbarer Mangel an Landarbeitern und Tagelöhnern führte zu Einschränkung des Ackerbaus und Verfall der Manufakturen. Zwischen 1756 und 1760 mußten Kolonisten ins Land geholt

---

58 Vgl. Brandt-Klüver, S. 174–189
59 Gudme, S. 20 f.
60 Brandt-Klüver, a. a. O.
61 Gudme, zit. auch bei Hoffmann 1954; Erichsen 1955; Momsen 1974. Beide Volkszählungen sind nur
    mittelbar miteinander zu vergleichen. 1769 wurden zum Beispiel das Militär und die Einwohner in den
    großfürstlichen Anteilen sowie außer Landes befindliche Seeleute nicht mitgerechnet. Die Zählung von
    1803 war methodisch und organisatorisch besser vorbereitet und durchgeführt.
61a Vgl. v. Hennings, Materialien zur Statistik der Dänischen Staaten, Bd. 1 mit Tabellen III und IV

werden. Einwanderer aus der Pfalz, Hessen, Baden, Württemberg besiedelten die mageren Geestböden und führten hier den Kartoffelanbau ein. Durch Aufhebung der Leibeigenschaft, Aufteilung von 52 königlichen Domänen, Verbot des Anlegens von Meierhöfen und andere Maßnahmen erholte sich die Bevölkerung allmählich, so daß in dem folgenden Dezennium von 1765–1775 bereits ein Überschuß (von 19 485) der Geborenen über die Gestorbenen zu verzeichnen war.[62]

In Jevenstedt soll sich die Anzahl der Eigentümer und Besitzer in der Gemeinde von 1738 bis 1849 fast verdoppelt haben. Der Verfasser der Studie vermutet wohl zu Recht, daß die Zahl der Insten in diesem Zeitraum in noch höherem Maße gestiegen sei.[63] Allerdings dürfte im Verlauf einer Zeitspanne von mehr als einem Jahrhundert kaum ein kontinuierlicher Anstieg erfolgt sein, so daß erst präzise Daten etwa in Generationenphasen Rückschlüsse auf Konsequenzen für die Platzverteilung in den Kirchen erlauben dürften.

Zum Platzbedarf einzelner Gemeinden konnte ich folgendes feststellen:

Gleschendorf: 1761 werden weitere 30 bis 40 Stände gebraucht.

Grube: seit 1765 Platzmangel, u.a. für den Pächter des Vorwerks Cismar und seine Leute.

Neukirchen: 1754 werden ein Herrenstuhl für den adeligen Gutsherrn auf Schönweide und neunzehn Stände für seine Gutsuntertanen gebraucht. 1759 fehlen für die Gemeinde weitere Stände.

Preetz: 1725 große Raumnot in der Kirche: Der dritte Teil der Gemeinde, die »zu tausenden angewachsen« sei, findet keinen Platz, die Leute stehen »bey Hunderten« auf dem Kirchhof.

Oldesloe: Fassungsvermögen für Kirchenneubau 1764 wird auf 5000 Erwachsenenplätze (mit Einschluß der Landgemeinden) berechnet, gebaut wurde dann für 766 Stände.

Rensefeld: 1785 sind für eine Gemeinde von achtzehn- bis neunzehnhundert Personen (ohne die Kinder) nur fünfhundert Plätze vorhanden.

Pötrau: Mangel an Stühlen, was zu Unordnung führt: »Dorfschaften gehen durcheinander in die Stühle«. Ein Müller will auf eigene Kosten eine Empore für sich und seine Erben bauen.

St. Georgsberg: Gravamina der Eingepfarrten über fehlende Plätze.

Trittau: Das Trittauer Vorwerk braucht Stühle für seine Leute.

(Quellen sind im Katalog angegeben)

Die demographische Entwicklung innerhalb der beiden Herzogtümer läßt noch keinen Rückschluß auf die Verhältnisse in einzelnen Kirchengemeinden zu. Regional oder örtlich wirksame Faktoren konnten die allgemeine Tendenz positiv oder negativ verändern. Der Bedarf war in Stadt- und Landkirchen unterschiedlich, war abhängig von der Zahl der eingepfarrten Gemeinden, deren Wirtschaftsstruktur und der Besiedelungsdichte der Region. Es fällt auf, daß besonders die Gutsbetriebe steigenden Bedarf an Stühlen für ihre Leute anmelden. Um die Jahrhundertmitte gab es schwere

---

62 Gudme, S. 19 f.; vgl. auch die Ausführungen von Momsen über die Volkszählung von 1769 mit ausführlicher Quellenkritik.
63 Friedrichsen, S. 357–366

Viehseuchen im Lande, deren wirtschaftliche Folgen sich auch in Kirchenakten widerspiegeln (vgl. Kat. Töstrup, S. 154). Sie brachten für die betroffenen Kirchengemeinden eine schwierige finanzielle Situation mit sich. Wachsende Einwohnerzahl bedeutete steigende Nachfrage nach Kirchenplätzen, während eine schwache Finanzsituation zu ökonomischem Umgang mit dem Platz in der Kirche zwang. Das konnte bedeuten, daß zwischen kostenfordernder Erweiterung des Gestühls und seiner auf Dauer gewinnbringenden Verheuerung rechnerisch abzuwägen war.

Neben den demographischen finden sich wichtige Gründe für die Ausweitung des Gestühls in der Diskrepanz, die sich zwischen Etablierung und Nutzungsverhältnissen der Plätze entwickelte. Die von *Wex*[64] näher beschriebenen Verhältnisse fand ich in den ungedruckten Quellen nordelbischer Landkirchen fortlaufend bestätigt. Anspruch auf einen Platz in der Kirche hatten alle Gemeindeglieder. Aber dann war es mit der Gleichheit zu Ende. Im Gestühl spiegelte sich die soziale Ordnung der Gemeinde. Adel, Bürger, Handwerker, Bauern und Gesinde, Honoratioren und Amtsträger: jede soziale Klasse oder Gruppe demonstrierte ihren Rang durch ihren besonderen Platz in der Kirche.[65] In vielen Gemeinden waren die Plätze zudem nach Geschlechtern getrennt, was zur Folge hatte, daß leerstehende Frauen- oder Männerstände während eines Gottesdienstes nicht bedarfsweise vom anderen Geschlecht in Anspruch genommen werden durften.

Die Kirche baute die Stühle oder erteilte Einzelpersonen die Genehmigung zum Bau. Die Ausführung eines Stuhles, seine Größe, die Anzahl seiner Stände (= Sitze), Anbringung von Treppen für Emporenstühle (gegebenenfalls Außentreppen, wenn der Platz in der Kirche nicht reichte), von Türen, Rückwänden, Baldachinen, Zierraten usw. war von der Genehmigung des Konsistoriums abhängig, im übrigen aber oft eine Prestige- und eine Kostenfrage. Besonders platzraubend waren die Priechen, kasten- oder schrankartige Einbauten für meist adelige Herrschaften.[66] Die Kirche verkaufte die Stühle und erhob darüber hinaus »Stuhlgelder« in Form einer monatlichen oder jährlichen Pacht. Die Stühle konnten auf Lebenszeit gekauft werden, unter Umständen auch mit dem Recht der Vererbung auf Nachkommen. Jeder Besitzerwechsel kostete erneut Gebühren. Waren die Stände knapp, kam es um freie Plätze gelegentlich zu wucherischem Handel.[67] Die Einnahmen aus dem Gestühl waren eine wichtige und regelmäßig fließende Quelle, aus der die Kirche einen Teil ihrer Bau- und Reparaturkosten bestreiten konnte.[68] Die Stühle wurden daher ganz nach wirtschaftlichen Gesichtspunkten verheuert: Wer am meisten zahlte, bekam den Zuschlag. Gesichtspunkte der Rangordnung waren maßgebend, wenn es sich um adelige Personen, kirchliche und weltliche Amtsträger handelte, aber auch, wenn im königlichen Anteil der Herzogtümer die königlichen Untertanen bevorzugt bedient werden sollten.[69] Nicht

---

64 Wex, S. IV/V, S. 12 f.   66 Vgl. Kat. Oldesloe
65 Vgl. Fritsch, S. 19 f.   67 Vgl. Kat. Rensefeld
68 Argument der Gutsherren in Rensefeld, die sich weigerten, zur Bestreitung der Kosten für neue Stühle herangezogen zu werden: Die Kirche ziehe aus der Vergrößerung des Gestühls allein den finanziellen Nutzen. Vgl. Kat. Rensefeld sowie Süsel!
69 Vorrang für die königlichen Untertanen wurde in Ottensen (LAS Abt.112) und Bornhöved (LAS Abt. 110.3) gefordert. In Schenefeld hieß es, die Stühle seien an die Meistbietenden zu verkaufen (PA Kirchenbuch, S. 81).

nur von Größe und Ausstattung her dokumentierte der Stuhl den Rang seines Besitzers. Die Stellung im Raum, in der Nachbarschaft von Altar und Kanzel, auf der Empore gegenüber dem Predigtstuhl usw. war repräsentativ für die soziale Stellung des Inhabers. Das Streben wohlhabender Bauern oder Handwerker galt solchen bevorzugten Plätzen. Die dem Gestühl innewohnende Ordnung war Ausdruck der sozialen Gliederung der Gemeinde. Es spiegelte Rang und Vorrang in der Gesellschaft. Stuhlbesitzer pflegten darum ihre Stände eifersüchtig zu hüten, verschlossen die Türen oder Klappen mit Schlössern und verhinderten auf diese Weise die Nutzung der Plätze bei Gottesdiensten, an denen sie selbst und ihre Familie nicht teilnahmen. Manche Besitzer verfügten über mehr Kirchenstände, als sie notwendig brauchten. Für die Armen und das niedere Gesinde blieben die schlechtesten Plätze hinten an der Tür oder im Turm. Wenn diese dann ihren Anspruch auf gleichberechtigte Teilnahme am Gottesdienst geltend machten und die verheuerten, aber freigebliebenen Plätze einnehmen wollten, gab es oft Ärger, der bis in Aufruhr, Schlägerei und langdauernde Prozesse ausarten konnte.[70]

Meine Untersuchung der nordelbischen Verhältnisse läßt erkennen, daß der ständige Mangel an Stühlen während des 18. Jahrhunderts nicht allein aus einem Bevölkerungswachstum resultiert, sondern wenigstens zum Teil auf diese Eigentums- und Nutzungsrechte, die einer gleichmäßigen Ausnutzung des Raumes und gerechten Verteilung aller Plätze im Wege standen, zurückgeführt werden muß.[71] Andererseits war die Kirchenobrigkeit auch leicht bereit, jeden verfügbaren oder frei zu machenden Platz für den Bau aufwendiger, platzraubender oder an herausgehobener Stelle zu errichtender Gestühle zu nutzen, weil sie dadurch ihre Einnahmen vermehren konnte.[72] Es war gegebenenfalls ein Rechenexempel, ob sich bei Entfernung eines Taufsteins die Kosten für die Anschaffung eines Taufengels gegen die Einnahmen aufrechneten, die aus der Stuhlheuer an dieser exklusiven Stelle zu erzielen waren.[73]

Die Tatsache des zunehmenden Platzbedarfs wegen Anwachsens der Gemeinde ist zwar in der Literatur früh festgehalten worden, daß aber zwischen der Bedeutung des Gestühls in soziologischer Hinsicht und seinen Nutzungsverhältnissen, den finanziellen Vorteilen der Kirche aus Verkauf und Verpachtung der Plätze und der Verdrängung von Kanzel, Taufe und zuweilen auch Orgel ein regelrechter *Circulus vitiosus* bestehen konnte, ist bislang nicht im Zusammenhang dargestellt und hinreichend gewürdigt worden. Die Verdrängung des Taufgerätes – zugunsten von Stühlen, die an diesem repräsentativen Platz für Perſonen von Rang geeignet waren und deshalb teuer sein konnten – mit der nachfolgenden Einführung des Taufengels hat hier eine ihrer Ursachen.

70 Vgl. Kat. Oldesloe. Peters, S. 85, weist nach, daß die Platzverteilung in der Kirche dem Sozialprestige entsprach und auf Finanzkraft oder Amtskraft (geistlicher oder weltlicher Amtsträger) der Stuhlbesitzer Rücksicht nahm.
71 Vgl. auch Wex, S. 11 f.
72 Wolters 1903, S. 341 für die Reinfelder Kirche: »Die Einnahmen aus dem Klingbeutel lieferten jedoch … nur geringe Beträge, und wiederholt geschah es überdies, daß der Kirchenblock beraubt wurde. Man suchte darum noch andere Einnahmequellen zu erschließen, z. B. Standgeld für Plätze in der Kirche.«
73 Hierzu auch Wex, S. 17. Die Arbeit von Peters beschäftigt sich ausführlich mit der Beziehung zwischen Sozialstruktur und Sozialprestige am Gegenstand des Kirchenstuhls, berücksichtigt aber nicht das ökonomische Interesse der Kirche. – In Großenbrode (vgl. Kat.) mußten die Einwohner zum Beispiel für Plätze auf der neuen Empore 12 Mark lübsch bezahlen. In Ratekau zahlte ein Bewerber 200 Rtl. für die Erlaubnis zum Bau eines Stuhls.

Taufstein und Taufengel

Die Reformation übernahm Kirchen, in denen der Taufstein in der Regel seinen Platz an der Eingangsseite im Westen hatte. Er wurde alsbald in die Nähe des Altars gerückt. Die *Kirchenordnung im Herzogtum Lüneburg*, Wittenberg 1564, bestimmt über den Ort der Taufe: In allen Pfarren des Fürstentums solle der Taufstein »oben vor dem chor und ein trit oder zween in die höhe gesetzt werden …«, weil die heilige Taufe nicht »im winkel oder heimlich, sondern in facie ecclesiae geschehen solle«. In der *Kirchenordnung unser, von Gottes genaden Julii, herzogen zu Braunschweig und Lüneburg etc … Wulfenbüttel 1569*, heißt es, daß die Taufsteine an einen »gelegenen ehrlichen orth, und ein tritt oder zween in die höhe gesetzt werden« sollen. Ein »ehrlicher Ort« für die Taufe war demnach ein Platz, an dem die Handlung vor versammelter Gemeinde für alle sichtbar vorgenommen werden konnte. Seitenkapellen oder der Eingangsbereich unter dem Turm wurden für ungeeignet gehalten. Als idealer Standort galt ein Podest in der Nähe des Altars. Aber verbindlich war dieser Platz nicht, er durfte »gelegen« sein. Die Lokalisation der Taufe »in facie ecclesiae« entsprach den gleichen dogmatischen Vorstellungen wie die Zueinanderfügung von Altar und Kanzel zwecks Verbindung von verbum audibile und verbum visibile in einer für die ganze Gemeinde verbindlichen »Sehachse«.[74] Aber aus liturgischen oder dogmatischen Gründen hätte die Taufe ebenso wenig notwendigerweise vor den Altar wie zum Beispiel die Orgel über ihn rücken müssen, falls es einen anderen geeigneten Platz gegeben hätte.[75] Ein anderes, praktisches und wirkungsvolles Argument für die Versetzung des Taufsteins in die Nähe des Altars war der Umstand, daß zuvor Pfarrer, Paten und Eltern mit dem Täufling vom Gebet am Altar zur Taufhandlung den Weg durch die ganze (im Winter kalte) Kirche zurückzulegen hatten.[76] Wie sehr die Forderung von dem »gelegenen ehrlichen Ort in facie ecclesiae« im 18. Jahrhundert auslegbar war, deutet schon *Sturms* Feststellung an:« Man machet auch jetziger Zeit keine besondere Tauff-Steine mehr/ sondern brauchet Becken/ die man entweder an jetzt besagtem Ort (= ein Schrank) mit aufheben kan/ oder man machet einen sauber geschnitzten Engel/ der mitten über dem Chor in der Luft schwebet/ und wenn ein Tauff-Actus vorhanden ist/mit seinem Tauff-Becken/ das er in den Händen träget/ herunter gelassen wird.«[77] Ob die Taufe mittels Becken, die im Schrank aufbewahrt wurden, Schalen, die in eiserne Ringe am Altargitter eingefügt oder auf die Altarschranken gesetzt wurden (u.a. in Schwirsen/ Pommern, Behlendorf/SH und Ulsnis/SH), trag- oder fahrbarer Tischchen[78] oder Gueridons, die nach Gebrauch in der Sakristei verschwanden, noch als dem Sakrament

---

74 Grashoff, S. 13: Das Bestreben muß »also dahin gehen, diese drei (Kanzel, Altar, Taufe) einander möglichst zu nähern bzw. zu vereinigen. In allerkonsequentester Form geschieht dies dann auch folgendermaßen: Kanzel und Altar sind zu einem geschlossenen Ganzen vereinigt. Vor dem Altar steht der Taufstein, und über Altar und Kanzel – das Ganze ein architektonischer Bau – das große Instrument des evangelischen Gottesdienstes: die Orgel.«

75 Vgl. hierzu auch Otte, S. 303: »Die Versetzung des Taufsteins in den hohen Chor scheint nur in evangelischen Kirchen stattgefunden zu haben, *aus äußeren Gründen.*«

76 Vgl. Kat. Malente   77 Sturm L. C., S. 28 f.

78 Tischchen auf Rollen zur bequemeren Handhabung durch *eine* Person: vgl. Neukirchen. Solche Taufgeräte auf Rädern gibt z. B. auch in Curau und im pommerschen Rode, und selten ist bekannt, daß die Rollen nicht etwa Zutaten aus späterer Zeit sind.

angemessen empfunden werden konnte, ist zumindest fraglich. Gegenüber solchen Alternativen war ein Taufengel die unvergleichlich bessere Lösung.

Die spätere Kirchenbauforschung erwähnt nicht, daß *Sturm* bereits den Zusammenhang zwischen Platzmangel in der Kirche und Zurücksetzung der großen Taufsteine erkannt hatte.[79] Wenn *Mai* die Stellung der Taufe vor dem Altar auf die theologische und liturgische Bedeutung der Sakramente und deren Zusammenführung an einem Ort, zugleich auch auf den protestantischen Brauch, die Kinder in Anwesenheit der Gemeinde zu taufen, zurückführt, entspricht dies lutherischen Grundsätzen. Wenn er aber gleichzeitig bemerkt, daß die Taufengel wie der Kanzelaltar aus Platzmangel in Gebrauch kamen und vom Lesetaufengel (einer Verbindung von Lesepult und Taufengel, die in Teilen Mitteldeutschlands häufiger vorkommt) sagt, daß auch er »keinesfalls aus einer liturgischen Notwendigkeit geboren«[80] sei, werden damit die Fragen, welches die Gründe für den Platzmangel waren, ob dieser als einzige Ursache für die Etablierung des Taufengels zu gelten habe und somit für die außerordentliche Verbreitung verantwortlich zu machen sei, nicht beantwortet. *Poscharsky*[81] weist unter Zitierung der Kirchenstuhlordnung von Stargard vom 17.2.1596 darauf hin, daß man mit dem Gestühl keine Rücksicht auf den Standort des Taufsteins nahm.[82] Mancherorts stand der Taufstein im Wege, wenn bei Beerdigungen der Sarg vor dem Altar aufgebahrt und vor dem Hinaustragen gewendet werden mußte.[83] In mehreren Fällen mußte der Taufstein weichen, weil an seinem Platz eine Gruft angelegt werden sollte. Auch hier darf der ökonomische Faktor nicht übersehen werden: Der Kirchenverwaltung brachte ein Grab an bevorzugter Stelle innerhalb der Kirche erhebliche Einnahmen, warf auf Dauer mehr ab, als die Anschaffung eines Taufengels kostete.[84] In Schleswig-Holstein wurde das Beerdigen in den Kirchen per Verordnung erst im Jahre 1812 verboten.[85] Solche Gründe führten dazu, daß sich das neuartige Taufgerät in einer Art durchsetzte, wie *Wiesenhütter* feststellt: »Mit dem 18. Jahrhundert zieht eine unabsehbare Wolke von schwebenden Taufengeln herauf.«[86]

Die weite Verbreitung der Taufengel läßt es schon vermuten, aber erst die ungedruckten Quellen der Kirchenarchive bestätigen es: Der Wechsel vom Taufstein zum Taufengel bedeutete eine Lösung für das Problem der mangelnden Sitzplätze (und gelegentlich auch der fehlenden Gruftstellen), die letzte Lösungsmöglichkeit, wenn

79 Hach, S. 118 f.: »Damals verschwanden, *aus bisher nicht genügend aufgehellten Ursachen*, aus vielen Kirchen die auf dem Fußboden stehenden ursprünglichen Taufsteine … und an ihre Stelle traten s. g. Taufengel.« Die Bedeutung dieser Veränderung schätzte er immerhin so hoch ein, daß er bemerkte, der eine oder andere Taufengel müsse wohl als kulturgeschichtliches Denkmal in die kirchliche Abteilung eines Museums einverleibt werden.
80 Mai, S. 138 und 183
81 Poscharsky, S. 64 Anm.1 : »Man stellet auch zu ihrem gutachten, ob nicht die taufe an einen andern ort zusetzen, und auf der stadt, da sie ietzo ist, männergestülte für vornehme fremde leute oder auch einheimische … auszurichten sein«.
82 Zum Aspekt des gesellschaftlichen Ranges eines Kirchenstuhls auf dem Platz, wo die Taufe gestanden hatte, vgl. das Kapitel »Gestühl«.
83 Vgl. Kat. Hamburg-Eppendorf, Rensefeld, Wöhrden. Dazu auch Wiesenhütter 1936, S. 202 ff.
84 In Lütjenburg (vgl. Kat.) flossen insgesamt 180 M. für den Erwerb einer Grabstelle auf dem Platz der alten Taufe als Gegenleistung für die Anschaffung eines Taufengels, für den der Künstler 84 M. erhielt.
85 Frühe Ausnahmen bestanden in Glückstadt 1642 und in Wilster, Mitte 17. Jh. Vgl. Wiegmann, S. 186
86 Wiesenhütter, 1936, S. 203

mit dem Einbau von Emporen und der Einordnung von Kanzel und Orgel in die Altarwand die raumordnenden Maßnahmen erschöpft waren. Selbst bei Kirchenneubauten, die häufig aus Kostengründen nicht für das geforderte Fassungsvermögen ausgelegt werden konnten, wurde von vornherein auf einen Taufstein verzichtet und ein Taufengel genommen. Ich zitiere hier aus dem im Katalog veröffentlichten Material Auszüge aus bemerkenswerten Verhältnissen in Schleswig-Holstein:

Ahrensburg: Errichtung eines Adels-Grabmals auf der Stelle des Taufsteins, Taufengelanschaffung zugleich mit Kanzelaltar und Erneuerung der Inneneinrichtung.

Bergstedt: Der Taufstein drohte, vermutlich, weil er über einem morschen Grabgewölbe stand, einzustürzen. Entfernung zugunsten eines Taufengels. Die Gruft konnte erhalten bleiben.

Grube: Taufengel wegen Platzmangels.

Hamberge: 1721/22 Neugestaltung des Innenraums mit Kanzelaltar. Taufengel vermutlich ziemlich gleichzeitig.

Hohenfelde: Standtaufe muß dem Begräbnisplatz für den Königlichen Amtsverwalter weichen. Alternative: Taufengel

Leezen: Notwendige Kirchenstühle können nicht gebaut werden, weil die Turmreparatur zu viel Geld gekostet hat. Die geplante Versetzung des Taufsteins auf die Nordseite in Altarnähe würde keinen Platz sparen, weil die dort stehenden Bänke auf die Hälfte gekürzt werden müßten. Lösung des Problems: Anschaffung des Taufengels aus Kirchen- und Spendenmitteln.

Lütjenburg: Der Platz, auf dem der Taufstein stand, wurde für eine Gruft gebraucht und ein Taufengel gekauft.

Neukirchen: Entfernung des Taufsteins, um an dessen Platz Kirchenstühle zu bauen.

Pronstorf: An die Stelle des Taufsteins wird ein Kirchenstuhl für die Juraten gebaut. Als neue Taufe wird ein Engel geschenkt.

Wöhrden: Beim Neubau der Kirche Taufengel, weil der Platz vor dem Altar für einen Taufstein nicht ausreichte.

Hamburg-Eppendorf: Der Eigentümer eines neuen Kirchenstuhls von sechs Ständen in Altarnähe mußte bei Beerdigungen seinen Stuhl jedesmal (auf eigene Kosten) wegnehmen und nachher wieder hinsetzen lassen, weil dieser den Trägern beim Wenden der Totenbahre im Wege war! Beispiel für räumliche Zwangsverhältnisse, wie sie in vielen Kirchen bestanden. Der Taufengel konnte Abhilfe schaffen.

Oldesloe: Für den Neubau der Kirche 1756 wurden fünftausend Erwachsenenplätze veranschlagt, nach Fertigstellung betrug das Fassungsvermögen jedoch nur 766 Stände. Zwei umfängliche Herrschaftsgestühle und ein übergroßer Magistratsstuhl nahmen so viel Raum weg, daß für eine Standtaufe kein Platz übrig blieb. Statt dessen Taufengel.

Rensefeld: Überlassung eines Kirchenstuhles gegen Spende zum Kauf eines Taufengels.

Schwarzenbek: 1749 Neubau der Kirche mit Taufengel.

Hohenwestedt: 1770 Neubau der Kirche mit Taufengel.

Horst: 1768 Neubau der Kirche, von Anfang an zu klein, mit Taufengel.

Malente: Stiftung des Engels »zur steten Verehrung des Gedächtnisses des Stifters«. Nicht seltener Fall: Taufengel mit epitaphiumartigem Charakter. Praktischer Anlaß war aber, daß der Taufstein im Westen stand und die Taufgemeinde mit dem Kind vom Altar zur Taufe durch die ganze Kirche laufen mußte.
Trittau: Stiftung eines Taufengels gegen Einrichtung eines Kirchenstuhls für den Amtsverwalter.
Schönwalde: Den Stiftern des Taufengels wurden zwei Grabstellen angewiesen.

(Quellen sind im Katalog angegeben)

Es ist zu prüfen, was der Protestantismus aus dieser vorrangig praktischen Zwecken dienenden Lösung gemacht hat, in welcher Weise er die Vorstellungen von Taufe und Engel miteinander verbinden konnte, und ob die bildende Kunst in der Lage war, dem angelomorphen Taufgerät einen Sinngehalt entsprechend der hohen Forderung nach dem verbum visibile im Sakrament mit auf den Weg zu geben.

Die theologischen Voraussetzungen

Die Vorstellung von den Engeln

Das griechische Wort angelos ist eine Übersetzung des hebräischen mal'ach. Die Juden verstanden darunter weniger ein personifiziertes Mittlerwesen zwischen Gott und den Menschen als vielmehr eine die Transzendenz Gottes verdeutlichende Formel. »Engel Jahwes« ist eine Umschreibung für eine *Botschaft* Gottes oder für die Gestalt, in der diese Botschaft Gottes für den Menschen wahrnehmbar wird.[87] In der Bibel ist sowohl im Alten als auch im Neuen Testament an vielen Stellen vom Wirken der Engel die Rede, aber bei der Taufe Jesu kommen sie nicht vor. Von einem Engel bei der Taufe sprach als erster der Kirchenschriftsteller Tertullian (ca. 160–225 n. Chr.). Sein Angelus baptismi verlieh dem Taufwasser die Heiligkeit. Mit ihm begann die Funktion eines Engels als Zeuge bei der Taufhandlung. Als auf der Synode 787 n. Chr. die Lehre des Pseudo-Dionysius von einem neunchörigen, hierarchisch geordneten Engelhofstaat Gottes kirchlich-autoritäre Anerkennung erhielt, entwickelte sich ein ausgeprägter Engelkult. Man glaubte, daß Engel in der himmlischen Liturgie die gleichen Funktionen ausüben würden wie die Kleriker in der Kirche, und stellte sie bei der Verrichtung solcher Aufgaben in der Gestalt von Engeldiakonen dar.[88] In Gegenwart eines als Dämonenbeschwörer wirkenden Engels gelobte der Täufling die Absage an den Teufel. Priesterengel bereiteten die Taufe vor und standen bereit, um nach erfolgter Immersion das Trockentuch zu reichen und das Kind in ein weißes Hemd zu kleiden. In der Kunst – auch der protestantischen – erschienen auf Darstellungen der Taufe Christi zwei Engel, die ein weißes Kleid vom Himmel herbeitrugen. Engel

---

87   Mertens, S. 262 f.; Westermann in Evangelisches Kirchenlexikon 1956, Sp. 1071
88   Vgl. hierzu und im folgenden Wirth in RDK V, Sp. 393 ff.

griffen bei allen gottesdienstlichen Vorgängen handelnd ein und wurden, der Bedeutung ihres Tuns entsprechend, in liturgischen Gewändern abgebildet.[89]

Mit der Reformation änderte sich die Vorstellung vom Wesen der Engel. Luther konnte die dionysische Lehre von der Hierarchie des Engelhofstaates nicht akzeptieren, doch die Existenz der Engel bejahte er.[89a] Zwar sind sie nie als selbständig handelnde Vermittler zwischen Gott und den Menschen zu denken. Ihre religiöse Verehrung und Anbetung wird darum verworfen. Aber sie sind doch mehr als nur ein Symbol für Gottes Wort; denn Engel werden gesandt, damit in ihnen eine Botschaft Gottes *»mündlich wird«*.[90] Sie machen Gottes Wort erfahrbar.

In der Zeit der Aufklärung, als man die vordem für real existierend gehaltene Welt des Übernatürlichen mit Geistern und Dämonen in Frage zu stellen begann, reduzierte sich auch die Vorstellung von der Bedeutung der Engel. In der kirchlichen Dogmatik war für sie kein Platz mehr. Religiöse »Offenbarungen ihres Daseins seien nicht mehr zu erwarten«, stellte Schleiermacher (1768–1834) fest.[91] Was überdauerte, war die metaphorische Verwendung des Engel-Begriffs im Bereich der aufgeklärten Tugendlehre. Heutige Definitionen nähern sich Luther erneut, aber nur insoweit sie die Engelvorstellung an das Schriftzeugnis binden und wieder in der religiösen Sphäre ansiedeln: Engel sind »Zeugen des Wortes Gottes, nur in diesem Wort haben sie ihre religiöse oder metaphysische Konsistenz… Engel markieren den Übergang… des Geheimnisses in den Raum bekannter Möglichkeiten.«[92] Aber die in Luthers Sprache so plastisch hervortretende, fast physisch-nahe und gefühlvolle Beziehung zwischen Engeln und Menschen ist, was die Theologie anbetrifft, zurückgenommen auf die Formel: Engel sind »eine angemessene Redeweise von Gottes Wirklichkeit, die rationale Denk- und Sprechstrukturen transzendiert«.[93]

Das protestantische Engelbild bei Luther, im Kirchenlied, im Predigttext

Das protestantische Bild vom Wesen des Engels wird, verglichen mit dem der katholischen Engellehre, als blaß bezeichnet.[94] Es ist in der Tat, da nicht dogmatisch festgelegt, in keiner eindeutig unveränderlichen Weise geprägt. Zwar ist es als Zeichen für Gottes Wirken konsequent an das Zeugnis der Schrift gebunden. Aber es existiert darüber hinaus in vielfältiger Form in der Sphäre des persönlichen Glaubens, aus der es sich schwerer zur Anschaulichkeit bringen läßt, als aus der Verbindlichkeit theologischer Schriften. Das Maß, in welchem das Engelverständnis der protestantischen

89 Wirth, a. a. O.; Künstle, S. 242; Schipperges, S. 137 ff.
89a »Dionysius und andere Doctores haben viel von den lieben Engeln geschrieben … Aber die H. Schrifft redet nicht also von den lieben Engeln.« Luther, Zweite Michaelispredigt 1531, WA Bd. 34, S. 257. – »Die Christen sollen wissen, daß Engel seyn.« Predigt am Abend vor dem Michaelisfest 1531, WA Bd. 34, S. 225
90 Geist aus Luthers Schriften, Bd. 1, S. 740
91 Zit. bei Wirth in RDK V, Sp. 511
92 Barth, S. 433 f.   93 Böcker, S. 599   94 Kühn, S. 9

Bevölkerung im 18. Jahrhundert, der Zeit der Taufengel, noch von an biblische Offenbarung gebundenem Glauben getragen oder Teil einer mehr subjektiven Frömmigkeit war, läßt sich nur schwer ausloten oder im Zweifelsfall exakt trennen. Ein Engelverständnis muß aber in jener Zeit, als die Raumnot in den Kirchen zur Anbringung der Taufengel zwang, nicht nur präsent, sondern stark und lebendig genug gewesen sein, um dem Kirchenvolk das Abbild eines Engels als Träger der Taufschale sinnreich erscheinen zu lassen. An anderen Alternativen zur platzraubenden Standtaufe gab es ja keinen Mangel (Vgl. S. 26). Aus der ausgedehnten Verbreitung dieses Taufgerätes in den protestantischen Ländern muß auf ein allgemeines Verständnis bei der Annahme der neuen Form geschlossen werden. Offenbar bedurfte es zu deren Einführung keiner gezielten theologischen Begründung, keiner kirchenobrigkeitlichen Weisungen oder lehrhaften Reden; denn entsprechende Belege fehlen. Dokumentiert wurden vielmehr die praktischen Erfordernisse, die den Taufengel als nützliches Gerät erscheinen ließen.

Als Quellen, die einen Eindruck vom Verständnis für den Engel, der mit dem Taufbecken vom »Himmel« kommt, vermitteln können, kommen Luthers Schriften zur Glaubenslehre, die Kirchenordnungen protestantischer Länder als Zeugnisse für die liturgische Ordnung bei der Taufe, ferner Kirchenlied und Predigttext als Belege für Art und Weise der Frömmigkeit und/oder der theologischen Didaktik in Betracht. Wie *Laubach*[95] wohl zu Recht vom Verständnis des Taufsakraments mutmaßt, läßt sich auch das Engelverständnis der Gemeinden anhand des Kirchenliedes nur unvollkommen rekonstruieren, weil die Lieder (wie auch Predigten, Andachten, Erbauungsschriften) von Theologen verfaßt sind und nicht als gültige Aussagen über religiöse Vorstellungen im Volk gewertet werden können. *Laubachs* Feststellung, daß Taufliedern wegen ihres Primats theologisch-dogmatischer Inhalte keine das Verständnis der Gemeinde *prägende* Kraft zukomme [96], kann auf die Engelaussagen der Lieder so dezidiert nicht übertragen werden. Diese bewegen sich weitgehend im undogmatischen Bereich einer Frömmigkeit, die dem Verständnis des Kirchenvolks angemessen sein konnte.[97] Die Frage ist, ob innerhalb der Gemeinde eine eigene, über die theologische Lehre hinausreichende Vorstellung vom Wesen der Engel latent existierte. Werden die Taufengel selbst eine deutlichere Sprache sprechen? Werden die heute noch vorhandenen Exemplare, an denen wir unser Urteil zu formulieren versuchen, mit ihrem Erscheinungsbild den schriftlichen Zeugnissen entsprechen, sie ergänzen oder korrigieren?

Luthers Vorstellung von den Engeln

Luthers Äußerungen zeugen immer da, wo sie über das rein Lehrhafte vom Wesen der Engel hinausgehen, von einer starken persönlichen Verbundenheit. Er spricht von seinen »lieben Engeln«, von deren Schutz er sich umgeben und getragen fühle. Die Engel seien Gottes Gehilfen, er habe sie den Menschen zum Dienst verordnet »als eine

95 Laubach, S. 4 f.
96 ebd., S. 5
97 Heussi, S. 360: »Das Kirchenlied war für das religiöse Volksleben von größter Bedeutung. Es war die wichtigste Quelle der Religiosität«. Vgl. auch Röbbelen, S. 27, S. 51 ff.

Gewalt wider den Teufel«[97a]. Ein jeder Christ habe seinen Schutzengel, vor allem aber habe jedes Kind von Geburt an seinen eigenen Hüter und Wächter. Luthers Predigten von den Engeln am Vorabend und am Tage des Michaelisfestes 1531 über Matth. 18, 1–10 handeln von dieser starken Bindung zwischen Kind und Engel. Ausgehend von dem Wort, das Jesus an seine Jünger richtet: »Es sei denn, daß ihr umkehret und werdet wie die Kinder, so werdet ihr nicht ins Himmelreich kommen«, Matth.18, 3, mahnt Luther, die Kinder nicht zu verachten. Sie seien dem himmlischen Vater besonders nahe, denn »ihre Engel sehen allezeit das Angesicht Gottes«. Darum solle ein Kind von Jugend auf an seinen Helfer und Wächter gewöhnt werden. [97b] Luther sieht das beschützende Wirken der Engel vor allem in der Abwehr von Teufel und Sünde, indem sie den Menschen in seinem Gewissen und guten Willen stärken; denn vergeben können sie die Sünde nicht, »das ist allein Gottes Werk«.[97c] Sie begleiten den Menschen von der Geburt bis zum Tod, stehen ihm in seinem Sterben bei: »In dem fall seind die lieben Engel eben, alls wenn ein Kind aus der Tauffe gehoben wird, da weis das Kind nicht, wo es hinfehret.« Aber so wie bei der Taufe der Pfarrer, die Paten und Frauen das Kind auffangen und ihm auf den Lebensweg helfen, so helfen die Engel dem Sterbenden:»Nicht, daß sie das Leben geben oder aus dem Tode führen, sondern daß sie darzu helffen, daß die Seele auffgenommen und empfangen werde« von Gott. Die Hilfe der Engel in den Anfechtungen des Lebens und in der Todesnot wird zum wichtigsten Aspekt in Luthers Engellehre. Aber erst durch die Taufe wird dem Menschen diese Gnade zuteil.[98] Gottes Wort und die Kraft der Taufe wurden offenbar in der Taufe Christi, als der Himmel offen stand, Gottes Stimme zu hören war und der Heilige Geist in Gestalt einer Taube niederschwebte. Da war auch »der himmlische Chor aller Engel, die da hüpfen, springen und fröhlich über dem Werk sind.« Luthers hohe Meinung vom Amt der Engel, das mit der Taufe beginnt, kommt exemplarisch in dem Bild zum Ausdruck, das er in der Taufpredigt für Bernhard von Anhalt, 1540, gebraucht: Bei der ersten, das Sakrament begründenden Taufe, der Taufe Christi, vergleicht er Johannes den Täufer mit dem Engel, »davon Malachias geweissaget hat, fur dem Herrn her gesand, das er von jm zeugen und jn teuffen sol.«[98a]

Luthers Engelvorstellung, einerseits präzise in der Feststellung, daß Engel nicht als selbständig handelnde, anbetungswürdige Vermittler zwischen Gott und Mensch

97a Luther, Predigt am Abend vor dem Michaelisfest 1531, WA Bd. 34, S. 228, S. 239
97b Luther, Zweite Michaelispredigt 1531, WA Bd. 34, S. 243. Mit Worten, die der Vorstellungswelt von Kindern entsprechen, redet Luther, ebd. S. 248.: »Liebes Kind, du hast einen eigenen Engel; wenn du des Morgens und des Abends betest, wird derselbige Engel bei dir sein, wird bei deinem Bettlein sitzen, hat ein weißes Röcklein an, wird dein pflegen, dich wiegen und behüten, daß der böse Mann, der Teufel, nicht zu dir könne etc. Item, wenn du das Benedicte und Gratias gerne sprechen wirst, vor dem Tische, wird dein Engelein bei dem Tische sein, dir dienen, wehren und wachen, daß dir kein Uebels widerfahre, und daß dir die Speise wohl bekomme. Wenn man solches den Kindern einbildete, so würden sie von Jugend auf lernen und gewöhnen, daß die Engel bei ihnen sind; und solches dienet nicht allein dazu, daß die Kinder sich auf den Schutz der lieben Engel verließen, sondern auch, daß sie züchtig würden, und sich lerneten scheuen, wenn sie allein sind, daß sie gedächten: Ob schon die Aelteren nicht bei uns sind, sind doch die Engel da, daß der böse Geist uns nicht eine Schalkheit beweise.«
97c Hierzu und im folgenden Luther, Dritte Michaelispredigt 1531, WA Bd. 34, S. 273, S. 275
98 »Wenn du getauft bist, hast Gottes Wort, bist berufen, so gedenke, daß das Himmelreich über dir ausgebreitet, und nicht allein Gott selbst, sondern auch alle Engel ihre Augen auf dich gerichtet haben.« Hierzu und im folgenden Geist aus Luthers Schriften, Bd. 4, S. 364 ff.
98a Luther, WA Bd. 49, S. 121

anzuerkennen seien, ist andererseits offen für alle Möglichkeiten des Einwirkens der Engel in das Leben des Menschen, insoweit Gottes Wille solches Wirken vorsieht. Die Hilfe der Engel geschieht aus göttlicher Gnade, diese wird in der Taufe erworben. Ein fest umrissener Phänotyp existiert jedoch nicht, »Engel« können in verschiedenen, für das Heilsgeschehen sinnfälligen Personifikationen auftreten.[98b]

Der Engel im Kirchenlied

Tauflied und Wiegenlied

Die Vorstellung vom Schutzengel, wie Luther sie in seinen auf die Nähe des Kindes zu Gott hinweisenden Tauf- und Michaelis-Predigten lehrt, ist im Jahrhundert der Reformation verbreitet. In Johannes *Freders* Tauflied von 1565 »Ach lieber Herre Jesu Christ« heißt es in Strophe 5:

>»Durch deine Engel es (das Kind) bewahr/
>vor Unfall, Schaden und Gefahr/
>erbarm dich seiner gnädiglich/
>gib deinen Segen mildiglich.« (GB 6).

Freders Lied war ursprünglich als ein Wiegenlied, ein »geistlick ledeken vor de klenen kinder by der wegen to singen« gedacht. »Es ist ein volksliedhaftes, herzliches Fürbittgebet an Christus: da er selbst Kind war und seine Liebe zu den Kindern gezeigt hatte (Matth. 18), wird ihm das einschlummernde Kind für die Nacht wie für seinen ganzen Lebensweg anbefohlen.«[99] *Freders* Ausdrucksweise ist nachhaltig von Luthers Vorbild geprägt.[100]

Das trifft auch auf einen anderen Zeitgenossen des Reformators, den Pfarrer Johann *Mathesius* zu. Aus seinen Wiegenliedern, die im Text an die zu Weihnachten in der Kirche gesungenen Kindelwiegen- oder Josephslieder anknüpfen, spricht große Kinderfreundlichkeit: »Er sendt dir auch sein Engelein, zu Hütern Tag und Nacht«, 1560.[101]

Daneben findet sich in Johannes *Gerletzkis* Tauflied »Frolock liebe Christenheit«[102] die stärker bekenntnisbezogene Aussage »Dir ist solch gnad geschehn, drann auch die Engel ir lust sehn«.

98b Dies geschah in Anlehnung an die Engelerwähnungen im Alten Testament. Vgl. dazu Luther, Zweite Michaelispredigt 1531, WA Bd. 34, S. 243–269. Auch nach Luther war die Identifizierung von Engeln mit biblischen oder zeitgenössischen Personen, so zum Beispiel mit Luther selbst, mit Hus und anderen, mit Predigern, üblich. Damit war die Voraussetzung zur Vermischung der Engelvorstellung mit Personifikationen didaktischer und moralischer Begriffe (zum Beispiel der Tugendlehre) vorgegeben. Vgl. dazu auch Wirth, RDK V, Sp. 508–511.

99 Laubach, S. 46 f. Die Frage Laubachs, S. 51 f., ob die einfache Art der Auffassung von der Taufe, wie sie in Wiegenliedern vermittelt werde, dem Sakrament zukomme, ist für die hier relevante Untersuchung auf das Verständnis für den Engel mangels vergleichbarer dogmatischer Bedeutung nicht zu stellen.

100 Freder war 1524 Luthers Hausgenosse in Wittenberg, später Reformator in Pommern und Hamburg. Nelle, S. 58

101 ebd., S. 62 f.

102 Wackernagel, Bd. 4, Lied Nr. 515

Darüber hinaus ist jedoch in Taufliedern von Engeln kaum die Rede. Die eigentliche und wichtigste Liedgattung für den Engelglauben sind die

Lieder zum St. Michaelistag.

Einer der schönsten, sprachkräftigsten und bildhaftesten Gesänge ist »Heut singt die liebe Christenheit« von Nikolaus *Hermann*, einem Zeitgenossen Luthers. Darin heißt es von den Engeln in Vers 2–8:

> »Sie glänzen wie der Sonnen Schein
> hell wie ein Feuerflamm sie sein
> und ganz himmlische Geister
> und sein die schönste Kreatur,
> heilig von Art und von Natur,
> Christ ist ihr Schöpfer und Meister.
> Sie sehen stets Gottes Angesicht
> spiegeln sich in dem klaren Licht
> göttlicher Majestäte…
> Michael führt der Engel Schar,
> ein hoher Fürst ist er fürwahr;
> unter seim Fähnlein schweben
> all Engel, streiten Tag und Nacht
> wider des Teufels List und Macht
> und seim Mord widerstreben.
> Der alte Drach, der feiert nicht,
> all Augenblick tracht' er und dicht',
> wie er uns mög obsiegen…
> Wo ihm nicht wehrt der Engel Schar,
> unser Leib, Seel, Blut, Haut und Haar
> kein Stund blieb unverletzet.
> Mit Feur und Wasser, Wind und Schnee
> uns alle er verderbete,
> so hart er uns zusetzet.
> Des danken wir dir, Herr Jesu Christ,
> daß du uns solche Wächter gibst …« 1560

In vielen Michaelisliedern wird die besondere Beziehung zwischen Kind und Engel veranschaulicht, so in Nikolaus *Selneckers* (1530–1592) Lied »Von den lieben Engeln«[103]:

> »Die lieben Engel Geister sind,
> die Gott auff sein dinst warten,
> Er send sie aus zu jedem Kind
> aus seim Himlischen garten,
> das sie soln unser gleitsleut sein
> un uns schützen fur not un pein,
> dem wiedersacher wehren.«

Martinus *Behm* (1557–1622), der sich in seinen Formulierungen vom Vorbild Philipp *Melanchthons* aus der Reformationszeit leiten läßt, legt in seinem Lied zum Michaelisfest Zeugnis vom Wesen der Engel ab:

>»Naturen... wie Fewerflammen
> und leuchten hell und klar
> in einigkeit beysammen,
> heilig, weiß, mächtig gar,
> sind hurtig und behende
> an allem Ort und Ende,
> ihr Dienst ist offenbahr.«[104]

Den Dienst der Engel erbittet er mit den Worten:

>»Zu allen unsern sachen dein heilig engel send,
> das sie mit fleiß bewachen Kirch, Schul und Regiment,
> auch Hauß, Hoff, Weib und Kinde, die Güter und Gesinde
> und alles was wir han.«[105]

In starkem Maße bestimmen hier alltägliche Nöte die Bitten um den Schutz der Engel. Die Lieder entstanden in der Zeit der Gegenreformation. In ihnen finden vielfältige subjektive Ängste, oft verbunden mit der Sorge um den Bestand der Kirche, Ausdruck. Die Sprache ist noch lutherisch, direkt und einfach.

Noch ausführlicher – unter Aufzählung der spektakulärsten Schutzengeltaten an Daniel, Loth, Petrus, den drei Jünglingen im Feuerofen – befassen sich die siebzehn Strophen aus Gregorius *Sunderreiters* Michaelislied[106] mit der Bitte um den Schutz der Engel, die in ihrer ganzen Kraftfülle vorgestellt werden.

Im Zeitalter des Dreißigjährigen Krieges verbindet Justus *Gesenius* in seinem Michaelislied das Lob der Engel als Beschützer des Menschen mit der Bitte, den Engeln ähnlich zu werden.[107] Johann *Rist* sieht die Engel als hilfreiche Begleiter des Menschen, sie »raten in der Verirrung, erfreuen, ermutigen, trösten und schützen« ihn.[108] Weitere Michaelislieder[109] erschöpfen sich, wie etliche des 16. Jahrhunderts, in ausführlicher Erzählung biblischer Großtaten dieser »starcken Himmels-Helden«.[110] In der Ausdrucksweise macht sich gelegentlich die kriegerische Zeit bemerkbar, so bei Paul *Gerhardt*: »Der starcken Engel Compagnie zieht frölich an, macht dort und hie sich selbst zum Wall und Mauren.«[111]

103 ebd., Lied Nr. 471
104 GB 8, Lied Nr. 191
105 Wackernagel Bd. 5, Lied Nr. 308
106 ebd., Lied Nr. 23
107 GB 3. Nelle, S. 137: Gesenius (1601–1673) war Oberhofprediger in Hannover.
108 GB 7, Lied Nr. 316. Nelle, S. 106: Rist (1607–1667), Pastor in Wedel/Holstein, Dichter und Begründer des »Elbschwanenordens«.
109 GB 5, GB 7
110 GB 7, Lied Nr. 318
111 GB 8, Lied Nr. 193. Paul Gerhard (1607–1676).

Im Gesangbuch für Schleswig-Holstein[112] preist Lied 195 die Engel als von Gott zum Schutze der Kinder bestellt, betont aber gleichzeitig die Glaubensgrundlage: »Es ist der engel amt und pflicht, daß Gottes Will allein geschieht, im himmel und auf erden.«

Bemerkenswert ist, daß das Ratzeburger Kirchen-Gesangbuch[113] von 1741 unter dem Titel »Von Gottes Werken und Wohltaten« noch 1841 sieben Lieder »Von den heiligen Engeln« enthielt. Die Verse bekennen:

> »Sie leben ohne Sünde und werden niemals alt,
> sind mächtig und geschwinde, von himmlischer Gestalt,
> voll wunderbarer Stärke, bei der sie nimmer ruhn,
> und das sind ihre Werke: den Willen Gottes tun …
> Sie kündigten uns Armen oft frohe Botschaft an,
> wie viel Gott aus Erbarmen zu unserm Heil getan;
> Mein Gott! Sei hoch gepriesen, daß du der armen Welt
> die Wohltat hast erwiesen, und Engel uns bestellt,
> die stets auf unsern Wegen wo sich ein Anstoß findt,
> die Hand uns unterlegen und treue Wächter sind.«
> Lied 107, V. 4, 6–7

> »Mache mir dein Wort bekannt durch des Heiligen Geistes Gabe,
> daß ich Weisheit und Verstand wie ein Engel Gottes habe;
> bis wir einst in jenem Licht völlig sehn Dein Angesicht …
> Heiß die Engel mich zur Ruh tragen nach dem Himmel zu.
> Laß uns dann vor Deinem Stuhl bei den Auserwählten stehen,
> wenn die Bösen in den Pfuhl mit dem Satan werden gehen,
> und hernach in jenem Reich mache mich den Engeln gleich.«
> Lied 110, V. 3, 6–7.

> Lied 112, V. 7–8 nähert sich wieder der Beziehung Engel-Kind:
> »So laß mich ihnen gleichen in wahrer Heiligkeit,
> wie sie die Kinder lieben, und sich in Demuth üben,
> so mach auch mich dazu bereit.
> Sie thun ja Deinen Willen, den laß auch mich erfüllen.
> Sie leben fromm und rein;
> O, laß mich schon auf Erden auch ihnen ähnlich werden,
> stets diese reinen Geister scheun.«

Obwohl auch hier die Stärke der himmlischen Helfer gepriesen, die Bitte um Wesensgleichheit mit ihnen ausgesprochen und der Lohn des ewigen Lebens erhofft wird, mutet die Sprache lehrhaft an, und das Fehlen der unmittelbaren, gefühlsgetragenen Beziehung, wie sie die älteren Lieder auszeichnet, wird in der Aussage spürbar.

---

112 GB 4, [10]1767
113 GB 1 nach den Auflagen von 1741 und 1776

Die Schutzengel-Bedeutung tritt außer in Michaelisliedern in den

Morgen- und Abendsegen-Liedern

stark hervor. Das beginnt bereits in den Versen *Freders* aus der Lutherzeit.[114] Aus der Zeit der Gegenreformation und des Dreißigjährigen Krieges stammende Lieder stellen in ihren Bitten um Engelschutz wieder die physischen Nöte in den Vordergrund. Hilfe in Glaubensfragen wird dagegen selten erbeten.

Von Heinrich *Albert* (1642) stammen die Verse:

»Deinen Engel zu mir sende, welcher aller feinde macht,
list und anschläg von mir wende und mich hab in guter acht.«[115]

Im ausgehenden 17. und frühen 18. Jahrhundert werden profane Schutzanliegen seltener formuliert. Die wenig präzisierten, mehr allgemein gehaltenen Bitten, daß Gottes Schutz und Güte im Werk seiner Engel dem Kind zuteil werden möge, unterscheiden sich von den betont kämpferischen Michaelisliedern des 17. Jahrhunderts oft durch ihren sehr gefühlvollen Ton. Dem GB 3 (1854, nach den Auflagen von 1732 und 1738) entnehme ich die Zeilen:

»Decke mich mit deiner Güte, auch dein Engel steh' mir bei«
Lied 363, V. 4, von Caspar *Neumann*;
»Sende deine Engelschaar, die mein Bettlein ziere«
Lied 361, V. 9;

Hier findet sich aber auch das schöne Lied Paul *Gerhardts* »Breit aus die Flügel beide«, wo Vers 8 lautet: »will Satan mich verschlingen, so laß die Engel singen, dies Kind soll unverletzet sein!« Dieses bereits ältere Lied von Paul *Gerhardt* wurde, wie seine anderen Lieder, erst spät, »einige erst Menschenalter nach ihrem Erscheinen, in kirchlichen Gebrauch genommen.«[116] Viele seiner Lieder haben einen innigen, von subjektiven Stimmungen und Erfahrungen geprägten Charakter. Sie hatten noch in der Zeit des Pietismus und des Rationalismus, von dessen auf die Lebenshilfe in Fragen der Tugend und Erziehung beschränkten Engelbild sie sich deutlich unterscheiden, Bestand. Hier hat offensichtlich das fromme Empfinden der Gemeinde dem älteren Liedgut Vorrang vor der neuen rationalistischen Sprache gegeben.

Zusammenfassend ergeben sich für das Engelverständnis aus dem Kirchenlied folgende Merkmale:

In dem klassischen Tauflied »Christ unser Herr zum Jordan kam« von 1541 greift *Luther* im Bild der Taube auf das Symbol der Verheißung Gottes zurück[116a], handelt im

---

114 »De Engel dyn myn beschütter syn« und »Der Engel dein hab meiner acht«. Wackernagel Bd. 3, S. 214 f., Lied Nr. 235 und 234

115 GB 1, darin auch Lied 983 von G. Niege, 1588; sowie die Lieder Nr. 1002, 1024, 1025, 1027, 1033, 1037, 1039, 1040

116 Nelle, S. 89

116a Vers 4: »…der Heilig Geist hernieder fährt/ in' Taubenbild verkleidet/ daß wir nicht sollen zweifeln dran/ wenn wir getauft werden…« GB 6, Lied 146

übrigen aber, ohne Engel zu erwähnen, dogmatisch von dem Sakrament. Im Zusammenhang mit dem speziellen kirchlichen Anliegen bei der Taufe, der Absage an den Teufel und die Sünde, ist übrigens von der exorzierenden Kraft der Engel, von der im Kapitel über die Taufe noch zu handeln ist, nicht die Rede. Auch spätere Tauflieder von anderen Verfassern gehen darauf nicht ein.

Die Inhalte der reformationszeitlichen Wiegenlieder, die als Tauflieder gebraucht wurden, bitten um den Schutz der Engel für den Lebensweg des Kindes und rufen Christi Liebe zu den Kindern an: Jesu wird Kind, um auch die Kinder zu retten[116b].

In der bewegten Zeit der Glaubenskämpfe von der Gegenreformation bis zum Dreißigjährigen Krieg steht in den Michaelis- und den Morgen- oder Abendsegenliedern das starke Schutzbedürfnis der Menschen in allen, auch den trivialen Dingen des Lebens im Vordergrund der Bitten an die Engel. Die Not der Zeit spiegelt sich darüberhinaus in bekenntnishaften Liedern zur Engelnatur, im gewaltigen Lob ihrer Stärke. Dem Inhalt entsprechend ist die Sprache oft kämpferisch.

Empfindsam bleibt der Ton vom ausgehenden 17. bis ins frühe 18. Jahrhundert in den Morgen- und Abendsegenliedern. Jetzt geben die Liedinhalte jedoch weniger den aktuellen Lebensnöten als vielmehr der vertrauensvollen, aber allgemein gehaltenen Bitte um Gottes Güte und den Schutz der Engel Ausdruck.

Neben den in allen Liedgattungen in unterschiedlicher Intensität formulierten Bitten um die Hilfe der Engel findet als weiterer wichtiger Aspekt evangelischen Engelglaubens der Wunsch nach Wesensgleichheit mit den himmlischen Boten und die Vorstellung, daß die Seele des Toten von den Engeln in den Himmel getragen wird, Ausdruck im Lied.

Um die Mitte des 18. Jahrhunderts verblaßt die Emotionalität der Sprache in den Liedern. Während Engel bis dahin in den angesprochenen Liedgattungen eher regelmäßig vorkamen, sind sie in den Liedern der Aufklärungszeit eher die Ausnahme. In Christoph Christian *Sturms*[117] Liedern und Gesängen werden Engel kaum noch erwähnt. In seinen Andachten wird selten nur um die Hilfe der *Engel*, vielmehr in direkter Hinwendung *Gott* um Schutz gebeten.

In der bleibenden Bedeutung der volkstümlichen Lieder Paul *Gerhardts* zeigt sich der Einfluß der Gemeinde, die das überkommene Liedgut unter den nüchternen Neudichtungen der Aufklärung bewahrt.

Engel in Predigttext, Agende, Andacht und christlicher Erbauungsliteratur

Vorausgehend ist anzumerken, daß nur solche Zitate aufgenommen wurden, die das Wesen der Engel oder ihr Verhältnis zu Taufe und Kind betreffen. Alle anderen auf Erscheinungen oder Taten von Engeln bezogenen Texte wurden nicht berücksichtigt.

Im »Kleinen Seelen-Schatz«, 1704, von Christian *Scriver*[118], heißt es über das Geschehen im Sakrament der Taufe: »…die getaufften Christen… werden um seinet (Christi) willen für Gottes Kinder erkläret, von allen heiligen Engeln geehret, geliebet und hochgehalten.« Die drei Personen des einigen göttlichen Wesens, »der Vater, das

Wort und der Heilige Geist«, zeugen im Sinne von Taufpaten für das Versprechen der Kindschaft Gottes und der Kraft der Engel gegen die »höllischen Geister«.

Benjamin *Schmolck*[119] bezeichnet Christus als den großen Engel des Bundes. Damit hält er sich an Luther, der diese Anwendung des Namens »Engel« auf Christus aus der Bibel ableitet.[120] Auch die poetische Sprache der Psalmen wird als angemessene Redeweise von den Engeln verstanden. J. H. *Weihenmayer* bezieht 1698 in seiner Predigt über Inhalt und Bedeutung des Wortes »Geist« dieses nach Psalm 104 auch auf die Engel, nämlich: »In Ansehung der Geschöpffen wird es gebraucht/erstlich von den Engeln. Er (Gott) machet seine Engel zu Winden/zu schönen subtilen und geschwinden Geistern.«[120a] Erdmann *Neumeister*[121] betont den Ernst des Taufsakraments und die große Verantwortung des Pfarrers: »Denn es ist keine geringe/sondern eine sehr schwere Unternehmung/predigen und tauffen … Wer prediget/oder eine Kind tauffet/ der muß wissen/daß ihm das gantze Höllische Heer feind sey/und keinen Augenblick das Leben laßen würde/ wo er nicht einen allmächtigen Schutz-Herrn hätte« und »wenn Evangelische Eltern ihr Kind von der Taufe wieder bekommen/so wissen sie … gefällt es Gott das Kind in seinem zarten Alter aus dieser Welt hinweg zu nehmen/so sind sie ohnfehlbar versichert/es sey von den Engeln getragen in Abrahams Schooß.« Die Vorstellung von der realen Heilskraft der Taufe als *»in der That* das Bad der Wiedergeburt«[121a] tritt besonders in der Auseinandersetzung *Neumeisters* mit anderen religiösen Bewegungen hervor. Noch ist auch die Vorstellung von der lebensbegleitenden Hilfsfunktion der Engel integriert in das Verständnis des Sakraments. In solchen Texten ist ein lebendiger Glaube an Engel, eine starke religiöse Vorstellung von ihrer Kraft spürbar.

Daneben macht sich jedoch eine eng am Bibelwort orientierte Engelvorstellung als Folge der orthodoxen Lehre von der Verbalinspiration[121b] bemerkbar. Der im Glauben an eine ganz persönliche Bindung geübte freiere Umgang mit den Engeln findet in der

116b Johannes Freder 1565: Vers 1 »Ach lieber Herre Jesu Christ, der du ein Kindlein worden bist, von einer Jungfrau rein geborn, daß wir nicht möchten sein verlorn.« GB 6

117 C. C. Sturm (1740–1786), Pastor an St. Petri in Hamburg, nach ADB Bd. 37, Berlin 1971

118 Nelle, S. 160: Chr. Scriver, geboren 1629 in Rendsburg, gest. 1693, Vorläufer des Pietismus. Berühmter Erbauungsschriftsteller. Andacht Nr. XXVI, S. 450 f.

119 Nelle, S. 197 f.: B. Schmolck (1672–1737), nichtpietistischer Pfarrer und Dichter. Andacht Nr. X

120 Wirth in RDK V, Sp. 503, 508

120a Weihenmayer, S. 276

121 Erdmann Neumeister, (1671–1756), Lutheraner, Hauptpastor an St. Jacobi in Hamburg. Vgl. Titelei zu seiner Schrift »Kurtzer Beweis…«. Streiter gegen den Calvinismus besonders auch in der Frage des Taufverständnisses.

121a Neumeister, S. 22 ff.

121b In der Zeit der Gegenreformation entstand in der Absicht, einer Zersplitterung der evangelischen Lehre entgegenzuwirken, ein theologisches System, das sich gegenüber Luthers lebendiger Begründung des Glaubens auf den Geist Gottes in der Heiligen Schrift durch seine dogmatische Strenge auszeichnete. Grundlage für diese Lehre war ein aus der Bibel, den Lutherwerken und den Bekenntnisbüchern geschöpftes Glaubensgut, dessen oft rigide am Wortlaut orientierte Auslegung Kennzeichen der altprotestantischen Orthodoxie wurde. Diese Epoche, die zum Beispiel in Schleswig-Holstein bis zum Ende des Nordischen Kriegs 1721 dauerte, fand in theologischen Schriften ihren Niederschlag. Daneben lebte jedoch eine tiefe Religiosität weiter, die besonders im Kirchenlied zutagetrat. Vgl. dazu J. Alwast, S. 39f. – Brockhaus Enzyklopädie Bd. XV, S. 194 Art. Protestantismus und Bd. X, S. 151 Art. Inspiration

Sprache orthodoxer Theologen keinen Ausdruck mehr. Blasser wird bereits das Bild, wenn Engel, wie in Valentin Ernst *Löschers*[122] Geistlichen Liedern, vorzugsweise nur als lobsingende Heerscharen im Himmel in Erscheinung treten. Und in didaktischer Strenge erhebt der Pfarrer an der St. Marienkirche zu Lübeck August *Pfeiffer* seine Stimme. Er möchte in seiner Schrift »Christen-Schule«, 1690, das Engelverständnis der Gemeinde zurechtrücken, theologische Lehre und frommes Volksempfinden voneinander trennen: Die Vorstellung, daß die Funktion der Engel sich darin erschöpfe, daß jeder Mensch *seinen*, das soll heißen seinen persönlichen Engel habe, existiere nur »ex opinione vulgi«.

Einen anderen Charakter hat das Engelbild der Aufklärung. In den Predigten von *Goeze* 1768, von *Arndt, Conard, Merkel, Schröder* und anderen[123], von *Ahlfeld* 1856 sind die Aussagen über Engel weitgehend frei von Reflexionen auf das Kind. Auch die Taufreden sind vorwiegend auf Lebenslauf, Erziehung und Tugend ausgerichtet. Zwar wird »ein Schutzengel an den Abgründen des Verderbens«[124] für nötig gehalten, doch wenn es heißt: »Möge ... ein segnender Engel Deinen Namen als einen durch Frömmigkeit und Tugend ausgezeichneten vor Gott genannt haben«, wird der nüchterne Geist des Rationalismus spürbar, dem Luthers von Warmherzigkeit getragenes Verhältnis zwischen Engel und Kind fremd ist.[125]

Zwischen Orthodoxie und Aufklärung vermittelnd, versuchte die Physikotheologie, traditionelle Gotteserfahrung und neuzeitliche Naturerkenntnis in Einklang zu bringen, die bis dahin vernachlässigten oder ausgegrenzten Wissensbereiche glaubensmäßig zu integrieren. Die Physikotheologie war eine geistige Strömung, die etwa zwischen dem zweiten und sechsten Jahrzehnt des 18. Jahrhunderts ihre Blütezeit erlebte.[126] Ihre Naturreflexion war einerseits von der physischen Natur abgehoben wie ihre Art der Bibelauslegung andererseits von der orthodoxen Lehre der Verbalinspiration gelöst war. In einer neuen metaphorischen Sprache leitete sie Glaubenswahrheiten aus Naturobjekten und -phänomenen ab, wobei immer der Glaube Ausgangspunkt für ihre Interpretationen war. Die Wurzeln für die neue Anschauung lagen zum Teil schon im 17. Jahrhundert.[127] Balthasar *Bekker* (1634–1698) leugnete bereits die Wirkung von Geistern und Dämonen auf Menschen, was dazu führte, daß die Lutheraner auch für den Engelglauben fürchteten: »wenn *Bekker* bestreite, daß Teufel seien, dann könne er auch leugnen, daß gute Engel seien.« Diese Folgerung war allerdings nicht durch *Bekkers* Thesen herausgefordert.[128]

Johann Friedrich *Tiede*, Anhänger einer ausgeprägten Physikotheologie, teilt die Theologen in Dogmatiker und Moraltheologen ein. Jene »arbeiten für den Kopf«,

---

122 Nelle, S. 196: Valentin Ernst Löscher (1674–1749), Hauptpastor in Dresden, wichtiger Vertreter der lutherischen Orthodoxie
123 Magazin von Tauf-, Trau- und Grabreden, 1843
124 ebd., S. 15
125 Es ist denkbar, daß die besonders akademisch-kühl anmutende Art solcher Texte mit der hohen Amtsstellung der Prediger zusammenhängt. Arndt war Pastor an der Parochialkirche, Conard an St. Georgen in Berlin, Merkel erster Hofprediger in Coburg und Schröder Oberdomprediger in Brandenburg. Vgl. Magazin von Tauf-, Trau- und Grabreden, 1843
126 Stebbins, S. 24, S. 170, S. 225; Philipp in Evangelisches Kirchenlexikon Bd. 3, Sp. 214 f.
127 Philipp a. a. O.
128 Vgl. Kantzenbach, S. 51 f.

diese »für das Herz«![129] Er wendet sich gegen den Dogmatismus; denn »in der Kirche will man erbauet seyn, und dazu gehören Wahrheiten, die nicht nur den Kopf erhellen, sondern auch das Herz erwärmen.« Solche Wahrheiten fanden die Physikotheologen in der Anschauung der Natur, die sie zu enthusiastischem Lob des Schöpfers inspirierte. Bewunderung und Verehrung Gottes sei das Geschäft der Engel, sagte *Tiede*[130] Im übrigen aber haben sie nun mehr die Funktion von Tugendlehrern: »Meine verborgensten Gedanken und Handlungen sind wol von Engeln... laut beurtheilet worden.«[131] Der Mensch braucht nicht mehr existentiell die Hilfe der Engel, er übt aus eigener Kraft sittliches Verhalten und dann »freuen sich Engel über die tägliche Erneuerung meiner Busse.«[132] In diesem Sinne betrachtete der Verfasser folgerichtig auch Menschen, die ihn zur Gottes- und Nächstenliebe hinführen, als seine Schutzengel.[133] Moralische Kategorien bestimmten das Verhältnis zu den Engeln auch bei Christoph Christian *Sturm*.[134]

Johann Peter *Gericke*[135] widmete in seinem Buch »Die Herrlichkeit Gottes in seinen Geschöpfen« den Engeln ein eigenes Kapitel, das sich überwiegend mit dem Problem beschäftigte, wie man sich die Engel im Lichte neuzeitlicher Naturerkenntnis vorzustellen habe. Ihrem Wesen nach seien Engel mit einem »höheren Erkenntnisgrad« begabte Geister, die die »grosse Lücke zwischen Gott und den Seelen der Menschen schließen«. In der »Göttlichen Hofhaltung« würden sie zu »allerley Geschäften und Gesandtschaften gebraucht«, vergleichbar den Ordnungen und Gegebenheiten im Regierungsapparat eines weltlichen Staates. Hochrangige Engel – Erzengel – sind nicht mit geringen Diensten beschäftigt, worunter die »Wacht bey einem armen Menschenkinde« zählt (welch ein Unterschied zum früheren Bild des Heiligen Michael!). *Gerickes* ausführliche Versuche, Wesen und Eigenschaften der Engel rational zu erklären, zeigen deutlich, wie schwer es in dieser Zeit fällt, Vernunft und Glaube auf einen Nenner zu bringen: »Sie sind Geister, folglich entweder ganz und gar mit keinem Cörper versehen oder doch mit einem so zarten und himmlischen Luftleib, dergleichen ihrer unglaublichen Geschwindigkeit nicht nachtheilig und hinderlich fallen kann.« Zwar hält der Verfasser unter Stützung auf naturwissenschaftliche Hypothesen ihre Bewegung für schneller als das Licht, begründet seine Annahme aber mit dem rührend anmutenden Glauben »Ohne Ursach schreibet die heilige Schrift den Engeln nicht Flügel zu«! Ganz will er sich auch noch nicht von der Vorstellung eines persönlichen Schutzengels trennen und nutzt diese als Argument für eine These über die schwer zu

129 Tiede, 1. Teil, S. 14 und 21
130 ebd., 1. Teil, S. 21 »Wer loben kann, handelt nicht recht, wenn er immer nur bittet«, heißt es aber auch. Damit entzog Tiede dem nicht unwesentlich auf Bitten um Schutz basierenden Verhältnis zwischen Mensch und Engel einen Teil seiner Grundlage.
131 ebd., 1. Teil, S. 247
132 ebd., 1. Teil, S. 14
133 ebd., 1. Teil, S. 27. In seiner ausführlichsten Einlassung zum Begriff des Engels äußert er die Gedanken, daß Engel »Anteil an seinem Schicksal nehmen«, daß man die Engel »durch Sünden betrüben« könne, nennt sie »uneigennützige Freunde, Gefährten in der Einsamkeit, Begleiter in Gefahren, stärkende Tröster«.
134 C.C. Sturm, 1774, Tl. 1, S. 321 f. Zum Beispiel in der Bitte um Aneignung eines engelgleichen Wesens: »englische Gesinnung, Gedanken, Begierden und Wandel«.
135 J. P. Gericke, Pastor in Altona, später an der St. Michaeliskirche in Hamburg. Vgl. Titelei zu seiner Schrift »Die Herrlichkeit Gottes...«. S. 62 ff.

erklärende, unvorstellbar große Zahl der Engel. Unter Berufung auf Luthers Lehre, daß jeder Mensch seinen eigenen Engel habe, wodurch bereits eine große Menge zustandekäme, bringt *Gericke* Ratio und Confessio auf schwankendem Boden zusammen. Noch ist man außerstande, den Himmel, die »selige Wohnung der heiligen Engel«, aufzugeben und von dem Glauben an eine überempirische Herrlichkeit der Engelwelt Abschied zunehmen: »Es können noch viel andere Verrichtungen und ergötzende Geschäfte dort oben stattfinden …«.[136] Das zähe, in der Argumentation oft verbissen anmutende Ringen der Physikotheologen in der Auseinandersetzung zwischen dem Buch der Bücher, der Heiligen Schrift, und dem Buch der Natur um Rettung eines Glaubenspotentials ist nur insoweit verständlich, als man davon ausgeht, daß es ein noch lebendiges Vertrauen des Kirchenvolks in protestantisches Engelverständnis zu erhalten galt.

Unverkennbar nimmt jedoch von der Zeit der Reformation bis zur Aufklärung das inhaltliche Gewicht des Begriffs Engel ab. Luthers vertrautes Engelbild erhält sich stark ausgeprägt in der Frömmigkeit der Lieder des 16. und 17. Jahrhunderts. Ebenso erscheint es in der Predigt und Erbauungsliteratur bis ins frühe 18. Jahrhundert, doch findet sich in den Schriften daneben bereits die reduzierte Engelvorstellung mancher orthodoxer Prediger. Auch die Physikotheologie des 18. Jahrhunderts kann, so sehr sie auf Überwindung des Gegensatzes zwischen Glaubenswelt und Naturerkenntnis zielt, den Rückzug der Engel aus der Welt der Menschen nicht aufhalten. In dem gleichen Maße, wie sittliche Selbstverantwortung betont wird, schwindet die Vorstellung von der Realität der Engel als Beschützer der Menschen, als Boten und Zeugen für Gottes Wort.

Die Bedeutung der Taufe

»Wasser tuts freilich nicht, sondern das Wort Gottes, so in, mit und bei dem Wasser ist, und der Glaube, so solchem Worte Gottes im Wasser trauet; denn ohne Gottes Wort ist das Wasser schlecht Wasser und keine Taufe; aber mit dem Wort Gottes ist es Taufe.«[137]

Luthers Tauflehre setzt diese drei Schwerpunkte: Wasser, Gottes Wort und Glaube. Das Wasserbad der Taufe bewirkt »Ueberwindung des Teufels und des Todes, Vergebung der Sünde, Gottes Gnade, den ganzen Christum und heiligen Geist mit seinen Gaben.«[138] Die durch die Taufe vermittelten Heilsgüter werden von Gott geschenkt. »Obwohl die Taufe die menschliche Mitwirkung zum Heil (nämlich durch den Glauben) voraussetzt, geht das entscheidende Geschehen allein von Gott aus.«[139] Gottes Wort und nicht der menschliche Glaube ist der Urheber der Taufe.[140]

136 ebd., S. 62–88
137 Luther, Kleiner Katechismus, 1529, WA Bd. 30 I, S. 256. Zur Entwicklung von Luthers Tauflehre vgl. Kühn, S. 28 ff. Die fortdauernde Verbindlichkeit der Bekenntnisformulierungen Luthers in der protestantischen Orthodoxie bis ins frühe 19. Jahrhundert betont Lieske, S. 24.
138 Geist aus Luthers Schriften, S. 366
139 Schnackenburg, S. 102
140 Des Menschen »Glaube macht nicht die Taufe, sondern empfähet die Taufe.« Luther, Großer Katechismus, 1529. WA Bd. 30, 1910, S. 218 – Kühn, S. 40 f.

Das Wesen der Taufe ist, »Bild, Zeugnis und Zeichen zu sein, nicht in eigener Kraft lebendig und sprechend zu sein, sondern in Kraft dessen, wovon sie Zeugnis gibt. Die Taufe *ist* nicht Gott, Christus, Gnade, Glaube, Kirche sondern sie *bezeugt* das alles, sie ist das signum visibile.«[141] Signum war der von Luther bevorzugte Ausdruck für das reale kultische Symbol, er trägt ebenso wie das »Wort« einen Wirklichkeitscharakter, ist »also eine Ableitung aus der Sphäre des in Zeichen und Bild anschaulich Darstellbaren, des optisch (nicht nur akustisch) Erfaßbaren.«[142] Luther verstand Liturgie und Sakrament als zeichenhafte Versinnlichung des Wortes[143] und war sich darüber im klaren, daß Institutionen wie die Taufe solcher Bildhaftigkeit bedurften, sollten sie auch »für die Einfältigen und die zu erziehende Jugend«[144] verständlich sein. In seinem Tauflied »Christ unser Herr zum Jordan kam« spricht er in Vers 3 aus, daß uns »*mit Bildern und mit Worten*« bewiesen werde, was die Taufe sei[144a]. Zwar werden die symbolisch-rituellen Vorgänge im Wasserbad der Taufe erst durch das Wort zum realen Heilsgeschehen determiniert, aber es ist der Glaube auf Seiten der Gemeinde und des Täuflings, der das Heilsversprechen der Taufe im menschlichen Leben wirksam macht[145]: »…das Wesen eines Sacraments gründet sich auf die Göttliche Einsetzung; der Glaube aber wird nur erfordert an demjenigen, der das Sacrament empfähet, *wofern es ihm heylsam seyn soll*«, erklärt Erdmann *Neumeister* (1671–1756).[146] Dieser Glaube, menschlich-schwach und anfechtbar, wie er ist, bedarf dringend der Stützung, der geistigen im Gebet um Gottes Gnade und der sinnlich-wahrnehmbaren im Zeichen, im signum visibile. »Ein jeglicher Christ hat sein Lebelang genug zu lernen und zu üben an der Taufe; denn er hat immerdar zu schaffen, daß er vestiglich glaube, was sie zusagt und bringet.«[147]

Die Heilskraft der Taufe als eines Bades der Wiedergeburt wird durch den Tod Christi am Kreuz begründet. Er hat die Sünden der Menschen in seinem Sterben auf sich genommen. Leben in seinem Geiste bedeutet neues, wiedergeborenes Leben.[148] Darum wird in der Taufe immer wieder auf Christus Bezug genommen. Luther setzt das Wasser der Taufe mit der »roten Flut« von Christi Blut gleich.[149] Entsprechende Bilder werden in den alten protestantischen Tauf- und Wiegenliedern gebraucht. In der *Niedersechsischen Kirchenordnung*, Lübeck 1635, heißt es in einer Formel der Vermahnung an Eltern und Paten bei der Taufe: »So wollen wir seinet (Jesu Christo)

141 Barth, S. 6 ff.
142 Goldammer, S. 15 f.
143 Kettler in RGG Bd. VI, Sp. 643; Goldammer, S. 73; Kühn, S. 241
144 Luther, Deutsche Messe, 1526, WA Bd. 19, 1897, S. 112
144a GB 6, Lied 146, Vers 3
145 Vgl. Kühn, S. 245
146 Neumeister, Kurtzer Beweis, 1721, zit. bei Laubach S. 151
147 Geist aus Luthers Schriften, S. 366. Das immer wieder diskutierte theologische Problem der Glaubensnotwendigkeit für die Heilswirkung des Sakraments im Zusammenhang mit der Glaubensfähigkeit kleiner Kinder ist hier nicht zu behandeln. Vgl dazu Kühn S. 39 ff.
148 Die Taufe ist Abbild »der Erneuerung des Menschen durch seine in der Kraft des Heiligen Geistes sich vollziehende Teilnahme an Jesu Christi Tod und Auferstehung«, Barth, S. 1. »Was dem Menschen in seiner in der Taufe abgebildeten Teilnahme an Jesu Christi Tod und Auferstehung durch das Werk des Heiligen Geistes widerfährt, das ist ja seine Wiedergeburt zu neuem Leben«, Barth, S. 6.
149 Luther, Katechismuslieder, WA Bd. 35, 1923, S. 282

halben Gott im Himel anruffen und bitten Er wolle ja selbs allhie Teuffer sein/ und diesem Kindlein seinen heiligen Geist reichlich mitteilen ...«. Als sichtbares Zeichen dafür, daß in der Taufe »wir sammt Christo in den Tod begraben sind«, wird dem getauften Kind ein weißes Kleid angezogen, wie man auch die Toten mit einem weißen Hemd bekleidet.[150]

Ein starker Glaube war nötig, sollte der in der Taufe bekräftigte Vorsatz, ein Leben in der Nachfolge Jesu Christi führen zu wollen, realisiert werden; denn die Anfechtungen auf dem Lebensweg waren schwer. Die *Kirchenordnung im Churfurstenthum der Marcken zu Brandenburg 1540* spricht klar aus, um was es in der Taufe geht: den Teufel fernzuhalten und den Täufling zu lebenslangem Kampf wider den Teufel zu verpflichten. In Norddeutschland war im Taufritual des 16. und 17. Jahrhunderts der Exorzismus noch üblich. Er wurde in Schleswig-Holstein 1737 und ein zweites Mal 1743 verboten, in den großfürstlichen Anteilen aber erst 1776, in Lauenburg 1749.[151] Die Prediger rechneten zunächst damit, daß die Gemeinde nicht auf den Exorzismus bei der Taufe verzichten wolle und »die Beschwörung expressis sich außbedingen werde.«[152]. Aber unabhängig davon, ob der Exorzismus noch praktiziert wurde, betete man im Zusammenhang mit der Bewahrung des Kindes vor Teufel und Sünde zu Gott um die Hilfe der Engel. Luther hielt das Gebet bei der Taufe für wichtiger als den Exorzismus.[153] Das Zeichen »Engel« dient zur Bildhaftmachung von Gottes Güte und Schutz. In der Taufzeremonie hat das Gebet um die Hilfe der Engel die Aufgabe, den Glauben zu wecken und zu stärken.[154]

Während der Taufe Jesu durch Johannes im Jordan öffnete sich der Himmel, der Heilige Geist erschien in Gestalt einer Taube und unter dem Jubel der Engelscharen erschallte Gottes Stimme: »Du bist mein liebes Kind an welchem ich Wohlgefallen habe«, Matth. 3,16–17. Die Annahme des Glaubenssatzes, daß auch dem menschlichen Täufling das Versprechen der Gotteskindschaft gegeben werde, wird durch die Metaphorik der Taufe Jesu erleichtert. Wie das Leben Jesu von der Geburt bis zum Tode in entscheidenden Phasen von Engeln begleitet war, erfährt auch das menschliche Gotteskind die Hilfe der Engel von der Wiedergeburt in der Taufe an bis zu seinem Lebensende und noch danach. Als Zeuge der Taufe übernimmt ein Engel den Schutz der Seele während des Lebens und des Heimgangs.[155] Auch das Kirchenlied macht deutlich: Ein Engel steht dem Sterbenden bei und trägt dessen Seele in den Himmel, wo sie vom Heer der Engel empfangen wird, von derselben Engelschar, die bei der Taufe Christi im sich öffnenden Himmel über Gottes Werk jauchzte.[156]

An Luthers Einstellung zu den symbolischen Kultformen hielt die protestantische Orthodoxie fest. »Zweifellos entspricht dies der tatsächlichen symbolischen Auffas-

---

150 Geist aus Luthers Schriften, Bd. 4, S. 368
151 Vgl. Wiegmann, S. 181
152 Kirche in Schenefeld, Schreiben an das Konsistorium 1743 (PA Kirchenbuch, ohne Signatur, S. 358)
153 »der du ... die kinder Israel aus dem lande Egypten gefuret hast und vorsahest sie mit dem engel deiner güte, der sie bewaret tag und nacht ... das du deinen heiligen engel herschicken wollest, damit er desgleichen beware diesen deinen diener N. (das zu taufende Kind gemeint)...«. Vgl. Goldammer, S. 47
154 Vgl. hierzu auch Laubach, S. 117
155 Heiser, S. 120 ff.
156 Vgl. im Kapitel »Engel im Kirchenlied«.

sung vom Gottesdienst, die damals im Luthertum gebräuchlich und volkstümlich war«.[157] Selbst als im Rationalismus Tugend (Moral) größere Bedeutung erlangte als Kult, war man hinsichtlich der Symbolik duldsam.[158] »In der Praxis und Vorstellung der Gemeinden verharrte man hier faktisch weithin in der alten kultsymbolischen Ideenwelt.«[159] Das Gebet um die Hilfe der Engel und die Vorstellung von einem persönlichen Schutzengel waren als Stütze für den Glauben an die Wirksamkeit des Sakraments unentbehrlich, solange der Begriff »Engel« nichts von seiner Bedeutung eingebüßt hatte.

157 Goldammer S. 13, S. 23 f.
158 ebd., S. 24
159 ebd., S. 70 ff.: In den Gemeinden habe sich alles anders und langsamer vollzogen, als in der grundsätzlichen Besinnung der Theologen.

Die Taufengel

»...das ist wol alles äußerlich, aber dazu dir not und nütz,
das du habest ein gewis Bilde...« Luther[159a]

Für die Heilswirkung des Sakraments ist es gleichgültig, ob es an einem Taufstein, einer Taufschale auf dem Altar oder einem Taufengel gespendet wird. Seit die Taufe nicht mehr durch völliges Untertauchen des Kindes in einem großen Becken vorgenommen sondern durch einfaches Besprengen mit Wasser vollzogen wurde, seit auch das Taufwasser nicht, wie im katholischen Kultus, geweiht war, sondern zu jeder Taufe erneuert werden durfte, konnte prinzipiell eine Schüssel genügen. Der Unterschied im praktischen Vollzug berührte nicht den Kern des Sakraments, sondern gehörte in den Bereich des Zeremoniellen. Zeremonien bei der Taufhandlung sollten aber »die Sinne ansprechen«, als »wirksame Zeichen« Verständnis für das Sakrament und Glaubensbereitschaft wecken.[160]

Über das Verständnis der Begriffe Engel und Taufe wurde im Kapitel über die theologischen Voraussetzungen gehandelt. Im folgenden ist zu untersuchen, in welcher Weise die Taufengelskulptur diesen Voraussetzungen entsprechen konnte, ob die Synthese beider Begriffe im Bild des Taufengels zu einer neuen oder erweiterten Aussage führte oder, ob nur ein dem Zeitgeschmack angepaßter engelgestaltiger Gebrauchsgegenstand vorlag, der im Sinne einer Veranschaulichung des Heilsgeschehens stumm war.

Beurteilung des Taufengels in der Literatur

In der Literatur wird der Taufengel in meist kurz gehaltenen Bemerkungen erwähnt, die zwar zum Teil die Raumnot der protestantischen Kirchen als Ursache seines Auftretens kennen[161], im übrigen aber für seine inhaltliche Bedeutung ein erstaunliches Desinteresse zeigen und der künstlerischen Gestaltung fast immer nur oberflächliche Aufmerksamkeit entgegenbringen.[162] *Wiesenhütter* geht bereits von verschiedenen Ursachen für das Entstehen des Taufgeräts aus. Zur Raumnot als »rein äußerliche« Komponente tritt nach seiner Auffassung das »Transitorische, Gleitende, Schwebende der Barockkunst« hinzu, damit die zuvor bereits als stehende Figuren konzipierten Taufengel das Fliegen lernen. Die Frage nach einem für die Annahme solcher Engelbilder notwendigen Verständnis (»dekorative Gründe« scheiden für *Wiesen-*

159a Luther, Taufpredigt für Bernhard v. Anhalt 1540, WA 49, S.133
160   Jordahn, S. 510 f.
161   Zum Beispiel Mai 1969, S. 138: »Auch die Taufengel, die wie der Kanzelaltar aus Platzmangel in Gebrauch kamen, hingen in der Achse des Kanzelaltars.«
162   Triviale Formulierungen, wie diejenige von Schwartz 1940, S. 55: »Eine...sehr beliebte und gefällige Bereicherung des Innenraums ist der Taufengel« sind in der Literatur kein Einzelfall. Sie beweisen, wie ratlos Verfasser von (historisch/kunsthistorischen) Arbeiten über den Kirchenbau dieser Art von Taufgerät gegenüberstehen.

hütter zu Recht aus) beantwortet er unbestimmt mit der Existenz von »noch durchgefühlten religiösen Beziehungen zwischen Kind und Engel«[163] *Hegemann* macht die »wachsende Vorliebe des Barock für Bewegungsmotive im Raum« dafür verantwortlich, daß stehende Taufengel mit Zugvorrichtungen versehen und zum Schweben gebracht wurden[164], während *Ende* den Taufengel als Ergebnis einer »barocken Grundhaltung«, die das liturgische Geschehen durch gesteigerten äußeren Aufwand aufzuwerten beabsichtigt, einschätzt.[165] *Hach*, der sich zum Erscheinungsbild und zur Funktion des Engels noch relativ ausführlich äußert, vertritt mit seiner harschen Kritik am Kunstwert der Skulpturen die vom Ende des 19. Jahrhunderts an verbreitete negative Beurteilung.[166] Jetzt wurden zunehmend Proteste gegen Taufengel geäußert. Man erwartete einen idealisierten Engeltypus und fand die häufig künstlerisch unzulänglich, individuell menschenähnlich gestalteten Skulpturen schlecht. Dieser erste Eindruck, den man »für wahr« nahm, stand der Suche nach einem möglichen Sinngehalt des Taufengels, zum Beispiel im Rahmen der didaktischen Funktion protestantischer Kirchenkunst, im Wege. Zur Frage steht also, ob Taufengel zur Zeit ihrer Entstehung im 18. Jahrhundert lediglich als nützliches Mobiliar angesehen worden waren oder, ob das Kirchenvolk damals damit Vorstellungen von einem Geistwesen im Sinne seines Engelbegriffes verbinden konnte. Die weite Verbreitung läßt erwarten, daß die Bildwerke von ihrem ikonographischen Gehalt her solchen Vorstellungen entsprochen haben.

163 Wiesenhütter 1936, S. 204 f.
164 Ansonsten hält er den Taufengel für einen bloßen Gebrauchsgegenstand, in welchem das Engelbild »seines einstigen überpersönlichen Gehaltes im Barock entledigt« ist. In der Tatsache, daß Engel als Geistwesen (Hegemann denkt hier zum Beispiel an Rembrandts Engeldarstellungen) und in materialisierter, vermenschlichter Form als Taufengel nebeneinander möglich seien, sieht er die »barocke Spaltung in Materie und Geist«. Hegemann, S. 30 f. Zur Mechanisierung verweise ich zum Beispiel auf Sedlmayr, Entstehung der Kathedrale, 1950, S. 32 f.: »Sehr sinnig hängt das Gefäß mit dem Brote, ›das vom Himmel herabgestiegen ist‹, in den Händen eines herabschwebenden Engels, so in Notre-Dame von Paris und in der Notre-Dame von Rouen«, sowie S. 40: »Menschengestaltige Engel, mit mechanischen Vorrichtungen vom Gewölbe zum Altar herunterzulassen, trugen den Hostienbehälter mit dem Himmelsbrot.«
165 Hegemann 1943, S. 30 – Ende 1989, S. 19
166 Hach 1886, S. 118 f. An die Stelle der Taufsteine »traten s. g. Taufengel, d. h. Engelfiguren, welche an einer vom Kirchenboden herabgelassenen Kette befestigt, waagerecht in der Luft schweben, hinaufgezogen und herabgelassen werden können, und denen, wenn eine Taufhandlung in der Kirche stattfinden soll, die eigentliche Taufschüssel mit dem Taufwasser in die vorgestreckten Hände gesetzt wird. Diese meistens fast in menschlicher Lebensgröße aus Holz gearbeiteten, theilweise mit Gyps überzogenen, stets reich bemalten und vergoldeten vollen Figuren der, mehrfach auch einen Palmzweig haltenden Taufengel fanden nicht nur auf Dörfern, sondern sogar in Stadtkirchen Eingang… Durchgängig sind diese Taufengel nichts weniger als schön zu nennen… Fast alle… scheinen aus der Zeit von der Mitte des 17. bis zur Mitte des 18. Jahrhunderts herzurühren; …Kunstwerth hat unter den mir bekannt gewordenen Taufengeln kein einziger.«

Regionale und zeitliche Ausbreitung

Zur Verbreitung der Taufengel in den protestantischen Ländern gibt es keine exakten Untersuchungen. *Barenscheer*[167] glaubt, daß Brandenburg und Ostpreußen Gebiete mit der dichtesten Verbreitung seien, und führt dies auf den Wirkungskreis des Gründers des Pietismus Philipp Jacob Spener, der in Berlin lebte, zurück. Er betont weiter jedoch, daß eine unmittelbare Beziehung zwischen dem Pietismus und der Gestalt des Taufengels nicht nachzuweisen sei.[168] *Wiesenhütters*[169] Feststellung, daß mit dem 18. Jahrhundert eine unabsehbare Wolke von schwebenden Taufengeln heraufziehe, beruht vermutlich auf seiner Kenntnis des Bestandes ehemals ostdeutscher Kirchen. Leider bietet er aber keine Belege oder statistisch verwertbare Daten an.

Eine Quelle für vergleichende Untersuchungen bilden die Inventare der Kunst- und Baudenkmäler der Länder (s. Literaturverzeichnis unter KDM), die ab etwa 1880 veröffentlicht worden sind. Was ich an Ergebnissen daraus gewinnen konnte, ist allerdings nur unter erheblichen Einschränkungen verwertbar. Zunächst wurde von den Bearbeitern lediglich der zur Zeit der Aufnahme der Inventare noch vorhandene Bestand an Taufengeln festgestellt. Ende des 19. Jahrhunderts waren viele Taufengel aber schon abgestellt oder verloren. Die Inventare berücksichtigten in der Regel die noch in den Kirchen hängenden Taufengel, während die beiseite gesetzten Stücke nur fakultativ aufgenommen wurden. Die bereits verlorenen Exemplare tauchen hier, mit wenigen Ausnahmen, überhaupt nicht mehr auf. Um auf solche Taufengel aufmerksam zu werden, bedarf es intensiver Nachforschung in Kirchenarchivalien (Rechnungsbücher, Visitationsprotokolle, Bauakten usw.) sowie der gezielten Prüfung älterer Periodika der Länder vom Ende des 18. bis zur Mitte des 19. Jahrhunderts auf kirchentopographische Beiträge.

Bei meiner Untersuchung der Taufengelverbreitung im nordelbischen Raum habe ich sowohl die Inventare der Bau- und Kunstdenkmäler als auch Kirchenarchivalien und die ältere Landesliteratur herangezogen. Der damalige Landeskonservator *Haupt* hat das Gebiet der Herzogtümer Schleswig-Holstein und Lauenburg bearbeitet, wozu damals auch Starup und Agerskov in Nordschleswig (heute Dänemark) und Lassahn (bis 1990 in der Deutschen Demokratischen Republik) gehörten. Ich bin bei den eigenen Untersuchungen dieser räumlichen Eingrenzung gefolgt. Es scheint mir bezeichnend zu sein, daß zwischen den Resultaten, die *Haupt* veröffentlichte – 50 Taufengel, davon waren bereits 14 abgestellt und 6 zerstört, verloren

---

167 Barenscheer, S. 9 f.
168 Eine direkte pietistische Stellungnahme zum Taufengel ist mir nicht bekannt geworden. Zum Pietismus in Schleswig-Holstein vgl. Jakubowski-Thiessen und Lehmann, S. 322 ff. »Im Rückblick ist weniger ihre theologische Originalität hervorzuheben als die karitativen Werke, die sie vollbrachten, weniger ihr politischer oder kultureller Einfluß als die vorbildliche Weise, in der sie ihre seelsorgerlichen Pflichten erfüllten … (Sie) bemühten sich um eine Erneuerung der Frömmigkeit, um Sittenstrenge, um pädagogische Reformen und um soziale Hilfe.« Das Heilsverlangen und die religiösen Gefühle des einzelnen Christen standen für sie im Zentrum des religiösen Lebens. Marx, S. 41 stellt dezidiert fest: »Wenn schon Luthertum und noch mehr der Kalvinismus an die Entsinnlichung des Gotteshauses gegangen waren, so streifte der Pietismus, der 1670 mit der Tätigkeit Speners einsetzte, in dieser Hinsicht die letzten Fesseln ab. Die gleiche Einstellung beherrschte die Brüdergemeinde.«
169 Wiesenhütter 1936, S. 202 ff.

oder verkauft – und meinen eigenen eine Differenz von 21 Taufengeln zustandekam: Aufgefunden wurden Nachweise für Ahrensbök, Behlendorf, Brügge, Elmschenhagen, Gleschendorf, Glücksburg, Hamburg-Eppendorf, Hamburg – Unbekannte Kirche, Hohenwestedt, Kaltenkirchen, Lübeck, Malente, Neukirchen, Ottensen, Quickborn, Ratekau, Rensefeld, Süsel, St. Georgsberg, Steinbek und Thumby. Von diesen Engeln sind etliche seit langem nicht mehr existent.

Die im folgenden aufgeführten Zahlen aus den Bau- und Kunstdenkmäler-Inventaren anderer (vorwiegend protestantischer) Länder gehen meist von der politischen Gliederung um die Jahrhundertwende aus, die mit heutigen Gegebenheiten nur noch bedingt vergleichbar ist. Wo sich ältere und neuere Inventare geographisch überdecken und demzufolge einige Standorte erkennbar doppelt aufgeführt sind, wurden die Zahlen entsprechend korrigiert. Aus diesen Zahlen auf die Verbreitungsdichte in den einzelnen Ländern zu schließen, ist nur schwer möglich. Dazu müßten demographische Parameter zur Verfügung stehen, die zum Beispiel die Bevölkerungsdichte, den Kirchenbestand, die Verteilung der Religionsgemeinschaften unter den territorialen Verhältnissen im 18. Jahrhundert zu erkennen geben. Die von mir ermittelten Zahlen decken also weder den Bestand in den protestantischen Ländern im 18. Jahrhundert vollständig ab, noch können sie, aus den oben dargelegten Gründen, für einzelne Regionen Anspruch auf Vollständigkeit erheben. In ihrer Gesamtheit stellen sie einen *Mindestwert* dar, der hier erstmalig ermittelt wurde und dessen Höhe allerdings überrascht. Nimmt man aber ähnliche Verhältnisse an, wie sie sich für Nordelbien im Vergleich meiner Resultate mit *Haupts* Inventaren ergeben haben, was meiner Ansicht nach wegen des im Ganzen vergleichbaren Vorgehens der Bearbeiter bei Erstellung der Inventare um die Jahrhundertwende erlaubt ist, kann man davon ausgehen, daß etwa zwei Fünftel der ehemals vorhandenen Taufengel nicht erfaßt worden sind.
Die Prüfung der Inventare[170] ergab:

Anhalt-Dessau:	2 TE
Brandenburg: Kreise Westhavelland, Ruppin, Ostprignitz, Templin, Angermünde, Niederbarnim, Luckau, Cottbus, Sorau, Lebus, West- und Oststernberg, Grossen, Königsberg (Neumark)	85 TE
Breslau, Landkreis:	2 TE
Deutsche Demokratische Republik: Bezirke Potsdam, Frankfurt/Oder, Neubrandenburg (unter Eliminierung der bereits in älteren Inventaren aufgeführten):	46 TE
Franken:	41 TE
Hessen:	5 TE
Kassel, Regierungsbezirk:	1 TE
Mecklenburg-Schwerin und *Mecklenburg-Strelitz:*	18 TE
Niedersachsen: Kreise Hadeln, Hameln, Neustadt am Rübenberge, Celle, Hildesheim, Alfeld, Goslar, Peine, Gifhorn (in der Bearbeitung von *Barenscheer* Regierungsbezirke Braunschweig, Aurich, Hannover, Hildesheim, Lüneburg, Osnabrück, Stade)	128 TE

170 Vgl. Literaturverzeichnis unter KDM

Ostpreußen:	70 TE
Pommern, östlich der Oder und Kreis Kammin:	26 TE
Rostock: Kreis Greifswald und Rügen	8 TE
Sachsen:	74 TE
Schlesien:	5 TE
Thüringen: Sachsen-Meiningen, -Altenburg, -Weimar-Eisenach, -Coburg-Gotha, Reuss Ältere und Jüngere Linie, Schwarzburg-Rudolstadt	76 TE

(Da der Bestand inzwischen weiter reduziert ist, treffen die hier aufgeführten Zahlen heute mit Sicherheit nicht mehr zu.)

Insgesamt 587, zuzüglich der von mir ermittelten 71 nordelbischen Stücke (s. Katalog), demnach 658 Taufengel. Wenn man den Quotienten der in der Literatur nicht erfaßten und der verlorenen Taufengel, wie ihn meine Untersuchungen in Schleswig-Holstein ergeben haben, berücksichtigt, kann man von mehr als 1000 Taufengeln in protestantischen Kirchen ausgehen. Brandenburg, Niedersachsen, Sachsen und Thüringen sind am stärksten vertreten. Der Anteil ostpreußischer Kirchen, die mit Taufengeln versehen waren, ist sehr beachtlich, und das Land steht, würde man die Flächen vergleichen, vermutlich im Spitzenbereich. Schlesien und das Rheinland, weil weitgehend katholisch, sowie Württemberg trotz des evangelischen Anteils sind unergiebig. In Bayern stellt das Sechsämterland eine regelrechte Exklave dar.

Die Angaben zur Datierung von Taufengeln fallen in den Bau- und Kunstdenk-mäler-Verzeichnissen sehr unterschiedlich aus. Oft sind sie auf das Notwendigste (»18. Jahrhundert«) beschränkt. Ein großer Prozentsatz präziser Daten findet sich dagegen in Brandenburg, Niedersachsen, Sachsen und Ostpreußen. In Ostpreußen wurden Taufengel in großer Zahl sehr früh eingeführt. Ende des 17. Jahrhunderts und in den ersten beiden Dezennien des 18. Jahrhunderts war der Engel hier bereits das übliche Taufgerät. Früh erscheint auch die größte Anzahl der Engel in den mittel-deutschen Bezirken Potsdam, Neubrandenburg, Frankfurt/Oder (in alten Inventaren weitgehend unter = Brandenburg). Um 1700 ist die Präsenz bereits auffallend stark, in den ersten vier Jahrzehnten des 18. Jahrhunderts die Verbreitung auf dem Höhepunkt. Bemerkenswert sind die Daten der Vorläufer: 1651 in Dabergotz, 1662 in Grunow, mehrere bereits im letzten Jahrzehnt des 17. Jahrhunderts. Unter den niedersächsi-schen Taufengeln gibt es einige frühe Exemplare (von 1687 bis zum Ende des 17. Jh.), im übrigen liegt auch hier der Höhepunkt vor der Mitte des 18. Jahrhunderts. Eine Rarität als Nachzügler ist der Taufengel in Nettlingen, Bezirk Hildesheim, er stammt von 1942. Thüringen ist in der 1. Hälfte des 18. Jahrhunderts stark vertreten. Leider sind hier viele Zeitangaben mit »18. Jahrhundert« nur vage formuliert. Auch in Sachsen liegt der Schwerpunkt vor der Mitte des 18. Jahrhunderts mit zahlreichem Auftreten im ersten Dezennium. Ein Exemplar ist bereits 1684 vorhanden. Nordelbien verzeichnet an frühen Taufengeln den knienden von 1642 in der Schloßkapelle zu Glücksburg, die stehenden in Schenefeld (2. Hälfte 17. Jh.) und Steinbek von 1668. Die hohe Zeit lag hier im dritten bis sechsten Jahrzehnt des 18. Jahrhunderts. Die Zahl der um 1800 und danach noch angeschafften Engel ist relativ groß.

Der Weg der Taufengel

Sofern man überhaupt den Versuch einer Synthese von regionalem und zeitlichem Auftreten wagen will, gelangt man zu dem Schluß, daß die Ausbreitung der Taufengel von Ostpreußen und Brandenburg aus ihren Lauf genommen hat, sich in Sachsen, Thüringen und Niedersachsen annähernd gleichmäßig entwickeln konnte und nach Schleswig-Holstein aus dem lauenburgischen Grenzbereich vorgedrungen ist. Hier tauchen die Taufengel früh auf und sind im Südosten des Landes am stärksten verbreitet. Bezeichnend ist, daß die Gutsherren und Kirchenpatrone der benachbarten lauenburgischen Gemeinden Gudow und Gülzow ihre Taufengel aus dem transelbischen Lüneburgischen bezogen haben. Lauenburg gehörte von 1689 bis 1705 dem Herzog von Braunschweig–Lüneburg–Celle, von 1705 bis 1803 zum Kurfürstentum Hannover. Der Adel hatte unter Führung eines Erblandmarschalls, v. Bülow auf Gudow, eine starke Stellung.

Skandinavische Taufengel[171]

Das neue Taufgerät fand auch in skandinavische Kirchen Eingang. Neuen Untersuchungen zufolge hat es mindestens in Dänemark fünf, in Norwegen vier, in Süd- und Mittel-Schweden aber neunzehn Taufengel gegeben. Sie treten in Schweden verspätet auf, soweit bekannt zwischen 1720–1750 zwei Exemplare, sonst nach 1750. In Schweden sind noch vier Engel in Gebrauch, einer ist verloren, sieben hängen in den Kirchen beziehungsweise in Museen. Als Grund der Anschaffung gilt für Schweden durchweg der Platzmangel in den Kirchen. Mit Ausnahme eines Engels in einer Schloßkapelle in Dänemark und desjenigen im Dom zu Bergen/Norwegen ist das Vorkommen auf Dorfkirchen beschränkt. Die Anbringung im Chor vor dem Altar ist typisch. Alle schwedischen Taufengel waren aus Holz in schwebender Haltung und »klassischer Gewandung« gearbeitet, sie trugen eine Muschel als Taufschale. Lorbeerkranz, Palme oder andere Attribute sind in Schweden unbekannt. Auf Spruchbändern oder Inschrifttafeln wird Mark. 16,16 oder Joh. 3,5 zitiert. Bekannte Künstler sind Jöns Lindberg (1719–1791) und Jonas Larsson Elfvenberg (1694–1744).

Stehende Taufengel hat es sowohl in Schweden als auch in Norwegen gegeben. *Stolt* nimmt an, »daß der Anstoß zum Anschaffen von schwebenden Taufengeln in den skandinavischen Ländern aus Deutschland gekommen ist. Der Weg dürfte über die norddeutschen Gebiete der skandinavischen Länder geführt haben, nach Dänemark und Norwegen aus Schleswig-Holstein, nach Schweden aus den schwedischen Teilen von Pommern.« Sven *Fritz*[172] berichtet von zwei weiteren dänischen Taufengeln, auf die man auf dem Umweg über die zugehörigen und erhalten gebliebenen originellen Taufschalen aufmerksam wurde. Es sind zwei Silberschalen, die in der Randpartie eine Scharte aufweisen. Die Schale ruhte auf der Handfläche des Engels und wurde mittels des Daumens, der in die Einkerbung griff, stabilisiert.

---

171 Ich bedanke mich bei Herrn Prof. Stolt, Univ. Uppsala, Schweden, für die freundliche Mitteilung seiner Forschungsergebnisse und Erlaubnis zur Veröffentlichung an dieser Stelle. Vgl. im weiteren auch die Arbeit von Stolt in Iconographisk Post 2 (1989)
172 Fritz 1976

Die Bildhauer

Namen großer Meister sucht man unter den Bildhauern vergeblich.[173] Die Tatsache ist einesteils in der Entstehungsgeschichte des Taufgerätes begründet. »In den kleinen Städten war der begnadete Baumeister sicherlich schon eine Seltenheit und auf dem Lande wird manche Dorfkirche ein Werk bäuerlicher Gemeinschaftsarbeit gewesen sein«, charakterisiert *Gerhardt* die pommerschen Dorfkirchen.[174] Einheimische Kräfte aus der unmittelbaren Umgebung wurden in der Regel auch für die skulpturalen Arbeiten herangezogen, so daß sich manches Exemplar in schlichter, handwerklicher Ausführung präsentiert. Die wirtschaftliche Lage vieler Kirchen war schlecht, Sparsamkeit daher geboten. Die Möblierung des Gotteshauses unterlag Zwängen unterschiedlicher, ökonomisch aber zuweilen rigoroser Art (Vgl. Kapitel über den Kirchenbau).

Andererseits muß festgestellt werden, daß über die Schnitzer allgemein sehr wenig bekannt ist. Wenn die Feudalherrschaft für die Ausstattung verantwortlich war, tauchen die Namen der Bildhauer in Kirchenarchivalien nicht auf. Etwas günstiger ist die Ausgangslage bei regional bekannten und vielbeschäftigten Werkstätten, die im Bereich der Kirchenausstattung tätig waren. Hier ist die Chance, daß auch die Taufengel quellenmäßig in irgendeinem archivalischen Zusammenhang erscheinen, größer. Ferner besteht die Möglichkeit, anhand stilistischer Merkmale Zuordnungen vorzunehmen sowie die künstlerische Leistung im Rahmen des übrigen Werkes zu messen und zu beurteilen. Leider sind die KDM-Inventare in dieser Hinsicht wenig aussagefreudig, was daran liegen mag, daß solche Werkstätten mit regional begrenztem Wirkungskreis einer kunsthistorischen Bearbeitung nicht besonders gewürdigt werden, obwohl unter dem Aspekt, daß viele der qualitätvollen Skulpturen aus patronaler Gebefreudigkeit von talentierten Bildhauern stammen, deren Namen wir bislang nicht kennen, Überraschungen sicher zu erwarten wären.

Für Nordelbien ließen sich einige Meister ermitteln, die mehr als einen Taufengel geschaffen haben, darunter vier Hofbildhauer und der in Lübeck angesehene D. J. *Boy*:

Hans *Holtmeyer*: Wöhrden und Neuendorf,
Johann Sigismund *Marchalita*, Hofbildhauer Herzog Friedrich Carls in Plön: Töstrup und Leezen,
Diedrich Jürgen *Boy*, der Meister des Figurenschmucks auf der Lübecker »Puppenbrücke«: Reinfeld und Lübeck-St. Lorenz,[175]
Johann Georg *Moser*, Hofbildhauer in Eutin: Hohenwestedt, ferner mit großer Wahrscheinlichkeit Bornhöved und Neukirchen. Derjenige in Oldenburg muß dagegen vermutlich einem seiner Söhne zugeschrieben werden, während der Engel in Lütjenburg von seinem Schwiegervater und Vorgänger im Amt des Hofbildhauers, Theodor *Schlichting* stammt,[176]

---

173 Es bedarf keiner besonderen Erwähnung, daß Thorvaldsen mit seinem Taufengel in der Kopenhagener Frauenkirche eine Ausnahme in dem sonst wenig ergiebigen Meisterverzeichnis darstellt.
174 Gerhardt 1958, S. 30
175 de Cuveland 1984
176 Vgl. dazu die Arbeiten von Thietje

Christian Carl *Döbel*, Hofbildhauer, sollte für die Engel in Ahrensburg und Preetz verantwortlich sein.[177]

In Lauenburg stammen die Engel in Brunstorf, Hamwarde, Kuddewörde, Lütau und Schwarzenbek aus derselben Werkstatt eines namentlich bislang unbekannten Meisters, wie Stilvergleiche ergeben. (Vgl. dazu im Kat.)

Barenscheer nennt die Engel in Zellerfeld und Hackenstedt »Schwestern« aus dem Hause des Bildhauers Ernst Dietrich *Bartels*, Hildesheim.[178] Ein Daniel *Bartels* lieferte den Engel in Harber, während der Engel von Wetteborn aus der Werkstatt von Kaspar *Käse* stammt.[179]

In Stralsund waren mehrere Meister mit ihren Werkstätten tätig. Von Elias *Keßler* ist der Engel in Lüssow, aus seiner Werkstatt soll derjenige in Altenkirchen stammen. Von Martin *Becker* sind die Engel in Samtens, Garz und Zirkow bekannt. Jacob *Freese* wird für Gustow genannt. In Ostpreußen tritt Isaac *Riga* mehrfach auf. Ein Schlüter-Schüler, Meister *Kraus*, wird für St. Lorenz/Ostpreußen angegeben. Johann Christian *Döbel* aus der Bildhauerfamilie gleichen Namens hat in Groß Rohdau gearbeitet. In Franken haben Elias *Räntz*, W.A. *Knoll*, A. *Neuhäuser*, Nik. *Knoll*, Georg Friedr. *Hartung* gearbeitet.[180]

Die Kosten für Taufengelskulpturen sind außerordentlich unterschiedlich gewesen. Wenn der eher einfach gearbeitete Engel in Schwarzenbek (Kat. Abb. 60) für 9 Rtl. zu haben war, ist es schon verwunderlich, daß für den kleinen Engel in Grube (Kat. Abb. 24) 105 Mark, für die schöne Skulptur in Neuendorf von Hans *Holtmeyer* (Kat. Abb. 31) dagegen nur 57 Mark zu zahlen waren. *Marchalita* erhielt für den Taufengel in Töstrup (beziehungsweise Kappeln, Kat. Abb. 37) 42 Rtl. und für den anderen in Leezen (Kat. Abb. 28) 30 Rtl., *Göttsche* in Großenbrode (Kat. Abb. 23) 54 Mark und *Boy* in Lübeck (Kat. Abb. 66) 60 Mark. *Schlichting* erzielte in Lütjenburg (Kat. Abb. 29) 84 Mark. Hier waren von dem Stifter 150 Mark für den Erwerb der Grabstätte auf dem Platz der alten Taufe und weitere 30 Mark als Spende für den Engel gegeben worden. Für die Kirche war demnach das Auswechseln des Taufgerätes mit einem deutlichen finanziellen Vorteil verbunden. In welchem Verhältnis Preis und Qualität der Bildwerke in Thumby (16 Rtl.) und in Wewelsfleth (60 Mark) zueinander standen, läßt sich nicht mehr beurteilen, weil die Engel verloren sind.[181]

177 de Cuveland 1985. Weitere Meisternamen sind im Katalog angegeben.
178 Barenscheer, S. 49
179 ebd., S. 54 und S. 56
180 Die Angaben sind den Bau- und Kunstdenkmäler-Inventaren entnommen. Über die Familie Döbel vgl. Ulbrich, S. 147, S. 181; zu Isaac Riga ebd. Über die Werkstätten von Knoll und Räntz in Franken vgl. Schelter, 1981.
181 Quellenangaben hierzu vgl. im Katalog

Die Skulptur

Haltung und Bewegung

Der Taufengel im strengeren Sinne ist der *schwebende* Himmelsbote, der mit der Taufschale in den Händen an einem Seil vom Kirchengewölbe heruntergelassen wird. In diesem Bild ist ausgedrückt, daß die Taufgnade von oben, vom Himmel kommt: Matth. 21, 25: »Woher war die Taufe Johannis? War sie vom Himmel oder von den Menschen?«[181a] Matth. 11, 10 wird Johannes der Täufer auch mit dem Engel von Mal. 3,1 identifiziert: »Siehe, ich sende meinen Engel vor dir her.«

Stehende und *kniende* Figuren werden allgemein zu den Taufengeln gerechnet, wenn sie von ihrer Darstellung her als Träger der Taufschale Personalität aufweisen. Engelputten, die, spielend oder das Becken stützend, den Fuß von Standtaufen umgeben, fügen sich eher zu den zahlreichen Kinderengeln, die als außerordentlich beliebtes Dekorationselement der Zeit alles Kircheninventar belebten.[182] Als Taufengel werden auch solche Skulpturen akzeptiert, die nicht selbst die Taufschale tragen, sondern sinngebend über einer Standtaufe schweben. Sie beweisen ihre Identität durch Spruchbänder, gelegentlich auch durch Posaune, Friedenspalme und andere Attribute. Ihre Abgrenzung gegenüber den sogenannten Jubelengeln ist nicht immer eindeutig möglich. Keine Zweifel kommen aber bei solchen Engeln auf, die, wie in Lüdingworth (Abb. 42) und Hollern/Niedersachsen, zwar nicht eine Taufschale mitbringen, aber während der Taufhandlung eine aktive Rolle spielen. Sie waren nämlich in ihrer Zugvorrichtung so mit dem Deckelaufbau der Standtaufe verbunden, daß sie sich aus der Höhe herabsenkten, wenn der Deckel des Taufbeckens angehoben wurde.

Stehende Taufengel

Stehende Taufengel waren besonders in Thüringen verbreitet. Von 76 Skulpturen werden in den Inventaren 34 als stehend bezeichnet. Auch in Sachsen war diese Form beliebt. In Schleswig-Holstein gibt es stehende Taufengel in Schenefeld und Ratekau. Zwischen den einfachen, steif dastehenden Gestalten (Schenefeld Kat. Abb. 34, Ratekau Kat. Abb. 53) und den in gelöster Haltung wiedergegebenen Skulpturen finden sich viele Übergänge. Die Taufschüssel wird in beiden Händen vor dem Leib getragen (Marktleuthen Abb. 44) oder auf dem Kopf abgestützt, auch mit nur einer Hand dargeboten. Daraus ergeben sich für die Ponderation, für die Darstellung lastender und stützender Kräfte, Kontrapost und Körperdrehung viele Möglichkeiten. Als Basis dient den Figuren in der Regel ein Podest. Der schöne, mit langen Gliedmaßen manieristisch wirkende Engel aus Kohlo/Brandenburg, 1730 (Abb. 12), der die flache Schale besonders anmutig und leicht fast in Schulterhöhe anreicht, steht nicht, sondern schwebt

---

181a Der Taufengel bezieht seine Legitimation aus dieser Stelle des Matthäus-Evangeliums.
182 Ich habe deshalb den kleinen Engelputto aus Koldenbüttel, der, weil er über einem Taufbecken gehangen hat, als Taufengel bezeichnet wird (KDM-Kunsttopographie SH S. 222), nicht mehr in den Katalog aufgenommen.

auf einer Wolke als Zeichen seiner himmlischen Herkunft. Flatternde Gewandteile und die noch ausgebreiteten Flügel suggerieren bei vielen Engeln die Bewegung des Herabkommens aus der Höhe.

Kniende Taufengel

Die knienden Engel tragen das Becken auf Kopf und Flügeln, stützen es mit den Händen oder plazieren es auf den Oberschenkel des aufgestellten Beines. Ihre Haltung drückt aus, daß sie auf Gottes Geheiß den Menschen dienen, Hebr. 1, 13 f. Sie knien mit großer Würde, wie der Engel in der Glücksburger Schloßkapelle, der mit ernstem Gesicht die schwere Taufe gleichwohl fast wie eine geringe Last auf sich nimmt (Glücksburg Kat. Abb. 4). Auch bei den knienden Engeln ist Thüringen der Anzahl nach führend. Insgesamt ist ihr Bestand jedoch klein. Gerade dieser Engeltyp erlebte aber im 19. Jahrhundert eine Rückkehr. Wohl in Anlehnung an Thorvaldsens Taufengel aus der Frauenkirche in Kopenhagen (Abb. 5, das Original ist von 1827) entstanden Taufengel, nun nicht mehr aus Holz, sondern meist in Marmor gearbeitet, zum Beispiel in Lelkendorf/Neubrandenburg, Köthen/Anhalt 1830, der Kinderengel in Sophienhof/SH von 1874 (Kat. Abb. 3). In Oldenstadt bei Uelzen, 1901 von F. Pfannschmidt, ist die mit einem Diadem geschmückte Figur mit einem schönen Hebegestus der leicht übereinander gelegten Hände, auf denen die Taufschale ruht, in der Rezeption bereits wesentlich freier.

Die Vorläuferfrage

Hegemann sieht die stehenden Engel bereits im ausgehenden 16. Jahrhundert aufkommen: »An der Schwelle des Hochbarock … steht der Engel als Ständer für die Taufschale bewegungslos aufrecht.«[183] Der von ihm zitierte Engel mit dem Weihwasserbecken von Hubert Gerhard, 1596, in der Münchener Michaelskirche ist zwar kein Taufengel, bietet sich unter formalen Kriterien aber als Vorbild zum Beispiel für den Taufengel in Marktleuthen/Oberfranken (Abb. 44) von 1780 an.[183a] Eine Herleitung der Motive stehender oder kniender Taufengel, die die Schale vor dem Leib, auf einem

---

183 Hegemann, S. 30, bietet keine Belege für das frühe Auftreten des stehenden Taufengels Ende des 16. Jhs. an; denn der von ihm zitierte Engel Hubert Gerhards aus der katholischen Michaelskirche trägt ein Weihwasserbecken. Weiter heißt es: »Im 17. Jahrhundert breitete sich diese Form des Taufengels immer allgemeiner aus. Einen…Höhepunkt…stellt Carlo Fontanas schöner Entwurf eines von stehenden Engeln gehaltenen Taufbeckens für St. Peter in Rom dar.«

183a Was sich unter dem Blick des Kunsthistorikers als Rezeptionsvorgang auszuweisen scheint, bleibt dennoch oft unbewiesen, im angesprochenen Fall: der Taufengel aus Marktleuthen stammt von 1780, der Meister ist nicht bekannt. Die Synopse der Erscheinungen bleibt also hypothetisch, während eine Bedeutungs-Analogie zwischen katholischen Weihwasser- und Taufbeckenengeln (Exorzieren und Heiligung des Wassers durch den Engel) und protestantischem Taufengel (mit der Aufgabe, Gottes Werk im Taufsakrament zu verdeutlichen, aber nicht selbständig zu handeln) abzulehnen ist. Formalkünstlerisch ist die Übernahme katholischer Bildtypen nicht auszuschließen, zum Beispiel Lektorenengel : Lesetaufengel. Aber in der evangelischen Kirche war der Platzmangel für die Entstehung dieses Gerätes ausschlaggebend, seine Bedeutung richtete sich wie beim Taufengel auf die Vermittlung geistlicher Inhalte von Sakrament und Predigt. Eine mit dem Bildwerk verbundene Auffassung des Engels als Liturg existierte dagegen nicht. Vgl. dazu auch Wirth in RDK V, Sp. 403 f. zu katholischen Lektorenengeln und Pultträgern.

Knie oder hoch über den Kopf erhoben tragen, von entsprechenden Brunnenfiguren erscheint ebenso im Bereich des Möglichen, läßt sich aber bislang nicht durch Quellennachweise stützen.[183b] Auch bei anderen interessanten Aspekten, zum Beispiel dem Vergleich zwischen kniendem Taufengel als Atlant der Kuppa (vgl. Glücksburg, Kat.) und Herkules- oder Atlas-Skulpturen, muß der Nachweis der künstlerischen Herleitung offenbleiben.[183c] Auch darf nicht übersehen werden, daß solche Motive in der Menge der fliegenden Taufengel zahlenmäßig durchaus nicht signifikant sind.

Die Frage, ob eine zeitliche Aufeinanderfolge vom stehenden zum schwebenden Engel anzunehmen sei, beschäftigt *Barenscheer*[184], der aber für Niedersachsen keine Möglichkeit eines solchen Nachweises sieht. Unter den stehenden und knienden Engeln gibt es sehr frühe Exemplare: In Schleswig-Holstein die Engel von Glücksburg 1642, Schenefeld (2. Hälfte 17. Jh.), Steinbek 1668, in Brandenburg Schmargorei von 1693, Weida in Thüringen (Mitte 17. Jh.). Insgesamt treten sie jedoch eher sporadisch auf, während sich die schwebenden Engel von den letzten beiden Dezennien des 17. Jahrhunderts an schnell und stark verbreiten, so daß es keinen stichhaltigen Grund für die Annahme gibt, daß die stehende Figur motivisch als Vorläufer für eine fliegende gedient habe. Bemerkenswert ist vielmehr, daß ein Teil der stehenden und knienden Taufengel hochgezogen werden konnte: Schenefeld/SH (Kat. Abb. 34); Marktleuthen, von 1780, mit eiserner Öse am Kopf (Abb. 44); Zschernitzsch von 1750, hängt am Seil und kniet beim Herablassen; Hinterhermsdorf/Sachsen; Gernewitz kniend, 17. Jh., später zum Hängen eingerichtet, ebenso Zöllnitz. Daraus ist ableitbar, daß es sich bei Taufengeln, die in fast senkrechter Haltung schweben, um stehende oder kniende, primär oder später zum Hochziehen eingerichtete Figuren gehandelt haben kann, zum Beispiel die ganz steil hängenden Engel in Jembke von 1705 und Vöhrum, beide Niedersachsen, sowie Schorbus/Brandenburg, Ende 18. Jh. Auch hier dürfte das Problem des mangelnden Platzes für das Taufgerät im Hintergrund gestanden haben. Wenn man aber die stehenden Figuren am Seil bewegen konnte, lag es nahe, diese mechanische Einrichtung auch für Engelskulpturen, die ihrem Wesen gemäß fliegend dargestellt waren, zu benutzen. Unter diesem Aspekt mögen die stehenden Taufdiener wegweisend gewesen sein.

Lesetaufengel und andere Lösungen

Engel als Pultträger sind bereits aus dem Mittelalter bekannt. Im katholischen Kultus wurden sie in diakonischer Gewandung dargestellt. Kombinationen von Lesepult und Taufengel kommen in der protestantischen Kirchenausstattung vor. Die Entstehung eines solchen Gerätes folgte den gleichen praktischen Zwängen wie der Taufengel. Der Platz für den Taufstein wurde eingespart. In Trebgast/Franken wurde der kniende Taufengel von 1771 (Abb. 6) nachträglich zu einem Pultträger umgewandelt.

Lesetaufengel sind bekannt aus Thüringen: Lauscha, Reichmannsdorf 1720, Spechtsbrunn 1750, Herschdorf, Friedebach, Daumitsch, Dreba 1700, Oppung 1700, Oberweimar; ferner aus dem Bezirk Rostock: in Samtens von Martin *Becker*, in Gustow von Jacob *Freese*, in Altenkirchen aus der Elias *Keßler*-Werkstatt; sowie in Miltitz bei Leipzig. (Vgl. KDM-Inventare)

Wegen der dezidierten Ablehnung jedweden Engelkultes in der evangelischen Kirche wäre es falsch, hier einfach eine Übernahme der katholischen Engellektoren vorauszusetzen. Das metaphorische Gewicht wurde vom Liturgenengel auf das Buch als Evangelistensymbol, Off. 14, 6, und auf den das Gotteslob preisenden Engel verlagert. [185] Wenn *Rietschel* solche Lesetaufengel für eine »Kombination, die für die Sakramentsverachtung der Aufklärung typisch ist!« hält,[186] verkennt er den didaktischen Wert protestantischer Kirchenkunst. Solche polyfunktionalen Geräte waren reich mit lutherischer Tauf- und Engelsymbolik ausgestattet. In Schönburg/Sachsen trägt ein Engel die Taufschale auf dem Kopf. Ihren Deckel schmückt ein Pelikan, dieser wiederum trägt das Pult. Nicht allein die Verbindung von Heiliger Schrift und Taufe, von Wort und Wasser, die nach Luther zu den essentiellen Taufvoraussetzungen gehört, tritt hier sinngebend in den Vordergrund; denn die Verkündigung des Evangeliums und die Taufe gehören zusammen: »Die nun sein Wort gerne annahmen, ließen sich taufen.« Apg. 2, 41. Auch die durch das Pelikansymbol bezeichnete, im Bad der Taufe wirkende Liebe Gottes wird vor Augen geführt. Eine vielschichtige Taufsymbolik kommt an den mit Füllhörnern ausgestatteten Lesetaufengeln zum Ausdruck. Ich gehe darauf weiter unten bei Behandlung der Attribute ein.

Eine andere Lösung, die ebenfalls die bekannten räumlichen Nöte erkennen läßt, findet sich in Roth in Thüringen. Hier trägt ein Engel die Kanzel auf einer Konsole über dem Kopf. Gleichzeitig streckt er mit der einen Hand die Taufschale vor. Der in den Raum hineinragende Arm allerdings ist im Schultergelenk beweglich, so daß man ihn hochklappen kann, wenn nicht getauft werden soll.

Gelegentlich kommen zwei Engel vor, die das Taufbecken gemeinsam tragen, so zwei kniende in Klein Wölkar in Sachsen und in Sülze, Niedersachsen. In Ribbekardt/Pommern, 1708, halten zwei Engel mit je einer Hand das Taufbecken, mit der anderen einen das ganze Ensemble überspannenden Baldachin. Zwei Engel finden sich auch in Herzberg, Landkreis Neuruppin. Man ist geneigt, in solchen Kompositionen eine Anspielung auf das in der Kunst übliche Motiv der beiden Engel, die bei der Taufe Christi im Jordan das Westerhemd tragen, zu sehen. Wahrscheinlicher wird hier jedoch von dem gleichen Bildtypus Gebrauch gemacht, den die protestantischen Abendmahlsengel vorstellen. Sie stehen zu beiden Seiten des Altars und reichen den

---

183b Das Desinteresse am Künstler ist im Dokumentationswesen von Landkirchen fast die Regel. Anders liegen die Verhältnisse bei einem berühmten Meister wie Thorvaldsen, dessen Werk gut erforscht ist. J. B. Hartmann weist S. 104 ff. nach, daß antike Brunnenfiguren als Vorlage für seine Taufengelentwürfe gedient haben. Thorvaldsens kniende Skulptur fand wiederum Nachfahren in den Taufengeln von Lelkendorf, Köthen, Sophienhof, Oldenstadt.

183c Kniende Engel mit der Taufkuppa auf Kopf oder Schultern sind nicht häufig, außer Glücksburg, 1642, noch Benk in Franken, 1741. Atlanten-Engel kommen als Träger des Altars in Bückeburg und Torgau vor, vgl. Habich 1969. Bedeutungsmäßig könnte der Parallelismus zwischen Herkules und Christus, der die Sünden der Welt trägt, eine Rolle gespielt haben (vgl. LdK II, S. 262), doch ist auch hier im kirchlichen Archivmaterial der Nachweis nicht zu erbringen. Eine humanistische Bildung als Voraussetzung für eine Assoziation »Herkules–Taufengel–Christus« ist bei dem Glücksburger Fürsten, in dessen Schloßkapelle der Taufengel steht, wohl anzunehmen. Die Nachrichten über den Künstler Claus Gabriel sind in dieser Richtung nicht relevant.

184 Barenscheer, S. 24

185 Wirth in RDK V, Sp. 404

186 Rietschel, S. 23

Kommunizierenden Brot und Wein oder halten ein weißes Laken. In Johann *Quinsfelds* Evangelischem Hertzens Schatz von 1768 (Abb. 13) sind solche Engel bei der Sakramentsausteilung dargestellt. Abendmahlsengel waren in Ostpreußen beliebt, Beispiele finden sich in Steegen, Böttchersdorf, Schnellwalde. (Vgl. zu allen Beispielen die KDM-Inventare).

Schwebende Taufengel

Nach *Wiesenhütters* Ansicht war »mit der Vorstellung der Engel das Fliegen von selbst gegeben.« Es habe nur der Barockkunst bedurft, um die Vorstellung des fliegenden Engels zu aktualisieren.[187] Die Loslösung der Plastik von der Architektur, ihre freie Entfaltung im Raum war eine generelle Voraussetzung, ebenso wie die Vorliebe des Barock für technische Effekte, durch die besonders das Theater und die Bühnendekoration der Zeit ausgezeichnet waren. Aber die Inszenierung eines fliegenden »Angelus ex machina« wäre – zumal in der evangelischen Kirche – als Anlaß für die Einführung der Engel als Träger der Taufschale nicht ausreichend gewesen. Terminus post quem war der Zeitpunkt, von dem an sich die Einschränkung des für die Taufe verfügbaren Platzes in unbequemer Weise fühlbar machte. Und nun war es die Mechanik, deren man sich zur Lösung des Problems bediente. Damit bot sich die Möglichkeit, an dem Taufgerät in Gestalt eines herniederschwebenden Engels grundsätzliche Aspekte protestantischen Taufverständnisses zu konkretisieren, zum Beispiel die wichtige Frage Matth. 21, 25: »Woher war die Taufe? War sie vom Himmel oder von den Menschen?« Es war also eine didaktische Aufgabe, wie sie den Künstlern auch in anderen Bereichen evangelischer Kirchenkunst vorgegeben war. Die Ästhetik der Erscheinung, die körperliche Schönheit konnte dahinter zurücktreten. Künstlerisch wurde die Darstellung des fliegenden Engels in höchst unterschiedlicher Weise bewältigt. Zum formalen Problem der Gestaltung des Fliegens, Schwebens oder des stark bewegten Herabstürzens trat das funktionale der praktischen Handhabung als Taufgerät hinzu. Nicht immer gelangten die meist ländlichen Bildschnitzer zu optimalen Lösungen, die beiden Anforderungen gerecht werden konnten.

Die einfacheren Skulpturen liegen ganz waagerecht in der Luft, halten die Taufschale oder den Kranz in den weit vorgestreckten Händen und blicken in der Richtung der Körperachse pfeilgerade nach vorne (Kat. Abb. 41 Westerhever, Kat. Abb. 55 Oldesloe, Kat. Abb. 51 Oldenburg). Andere »schwimmen« mit leicht angehobenen Beinen. Wird die Taufschale mit angewinkelten Armen näher an den Leib gehalten, dann muß der Oberkörper aufgerichtet werden, um bei der Zeremonie nicht im Wege zu sein. Dabei haben manche Schnitzer den Engeln ein gehöriges Hohlkreuz verliehen (Kat. Abb. 32 Neukirchen). Gut gearbeitete Engel, vor allem unter den großen Skulpturen, wirken sehr ruhig und würdevoll (Kat. Abb. 21 Breitenberg, Kat. Abb. 38 Wöhrden, Kat. Abb. 33 Niendorf u. a.) Das trifft auch für den Typus zu, der in leicht

---

187 Wiesenhütter, S. 202 ff. – Frei im Raum aufgehängte Madonnen-Skulpturen gab es bereits in der Spätgotik, 1592 auch im Zusammenhang mit einem Grabmonument (Michaelskirche in München). Zu diesen fest installierten Bildern kamen die im katholischen Kultus anläßlich von kirchlichen (Oster- und anderen) Festspielen eingesetzten beweglichen, »handelnden« Figuren. Vgl. dazu weiter unten im Kapitel »Taufe als Zeremonie«.

schräger Haltung mit weit ausgebreiteten Flügeln herniederschwebt (Kat. Abb. 22 Gudow, Kat. Abb. 36 Ottensen). In den stärker aufgerichteten Körpern ist mehr Bewegung. Flatternde Gewandteile oder Schärpenenden deuten den Luftzug an. Der Engel in Pronstorf eilt wie im Laufschritt stürmisch herbei (Kat. Abb. 35).

Ganz gelöst und frei in der Bewegung, auch der Extremitäten, präsentieren sich Skulpturen wie der Engel in Schönwalde (Kat. Abb. 39) mit weit geöffneten Flügeln, ausgebreiteten Armen, mit dem Palmzweig in der einen und dem körperfern frei in den Raum gehaltenen Kranz in der anderen Hand. Der Kopf ist leicht in den Nacken gelegt, der Blick nach oben gerichtet. Der Körper wirkt schwerelos, wie getragen von dem Lufthauch, der den Gewandsaum hochschlägt. In starker Bewegung wie vom Himmel herunterstürzend, die Hände mit der Taufschale abwärts gestreckt und den Blick nach unten gerichtet, kommt der Engel in Schwaneberg bei Prenzlau; ähnlich gegeben, mit dem Buch als Attribut und der Taube des Heiligen Geistes über sich, der Engel in Obercunnersdorf/Sachsen.

Körperlichkeit

Engel sind Geistwesen und als solche körperlos. Origenes, der frühchristliche Kirchenschriftsteller, stellte sie sich gleichwohl in einen »feinen ätherischen Leib« gekleidet vor. In der altchristlichen und frühmittelalterlichen Kunst erscheinen sie als jugendliche Männer. Erst seit der Renaissance werden sie als schöne Jünglinge und Mädchen dargestellt.[188] Für die Gestaltung der Kinderengel hat nicht nur die wiederbelebte antike Kunst mit ihren Genien Vorbilder geliefert. Die protestantische Kunst fand auch genügend Anregungen im lutherischen Sprachgebrauch von den »lieben Geisterlein«, den »Engeln der Kleinen«, den »himmlischen Kindern«.[189]

Erstaunlicherweise ist es bei den Taufengeln trotz der großen Anzahl und der strengen Bindung an die Funktion zu keiner einheitlichen formalen Gestaltung gekommen. Sie stellen weder unter dem Aspekt von Haltung und Bewegung – ob stehend, kniend oder schwebend –, noch nach Geschlecht, nach Kleidung und Attributen einen festumrissenen Typus dar. Männlich und streng wirkenden Gestalten stehen mädchenhafte und solche mit ausgeprägt weiblichen Formen, auch mit nackten Brüsten gebildete gegenüber.[190] Offenbar war die leibliche Erscheinung und die Frage, ob mit ihr ein Menschenbild oder ein Geistwesen – wie immer letzteres phänomenologisch faß- und darstellbar sein sollte – gemeint war, für das Verständnis nicht

---

188 Vgl. hierzu Künstle, S. 241 f.

189 Wirth in RDK V, Sp. 511 ff.

190 Vgl. die männlich wirkenden Skulpturen zum Beispiel in Breitenberg, Kat. Abb. 21, Gudow, Kat. Abb. 22, die ausgeprägt weiblichen Gestalten Reinfeld, Kat. Abb. 2, Hamburg-Eppendorf, Kat. Abb. 48. Viele Engel erscheinen eher geschlechtslos, indifferent nicht nur in der Körperbildung, sondern auch in der Prägung des Gesichts. Bei den Kinderengeln verblüffen solche mit unverhältnismäßig ältlichen Gesichtern, wie der Engel in Bergstedt, Kat. Abb. 18, als sei barocke kindliche Heiterkeit nicht angemessen (dazu auch Wirth in RDK V, Sp. 513). Die Toleranz gegenüber der formalen Gestaltung ermöglichte es, Skulpturen zu akzeptieren, die von den Stilmerkmalen der Zeit stark abwichen, vgl. Ulsnis, Kat. Abb. 58, Osterhever, Kat. Abb. 64. Solche Engeltypen veröffentlichte auch *Stolt* aus Schweden.

entscheidend. Seine Identität, insoweit sie die Erweiterung seiner eo ipso gegebenen »geistigen Natur« als Bote Gottes betraf, gewann der Engel aus der Funktion als Träger der Taufschale. Erst, wenn man hinter dem Bild den Sinngehalt, die Vermittlung evangelischer Tauflehre sucht, deren theologisch-didaktischer Ansatz bis ins 18. Jahrhundert hinein vom Prinzip der altprotestantisch-orthodoxen Verbalinspiration durch Bibel und Lutherwerke bestimmt war[190a], erkennt man, daß die Vielgestaltigkeit zwar künstlerischer Freiheit in dem derart vorgegebenen Rahmen, aber nicht künstlerischer Willkür entspricht. Als Quelle der ikonographischen Ableitung hat in erster Linie diese theologische Lehre zu gelten. Die form-ästhetische oder die stilanalytische Betrachtungsweise führen deshalb zu keinen brauchbaren Ergebnissen, ja, sie haben das Verständnis für den Engel, der vielfach nicht einmal zeittypischen Schönheitsvorstellungen zu entsprechen brauchte, gehemmt und später zu seiner weitgehenden Eliminierung aus den Kirchen beigetragen.

Größe

Beeindruckend sind die überlebensgroßen Skulpturen:

Groß-Fredenwalde/Brandenburg 2 m, Lüdingworth (Abb. 42) mit einer Flügelspannweite von 2 m, Trittau (Kat. Abb. 63) fast 2 m, Gleschendorf (Kat. Abb. 1) 1,90 m, Ottensen (Kat. Abb. 36) 1,80 m, der kniende Engel in Lindenberg ist 1,73 m hoch, der kniende in Zöllnitz wird sogar als doppelt lebensgroß beschrieben! Der völlig senkrecht hängende Engel von Hinterhermsdorf/Sachsen soll »kolossal« gewesen sein.

Solche Engel konnten beim Herablassen wohl furchteinflößend wirken, zumal auf bei der Taufhandlung anwesende Kinder. Aber etwas anderes sollte damit ausgedrückt werden, nämlich, daß die Größe eines Engels in Relation zu seinem Amt steht und ein großer Engel auch ein starker, Schutz gewährender Engel ist. Obwohl die Riesen unter den Taufengeln ihre Existenz in erster Linie sicher der finanziellen Kraft ihrer Stifter und Patronatsherren zu verdanken haben[191], steht hinter solchen Aufträgen ferner die lutherische Vorstellung von einer weltlichen Hierarchie, deren Rangordnung an der Größe der beschützenden Engel ablesbar ist: »Daher hat ein furst viel einen grossern und sterckern Engel, der auch weiser ist, denn ein Graff, und ein graff einen grossern denn ein ander gemeiner man, Und so fort an,« stellt Luther fest, und fährt fort: »Dazu ist auch gewiß, daß ein klein kindlein, so bald es geborn wird, einen Engel hat, welcher viel grosser und gewaltiger ist denn der konig zu franckreich oder der keyser.«[192]

Der Engel ohne Beine

Der Engel in Starup/Dänemark (Kat. Abb. 40) streckt sich in waagerechter Haltung aus der Wand, in der er bis zu den Knien verborgen ist, hervor. Füße und Unterschenkel fehlen ihm. Leider konnte ich die Gründe für diese merkwürdige Amputation nicht ermitteln. Denkbar ist, daß für eine komplette Figur der Raum nicht gereicht hatte, wenn man von ähnlichen Verhältnissen ausgeht, wie sie bei dem Kanzelträgerengel in Roth/Thüringen, dessen einer, die Taufschale haltender Arm hochgeklappt werden konnte, bestanden haben. Nun ist an einem Engel nichts so unwichtig wie seine Beine. Sie haben keinerlei Bedeutungswert. Die spöttische Frage Gustav *Fechners*, der 1825 unter dem Pseudonym D. Misis eine »Vergleichende Anatomie der Engel« veröffentlichte[193], ob die Menschenähnlichkeit der Engel so weit gehen dürfe, daß sie mit Beinen dargestellt würden, zielt in diese Richtung.

Zwar werden Cherubim und Seraphim traditionell ohne Beine wiedergegeben. Diese Engelgruppen gehören aber nicht zu den Botenengeln. Offenb. 10, 1 berichtet von einem starken Engel: »Und seine Füße (waren) wie Feuerpfeiler.« Eine solche, mit biologischen Gegebenheiten nicht mehr zu vereinbarende Metapher entzieht sich der künstlerischen, zumal der skulpturalen Darstellung[193a], es sei denn, daß auf Beine verzichtet werden kann, weil ein menschengestaltiges, geflügeltes Zeichen, auch wenn die unteren Extremitäten fehlen, sich als »nicht-irdisch«, eben als Engel ausweist. Die Darstellung von Engeln ohne Beine ist auch aus anderen Zusammenhängen geläufig. Ein Relief an der Holztür der Kirche St. Maria im Kapitol in Köln, um 1050, zeigt in der Szene der Verkündigung an die Hirten einen am rechten oberen Rand nur mit dem Oberkörper in das Bild hineinragenden Engel, der mit eindrucksvoller Gestik das Wunder mitteilt. Auch in der christlichen Buchmalerei fügen sich innerhalb vorgegebener architektonischer Rahmungen oder sonstiger bildlicher Freiräume Engel ohne Beine ein. Die gotische Tafelmalerei kennt die beinlosen, in ein schwanzartig flatterndes Gewandteil endigenden Wesen. Das Motiv als solches kann als bekannt vorausgesetzt werden. Eine andere Frage ist, ob das Bildverständnis unverändert durch die Jahrhunderte transportiert worden ist, oder ob in Starup der Raum so beengt war, daß allein praktische Gründe für die Verstümmelung ausschlaggebend waren.[193b]

Der schwangere Engel und die geistige Geburt[193c]

Zu den Merkwürdigkeiten protestantischer Kirchenkunst gehören die unübersehbar im Status graviditatis dargestellten Taufengel (Hohenfelde Kat. Abb. 27, Garz Abb. 62, Markee Abb. 11). Hier erweist sich, daß eine sich lediglich an der äußeren Erscheinung orientierende Deutung völlig hilflos sein muß. Vielmehr ist davon auszugehen, daß die künstlerische Auseinandersetzung mit dem Thema einer Auslegung folgt, die sich eng an das Bibelwort hält und in ihrer Metaphorisierung über die lehrhafte theologische Literatur noch hinausgeht. Die Taufe ist das Bad der Wiedergeburt, Tit. 3, 5, und zwar einer geistigen Geburt, die »nicht von dem Geblüt, noch von dem Willen des Fleisches, noch von dem Willen eines Mannes, sondern von Gott« ist, Joh. 1, 13. Nikodemus, dem

190a Vgl. hierzu Anm. 121b
191 Vgl. Kat. Gudow: Der Patron wünschte einen Taufengel in einer der Größe seiner Kirche angemessenen Ausführung. Dieser Gesichtspunkt dürfte zum Beispiel auch bei der Christianskirche in Ottensen maßgebend gewesen sein.
192 Luther, Predigt am Michaelistage 1533. WA 37, S. 152
193 Zit. nach Barenscheer, S. 20
193a »Engel mit Säulenbeinen«, auch in Malerei/Graphik seltenes Motiv, z. B. in der Kirche Stuttgart-Weilimdorf, vgl. Lieske, S. 235. Vgl. Dürer, Apokalypse: »Johannes verschlingt das Buch«.
193b Analog kommen solche Kanzelträger-Engel in Betracht, die den räumlichen Gegebenheiten zufolge in Halbfigur, als Konsole aus dem Mauerwerk hervortretend, dargestellt sind, z. B. in Freudenstadt.
193c In der Literatur ist in diesem Zusammenhang der Terminus ›geistig‹, nicht ›geistlich‹ üblich. Vgl. Geist aus Luthers Schriften, Bd. 2, S. 86

der Begriff der Wiedergeburt fremd ist, wird von Jesus belehrt: »es sei denn, daß jemand geboren werde aus dem Wasser (der Taufe) und dem Geist, so kann er nicht in das Reich Gottes kommen«, Joh. 3, 5 f.

Ursprung der christlichen Taufe ist die Taufe Jesu durch Johannes im Jordan. So wie bei der Taufe Jesu sich der Himmel öffnet und Gottes Stimme ertönt: »Dies ist mein lieber Sohn«, erhält auch der menschliche Täufling die Zusage der Gotteskindschaft. Er wird »auf Christus« getauft, mit Christus begraben, und mit ihm darf er auferstehen, Röm. 6, 3 f., Kol. 2, 12. Nach lutherischem Verständnis gehören zum Taufsakrament das Zeichen, Gottes Wort und der Glaube. Bildhaft wurde das »Begraben« durch das ursprünglich übliche völlige Untertauchen und das »Auferstehen« durch das Auftauchen aus dem Bad. Durch Gottes Wort wird das Wasser zu »göttlich, selig, fruchtbarlich und gnadenreich Wasser«[194], das reale Erneuerung bedeutet. »Die Taufe hat diese Verheißung, daß sie mit dem heiligen Geist wiedergebieret«.[194a] Aber das bei der Taufe gesprochene Wort wirkt nicht, weil es gesprochen, sondern weil es geglaubt wird.[195] Darum macht erst der Glaube »zu Gottes Kindern diejenigen, die da geboren werden durchs Wort, welches die Mutter ist, darinnen wir empfangen, geboren und erzogen werden.«[196] So ist die Taufe das »Grab, in dem der alte Mensch begraben wird. Sie ist Mutterschoß, die den neuen Menschen gebiert«[197], vor Augen geführt in der Gravidität des Engels als Überbringer des Wortes Gottes. Jetzt erst wird die Vielschichtigkeit der Bedeutung des graviden Taufengels in Hohenfelde/SH (Kat. Abb. 27) erkennbar: Gestiftet für den Erwerb einer Grabstelle auf dem Platz der alten Taufe und über dieser Gruft schwebend, verheißt er lächelnd (!) die Heilsbotschaft der Wiedergeburt aus dem Tod.

In diesem Zusammenhang verdient auch ein anderes Zeichen, das nicht zufällig vorkommt, Aufmerksamkeit. Der schwangere Engel in Garz (von Martin *Becker*, Stralsund) trägt auf dem graviden Leib das »Auge Gottes« im Strahlenkranz, der Engel in Lüssow (von Elias *Keßler*, ebenfalls Stralsund) auf seinem breiten Gürtel. Das in der Kunst des 18. und 19. Jahrhunderts weit verbreitete Symbol bezeichnet die Weisheit Gottes, die Trinität, und ist Abglanz des himmlischen Lichts.[198]

Das Gesicht des Engels

Ernste und heitere, strenge und liebenswürdige, ausdrucksvolle und schlichte, edle und alltägliche, idealisierte und individualisierte Gesichter: die Vielfalt ist fast so groß wie die Zahl der Engel. Bildschnitzer, von denen mehrere Taufengel bekannt sind, haben für ihre Skulpturen allerdings gern die gleiche Physiognomie gewählt, zum Beispiel Hans *Holtmeyer* (Kat. Wöhrden und Neuendorf) oder Diedrich Jürgen *Boy* (Kat. Reinfeld und Lübeck). Manches Engelgesicht ist einem menschlichen Portrait recht ähnlich geraten. *Uffenbach* berichtet 1753 von dem Engel in Blankenburg: »Lächerlich aber ist, daß die gute Frau Seidenstickerin (die Stifterin) dem Engel ihr Gesicht nach dem Leben ganz ähnlich machen lassen, welches dem Ostwinde, wie er gemeiniglich mit aufgeblasenen Backen abgebildet wird, gar ähnlich siehet.«[199] Dahinter steht die Vorstellung, daß wir im Tode den Engeln im Himmel gleich werden: »In der Auferstehung sind sie gleich wie die Engel Gottes im Himmel« (Math. 22,30). Auch bei der Taufe wird die Todes- und Auferstehungsperspektive deutlich: Heilige Engel sind Taufzeugen[200], sie begleiten und schützen das Menschenkind während seines Lebensweges und tragen seine Seele in den Himmel.[201] Aber »niemand wird den Engeln gleich werden an jenem Tage, er werde denn auch in dieser Welt den Engeln gleich« und zwar durch tägliche Übung, heißt es bereits 1653 bei *Arndt*.[202] Nichts anderes lehrt die Anschauung des Taufengels mit dem Menschengesicht.

Viele Taufengel blicken ernst mit weit geöffneten Augen. Ihr Anblick kann beeindrucken, auch wenn die Miene streng wirkt, wie bei dem Taufengel in der Glückburger Schloßkapelle (Kat. Abb. 4). Beim Engel in Lüdingworth (Abb. 42) zieht das Gesicht mit den großen Augen unter der hohen gerundeten Stirn die ganze Aufmerksamkeit auf sich. Der Engel in Ulsnis (Kat. Abb. 58), in seiner Einfachheit fast abstrakt wirkend, lebt vom »bedeutenden« Ausdruck der Augen unter den hochgezogenen Brauen. Lächelnde Engel sind in der Minderzahl (Hohenfelde, Kat. Abb. 27, Schnackenburg, Abb. 43, Diezhausen in Sachsen, Lüneburg).

Die Flügel

Ursprünglich waren die Engel nicht geflügelt. Erst vom Ende des 4. Jahrhunderts ab werden sie mit Flügeln dargestellt.[203] Viele Taufengel kommen mit weit ausgebreiteten Schwingen herunter. Plastisch heben sich die Federn ab, spreizen sich in Arm- und Handschwingen, deuten die Bewegung der Flügel und den »Luftzug« an (Gudow Kat. Abb. 22 u. a.). Überdimensional lang waren die Flügel des ansonsten eher schmal wirkenden Engels aus Lassahn (Kat. Abb. 67). Merkmale des Knorpelstils weisen diejenigen der Engel in Glücksburg (Kat. Abb. 4) und Lüdingworth (Abb. 42) auf. Der letztere prangt mit farbenprächtigen, in gebrochenen Blau-, Grau-, Rot- und Weißtönen schillernden, an den eingerollten Spitzen mit Gold gehöhten Fittichen wie ein Paradiesvogel. Falls diese Fassung ursprünglich sein oder einer solchen entsprechen sollte, steht sie in einem auffälligen Gegensatz zu der lutherischen Ansicht, daß

194 Luther, Großer Katechismus, 1529. WA 30
194a Geist aus Luthers Schriften Bd. 4, S. 361
195 Kühn, S. 245
196 Geist aus Luthers Schriften Bd. 2, S. 86 ff.
197 Lurker, Wörterbuch der Bilder und Symbole, S. 569
198 Im allgemeinen als freistehendes Symbol am Altar oder am Kirchengewölbe. Ein Szepter mit dem Auge Gottes, von einem Engelputto getragen, kommt als Stuckemblem von F. J. Holzinger, um 1720, in der Klosterbibliothek Metten vor. Vgl. Schiller 1976, S. 112 ; LCI 1 Sp. 222 f. – Ein großes Sonnenzeichen war als Attribut von Tugendpersonifikation in der Renaissance geläufig: Cesare Ripa zeigt in seiner Iconologia, 1603, die Verita mit der Sonne in der Hand, die Virtus mit dem Sonnenzeichen auf der Brust, um zu demonstrieren, daß Wahrheit, Kraft und geistige Klarheit vom Himmel kommen. Die Personifikation der Wahrheit als Beichtstuhlfigur (!) in der Kathedrale zu Antwerpen trägt die Sonne auf der Brust.
199 Uffenbach, S. 121 f.
200 Chur Pfältzische Kirchen-Ordnung, Heidelberg, 1684
201 »Im Tode, wenn wir sterben sollen, haben wir die lieben Engel zu Geleitsleuten.« Geist aus Luthers Schriften Bd. 2, S. 745
202 Arndt, S.327 – Engelköpfe mit Portraitcharakter (durch die Inschrift belegt) sind auch von Epitaphien bekannt, Wirth in RDK V, Sp. 499, Sp. 538
203 Künstle, S. 241

Engeldarstellungen in der Kunst nicht durch die »verspielte Buntheit« ihrer Flügel auffallen sollen.[204]

Andere Engel zeigen Flügel, die auf der Rückseite fast unbearbeitet sind. Kiele und Federkonturen sind flach geschnitzt und nur durch die Fassung hervorgehoben. Strahlendes Gold und Silber, Weiß und Grau sind die bevorzugten Farben. Die Flügelränder werden oft andersfarbig abgesetzt.

Bekleidung und Attribute

Gewand und Rüstung

In altchristlicher Zeit waren die Engel mit Tunika und Pallium bekleidet. Das Frühmittelalter ließ sie in byzantinischer Hoftracht erscheinen. In der katholischen Kirche wurde Einkleidung in liturgische Gewänder üblich. Diakonstracht und schön geschmückte Pluviale kennzeichneten das Amt der Engel.[205] Die italienische Renaissance liebte ein antikisierendes Gewand mit aufgestreiften Ärmeln und geschlitzten Röcken, das Arme und Beine freiließ. An diesem Kleid und am antiken Vorbild orientierte sich die protestantische Kirchenkunst. So kommen die Taufengel in teils knie-, teils knöchellangen, meist nach griechischer Mode peplosartig gegürteten Kleidern. Die Ärmel sind hochgekrempelt, die Röcke mit einem oder zwei Einschnitten versehen und an den Schlitzenden mit Knöpfen verschlossen. Stolaartige Bänder, Schärpen oder faltig zusammengelegte Mäntel schlingen sich um Schultern und Hüften. Je lebhafter die Körperbewegung, um so mehr macht das Gewand die Aktivität mit. Es rutscht von der Schulter und läßt den Oberkörper ganz oder teilweise frei (zum Beispiel Kat. Berkenthin, Grube, Schönwalde, Töstrup), Rocksäume bauschen sich, schlagen um und zeigen ein kontrastfarbiges Unterkleid. Kinderengel begnügen sich mit einem Lendentuch (Kat. Abb. 18 Bergstedt, Kat. Abb. 57 Schleswig). Eine so knappe Bekleidung wurde bei dem weiblichen Engel in Grube (Kat. Abb. 24) als anstößig empfunden. Von dem fast unbekleideten Engel aus Hamburg-Eppendorf (Kat. Abb. 48) ist solches nicht bekannt. Der nur dürftig bedeckte Engel in Ulsnis (Kat. Abb. 58) ist nicht als Kind anzusprechen, jedoch so wenig naturalistisch gebildet, daß der Gesichtspunkt der Nacktheit keine Rolle mehr spielt. Im übrigen ist die Kleidermode der Taufengel nicht so streng, daß nicht auch modische Gewänder möglich wären. Rock und Bluse in unterschiedlichen Schnittmustern, Drapierungen am Halsausschnitt, geraffte Ärmel und andere Details zeigen viele Variationen.

Taufengel in Kriegskleidern überraschen. In Thüringen tragen die Engel in Judenbach 1707, »oben wie Hl. Michael gerüstet« (KDM Bd. 3), Eishausen und Rieth, »sehr jugendlicher Michael« (KDM Bd. 2), eine Rüstung, in Ostpreußen kommen der Engel in Gr. Pleisten mit Harnisch und in Gr. Schönau mit Harnisch und Helm daher, mit Koller die ostpreußischen Engel in Groß Gardinen, Marwalde, beide 1720, Klein Jerutten, 1737. In Schlesien trägt der Engel von Harpersdorf einen Harnisch. In

204 Wirth in RDK V, Sp. 516
205 Künstle, S. 242; Mendelsohn 1907

64

Niedersachsen ist das den Oberkörper fest umschließende Wams beliebt. Ärmellos, aber an den bogig geschnittenen Rändern mit Goldborte und auf der Brust mit großen floralen Applikationen geziert, wird es über dem Hemd und zu kniekurzem Rock getragen. Auf Leder als Material deuten die faltenlos glatte Oberfläche und der stramme Sitz hin (Wieckenberg, Schnackenburg Abb. 43, Düshorn Abb. 45, 47). Oft tragen die Engel dazu Stiefel, in Düshorn zwar zehenfrei, aber oben mit weichen Stulpen.

Barenscheer berichtet von einem Engel unbekannter Herkunft, der ihn an römische Legionssoldaten erinnert.[206] Mit einem Krieger haben solche Taufengel wirklich nichts zu tun. Vielmehr erscheinen sie in der Gestalt des Erzengels Michael, zu dem die lutherische Kirche ein besonderes Verhältnis hatte. Luther spricht von »der Engell rustung und harnisch«[207], und seine Predigten zum Michaelisfest sind voller Lob für die beschützende Kraft der Engel. Als Taufengel wird der Heilige Michael zum persönlichen Schutzengel im Lebenskampf – »Ziehet an den Harnisch Gottes, daß ihr bestehen könnet gegen die listigen Anläufe des Teufels.« (Eph. 6, 11) – und zum Seelenführer nach dem Tode. Ferner war im Protestantismus die Auslegung, daß Michael ein Christusname sei, geläufig. In *Quinsfelds* Evangelischem Hertzens Schatz, 1768 (Abb. 16), heißt es zu Feier des Michaelisfestes:

> »Du großer *Engel-Fürst, Herr Jesu,* starcker Held, *Dein Name Michael* der zeigt an, wer du bist. Gott gleich an Macht und Ehre, hoch über alle Welt, daß keine Creatur dir zu vergleichen ist.«[208]

In der protestantischen Kunst sind bis ins frühe 19. Jahrhundert Motive wie Michaels Kampf mit dem Drachen oder mit Luzifer außer in Illustrationen der Apokalypse nur selten dargestellt worden.[209] Falls ein ikonographisches Verständnis im Sinne einer exorzisierenden Kraft speziell dieses Engels latent noch bestanden haben sollte, findet es jedenfalls in der Gestaltung der Michael-Taufengel keinen Ausdruck. Der Erzengel war vielmehr in seiner Person Garant des unvergleichlichen Schutzes, der in der Taufe erworben wurde. Die Verbindung von Taufe und Heiligem Michael war eine motivische Neuschöpfung. Sie ergab, obwohl oder gerade weil sie über den Rahmen theologischer Formulierungen hinausging, ein eindringliches Bild, durch welches das Verständnis für einen Aspekt der im übrigen vielschichtigen Heilswirkung des Tauf-

---

206 Barenscheer, S. 34 f. »Die Gestalt trägt einen gefalteten Knierock. Der Oberkörper ist mit einem Koller bekleidet. Die Art, wie sich dieses Gewand dem Körper anschmiegt, verrät, daß ein Lederkoller nachgebildet werden sollte. Der Saum des Kollers ist bunt ausgezackt, sein Bruststück ist bunt mit Ranken verziert… Eine rote Feldbinde ist schräg… über die Achsel gehängt. An den Füssen… bunt verzierte Soldatenstiefel, die oben mit Querfalten und einem dicken Knopf verziert sind… Die rote Feldbinde leuchtet, das Lederkoller wirkt stattlich und die nackten Knie mit dem Faltenrock erinnern an römische Legionssoldaten. Dieser stolze Eindruck wird noch verstärkt durch die straffe Körperhaltung und vor allem durch… die Gestaltung der Gesichtszüge. Die Nase sticht kühn und keck hervor, die Wangen sind gerötet. Die freie Stirn wird von einem kühnen Haarschopf gekrönt…«.

207 Luther, Tischreden, WA Tischreden I, Nr. 826, S. 400

208 Quinsfeld, S. 239 Das zugehörige Bild zeigt in zwei herzförmigen Rahmen links die Gestalt Jesu zwischen vier großen (Erz-?) Engeln. Rechts kommt im Freien eine Anzahl Kinder, jedes von seinem kleinen Schutzengel geleitet, zu einem Reigen zusammen, während über ihnen aus Wolken drei große Engel zuschauen. »Ein Kind, so klein es ist, hat schon der Engel Hut«, lautet der Kommentar.

209 Wirth in RDK V, Sp. 498 f.

bades nachdrücklich gesteigert werden konnte. Für die Bedeutung des protestantischen Michael-Verständnisses spricht, daß Taufengel gern am Fest des Heiligen eingeweiht und erstmals in Gebrauch genommen wurden (Vgl. Kat. Gülzow, Neukirchen, Kuddewörde).

Die Engel waren in der Regel polychrom gefaßt. Gold und Silber wurde an Säumen, Schärpen, an den Flügeln, Haaren und an Attributen gerne verwendet, galt es doch als Abglanz des himmlischen Lichtes. Total vergoldete oder versilberte Figuren oder solche, die in strahlend weißem Kleid erscheinen, verweisen auf Matth. 28, 3: »Und seine Gestalt war wie der Blitz und sein Kleid weiß als der Schnee« (vgl. Mk. 16, 5; Luk. 24, 4; Joh. 20, 12). Später hat man allerdings auch ursprünglich bunte Engel vollständig weiß überstrichen, oft im Zusammenhang mit einer im klassizistischen Geschmack veränderten Kirchenraumgestaltung. Solche Engel bleiben, besonders wegen der fehlenden Körperfarbe, in der Wirkung stark zurück.

Muschel als Taufschale

Viele Engel, vielleicht die Mehrzahl, tragen eine Muschel als Taufschale. Sie dient, wenn sie aus Holz gearbeitet ist, meistens nur als Unterlage für die eigentliche Taufschale, ein Gefäß aus Messing, Zinn oder seltener aus Silber, gelegentlich aus Alabaster.

Die Muschel war als das charakteristische Ornament der Rokokoperiode außerordentlich verbreitet. Das Interesse für die zoologische Ordnung hatte in M. *Listers* ikonographischen Tafeln, London 1685–88, seinen ersten bedeutenden Niederschlag gefunden, und die moderne systematische Bearbeitung begann mit *Adanson* 1757 und *Poli* 1791–95.[210] Die Faszination, die von diesem neuen Wissensgebiet ausging, spiegelte sich in Literatur und Kunst wider, vor allem aber in den Schriften der Physikotheologen.[211] »Von Britannien aus, wo sie bis 1680 eine hohe Blüte erreichte, gelangte die Physikotheologie speziell über den Hamburger Theologen *Fabricius* und das norddeutsche Luthertum zu weiter Verbreitung.«[212] Friedrich Christian *Lesser* (1692–1754), Theologe aus Nordhausen, verfaßte eine Testaceo-, eine Litho- und eine Insekto-Theologie, die zu ihrer Zeit international bekannte, progressive Arbeiten darstellten.[213] In Johann *Arndts* Schrift »Vom wahren Christenthum« wird auf dem Kupferstich S. 22 die Physikotheologie in einem Rahmen aus Muscheln und Schnecken abgebildet. Die Erklärung lautet »Seemuscheln…die durch ihre Schönheit Gottes Weisheit sichtbar machen« unter Bezugnahme auf 2. Kor. 3, 18: »Nun aber spiegelt sich in uns allen des Herrn Klarheit mit aufgedecktem Angesichte, und wir werden verkläret in dasselbige Bild von einer Klarheit zu der anderen als vom Geist des Herrn.« Johann *Quinsfeld* gibt in seinem Hertzens Schatz, 1768, folgendes Gleichnis zum besten: Wenn frühmorgens der Tau falle, so tue sich die Muschel weit auseinander, Tropfen fielen hinein, daraus würden Perlen. »Ebenso gehet es auch hier, wan Jesus in

210 LdK III S. 449
211 s. S. 40 f.
212 Philipp 1959. In: Evgl. Kirchenlex. III. Sp. 215. In Hamburg wirkte der Dichter Barthold Hinrich Brockes (1680–1747) im Sinne dieser theologischen Richtung. Vgl. Alwast 1989
213 Philipp 1963, S. 80

einem gläubigen Herzen empfangen wird, wenn das selig machende Wort Gottes gepredigt wird, da fällt der geistliche Thau vom Himmel, und so nun da eine gläubige Seele ihr Herz als eine Muschel andächtig aufthut, so läßt denn dieser werthe heilige Geist etliche Thau-Tröpflein der himmlischen Gnade hinein fallen.«[214] Die Version von der Entstehung der Perle in der Muschel wurde seit Plinius tradiert und im 18. Jahrhundert sowohl im katholischen wie im protestantischen theologischen Sprachgebrauch und in der Kirchenkunst beider Konfessionen als Bild für Vorgänge, bei denen Himmel und Erde, göttliche und menschliche Natur, Heiliger Geist und christlicher Glaube zusammentreffen, gebraucht. Allerdings war im katholischen Kult der Anwendungsbereich des Symbols weitaus vielfältiger, mit thematischen Schwerpunkten in der Christus-, Marien- und Heiligenverehrung. Im protestantischen Gebrauch beschränkte sich die Verwendung auf Sinn-Zusammenhänge des aus göttlicher Gnade gegebenen Glaubens, soweit nicht ganz allgemein im Sinne der Physikotheologie im Bild der formschönen Muschel das Lob Gottes über seine Schöpfungswunder gemeint war. Die dem Wasser entstammende Muschel eignete sich nicht nur ihrer Natur nach zum Taufgerät. Als Zeichen für Gottes Weisheit und für die Klarheit des Heiligen Geistes, der in der Taufe empfangen werden soll, war ihre Bedeutung allgemein verständlich. Die als Taufschale beliebte Tridakna-Muschel war durch ihre Größe besonders wirkungsvoll. »Die eigentliche Leistung der Physikotheologen besteht …darin, daß sie einen Erkenntnisbereich für die Theologie, die bis dahin dem Naturstudium als legitimer Wissensquelle eher skeptisch gegenüber gestanden hatte, fruchtbar machen« konnten.[215] Ihr Bestreben, das Buch der Bücher, die Heilige Schrift, mit dem Buch der Natur, die physische mit der geistlichen Welt in Übereinstimmung zu bringen, sollte der Integration der neugewonnenen Naturerkenntnis in die Glaubenswelt dienen. Ein dauerhafter Erfolg war dieser theologischen Bewegung nicht beschieden.

Kranz, Krone und Palmzweig

Nach der Muschel ist der Lorbeerkranz das am häufigsten vorkommende Attribut der Taufengel. Diensteifrig halten sie ihn in beiden Händen, damit die Taufschale hineingesetzt werden kann. Andere Engel tragen ihn mit einer Hand und weisen in der anderen einen Palmzweig oder ein Spruchband vor, führen eine Posaune zum Mund oder zeigen bedeutungsvoll zum Himmel.

Kranz und Engel gehören seit der Antike zusammen. Die geflügelten Viktorien der antiken Kunst bringen dem Herrscher Kranz und Palmzweig als Zeichen des Sieges. Auf frühchristlichen Darstellungen führt die christianisierte Siegesgöttin die Heiligen Drei Könige zum Christuskind als dem neuen Weltherrscher, dem die Magier den Kranz als Zeichen der Huldigung darreichen.[216] Die Krone, außerhalb des Protestantismus aus Heiligenapotheosen oder Marienkrönungen geläufig, kommt in Verbindung mit Dreifaltigkeitsdarstellungen vor. Taufengel, die eine Krone halten oder

214 Quinsfeld, S. 103
215 Stebbins, S. 24
216 Zur Bedeutung des Symbols Kranz vgl. die Arbeit von J. G. Deckers.

diese auf dem Kopf tragen, damit die Taufschale darauf gesetzt werden kann, sind Zeichen für die Glaubensgerechtigkeit, die dem Täufling im Sakrament zugesagt wird. Beispiele finden sich in Bindfelde/Sachsen, Holzhausen/Thüringen, Gadenstedt/Niedersachsen: hier ein kniender Engel mit einer Krone aus Messingblech auf dem Kopf. In Verbindung mit dem Taufengel gilt das Kronensymbol primär der Verherrlichung der Heilswirkung der Taufe. Da es in seinem semantischen Gehalt den individuellen erfolgreichen Lebenskampf bis zum Tode einschließt, ist es auch als auf die einzelne Person zielend gebraucht und verstanden worden.[216a] Johann *Quinsfeld* zeigt in seinem Lehrreichen Hertzens Schatz ein Bild, in dem einer Anzahl gerechter Christen, die sich in demütiger Haltung nähern, von Jesus selbst die Kronen aufgesetzt werden. Ein Engel steht an der Seite dienstfertig mit weiteren Kronen in den Händen und über den linken Unterarm gestreift (es herrscht kein Mangel!) bereit, wie der Text lehrt: »Gott hat in seinem Reich viel tausend schöner Cronen, damit er, die ihm hier getreu verblieben sind, wird in der Ewigkeit, dort reichlicher belohnen.«[217] (Abb. 14)

Kranz und Krone werden in der Bibel sinngemäß nicht streng unterschieden: Offenb. 2, 10 »Kranz/Krone des Lebens«; 2. Tim. 4, 8 »Kranz/Krone der Gerechtigkeit«; 1. Kor. 9, 25 »Unvergängliche Krone als Lohn für den guten Kampf«.[218] In der Taufsymbolik haben diese Attribute genauso ihre Berechtigung wie beim Tode[219]: 1. Joh. 5, 4 »denn alles was von Gott geboren ist, überwindet die Welt und unser Glaube ist der Sieg«.

Posaune

Schwebende Engel mit Posaune werden im allgemeinen zu den sogenannten Jubelengeln gerechnet. Sie gehören ursächlich meist zum Orgel- oder Altarbereich, wo sie zu Gottes Lob musizieren. Posaunentragende Taufengel sind gelegentlich aus solchen Jubelengeln durch Restaurierung entstanden.[220] Nicht in jedem Falle tragen sie selbst gleichzeitig die Taufschale (wie in Brunstorf Kat. Abb. 20), sondern sie schweben über einem Taufstein, das frohe, gnadenbringende Ereignis bejubelnd, wie es der Engel in Lüdingworth (Abb. 42) tut. Posaunenengel rufen aber auch die Toten aus den Gräbern hervor: »Und er wird senden seine Engel mit hellen Posaunen und sie werden sammeln seine Auserwählten«, Matth. 24, 31, das dramatische Thema der Darstellungen des Jüngsten Gerichts in der Kunst. So soll bei der Taufe der Schall der Posaune als Zeichen der sich hier ereignenden geistigen Wiedergeburt aus dem Tode verstanden werden, nach 1. Kor. 15, 52: »Denn es wird die Posaune schallen, und die Todten werden auferstehen unverweslich und wir werden verwandelt werden«.

Füllhorn und Pelikan

Aus Thüringen stammt der Typus des stehenden Taufengels, der ein Füllhorn trägt. Das Taufbecken oder die Schale wird auf die trichterförmige Öffnung des Horns gesetzt. Der Deckel auf der Taufschale ist gleichzeitig Träger eines Lesepults (s. im Abschnitt Lesetaufengel). Wie das Füllhorn hier als Symbol für die segenspendende Taufe eingesetzt wird, läßt sich aus Johann *Quinsfelds* Hertzens Schatz ableiten. In seinem Buch, das als Lehrgespräch zwischen Christus, einem Lehr-Engel und der gläubigen Seele abgefaßt ist, schildert er das Pfingstgeschehen mittels eines (zu diesem Thema übrigens ungewöhnlichen) Bildes (Abb. 15). Darauf erscheint in dem schon bekannten herzförmigen Rahmen Christus, auf einem baldachingeschmückten, von zwei großen Engeln gezogenen Wagen sitzend. Jeder Engel trägt ein Füllhorn, aus dem Blüten quellen. Christus weist mit der Rechten zum Himmel, von wo pfingstliches Heil zu erwarten ist. »Er zieht mit vollem Segen ein und will und kann uns heylsam seyn, vom Himmel reichlich uns bescheren«, lautet der Kommentar des Lehrengels.[221]

In einem anderen Zusammenhang begegnet das Füllhorn als Attribut der theologischen Tugend der Hoffnung[222], die, wie andere Tugendpersonifikationen, in der protestantischen Kunst in Engelgestalt und mit Flügeln dargestellt wurde.[223] Die in der Taufe geschenkte Hoffnung wurzelt in dem Versprechen der Gotteskindschaft.[224] Auch Paulus empfand die Hoffnung, die nicht für dieses Leben, sondern für das Leben nach dem Tode galt, als essentiell, 1. Kor. 15, 19. Die »Hoffnung aber läßt nicht zu Schanden werden«, Röm. 5, 5. Unter diesem Gesichtspunkt betrachtet, erweisen sich die Taufengel mit dem Füllhorn, auf dem das Lesepult ruht, als eine Allegorie auf die im Protestantismus so populäre Trias der theologischen Tugenden Glaube, Liebe, Hoffnung, 1. Kor. 13, 13. Zu den Glaubensgrundlagen des Wortes der Heiligen Schrift gesellen sich im Zeichen des Füllhorns die Hoffnung und die segenspendende Liebe Gottes. Ein ähnliches, mit vergleichbaren Zeichen arbeitendes Bild bietet der Taufengel in Schönburg/Sachsen von 1728. Die kniende Figur trägt die Schale auf dem Kopf. Den Deckel ziert ein von einem Pelikan getragenes Lesepult. Der Vogel, der seine Jungen mit dem eigenen Blut nährt, ist Symbol der Liebe Gottes in Jesus Christus,[224a] auf welche der Täufling seine Hoffnung richtet. (KDM Provinz Sachsen, H. 26)

Buch

Der Taufengel in Obercunnersdorf/Sachsen schwebt mit einem aufgeschlagenen Buch in den Händen über dem Taufstein. Die Heilige Schrift, das Wort ist, nach Luther, eine der drei Grundvoraussetzungen für die Taufe. Die Kombination von Taufe und Lesepult (vgl. S. 56 f.) findet darin ihre inhaltliche Begründung. Das Buch, welches der

216a Wirth in RDK V, Sp. 533 erkennt diese Bedeutung bei Coronatio-Engeln, die auf Bildnissen vorkommen und das Bekenntnis der dargestellten Person zum rechten Glauben bezeugen. Bezeichnenderweise taucht auch dieses Motiv im Verlaufe des 17. Jahrhunderts auf.

217 Quinsfeld, S. 116

218 Lurker, Wörterbuch der Bilder und Symbole, S. 203, S. 209 f.

219 Sie sind vor allem aus der protestantischen Sepulkralkunst geläufig. Vgl. Wirth in RDK V, Sp. 533 f.

220 Wirth in RDK V, Sp. 529

221 Quinsfeld, S. 164

222 Heinz-Mohr, Lexikon der Symbole, S. 113

223 Wirth in RDK V, Sp. 510 f.

224 Neuhäusler und Engelhardt in LThK V, Sp. 416–424

224a Der altchristliche Physiologus (um 200 n.Chr.) vermittelte das Bild des Pelikan, der seine Jungen tötet, um sie drei Tage später mit seinem eigenen Blut wieder zum Leben zu erwecken, ein Motiv, das seither Symbol für den Opfertod Christi ist und seit dem Mittelalter auf Kreuzigungsbildern, in der Bauplastik und an Kirchengerät vielfältige Verwendung fand. Vgl. LCI 3, Sp. 309 f.

Engel herbeiträgt, ist an sich bereits Symbol für das Geschehen im Sakrament. Hier wird aber die Bedeutung des Zeichens erweitert: auf den präsentierten Buchseiten liest die Gemeinde die Bitte

> »Jesu du hast uns erkauft und für uns gelitten. Wir auf deinen Tod getauft nahn zu Dir mit Bitten: Nimm dieß neugebohrne Kind auf in Deine Gnade. Mach es frey von Tod und Sünd in dem Wasserbade.« (KDM Königr. Sachsen H. 34)

Das Gebet, sonst Teil des liturgischen Dialogs zwischen Pfarrer und Gemeinde, wird hier dem Engel als Überbringer des Wortes Gottes übertragen. Er wird als treuer und zuverlässiger Diener dafür sorgen, daß die Bitte der Taufgemeinde ihren Adressaten erreicht. Die von Johan Michael Daniel 1730 gestiftete Skulptur läßt erkennen, wie lebendig der Glaube an hilfreiche Engel damals war.

In Niedercunnersdorf/Sachsen zeigt der Engel von 1794 ebenfalls ein aufgeschlagenes Buch. Darin ist lediglich der Stiftername verzeichnet. Wo 1730 eine stabile Glaubensgrundlage erkennbar wird, ist am Jahrhundertende nur noch die Chiffre des persönlichen Andenkens wichtig.

Taube

Zahlreiche Taufengel tragen über sich im Gestänge die Taube des Heiligen Geistes, nicht nur als Zeichen der Bestätigung ihres Auftrages, sondern auch in Erweiterung der Verbildlichung des Taufgeschehens. Als Jesus von Johannes getauft war, öffnete sich der Himmel und der »Geist, gleich wie eine Taube« schwebte herab, Mk. 1,10. Luther schilderte das abstrakte Geschehen in seiner bildhaften Sprache: »Siehe, welche eine große Herrlichkeit die Taufe hat, auch wie ein hohes Ding es darum sei, daß, da Christus getauft worden ist, sich der Himmel aufthut, der Vater läßt sich hören in der Stimme, und der heilige Geist fähret herab, nicht, wie ein Gespenst, sondern in einer Form und Gestalt einer natürlichen Taube… Also ist die Taube auch eine rechte natürliche Taube und dennoch der heilige Geist gewesen. Dieß ist alles zu Ehren und Preis dem Sacrament der heiligen Taufe geschehen. Denn es ist nicht ein menschlich Werk, sondern ein groß und heiliges Ding.«[225]

Spruchband

Taufengel, die in einer Hand ein Spruchband tragen, kommen häufig vor, ausgenommen in Nordelbien, wo mir unter den erhaltenen Exemplaren keines mit diesem Attribut bekannt ist. Meister Bernhard *Hattenkerell* aus Mohrin/Brandenburg scheint seine Engel regelmäßig damit ausgestattet zu haben. Sie halten die napfförmige Taufschale in der rechten Hand und das lange, flatternde Band in der hoch über den Kopf erhobenen linken. Andere Engel schweben mit ihrem Spruchband über einem Taufstein oder gehören, wie der Engel in Hollern, zu einem aus mehreren Teilen bestehenden Ensemble aus Taufstein, hohem Deckelaufbau und Engel. Während sich hier die Figur beim Anheben des Deckels aus der Höhe des Kirchenschiffs herabbewegt, sind die anderen in angemessener Distanz über dem Taufstein fest montiert. Die

Inschriften enthalten nicht etwa Worte, die der Engel an die Gemeinde richtet, sondern in der Regel auf das Taufgeschehen zu beziehenden Verse aus dem Neuen Testament:

Mk. 10, 14 »Lasset die Kindlein zu mir kommen«;
Mk. 16, 16 »Wer da glaubet und getauft wird«;
Röm. 6, 3–4 »Auf Christi Tod getauft«;
Tit. 3, 5–6 »Das Bad der Wiedergeburt«;
Eph. 4, 4 »Ein Herr, ein Glaube, eine Taufe«
(Abb. 46, Molzen/Niedersachsen);
Joh. 3, 3–5 »Es sei denn, daß jemand von neuem geboren werde,
kann er das Reich Gottes nicht sehen« und »geboren aus dem
Wasser und dem Geist«.

Verglichen mit den leitwortartigen Aussagen zur Bedeutung der Taufe sind Texte wie das »Gloria in excelsis deo« des Engels in Hollern oder »Soli deo gloria« oder auch das dreimalige Sanctus, das Engel im Himmel zum Lob der Dreifaltigkeit anstimmen, seltener anzutreffen. Sie führen die Freude der Engel über die Herrlichkeit des Sakraments vor Augen: »Und da ist der himmlische Chor aller Engel, die da hüpfen, springen und fröhlich über dem Werk sind. Auch stehet der ganze Himmel weit offen.« Luther[226]

Handtuch

In Hohenfelde/SH bringt der schwebende Taufengel nicht nur die Taufschale, sondern auch ein über seinen rechten Unterarm gelegtes Handtuch mit. Während der Brauch, das frisch getaufte Kind in ein weißes Kleidchen, das »Westerhemd« oder »Kaspelzeug« einzukleiden, um damit seine Neugeburt in Reinheit und Unschuld anzudeuten, heute kaum noch geübt wird, hat die Gemeinde in Hohenfelde auf die Geste des Handtuchanreichens durch den Engel nicht verzichtet. Ein Handtuch gehörte zu den Engeln in Neuendorf/SH und Schlebrode (KDM Prov. Sachsen H. 27). In Brügge/SH trug der Engel außer der Taufschale eine Serviette aus feinem Drell (Vgl. Kat.). Die praktische Einrichtung ersparte den in vielen Kirchen zur Taufe üblichen Handtuchständer.

Das Motiv ist in der Kunst aus Darstellungen der Taufe Christi schon früh geläufig. Engel assistieren, indem sie ein Handtuch oder weißes Kleid bereithalten, zum Beispiel auf dem Lütticher Taufbecken 1107/18[226a], auf der Hildesheimer Bronzetaufe um 1200, Taufe Christi von Giotto 1303/10, von Verrocchio um 1476 oder Roger van der Weyden (Mittelbild des Johannesaltars) Mitte 15. Jh.

225 Geist aus Luthers Schriften Bd. 4, S. 365
226 Geist aus Luthers Schriften Bd. 4, S. 365
226a Vgl. Reudenbach, S. 14: »Das Motiv der Engel entstammt östlichen Darstellungen der Taufe Christi…
    Die verhüllten Hände der Engel waren ursprünglich ein Zeichen der Verehrung, ein Motiv, das dann
    in das Anreichen von Tüchern und Kleidung umgedeutet wurde.« Reudenbach erkennt in diesem Motiv
    zugleich eine Verbindung der Engelikonographie in der Taufe Christi mit dem in der Bibel anschlie-
    ßenden Bericht des Aufenthalts Jesu in der Wüste, wo Engel ihm erscheinen und dienen. Eine
    gedankliche Verbindung zum Engelbeistand im Lebenskampf des (getauften) Menschen liegt nahe.

Der Brauch, die Taufschüssel mit einem weißen, spitzenbesetzten oder ausgezierten Tuch abzudecken, wurde vielerorts geübt und ist zum Beispiel bei dem Engel in Düshorn/Niedersachsen (Abb. 45, 47) noch aktuell. Er entspricht sinngemäß der textilen Bekleidung von Altar und Kanzel, ohne jedoch durch liturgische Symbole oder Farben aufzufallen. Allerdings ist Weiß traditionell das Farbsymbol für die in der Taufe empfangene Reinheit und Unschuld.[226b]

Engel als Leuchter

Sondererscheinungen sind solche Engel, die neben ihrer eigentlichen Funktion noch als Leuchter gedient haben. Die Skulpturen sind meist vollkommen bronziert. Der Taufengel in Süsel (Kat. Abb. 56) trägt an seinem Lorbeerkranz vier Metallkettchen, die in Lampenfassungen enden. Er ist, wie ich vermute, nach seiner Absetzung als Taufengel zum Leuchter umfunktioniert worden. In Sachsen dienten die Engel in Hämerten und Langensalzwedel, der letztere ebenfalls bronziert, als Leuchter (KDM Prov. Sachsen). Sie waren elektrifiziert worden, während der Engel in Kottmannsdorf (KDM Königr. Sachsen) im Kranz vier Tüllen zum Einsetzen von Kerzen trug. Mir ist nicht bekannt, ob bei diesen Engeln ein Funktionswechsel stattgefunden hat, oder ob man sie fakultativ zur Taufe und als Leuchter verwandte. Von dem Taufengel in Liepe (KDM Brandenburg) ist bekannt, daß er ab 1881 als Kronleuchter gebraucht wurde.

Leuchtertragende Engel – im katholischen Kultus als Akoluthen üblich – sind in der protestantischen Kirche zufolge der negativen Einstellung zum Liturgenengel vor dem 19. Jahrhundert kaum anzutreffen.[227] Die als Leuchter dienenden Taufengel erklären sich vielmehr einerseits aus der Lichtsymbolik der Engel[227a], andererseits aus dem Verständnis der Taufe als Erleuchtung: In Verbindung mit der Taufe heißt es Hebr. 6, 4: »die, so einmal erleuchtet sind, und geschmeckt haben die himmlische Gabe und teilhaftig geworden sind des Heiligen Geistes«.

226b Psalm 51, 9: »Wasche mich, daß ich schneeweiß werde.« Das den Taufstein oder die Taufschale abdeckende Tuch entspricht dem Velum, welches den Kelch vor Staub schützen soll oder der Altardecke, die zum Schutz der liturgischen Altartücher außerhalb des Gottesdienstes über den Altar gebreitet wird. Vgl. dazu Braun 1912, S. 216 und Schmitt in RDK I, S. 471. Löhe S. 29 empfiehlt für die Taufsteinhülle weiße Seide anstelle des sonst üblichen Leinens. Servietten hatten auch den Zweck, den linken Arm des Pfarrers, mit dem er das Kind über die Taufe hielt, vor dem Naßwerden durch das Taufwasser zu schützen. Die Auszierung solcher Tücher mit Spitzen scheint, Klauser S. 374 zufolge, vor allem im Rokoko üblich gewesen zu sein.
227 Wirth in RDK V, Sp. 500
227a Der Lichtglanz, die »feurige Natur« sind ihr Erkennungszeichen. Luther: »Engel sind Creaturen, die leuchten und brennen.« Geist aus Luthers Schriften, Bd. 1, S. 742. – Wirth in RDK V, Sp. 408 f.

Formen der Aneignung des neuen Taufgerätes

Die Stifter

Adelige Patrone haben, wie in Chroniken gern festgestellt wird, für die Ausstattung ihrer Kirchen »viele Mühe und Kosten« verwendet. Präzise Angaben zu bestimmten Inventarstücken fehlen jedoch in den Kirchenarchivalien oft, weil die finanzielle Regelung der Künstlerarbeiten ohne Mitwirkung der Gemeinde erfolgte. Die Schenkung eines Taufengels kann, sofern nicht Guts- oder Familienarchive darüber Auskunft geben, dann nur vermutet werden. Sie gewinnt aber an Wahrscheinlichkeit, wenn die im Zuge einer Erneuerung der Einrichtung angeschafften Hauptstücke einschließlich des Engels sich stilistisch als zueinander gehörend erweisen. Festliche Einweihungen neugestalteter Gotteshäuser haben vermutlich häufiger stattgefunden, als uns überliefert worden ist. In Breitenberg/SH war die Kirche in den Jahren von 1764 bis 1768 neu errichtet worden. In Vorbereitung des feierlichen Weihegottesdienstes hatte der Itzehoer Kantor Bussäus ein Dankgedicht auf den Patron Graf Friedrich zu Rantzau und seine Gemahlin verfaßt, das von dem Hamburger Kirchenmusikdirektor G. Ph. Telemann vertont wurde.[228]

Im Unterschied zu adeligen Patronatsherren haben Stifter aus dem Kreis vermögender Bürgerlicher und wohlhabender Bauern, Amtsverwalter und Zehntherren, Räte und Gutsbesitzer, Vögte und Kaufleute, gelegentlich auch Offiziere, meistens Wert darauf gelegt, daß ihr Name im Corpus donorum, im Kirchenrechnungsbuch oder am Gegenstand selbst verzeichnet wurde.[228a] Die Donatoren verbanden damit unterschiedliche Absichten, zunächst aber wohl diejenige, sich bei der Nachwelt ein bleibendes Andenken zu erwerben. In vielen Fällen ist der Epitaphiumcharakter solcher Taufengel unübersehbar. Wappen und Initialen, Inschriften und Widmungen auf der Brust oder den Flügeln, auch auf in der Zugvorrichtung angebrachten Tafeln dienen der Würdigung und dem Andenken der Stifter, der »steten Verehrung (ihres) Gedächtnisses«.[229] Noch deutlicher in seiner Absicht war der Zehntherr Christoph Wichmann. Er spendete der Zellerfelder Kirche eine »schöne Tauffe in Form eines Engelbildes« zum Gedenken an seine verstorbene Frau, verbunden mit der Bitte: »Gott laße *ihn* hinwiederumb aller Schätze, so durch die H. Tauffe ausgetheilt werden, genießen.«[230] An einer frommen Stiftung »zur Ehre Gottes und zur Zierde der Kirche«, wie die übliche Formulierung lautete, die nach dem Do-ut-des-Prinzip auch das eigene Seelenheil einbezog, wurde offenbar kein Anstoß genommen.

Die auf das Weiterleben nach dem Tode zielende Intention, die ja bereits theologisch im Taufgeschehen begründet war, konnte im Taufengel »sprechend« Ausdruck

---

228 Vgl. Kat. Breitenberg
228a Aus diesem Personenkreis stammen die Stifter zum Beispiel in Reinfeld, Kaltenkirchen, Hohenfelde, Starup, Malente, Sarau, Schönwalde, Sophienhof, Steinbek, Trebgast.
229 Vgl. Kat. Malente
230 Barenscheer, S. 12

finden, so zum Beispiel, wenn der Königliche Amtsverwalter in Hohenfelde (vgl. Kat.) mit der Stiftung der neuen Taufe den Wunsch verband, unter derselben begraben zu werden. Die lutherische Auffassung von dem persönlichen Schutzengel, der von der Taufe an als Lebensbegleiter und endlich als Helfer im Tode wirkt, war ein der damaligen Zeit sehr vertrauter Leitgedanke. Die im Taufengel immer wieder begegnende Todesperspektive zeigt sich auch in Technitz/Sachsen. Auf dem Spruchband des Engels liest die Gemeinde: »Ein seinem Ende entgegensehender Jüngling namens Johann Andreas Wolf von Bischwitz ließ mich zur Ehre Gottes und zur Zierde seines Hauses verfertigen und nach erfolgtem seeligen Ableben den 29. Dec. 1759 an diese Heilige Stätte bringen.«[231] Merkwürdigerweise scheint die Stiftung eines Taufengels aus Anlaß der Geburt eines Kindes und seiner Taufe, die man für sinnvoll halten würde, selten vorgekommen zu sein. Hingegen wurde das erste an dem neuen Engel getaufte Kind gern mit einem besonderen Eintrag im Taufregister ausgezeichnet.[232] Pastoren, deren Verwandtschaft sowie Kirchenjuraten treten häufiger als Stifter auf. Wo die sogenannten »kleinen Leute« ihre Gaben zum Kauf eines Taufengels gespendet haben, wo in einer Gemeinde für diesen Zweck gesammelt wurde, ist über persönliche Beweggründe meist nicht viel zu erfahren. Die Stifter bleiben oft anonym. Man ist versucht, die frühe Entfernung mancher Taufengel, die nicht der Spende höhergestellter Personen zu verdanken und möglicherweise von einfacherer, weil billigerer Machart sind, mit den Umständen ihrer Entstehung zu erklären. So heißt es zum Beispiel in Sarau/SH, daß man den Engel außer Gebrauch gesetzt, aber, hochgezogen, in der Kirche geduldet habe, weil der Stifter, der Hufner und Kirchenjurat Dittmer, die Entfernung als Kränkung empfunden haben würde.[233]

Vom Umgang mit dem Taufengel

Betrifft: Prediger, Küster, Gemeinde, Dichter, Reisende und Hunde.

Für den Frankfurter Bibliophilen Zacharias Conrad von *Uffenbach* (1683–1734) gehörte die Begegnung mit dem Taufengel in der Blankenburger Kirche zu den denkwürdigen Erlebnissen seiner Reise durch den protestantischen Norden. In seinem 1753/54 veröffentlichten Bericht beschrieb er das ihm bislang unbekannte Taufgerät: »In der Mitte der Kirche ist anstatt des in Sachsen noch beybehaltenen Taufsteins... etwas anders ersonnen worden. Nemlich es hat die Drostin in Langesen, Frau Seidenstickerin, deren Mann allhier Hofrath gewesen, einen Engel von Bildhauer-Arbeit in Menschen-Grösse machen lassen, welcher eine Muschel in den Händen hält, darein das Taufbecken gesetzet wird. Dieser Engel ist mit einer eisernen Stange an das Gewölb der Kirche bevestigt, doch so, daß er oben im Gewicht gehet, und auf und nieder gezogen

---

231 KDM Königreich Sachsen, H. 25, AHscht Döbeln. Auch in Trebgast/Franken schenkte der Stifter den Engel kurz vor seinem Tod.
232 Vgl. Kat. Berkenthin und Kuddewörde
233 Vgl. Kat. Sarau

werden kan. Wenn er nun nicht mehr gebrauchet wird, wird er in die Höhe gelassen, und schwebet also mit dem Becken in der Luft: Ist aber eine Kind-Taufe, so ziehet man ihn herunter, und treten der Prediger und Gevattern darvor, und verrichten die Taufe. Diese Erfindung ist an sich selbst nicht übel ausgesonnen…«.[234] Im Anschluß an die Beschreibung äußert der Verfasser sein Erstaunen über die Portraitähnlichkeit des Engelantlitzes mit dem Gesicht der Stifterin, nach der Bedeutung des angelomorphen Taufgerätes als solchem fragt er jedoch nicht.

Über dessen Entstehung machte sich fast ein Jahrhundert später ein anderer Reisender aus Frankfurt, Hofrat *Meyer*, Gedanken. Im tiefen Holstein in der Ortschaft Bornhöved durch ein Gewitter aufgehalten, nutzte er die Zwangspause zum Wechseln der Pferde seines Wagens und zum Besuch der Dorfkirche. Dem weitgereisten Mann konnte das Gotteshaus keine besonderen Sehenswürdigkeiten bieten außer einem Stück des Inventars, dessen Form und Verwendung ihm völlig neu war: das Taufgerät. Er beschrieb es in seinen Reiseskizzen: »Vor dem Altar schwebte in der Luft ein großer hölzerner rothbackiger Engel an einem Seil. In seinen Händen hielt er ein großes metallenes Becken und über diesem lag ein weißes Tuch.« Meyer gab zwar an, daß er nicht wisse, ob »diese sinnreiche Erfindung in anderen Landkirchen eingeführt ist«, äußerte aber gleichwohl die Vermutung, daß der Taufengel eine Erfindung des Bornhöveder Pfarrers sei, der »außer seinem theologischen Wissen auch große Kenntnisse in der Physik und Mechanik sich erworben hat.«[235] Pastor Oertling war selbstverständlich nicht der Erfinder der Taufengel, die ja schon länger als ein Jahrhundert im Lande in Gebrauch waren. Er hatte vielmehr selbst Probleme mit dem Taufgerät. 1812 gab er bei der Kirchenvisitation zu Protokoll: »…der das Taufbecken haltende Engel in der Kirche hält das Becken so schief, daß das Wasser auf die Erde läuft, so oft man mit der Hand hineinlangt. Auch stossen die Leute zuweilen daran, und dann wirds gar arg.«[236]

Die Pastoren mußten den Umgang mit der neuen Einrichtung erst lernen. *Ruckdeschel* berichtet von dem Engel in Oberröslau: »Seine Fittige sind von ungewöhnlicher Größe und ein mit ihm nicht wohlbekannter Prediger kann leicht mit seinem weiten Priestergewand, indem er zu dem Altar gehen will, daran hängen bleiben.«[237]

Ähnliches geschah in Pronstorf/SH. Als hier eine Predigerwahl stattfand, berührte einer der Kandidaten auf dem Wege zur Kanzel mit der Schulter den schwebenden Engel. Dies nahm die Gemeinde zum Zeichen und erklärte: »Den wollen wir haben, denn ihn hat Gott gezeichnet.«[238] Solcher Beweis eines frommen Verständnisses des engelgestaltigen Taufgerätes wird ergänzt durch einen Ausdruck (sicher nicht respektlosen, sondern) vertrauten Umgangs, wie er in der Gemeinde Nahrendorf üblich

234 Uffenbach, S. 121 f.
235 Meyer, Reiseskizzen, 1831. Der Pfarrer in Bornhöved, Friedrich Ernst Christian Oertling, war als Sohn eines Militärjuristen aufgewachsen und tatsächlich außer in der Theologie auch in der Physik, im Fortifikations- und Kartenwesen beschlagen. Man sagte ihm, einer bis auf den heutigen Tag unausrottbaren, immer wieder kolportierten Anekdote zufolge, die Erfindung einer Flugmaschine nach, wogegen sich der Pfarrer bereits zu seinen Lebzeiten in Zeitungsartikeln vehement zur Wehr gesetzt hat. (Familiengeschichte de Cuveland, S. 180–182)
236 Vgl. Kat. Bornhöved
237 Ruckdeschel, Ms. von 1784
238 Vgl. Kat. Pronstorf

geworden war. Dort nannte man den Taufengel wegen des hölzernen Untersatzes für die Taufschale »Mutter Maria mit'n Pannkoken«.[239]

Wie durch die Feierlichkeit der Taufhandlung eine eher skeptische Einstellung zum Engel von vertrauensvollen Gefühlen verdrängt wird, schildert Jean *Paul* (Richter). Im »Leben des Quintus Fixlein« findet sich eine Tauferzählung, Jean *Pauls* Reminiszenz an eine am 24. 10. 1794 vollzogene Taufe, bei der er Gevatter zu stehen hatte: »Ich habe mir hundertmal in der Stube über Feierlichkeiten zu lächeln vorgenommen, bei denen ich nachher, wenn ich ihnen beiwohnte, unwillkürlich ein petrifiziertes Gesicht hatte voll Anstand und Ernst. Denn als der Schulmeister vor dem Aktus zu orgeln anfing…und der hölzerne Taufengel, wie ein Genius niedergeflogen, seine angemalten Holz-Arme der Taufschüssel unterbreitete und als ich am nächsten an seinem übergoldeten Fittich stand: so zog mein Blut langsam-feierlich, warm und dicht durch meinen pulsierenden Kopf…und ich wünschte…dem Liebling…einen so guten Engel wie heute, nur aber einen lebendigeren.«[240]

Wenig Achtung vor dem Taufgerät bezeigte dagegen der Küster und Organist in Kaltenkirchen. Er war gewohnt, für die Vorbereitung des Engels zur Taufe, das Herunterziehen vom Gewölbe und Herrichten der Taufschale vom Kirchenvogt einen jährlichen Obolus zu erhalten. 1725 geschah folgendes: »Da sichs aber begeben, das der Vogdt Verbrechens halber abgesetzt worden, als wolten die 4 Rthl. auch nicht folgen. Welche der Vogdt aus seinen Mitteln gegeben; und die Kirche ihm nichts dafür will zuwillen wissen. Was Geschieht! Dieses Jahr nach Weynachten geht der Custos zu Bier und sauft sich voll, darauff geht er hin ein in die Kirche, läßt den Engel vom Boden herunter und poltert ihn vor den Altar, darauff geht er Zu Hauß, holt einen alten Säbel und massaciret den Engel vor dem Altar unter stäten ruffen, was bistu den für ein Engel, Wehre dich, und solches verharrt so lange biß daß er ihn gantz und gahr hat zerstümmelt. Wie er wird damit fortkommen, daß Wird er erfahren.«[241] Solch dramatisches Ende eines Taufengels war gewiß ein Einzelfall. Eine geldliche Entschädigung für das Bedienen des Taufengels gehörte übrigens mancherorts zu den »Revenuen« des Küsters oder des Organisten. In Steinbek durfte ein Doppelschilling gefordert werden, und auch hier rächte sich der Küster für nicht bewilligten Lohn, indem er versäumte, das Wasser, das zu jeder Taufe erneuert werden mußte, zu wechseln.[242]

Zu einem Skandal anderer Art war es in Grünberg/Oberhessen gekommen. Hier hatte man einen Tauf- sowie einen Abendmahlsengel angebracht, die beide mit echten Kleidern herausgeputzt waren. »Am Leib seyndt sie bekleidet mit weißen Leinwandungen Hemdern, worauf Halß-Kragen von rothem Glantz-Schechter, auff denen Ermeln Auffschläge von gleicher Farbe, wie auch auf dem Rücken eine in Gestalt eines breiten Bandts gebundene große Schluppe und unten ist ein handtbreiter Saum, auch von solchem Glantz-Schechter angenehet. An denen Füßen haben sie weiße baum-

239 Barenscheer, S. 59
240 Jean Paul, Sämtliche Werke. Leben des Quintus Fixlein, 1796, S. 168. In dem Roman »Flegeljahre«, 1795–1805, S. 279 läßt er seinen Walt auf der Wanderschaft in ein Dorf kommen, wo die Kirchentür gerade offen steht: »so ging er ein wenig hinein. Es wurde drinnen getauft. Der Täufer und der Täufling schrien sehr vor dem Taufengel.«
241 Vgl. Kat. Kaltenkirchen
242 Vgl. Kat. ferner Breitenberg, Kirchbarkau, Steinbek

wollene gestrickte Strümpfe, und mit rothen Bändgen zugebundene weiße lederne Mannes Schuhe mit rothen Absätzen.« Diese »auf wunderliche, bey Lutheranern nie erhörte und viel mehr papistische Art gekleidete(n) Engeln« waren der Gemeinde ein Greuel, ein »groß Ärgernuß« und wurden prompt als »götzenhaft« aus der Kirche entfernt.[243]

Probleme hinsichtlich eines in den Bereich des Aberglaubens tendierenden Umgangs mit dem Taufengel gab es in Oberröslau. Den nackten Hals der Skulptur hatten »schwachdenkene Christen« (!) »mit schwarzsamtenen schmalen Halsbändern geschmückt; es fanden sich aber immer Liebhaber wieder, welche diese Bänder für sich brauchbar hielten. Wie ich höre, soll es abergläubische Leute geben, welche dergleichen TaufEngelsbänder gegen die Kröpfe heilsam halten. Die Stifter bevestigten sie zwar zuweilen mit Nägeln, aber auch diese waren nicht stark genug diesen Schmuck gegen raubgierige Hände zu sichern. Noch am Weyhnachtsfeste 1783 beschenkte dieses Bild ein hier wohnhafter Catholicke mit einem Cattunenen Vortuch und schwarzsamtenen Halsband, des Morgens wurde der Engel geschmückt und Nachmittags stund er schon wieder mit entblösstem Hals da.«[244] Auch der Taufengel in Ratekau/ SH trägt ein aufgemaltes schwarzes Halsband mit einem kreuzförmigen Anhänger: Residuen eines Bandzaubers mit apotropäischem Charakter, wie er bei der Geburt der Kinder angewendet wurde?

Völlig in den Bereich des Alltäglichen gehören dagegen die Umstände, welche die Oberröslauer zu meistern hatten, als sie ihren hängenden Taufengel vom Seil abnahmen und ihn vor dem Altar auf den Boden stellten: Sie umgaben ihn mit einem »Geländerlein gegen den Umlauf der Hunde«![245]

Taufe als Zeremonie

Taufen wurden am Ende eines Gottesdienstes vor versammelter Gemeinde abgehalten. Nach dem Schlußgebet trat der Küster an den Platz vor dem Altar, ergriff mittels eines langen Stockes den Engel an seiner Öse und zog die große Skulptur langsam auf die richtige Höhe herunter. Dann setzte er die Taufschale in den Lorbeerkranz und füllte aus einer Taufkanne oder -flasche das Wasser ein.

Der liturgische Ablauf gestaltete sich, von landesherrlichen Änderungen der Kirchenordnung abgesehen, etwa nach dem Schema: Vermahnung, Gebet, Exorzismus (sofern noch ausgeübt), Lesung, Vaterunser, Abrenuntiatio, Credo, Taufe, Votum, Segen.[246] Im Gebet, das dem Exorzismus vorausging, bat der Pfarrer, daß ein Engel das Kind bewahren möge. Die Vermahnung, vor oder nach dem Exorzismus, betonte die Heilswirkung des Sakraments als eines Bades der Wiedergeburt. Auf die Lesung des

243 Barenscheer, S. 14 ff.
244 Ruckdeschel, Ms. – Was den zitierten »Catholicken« anbetrifft, vermag ich nicht zu sagen, ob die Oberröslauer Kirche evangelisch oder katholisch war. Taufengel in katholischen Kirchen sind mir nicht bekannt geworden. In Fällen wie Bettlern bei Breslau und Groß Lenk/Ostpr. hat es sich um ehemals protestantische, später rekatholisierte Kirchen gehandelt.
245 Ruckdeschel, Ms. von 1784
246 Jordahn, S. 502 ff.

Evangeliums Mk. 10, 13–16 folgte die eigentliche Taufe.[247] Die Paten und die Eltern mit dem Kind näherten sich dem Engel, und der Pastor begann mit der Taufhandlung.[248] Er stellte an das Kind die Fragen nach der Absage an den Teufel und nach dem Glauben. Die Paten antworteten an dessen Stelle. Dann tauchte er die Hand in das von dem Engel gehaltene Becken, schöpfte Wasser aus der Schale und taufte das Kind durch Besprengen auf seinen christlichen Namen. Am Ende der Zeremonie setzte der Küster den Engel durch leichten Druck gegen die Zugvorrichtung wieder in Bewegung, und der Taufdiener schwebte allmählich hoch unter die Decke des Altarraumes.

Die Bedeutung des Taufengels in diesem Zeremoniell war ambivalent. Einerseits war er das praktische, platzsparende Taufgerät. Andererseits wurde er als Bild eines Himmelsboten von seiner Erscheinung her als auch durch seine Attribute zum Träger der in der Taufe vermittelten Botschaft. »Ein einprägsames Bild hilft, einen mit Worten schwer erklärbaren Sachverhalt einem einfachen Menschen so nahezubringen, daß auch er es begreifen kann. Ein Bild haftet im Gedächtnis besser als dürre Worte.«[249] Wie groß bei den Menschen das Bedürfnis nach Ausdeutung von selbst nebensächlichen Details des Engelbildes war, zeigt der Bericht von Johann Heinrich *Scherber* aus Kirchenlamitz, 1793: »Der Umstand, daß der Engel sein Gesicht abwendet, zog dem Pfarrer nicht weniger als dem Künstler anfänglich bittere Vorwürfe zu. Man deutete es so aus, als ob sich der Engel dieser heiligen Handlung schäme. So wird oft der Künstler in seinen weisen Absichten verkannt.«[250]

Der Taufengel hatte demnach ganz entschieden die Aufgabe, innerhalb der feierlichen Zeremonie das nur durch die Worte des Predigers vermittelbare abstrakte Geschehen zu veranschaulichen; denn »nach Luther (ist) der menschliche Verstand so geartet, daß er nicht abstrakt, sondern nur konkret, nicht ohne Vorstellungen, die dieser Welt entnommen sind, denken kann.« Erst so kann der einfache Mensch die Wahrheit des Sakraments verstehen.[251] So entstanden Taufengelkompositionen, die als didaktisches Hilfsmittel im Dienst der Taufzeremonie mit Attributen und diversem Zubehör reich ausgestattet waren. In Sparnberg/Sachsen war der Taufengel von 1710 auf Wolken schwebend dargestellt. Über ihm war in der Aufhängung ein Bild der Taufe Christi angebracht. In der nächsten Stufe des Gestänges erschien die Taube des Heiligen Geistes und darüber ein Schrifttäfelchen mit dem Namen des Stifters, das an einer Krone (– der Gerechtigkeit, wie wohl ergänzt werden darf) befestigt war.[252] Die aus der Taufe Christi erwachsene Verheißung der Gotteskindschaft schloß die Hoffnung auf das ewige Leben ein, deutlich gemacht im Bild der Krone, die in Verbindung

247 Kirchenordnung Brandenburg von 1540
248 Natürlich nahm der Pastor nicht die Taufschale aus den Händen des Engels heraus, um zu taufen, und gab sie nach vollzogener Handlung wieder zurück, wie Hofrat Meyer in seinen Reiseskizzen nach der Inspektion der Kirche in Bornhöved (vgl. Kat.) mutmaßte.
249 Stirm, S. 72. – Luther sagt in seinem Passional, WA 10 II, S.458 f., daß Kinder und Einfältige durch Bilder und Gleichnisse besser zu bewegen seien, die »göttliche Geschichte« zu behalten, als durch bloße Worte oder die Lehre.
250 Scherber, Ms. von 1793. Der Verfasser glaubte diese Absichten zu kennen, wie er in einer Fußnote des Manuskripts andeutete: »2. Mos. 3, 6. Jes. 6, 2«, also »Und Mose verhüllte sein Angesicht, denn er fürchtete sich Gott anzuschauen« beziehungsweise »Seraphim… mit zwein (Flügeln) deckten sie ihr Antlitz«, was sinngemäß auch für den das Gesicht abwendenden Taufengel gelten sollte.
251 Vgl. Stirm, S. 91
252 KDM Provinz Sachsen, H. 22, 1901

mit dem Stifternamen personenbezogen für ein glaubensmäßig gerechtes Erdenleben stand.

Von dem Taufengel in Schönbrunn/Oberfranken berichtet Johann Paulus *Fischer* 1784. Die Taufschüssel, von dem Engel in beiden Händen gehalten, konnte mit einem Deckel verschlossen werden. Dieser war an einem blauen Seil befestigt, in dem vier goldene Sterne, zwischen diesen drei zitronenförmige Kugeln, angebracht waren. Das Seil wurde durch die Kirchendecke geführt, lief auf dem Boden über einen Balken und trug an seinem anderen Ende einen schweren Stein als Gegengewicht, so daß sich der Deckel der Taufschüssel bequem heben und senken ließ. Der Engel selbst kniete mit dem linken Bein auf einem Stein, war am Kopf mit einer eisernen Stange befestigt, welche gleichfalls durch die Kirchendecke ging und an einem »extrastarken Nagel« hing. Das Gestänge hatte vier Glieder, an diesen waren die folgenden Bilder angebracht: Zunächst ein »Christusbild im Jordan samt dem Bildnisse Johannis des Täufers in seiner gewöhnlichen Kleidung mit einer Taufschüssel in der Hand«. Die Darstellung war eingeschlossen in einen grünen Laubkranz von zehn bis zwölf Zoll Breite. Das nächste Glied des Gestänges trug die Taube des Heiligen Geistes, strahlend versilbert. Darauf folgte das Bild »der ersten Person der Gottheit, ein männliches Brustbild mit der Weltkugel in der Hand, zwischen einem blauen Gewölbe mit Engelsköpfen«. Abschließend war in der Höhe noch das Haupt eines Engels in Wolken zu erblicken. Das bemerkenswerte Ensemble war 1684 von Hans Georg *Brenk* zu Kulmbach angefertigt worden.[253] Hier ist der Taufengel nicht nur ein materieller Bestandteil der Taufzeremonie. Er wird Träger einer Taufthematik, die sich bedeutungsmäßig steigert wie sie sich bildlich in der Aufeinanderfolge der Kompositionselemente höherentwickelt. *Er kniet auf einem Stein:* Christus ist der Grundstein, Mk. 12, 10; *vier Glieder im Gestänge:* die vier Evangelien, sie verkündigen Gottes Heilswerk durch seinen Sohn Jesus Christus, Röm. 1,16 »denn ich schäme mich des Evangelii von Christi nicht, denn es ist eine Kraft Gottes, die da selig machet alle, die daran glauben«; *Christi Taufe im Jordan,* der Heilige Geist in Gestalt einer *Taube, Gottvater im Himmel und der Chor der jubelnden Engel:* »Und da Jesus getauft war, da tat sich der Himmel auf über ihm. Und Johannes sah den Geist Gottes, gleich als eine Taube herab fahren und über ihn kommen und siehe eine Stimme vom Himmel herab sprach: Dies ist mein lieber Sohn, an welchem ich Wohlgefallen habe«, Matth. 3, 16–17, die geistliche Grundlage des Taufsakraments.

Die Frage, wie eine so weitgehende materiell-bildhafte Veranschaulichung der abstrakten Verheißungen des Taufsakraments mit den Grundsätzen der lutherischen Kirche übereinstimmen konnte, drängt sich an dieser Stelle zwangsläufig auf. Zugleich entsteht die Frage nach einer möglichen Herleitung des Zeremoniells aus mittelalterlichen katholischen Osterspielen, in denen mit beweglichen (auch bekleideten, handelnden und »redenden«) Holzfiguren, die durch eine große Öffnung in der Kirchendecke auf- und niederfahren konnten, das österliche Geschehen und Christi Himmelfahrt dargestellt wurde. Ein Zusammenhang zwischen den schwebenden Taufengeln und den katholischen Elevationsfiguren kann natürlich unter dem Aspekt der Mechanisierung der Skulpturen hergestellt werden. Dessen hätte es jedoch nicht

253 Fischer, Ms. von 1784, S. 54 ff.

bedurft.[253a] Vom Bildverständnis her ist zwischen den Bildwerken vom Typus des mittelalterlichen Auffahrenden Christus, die dem kultisch-devotionalen Bereich und dem Andachtsbild zugerechnet werden, und dem Taufengel streng zu trennen. Luther wehrte sich sowohl gegen den Realismus von Bildern und Skulpturen, wie er durch textile Bekleidung und die Handlung in den Spielen vorgegeben wird, als gegen deren devotionalen Gebrauch. [253b] »Die Reformatoren mußten als Kinder ihrer Zeit und Söhne ihrer Kirche den Zweck der Bilder in der Anbetung und in der Veranschaulichung biblischer und kirchengeschichtlicher Vorgänge vorfinden. Es blieb ihnen nur eine Alternative, da eine Beibehaltung devotionaler Gegenstände von ihrem Grunddogma, dem ›allein aus Gnaden‹, ausgeschlossen war. Sie konnten alle Bilder und Statuen entfernen, unbekümmert um Schönheit und Kunstwert; diesen Weg der Bilderstürmerei ist vorwiegend das – künstlerisch unbestritten so begabte! – südwestdeutsche Reformiertentum gegangen. Oder sie mußten, wenn sie nicht radikal zerstören wollten, alles Gewicht auf die veranschaulichende Bedeutung legen; diesen Weg ist Luther gegangen.«[254] Das Sakrament als solches ist aber eine Substanz göttlichen Ursprungs, die nicht durch menschliche Zeremonien geändert oder ergänzt werden kann. Das Problem der »Taufe als Zeremonie« wurde dahingehend gelöst, daß neben dem Wesentlichen und Notwendigen der göttlichen Ordnung Zeremonien möglich sind, weil sie »die Sinne ansprechen«. »Wo auch immer Ceremonien in sich Adiaphora sind und nicht dem Glauben widersprechen, sondern auf irgend eine Weise auf die Verehrung dieses Sacraments gerichtet sind, können sie ohne Verletzung des Gewissens behalten werden.« Danach konnten Riten, wenn sie der analogia fidei entsprachen, angenommen werden, »sofern sie der Ausgestaltung des Geschehens dienen und die Handlung und Wirkung der Taufe darstellen.«[255] Man war nicht dagegen, »daß etliche wohlgeordnete Zeichen der Taufe ersonnen werden, woran die Taufe als wirksames Bad der Wiedergeburt und Erneuerung erkannt wird.«[256] Dies war die allgemeine Ansicht der altprotestantischen Orthodoxie. Der Pietismus hat sich zu dieser Frage nicht grundsätzlich anders gestellt. Der von Gott geschenkten Gnade des Glaubens an die Wirkung der Taufe muß auf Seiten des Menschen der Wille zum Halten des Taufbundes gegenüberstehen. Dazu gehört das rechte Verstehen des

253a Hebemöglichkeiten für schwere Deckelaufbauten von Standtaufen waren in Gebrauch. Ferner bestanden funktionale Unterschiede zwischen Taufengel und Elevationsfigur: dort, hochgezogen aus Platzmangel, die ständige Einrichtung zum liturgischen Gebrauch, hier temporäres, theatermäßig dramaturgisch gestaltetes Spiel, bei dem die Figuren durch das »Himmelloch« in der Kirchendecke verschwanden. Auch zeitlich ist eine Kontinuität der Phänomene kaum herzustellen. Die religiösen Spiele hatten ihren Verbreitungshöhepunkt im ausgehenden Mittelalter. Taufengel treten frühestens ab Mitte des 17. Jh. auf. Die Kenntnis der mittelalterlichen Spiele ging im protestantischen Nord- und Mitteldeutschland nach der Reformation bis auf vereinzelte Nachweise verloren. Vgl. dazu Krause S. 336
253b Krause, S. 334 f.
254 Kunze/Weckwerth, S. 219. – Mittelalterliche Bildformeln, wie »Christus steigt aus dem Grab, das noch mit dem Deckel verschlossen ist« (bei Veit Stoß, Bouts, Pleydenwurff, Wohlgemut u.a.), in denen es um die *metaphorische* Veranschaulichung der Überwindung des Todes durch den *geistigen* Leib geht, konnten eher akzeptiert werden. Vgl. dazu die Arbeit von Labuda. Die Auferstehungsperspektive im Taufengelbild ist dagegen an die Verheißung der Gotteskindschaft im Taufsakrament gebunden, der Bezug richtet sich auf Gottes Wort, bildlich auf die Taufe Jesu, nicht auf seine Auffahrt.
255 Johann Gerhard, Loci theologici. 1610–1622, Bd. IV. Zit. nach Jordahn, S. 502 f.
256 ebd., zit. nach Jordahn, S. 510 f.

Taufgeschehens, und dieses wiederum ist durch Erklärung und Unterrichtung zu wecken. »Wie bringen wir den kopff ins hertz?«[257], ist die Frage, die das Problem der Zeremonien bei der Taufe umreißt.

Solche prinzipielle Einstellung zu Zeichen und Zeremonien bei der Taufe machte den aus Gründen der Raumnot konzipierten zweckmäßigen Taufengel auch im theologisch-didaktischen Sinne möglich und nützlich. Wenn man seine vehemente Ausbreitung berücksichtigt, kommt man zu dem Schluß, daß dieses Taufgerät damals einem ausgeprägten Bedürfnis nach bildlicher Konkretisierung des Sakraments entsprochen haben muß, und zwar in einer Weise, die dem am Bibelwort orientierten Verständnis des Kirchenvolks angemessen war. Luthers Formulierung vom« nützlichen und seligen Gebrauch« der Bilder[258] trifft also im Kirchenraum nicht nur auf Altargemälde, Kanzelschmuck und Bilderfolgen an Emporenbrüstungen, sondern, was bislang völlig unbemerkt geblieben war, auch auf den Taufengel zu.

257 Ph. J. Spener, Pia desideria, S. 80. Zit. nach Jordahn S. 530
258 Luther, WA 10 II, S. 458 f. : »Misbrauch und falsche zuversicht an bildern habe ich alle zeit verdampt und gestrafft… was aber nicht misbrauch ist, habe ich ymer lassen und heissen bleiben und halten, also das mans zu nützlichem und seligem brauch bringe«.

Ergebnisse

Schon ab Mitte des 19. Jahrhunderts, besonders aber gegen Ende des Säkulums nimmt der Bestand an Taufengeln ab, werden die hölzernen Bildwerke beiseitegesetzt und die alten Steintaufen, die zwischenzeitlich irgendwo auf Kirchenland oder in Pastoratsgärten überdauert hatten, zurückgeholt und wieder in Gebrauch genommen. Die Zeit der Taufengel war als Ganzes gesehen vorüber, wenngleich es Gemeinden gab, die mit der Skulptur auch das Verständnis für diese Form des Taufgerätes bewahrten und das besondere zeremonielle Ereignis der Tauffeier mit dem Engel nicht missen wollten.

Was war mit den Skulpturen nicht nur an materieller Substanz, sondern auch an Sinngehalt, an symbolischer Bedeutung verlorengegangen? Viele hundert Taufengel (658 von mir nachgewiesene dürften einem ursprünglichen Bestand von mehr als 1000 Stück entsprechen) waren, beginnend um die Mitte des 17. und sprunghaft anwachsend im 18. Jahrhundert, in die Kirchen eingezogen. Aus mittel- und ostdeutschen protestantischen Regionen kommend, eroberten sie niedersächsische Kirchen, drangen in nordelbisches Gebiet vor, zogen, nun schon langsamer und zögernder, in den schleswig-holsteinischen Norden und erreichten schließlich die skandinavischen Länder.

Eine bedrückende Raumnot herrschte in den teilweise überalterten Kirchen des ländliches Raumes und der kleinen Städte. Pragmatisch versuchte man die Probleme zu lösen, indem man die Organisation des Mobiliars in der Kirche den praktischen Erfordernissen anpaßte. Schrittweises Vorgehen führte zunächst zum Einbau von Emporen innerhalb des Schiffs, aber auch im Chorraum bis dicht an den Altar heran. Alsbald wurde nach einem geeigneteren Platz für die Kanzel gesucht. Unter der Vorbedingung des lutherischen Gottesdienstes, daß der Prediger von der Gemeinde gut zu sehen und zu hören sein müsse, ergab sich als zweckmäßige Lösung die Anbringung der Kanzel in der Altarwand. Der Kanzelaltar wurde auch der höheren Einschätzung von Wort und Sakrament, weniger allerdings oft funktionalen und ästhetischen Ansprüchen gerecht.

Als Movens für Veränderungen im Kirchenraum erwies sich immer wieder ein zunehmender Platzbedarf der Gemeinden, der nur durch starke Ausweitung des Gestühls befriedigt werden konnte. So blieb letztendlich auch dem Taufstein der Rückzug von seinem angestammten Platz nicht erspart. Als Restraum für das gottesdienstliche Geschehen war schließlich nur der Platz unmittelbar vor dem Altar frei, während alles übrige von der Gemeinde in Anspruch genommen wurde. Vor oder über dem Altar wurde gepredigt, nicht selten auch die Orgel gespielt. Vor dem Altar wurde konfirmiert, getraut und das Abendmahl gespendet, stand der Sarg bei Beerdigungen, und hier wurde schließlich auch die Taufe vollzogen. Ein schwebender Engel, in stehender, kniender oder vorrangig in fliegender Haltung, kam mit der Taufschale in den Händen vom Gewölbe herab. Die Lösungsmöglichkeiten für das Problem des mangelnden Raumes waren damit erschöpft, weiteres Mobiliar war nicht zu entfernen oder zu bewegen.

Der große Bedarf an Sitzplätzen resultierte aus der Ordnung des Predigtgottesdienstes wie aus wachsenden Gemeinden. Dazu kamen weitere Zwänge: eine hierarchische Ordnung der Stühle, die dem Sozialprestige entsprach und zu ineffizienten

Nutzungsverhältnissen führte sowie ein nicht zu unterschätzendes ökonomisches Interesse der Kirche selbst, die aus den Einnahmen für die Stühle unter anderem einen erheblichen Teil der eigenen Bau- und Reparaturkosten sowie die Armenpflege zu bestreiten hatte. Diesem Circulus vitiosus war auch das Taufgerät unterworfen, dessen angesehener Platz von Bewerbern für den Kirchenstuhl, aber auch für das eigene Begräbnis begehrt war. In jedem Falle brachte der Taufenplatz Geld ein, oft mehr, als die Anschaffung eines Taufengels kostete.

Diese Verhältnisse drängen beim Studium kirchlicher Archivalien wie Rechnungs-bücher, Bauakten, Visitationsprotokolle, Stuhlbücher u.a. so stark in den Vordergrund, daß die Erklärung für das Auftreten und die weite Verbreitung der Taufengel damit auf der Hand zu liegen scheint. Sie waren die letzte Lösung des Raumproblems, die Angeli ex machina. Oder waren sie doch mehr als das?

Konnte der protestantischen Gemeinde das Erscheinen eines Engels als Diener bei der Taufe glaubens- und verstehensmäßig zugemutet werden, obgleich die Bibel an keiner Stelle von einem Engel bei der Taufe spricht? Luther hatte eine sehr starke Vorstellung von Wesen und Wirken der Engel: Jeder Christ habe seinen Schutzengel, vor allem aber habe ein jedes Kind von Geburt an seinen eigenen Hüter und Wächter. Für die Darstellung der vertrauensvollen Beziehung zwischen Kind und Engel brauchte Luther in seinen Michaelispredigten einfache, gefühlvolle Bilder. Sie dürfen nicht darüber hinwegtäuschen, daß Luther Engel als eine von Gott den Menschen zum Dienst verordnete außergewöhnliche Kraft verstand, die sich in der Abwehr von Teufel, Unglauben und Sünde entfaltete. Die Gnade der Hilfe durch die Engel begann mit Geburt und Taufe und dauerte über den Tod hinaus bis zum Empfang der Seele im Himmel. Dieses Vertrauen auf den Engeldienst ist in vielen Kirchenliedern noch bis ins frühe 18. Jahrhundert spürbar. In Predigten und christlichen Schriften der Zeit findet sich aber auch das auf theologisch-didaktische Prinzipien der altprotestantischen Orthodoxie festgelegte Engelverständnis. Die spätere Auseinandersetzung mit aufklä-rerischen Ideen nimmt dann Abschied von der universellen Begabung der Engel und zwingt deren Bild in den engen Rahmen eines Tugendwächters. Zwischenzeitlich macht die Physikotheologie in dem Bestreben, Glauben und Naturerkenntnis zueinan-der zu führen, große, wenngleich mühsam anmutende Anstrengungen, das Vertrauen in die Existenz der Engel zu erhalten.

Die lutherische Tauflehre enthält drei essentielle Begriffe: Gottes Wort, Wasser und Glaube. Der Taufakt wird als signum visibile, als zeichenhafte Veranschaulichung des Heilsgeschehens, das in der Gnade der Gotteskindschaft aus der Kraft des Todes Christi besteht, verstanden. Zur Erlangung des Heils ist menschlicher Glaube erfor-derlich. Dieser aber, von Natur aus schwach und im Lebenskampf anfechtbar, braucht Stützung »mit Bildern und mit Worten« (Luther, Tauflied), also im Gebet, in der Predigt und im sinnlich-wahrnehmbaren Zeichen. Erst recht haben die »Einfältigen und die zu erziehende Jugend« solche Hilfen, die einen starken und nachhaltigen Eindruck als Basis für einen lebenslang tragfähigen Glauben hinterlassen müssen, nötig. Die Annahme des Glaubenssatzes, daß dem menschlichen Täufling das Ver-sprechen der Gotteskindschaft gegeben werde, wird durch die Taufe Jesu als Kind Gottes und durch sein Sterben für die Sünden der Menschen erleichtert. Wie das Leben Jesu von der Geburt bis zum Tode in entscheidenden Phasen von Engeln begleitet war, erfährt auch das menschliche Gotteskind die Hilfe der Engel von der »Wiedergeburt« in der Taufe bis zu seinem Lebensende. Eine stärkere geistige Kraft – für deren Bedeutung unter anderem spricht, daß Christus selbst, der Erzengel Michael und Luther mit dem Begriff Engel identifiziert werden konnten – war als Rüstzeug im täglichen Lebens- und Glaubenskampf nicht vorstellbar: Luther vertraut auf »der Engel Rüstung und Harnisch«.

In Anbetracht dieser theologischen Voraussetzungen kann man das Auftreten der Taufengel nicht allein aus Gründen ihrer funktionalen Zweckmäßigkeit als platzsparendes Gerät in Zeiten einer Raumkalamität erklären. Noch weniger sind sie als ein Gebrauchsgegenstand, der sich aus zeitgemäß barocker Vorliebe für eine spielerisch bewegte Darstellung in Form eines schwebenden Engels präsentiert, aufzufassen. Über diesen Ansatz war die historische bzw. kunsthistorische Bearbeitung des Gegenstandes bislang nicht hinausgekommen. Eine Erklärung für Sinn und theologische Bedeutung des Engelbildes, für die Akzeptanz eines solchen durch die evangelischen Christen, für das Fehlen eines künstlerisch eindeutig definierten Taufengel*typus* konnte damit nicht gewonnen werden.

Erst die ikonographische Analyse des Taufengelbestandes auf der Grundlage des protestantischen Verständnisses von Engel und Taufe und des für die Bildthematik wichtigen Grundsatzes von der Inspiration durch Bibelwort und Lutherwerke führte weiter.[258a] Die Vermittlung des Taufverständnisses, bis dahin dem Wort und der Zeremonie vorbehalten, erfuhr durch die Begabung der Engel zur bildhaften Veranschaulichung eine Erweiterung. Vorrangige Aufgabe für die künstlerische Darstellung war der Symbolgehalt, nicht die Schönheit der Gestalt. Die Art und Weise, in der die Künstler das Thema behandelten, führte zu motivischen Neuschöpfungen, wie Taufengel im Gewande des Heiligen Michael, im Zustand der Gravidität, in Kombination mit Lesepult und Bibel, mit symbolträchtigen Attributen oder als Teil eines ganzen, das Taufgeschehen bildlich vor Augen führenden Ensembles.

Aus den Formen der Aneignung des Taufgerätes läßt sich schließen, daß die in der Gestalt des Engels formulierte Taufsymbolik für die Gemeinde aufgrund ihrer Bibelkenntnis verständlich war. Es bestand nicht nur ein Bedürfnis nach Ausdeutung des Engelbildes, nach Hinterfragung seiner Aussage. Das lutherische Engelverständnis wurde an ihm auch konkretisiert, wenn die Stifter mit ihrem persönlichen Anliegen, dem späteren Weiterleben nach dem Tode, auf ein bereits in der Taufe gegebenes Versprechen zielten: auf die Hilfe eines Engels beim Heimgang der Seele. Daß eine so stark materiell-bildhafte Veranschaulichung des Sakraments keine theologischen Bedenken aufwarf, geht aus der lutherischen Einstellung zu den als Adiaphora zu behandelnden Zeremonien hervor.

Im Bildgebrauch trafen bei der Taufhandlung die theologisch-pädagogischen Absichten mit dem frommen Bildverständnis der Gemeinde zusammen. Die Gemeinde selbst hatte zwar keine Möglichkeit, auf den durch die Kirchenordnung vorgeschriebenen Ablauf und den lehrhaften Charakter in der Gestaltung der Zeremonie Einfluß

258a Zur biblisch-theologischen Begründung des Bildgebrauchs im Protestantismus vgl. auch Stirm, S. 91 f.: Die Bilder halten am Text der Heiligen Schrift fest und müssen auch dem Text gemäß verstanden werden. S. 117: Die Thematik des evangelischen Bildes ist durch die Heilige Schrift gegeben und begrenzt.

zu nehmen. In Quellen- und Literaturzitaten aus der Zeit treten aber im praktischen, emotionalen und gelegentlich sogar im abergläubischen Umgang mit dem neuen Taufgerät Aspekte des Volksempfindens hervor.

Zusammenfassend ist festzustellen, daß nicht allein der Raummangel in den protestantischen Landkirchen im 18. Jahrhundert für die starke Verbreitung der Taufengel ursächlich war. Vielmehr hatte das neue Taufgerät in Form, Gestaltung und Funktion eine auf das Sakrament bezogene didaktische Aufgabe zu erfüllen, nämlich durch sein Bild und seine Symbolik den Willen und das Wort Gottes zu veranschaulichen und den Glauben an die Kraft des Sakraments zu stärken. Damit ist erwiesen, daß Taufengel mehr darstellten als eine mechanisch-praktische Erfindung in Zeiten vorübergehender Raumnot. Sie waren, wie Altar, Kanzel und Emporen mit ihrem Bilderschmuck für andere thematische Bereiche der lutherischen Lehre, ein echtes Werk protestantischer Kirchenkunst: Sie veranschaulichten das gepredigte Wort und dienten dem Glauben als ständige Erinnerung und Stütze.

Nachhall

Die Arbeit über den Taufengel soll nicht abgeschlossen werden, ohne einen kurzen Blick auf die weitere Entwicklung zu werfen. Es reicht nicht aus, den Rückzug der Taufengel allein auf Eindringen rationalistischen Gedankengutes mit seinen Zweifeln an der Existenz von Engeln zurückzuführen. »Der Sieg der Aufklärung in der zweiten Hälfte des 18. Jahrhunderts hatte die breiten Massen der protestantischen Bevölkerung Deutschlands durchaus nicht entkirchlicht. Dem Christentum entfremdet war mit den literarischen Führern der Nation nur ein kleiner Teil der Gebildeten. In den übrigen Schichten herrschte eine schlichte, oft tief empfundene Frömmigkeit rationalistischen, orthodoxen oder pietistischen Gepräges. So war die Frömmigkeit um 1800 keineswegs ausgestorben.«[259] Dies dürfte vor allem für ländliche Gebiete zutreffend gewesen sein. Dennoch scheint sich in der religiösen Einstellung des Kirchenvolks ein allmählicher Wandel vollzogen zu haben, der sich in Formen »außerkirchlicher Frömmigkeit, Besinnlichkeit und frommer Einkehr«[260] zeigte. Auch das Engelbild veränderte sich, wie im Kapitel über Kirchenlied und Predigt behandelt wurde. Aber wie bei der Entstehung dieses Taufgerätes kommen auch beim allmählichen Rückzug andere Gründe hinzu. Ob für den Wegfall der Raumnot nachlassender Kirchenbesuch oder Rückgang der Bevölkerungszahlen, Zunahme der Kirchenneubauten oder Aufhebung der Stuhlordnung und Verbot des Anlegens von Grüften in der Kirche ursächlich war, kann hier nicht weiter verfolgt werden. Bekannt ist die Tatsache, daß im 19. Jahrhundert Emporen bereits wieder entfernt werden konnten. Als unmittelbare Folge der Wegnahme mindestens der östlichen Emporenenden im oder nahe am Chorbereich wurde oft der Platz, an dem die Standtaufe sich einmal befunden hatte, frei, und das alte Gerät konnte erneut etabliert werden. Ferner wurden zunehmend Haustaufen abgehalten.

Darüber hinaus hatte in Abhängigkeit von einem besseren Bildungsstand der Landbevölkerung im 19. Jahrhundert das Bedürfnis nach und die Notwendigkeit für eine bildliche Veranschaulichung des Sakraments nachgelassen. Störende Randerscheinungen, die man bis dahin geduldet hatte, reichten jetzt aus, um den aus Platzgründen nicht länger erforderlichen Taufengel zu entfernen: zum Beispiel die Nacktheit bei dem Engel in Grube oder das störende Geräusch, das beim Herablassen des Engels in Malente vom Gestänge verursacht wurde. Im Braunschweigischen wurden die Taufengel 1846 regulär verboten: »Nicht minder entstellend für das Innere des Kirchengebäudes sind die an der Decke desselben hängenden sogenannten Taufengel, welche sich aus früherer Zeit noch hier und da erhalten haben, und die durch ihre gewöhnlich geschmacklosen Gestalten einen unangenehmen Eindruck machen. Es ist daher von den Predigern zu veranlassen, daß diese aus den Kirchen überall entfernt werden.«[261] Die Beurteilung allein unter Fragen des Geschmacks, nicht aber unter dem Aspekt der theologisch-didaktischen Funktion ist typisch für diese und

259 Heussi 1971, S. 454
260 »Zweifel der Aufklärung an der Existenz von Geistwesen haben sich ... viel weniger ausgewirkt als die Wandlungen der Frömmigkeit.« RDK V, Sp. 539
261 Barenscheer, S. 18

spätere Bewertungen. Etliche Skulpturen waren diesem Schicksal bereits zuvorgekommen. Sie waren infolge mangelhafter Befestigung aus der Höhe herabgestürzt und im Zustand ihrer Beschädigung beiseite gesetzt worden.

Nur ein Teil des ehemals großen Taufengelbestandes blieb erhalten und eine noch geringere Anzahl in Gebrauch. Die Existenz des Restbestandes ist wohl weniger Traditionsbewußtsein als einem nach wie vor wachen Verständnis für den Sinngehalt des Bildes zu verdanken, und das heißt auch und an erster Stelle einer positiven Einstellung der Pfarrer zum Taufengel. Deshalb schließe ich diese Arbeit mit einem Beitrag von P. Knoke, 1975, aus Lütjenburg/SH, der Einblick in das auch heute mögliche Verständnis vom Taufengel gewährt: »Keinesfalls aber könnte ich Engelsgestalten an Taufgeräten als bloß traditionelles Ornament verstehen. Sie sind immer Hinweis darauf, daß im Sakrament der Taufe der Himmel aufgeschlossen wird. Jener Symbolgehalt wird aber besonders deutlich, wenn das Taufwasser selbst von oben durch einen Engel herbeigetragen wird.«[262]

262 Pers. Mtlg. von P. Knoke. – Weitere Beispiele modernen Taufengelverständnisses vgl.im Kat. bei Bergstedt, Berkenthin, Grube, Neuendorf. Ob und in welchem Umfang der in der Literatur anzutreffende Gedanke, »diese alte, weit sinnigere Form (der Taufe) wieder zu Ehren zu bringen« (Wanckel, S. 219) in der heutigen Zeit realisierbar ist, hängt im wesentlichen davon ab, ob es einem Pfarrer gelingt, seiner Gemeinde protestantisches Taufverständnis am Sinngehalt eines Taufengelbildes zu verdeutlichen.

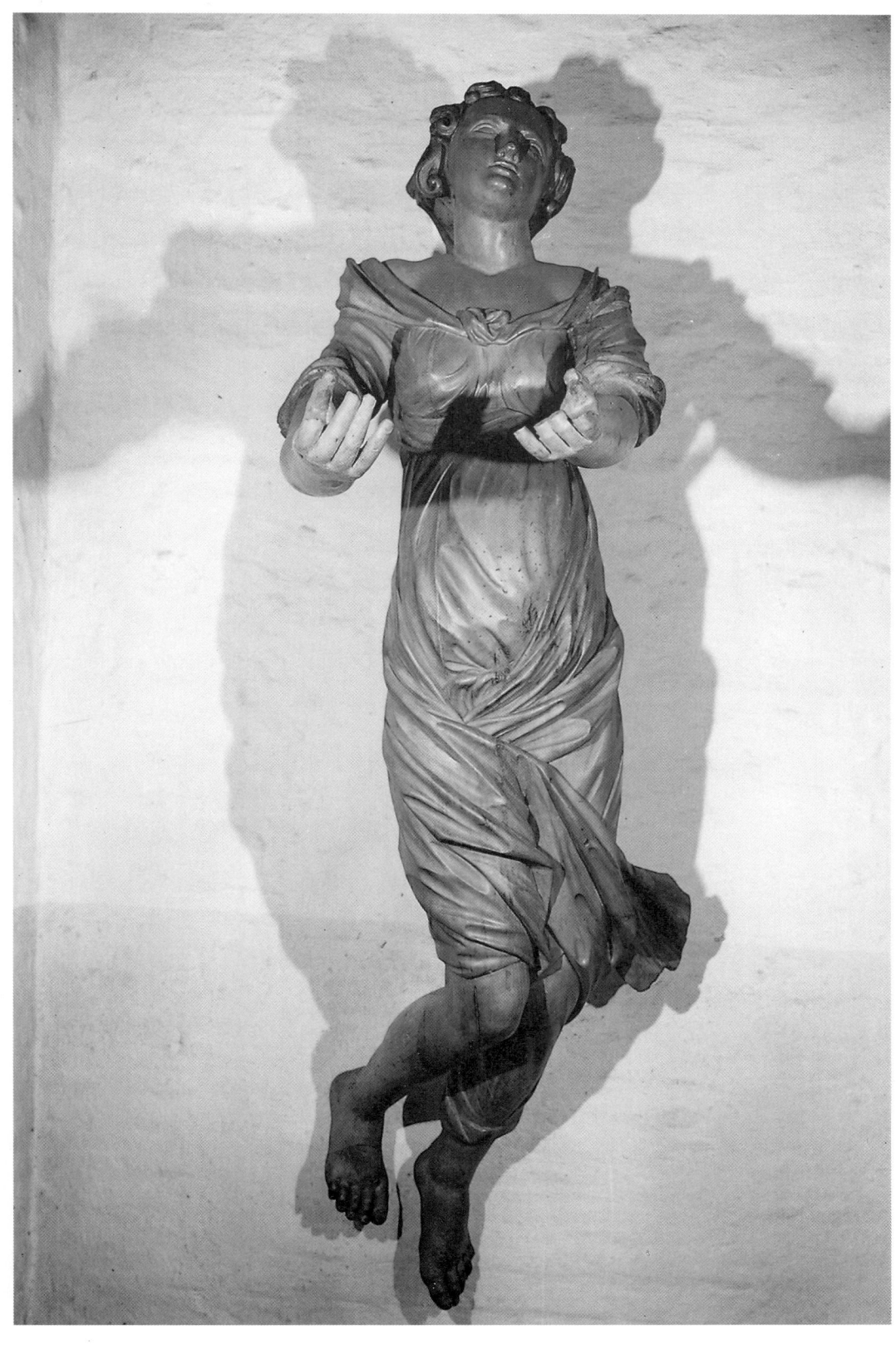

1   Gleschendorf, wohl 1766 – Katalog S. 133

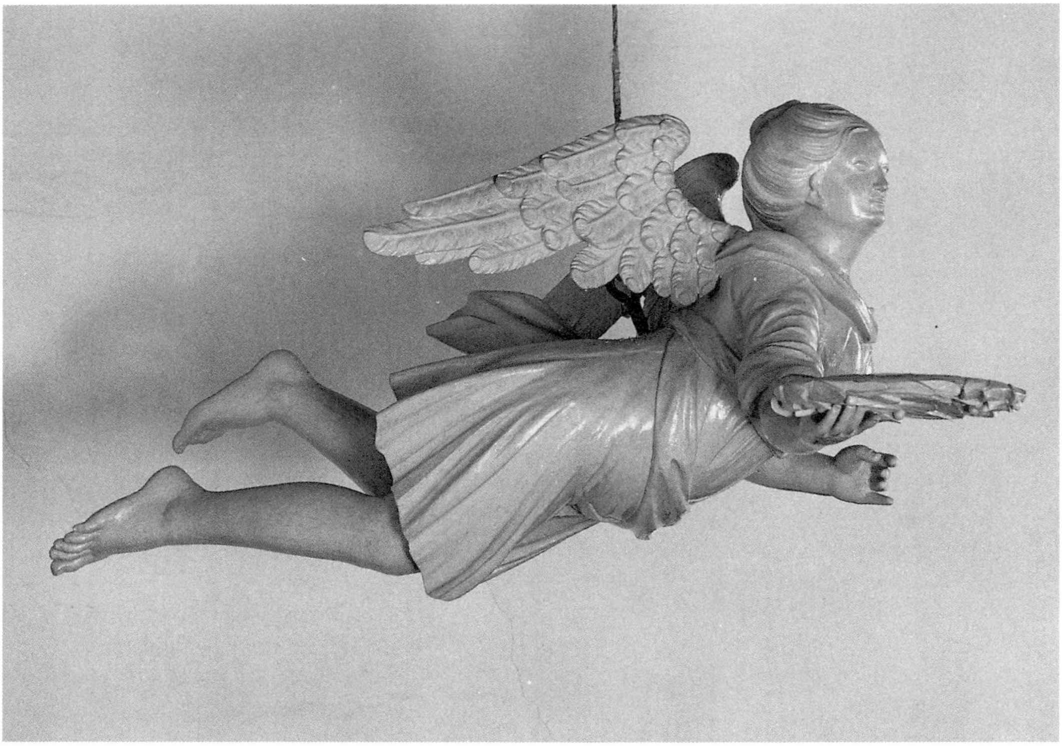

2 Reinfeld 1776 – Katalog S. 150

3 Sophienhof 1874 – Katalog S. 153

4 Glücksburg 1642 – Katalog S. 134

5 Kopenhagen 1827 – S. 55

6 Trebgast 1771 – S. 56

7
Kropp, 2. Hälfte 19. Jh.
Katalog S. 182

8
Jörl, Ende 18. Jh.
Katalog S. 180

9
Karby, 18. Jh.
Katalog S. 181

10
Bornhöved, wohl 1771
Katalog S. 176

11 Markee – S. 61

12 Kohlo 1730 – S. 54

S. 69

S. 65

17   Ahrensburg 1716 – Katalog S. 129

18   Bergstedt 1766 – Katalog S. 130

19 Berkenthin 1734 – Katalog S. 131

20 Brunstorf 1738 – Katalog S. 133

21 Breitenberg 1767 – Katalog S. 132

22 Gudow 1692 – Katalog S. 136

23 Großenbrode 1715 – Katalog S. 134

24 Grube 1769 – Katalog S. 135

25   Hamberge, wohl 1700 – Katalog S. 138

26   Gülzow 1695 – Katalog S. 137

27 Hohenfelde 1735 – Katalog S. 139

28 Leezen 1756 – Katalog S. 140

29 Lütjenburg 1745 – Katalog S. 141

30 Preetz, ca. 1725–30 – Katalog S. 146

31 Neuendorf 1787 – Katalog S. 142

32 Neukirchen (Holst. Schweiz) 1768 – Katalog S. 143

33 Niendorf 1785 – Katalog S. 145

34 Schenefeld, 2. Hälfte 17. Jh. – Katalog S. 151

35
Pronstorf 1751
Katalog S. 149

36
Ottensen 1739
Katalog S. 146

37 Töstrup 1790, davor Kappeln 1759 – Katalog S. 154

38 Wöhrden 1788 – Katalog S. 156

39   Schönwalde 1750 – Katalog S. 152

40   Starup (Nordschleswig) 1742 – Katalog S. 153

41   Westerhever 1805 – Katalog S. 155

42   Lüdingworth (Niedersachsen) – 1660 – S. 54

43 Schnackenburg (Niedersachsen) – S. 65

44 Marktleuthen (Oberfranken) 1780 – S. 54

45   Düshorn (Niedersachsen) – S. 65

46   Molzen (Niedersachsen) – S. 71

47　Düshorn (Niedersachsen) – S. 72

48 Hamburg, St. Johanniskirche Eppendorf, wohl 1778 – Katalog S. 157

49 Kuddewörde 1750 – Katalog S. 161

50   Hamburg, Unbekannte Kirche. 1. Hälfte 18. Jh. – Katalog S. 156

51   Oldenburg, wohl 1774 – Katalog S. 163

52 Hamwarde, Mitte 18. Jh. – Katalog S. 158

53   Ratekau 1764 – Katalog S. 167

54 Jevenstedt 1725 – Katalog S. 159

55 Oldesloe 1764 – Katalog S. 164

56 Süsel 1749 – Katalog S. 172

57   Schleswig, St. Michaeliskirche, Ende 17./Anfang 18. Jh. – Katalog S. 170

58 Ulsnis 1787 – Katalog S. 173

59 Kirchbarkau 1737 – Katalog S. 160

60   Schwarzenbek 1749 – Katalog S. 172

61   Schwarzenbek: Neubauplan von 1746/48 – Katalog S. 171

62   Garz/Rügen 2. V. 18. Jh. – S. 61

63   Trittau 1736 – Katalog S. 172

64 Osterhever 1822 – Katalog S. 166

65 Rensefeld 1761/62 – Katalog S. 168

66 Lübeck, St. Lorenzkirche 1770 – Katalog S. 162

67 Lassahn – Katalog S. 161

Verbreitung von Taufengeln in Nordelbien

1 Lassahn
2 Lütau
3 Gülzow
4 Hamwarde
5 Brunstorf
6 Pötrau
7 Schwarzenbek
8 Gudow
9 Kuddewörde
10 Steinbek
11 Trittau
12 Ottensen
13 St. Georgsberg
14 Ahrensburg
15 Bergstedt
16 Niendorf
17 Berkenthin
18 Lübeck
19 Hamberge
20 Reinfeld

21 Oldesloe
22 Quickborn
23 Neuendorf
24 Ratekau
25 Rensefeld
26 Leezen
27 Kaltenkirchen
28 Horst
29 Wewelsfleth
30 Pronstorf
31 Hohenfelde
32 Breitenberg
33 Eddelak
34 Gleschendorf
35 Süsel
36 Sarau
37 Bornhöved
38 Schenefeld
39 Malente
40 Schönwalde

41 Neukirchen
42 Kirchbarkau
43 Grube
44 Sophienhof
45 Preetz
46 Wöhrden
47 Oldenburg
48 Lütjenburg
49 Kiel (2)
50 Jevenstedt
51 Großenbrode
52 Kropp
53 Hohenwestedt
54 Osterhever
55 Westerhever

56 Schleswig
57 Ulsnis
58 Jörl
59 Karby
60 Thumby
61 Töstrup
62 Glücksburg
63 Starup
64 Agerskov
65 Ahrensbök
66 Behlendorf
67 Brügge
68 Elmschenhagen
69 Hamburg
70 Hamburg-Eppendorf

Katalog
der nordelbischen Taufengel

Der Katalog erhebt keinen Anspruch auf Vollständigkeit. Gegenüber dem 1978 erschienenen Verzeichnis nordelbischer Taufengel konnte der Katalog um sieben auf 71 Vorkommen erweitert werden. Vier, 1978 als verloren bezeichnete Exemplare wurden wiedergefunden. Sechs Taufengel wurden, nach dem Stand vom Herbst 1989, zwischenzeitlich restauriert und in die Kirchen zurückgebracht.

In diesen völlig neu bearbeiteten und stark erweiterten Katalog wurden zusätzlich zu den Quellen, die sich auf das Taufgerät beziehen, solche Archivalien aufgenommen, die Einblick in die Raum- und Nutzungsverhältnisse des Gotteshauses, die soziale und ökonomische Situation der betreffenden Kirchengemeinde geben, weil die Anschaffung von Taufengeln in der Regel Folge derartiger Relationen war. Wo immer in Erfahrung zu bringen war, wie evangelische Gemeinden heutzutage ihrem Taufengel begegnen, habe ich entsprechende Nachrichten aufgezeichnet. Die Datierung der nordelbischen Taufengel konnte in zahlreichen Fällen präzisiert werden.

Ich bedanke mich an dieser Stelle bei allen nicht namentlich genannten Personen, die mir mit Hinweisen und bei der Archivmaterialsuche behilflich waren, vor allem bei den Pastoren und Pastorinnen sowie den Angestellten der Kirchenverwaltung.

Noch benutzte
oder in Kirchen hängende Taufengel

AHRENSBURG 1716 (Abb. 17)

[1]*LAS Abt. 400*[1]*, Nr. 517* – [2]*Haupt II 1888* – [3]*Albers 1960* – [4]*Strasser 1964* – [5]*Schadendorff 1966* – [6]*Kunsttopographie 1974* – [7]*de Cuveland 1985* – [8]*P. W. Pioch, pers. Mtlg.* – [9]*Stadtarchivar Hagen, pers. Mtlg.* – [10]*Thieme-Becker IX*

Ende des 16. Jahrhunderts wurde südlich vom Ahrensburger Schloß die Schloßkirche erbaut. 1716 wurden die bedeutendsten Teile der Innenausstattung erneuert; denn »der Kirchenpatron Graf Detlef von Rantzau, seine Frau Friederica Amalia und ihre Mutter Dorothea konnten es nicht ansehen, daß sich der Schmuck des Tempels mit der Zeit verloren hatte.«[9] Graf Rantzau schenkte einen reich verzierten Kanzelaltar, »zugleich schenkte er der Kirche einen beweglichen, auf und nieder fahrenden Engel, der das Taufbecken hält.«[1, 9] Es gab aber noch einen unmittelbaren Anlaß für die Anbringung der schwebenden Taufe. Schwedische Soldaten unter General Steinbeck hatten 1712 das Denkmal für Peter Rantzau in der Kirche schwer beschädigt. Die Woldenhorner Einwohner entfernten es von seinem angestammten Platz und verbrachten es in den nordwestlichen Winkel der Kirche, »wo vor diesem vom Anfang bis 1716 die Taufe ihren Platz gehabt« hatte.[1] Sie wurde durch den Engel ersetzt.

Der horizontal schwebende, 1,40 m lange Taufengel, im Vergleich mit anderen eine besonders schöne Skulptur, ist mit Ausnahme der hellen Körperpartien vergoldet. Das Kleid, mit lebhaftem Faltenwurf, ist linksseitig bis über das Knie geschlitzt, dort mit einem Knopf verschlossen. Von der Brust zieht über die rechte Schulter zum Rücken eine »im Wind« gebauschte Schärpe. Der Kopf wurde 1896 erneuert, dabei hat man das Gesicht »idealisiert«. Das holzgeschnitzte, tiefe Becken, eine Terrinenform mit Deckel, das der Engel in den Händen hält, nimmt die noch heute verwendete schwere, silberne Taufschale von 1741 auf, die von Eleonora Sophia Friderica Gräfin von Rantzau gespendet worden war. Die Angabe bei *Haupt*[2], »Taufengel hat als Ornament dickes Blumen- und sparsames Distelwerk«, kann sich nicht auf den Taufengel beziehen. Vermutlich ist der mit Blumen- und Fruchtgehängen sowie Akanthusornamenten reich geschmückte Kanzelaltar gemeint.

Sehr wahrscheinlich ist Christian Carl Döbel, der um die fragliche Zeit in Ahrensburg als Hofbildhauer tätig war, Meister der schönen spätbarocken Ausstattung. Der »Ehrbare und Kunstreiche Hofschnittker« hatte 1705 in Ahrensburg (damals Woldenhorn) geheiratet. In diesem Jahr wird er erstmals in den Kirchenrechnungsbüchern mit einer Arbeit an der Kirchhofstür, später auch mit Arbeiten an der Orgel erwähnt. Seine sonstigen, sicher bedeutenderen Arbeiten für das Grafenhaus gehen aus den Kirchenarchivalien nicht hervor.[3] 1985 konnte ich den wiedergefundenen Engel der Preetzer Stadtkirche dem Meister des Ahrensburger Taufengels zuschreiben.[7] Döbels Herkunft ist unbekannt. Möglicherweise stammte er aus der Berliner Bildhauerfamilie gleichen Namens.[10]

Auch heute noch akzeptiert die Gemeinde den Taufengel als zur Kirche gehörend und hat ihn selbstverständlich in Gebrauch.[8]

BERGSTEDT 1766 (Abb. 18)

[1]*LAS Abt.111, Nr. 693* – [2]*PA Vis. 1750, 1764, 1768* – [3]*Haupt II 1888* – [4]*Sparmann 1931* – [5]*Jensen 1952* – [6]*Schreyer 1981* – [7]*P. Schmidt, pers. Mtlg.*

Der Visitationsbericht vom 12. September 1768 beginnt: »1. Die vigore erlangter Obrigkeitlicher Erlaubniß angestellte Sammlung freywilliger Gaben zur Errichtung eines neu Taufsteines hat nach Anzeige des Juraten Kähler sich belaufen auf 571 Mark lübsch 1 S. Wie dieselbe zur neuen Taufe, zur reparirung der Canzel und des Altars verwandt worden, zeiget das Sammlungsbuch, welches in die Kirchenlade zu legen und die übrigbleibenden S in den Gotteskasten zu werfen befohlen worden.«[2] Wie das Geld angelegt wurde, berichtet ein hinter dem Protokoll für 1764 eingefügter Eintrag Pastor Johann Wincklers von 1766. Er schreibt: »Da die alte Taufe ihrem Einsturze drohete, so ist nach vorhero eingehohlter Erlaubniß des Landherren H. Büsch Wohlweisheiten die Veranstaltung zu Sammlung milder Gaben, um einen neuen Taufengel zu erlangen gemacht worden; da denn durch freye Gaben aller erwachsenen Glieder dieser Gemeine und durch den milden Beytrag verschiedener Freunde und Gönner in Hamburg, wie das vom Juraten Kähler aufbehaltene Sammlungsbuch ausweyset, es Kraft der göttlichen Gnade dahin gekommen, daß ein Taufengel von den Maschmanns in Wohltorf hat können gehauen, angestrichen, an Flügeln und andern Zierrathen verguldet und auf die bequemste Weise vor dem Altare aufgehangen werden, welcher denn auch den 22. Junii dieses 1766sten Jahres, als am 4ten Sonntage nach Trinitatis mit Danke und Beten zu seinem seligen Gebrauche eingeweyhet worden. Von den Überresten der Sammlung ist der Altar, so viel möglich geändert, angestrichen und vergoldet worden, um mit der neuen Taufe eine desto größere Übereinstimmung zu haben...«.[2] Von dem restlichen Geld wurde noch die alte Bibel neu gebunden und vergoldet und an der Kanzel der Zierat ausgebessert und vergoldet.[2]

In einem Inventar von 1750 heißt es von dem vorherigen Taufstein, daß er vor dem Altar stände, von »Bildhauerarbeit und ziemlich altförmig«[1] sei. Dieser Taufstein wurde also wegen Einsturzgefahr entfernt. Vermutlich war es ein unter dem Platz, auf dem die Taufe stand, gelegenes Begräbnis, das einzubrechen drohte. Pastor Wincklers Herkunft – er war der Sohn eines hamburgischen Seniors, der freundschaftliche Beziehungen zu den Pietisten unterhielt[6] – war sicher der Zustrom von Spenden aus dem Kreis der genannten Hamburger Freunde und Gönner zu danken. Die hamburgischen Senatoren kamen, wenn sie sich im Herrenhaus des »Cammergutes« Wohltorf aufhielten, nach Bergstedt zur Kirche und hatten ihren eigenen Kirchenstuhl, unter dem das Begräbnis für Wohltorf lag.[2, 4] Die Zusammenhänge mit der erwähnten Familie Maschmann sind nicht weiter erläutert. Die Kirche war 1745/50 nach Westen verlängert worden. Die Kanzel, 1750 noch mitten in der Kirche an der Südseite, wurde 1766 in die Altarwand eingebaut. Gleichzeitig wurde eine Empore eingezogen.[4] Mit diesen Maßnahmen dürfte die Gemeinde den gewachsenen Platzbedarf befriedigt haben.

Der Engel schwebt in horizontaler Haltung. Er trägt ein querovales Becken in Blütenform, in das eine Messingtaufschale eingesetzt wird. Taufgefäß, Flügel und Lendentuch sind vergoldet, Körper und Haare weiß.

Die Einstellung der Kirchengemeinde und der Pastoren zum Taufengel ist wohl immer positiv gewesen[7]; denn das Schicksal vieler anderer Engel, die mindestens zeitweilig, oft auch für immer abgenommen wurden, blieb ihm erspart.

BERKENTHIN 1734 (Abb. 19)

[1]*KKA Ratzeburg, TR* – [2]*Linsen 1872* – [3]*Michler 1887* – [4]*Haupt IV 1890* – [5]*Oldekop 1908* – [6]*Kunsttopographie 1974* – [7]*NE 47/1978, S. 177* – [8]*P. E. C. Wallroth, pers. Mtlg.*

Der Taufengel wurde Michaelis 1734 von Catharina Elsabe Blohm geb. Thormälen (lt. Inschrift auf der Taufschale) gestiftet.[3, 5, 8] Sie war »eines Kaufmanns Frau aus Lübeck« und Gevatterin des Pastorensohnes Friedrich Christian Rhodomann (getauft 3. März 1732).[1]

Der 1,30 m lange Engel schwebt schräg aufrecht. Das dunkelblaue Gewand ist faltenreich bewegt, es läßt die rechte Schulter frei. Flügel und Haare sind vergoldet, das Gesicht ist zart gemalt. Mit beiden Händen trägt der Engel einen dunkelgrünen Lorbeerkranz mit roten Beeren, in welchen ein tiefes, breitrandiges Messingbecken

(1734, 32 cm ∅) eingesetzt wird. Am linken Fuß fehlte die dritte Zehe. Bei der inzwischen erfolgten Restaurierung (1976/77 durch Bukor und Schedel, Lübeck) wurden die Defekte ergänzt. Die derzeitige Fassung ist nicht die ursprüngliche. Die Zugvorrichtung ist mit goldenen Kugeln geschmückt. *Haupt*[4] bezeichnete den Taufengel als »nicht schlecht, in der Gewandung dem Altare noch ziemlich gleichartig«.

Der Engel hat für die Gemeinde durchaus Symbolgehalt. Zur Vertiefung des Verständnisses trug insbesondere die kirchliche Kindergartenarbeit bei. Taufen werden oft während des Kindergottesdienstes abgehalten. Bei Kindern und Erwachsenen löst die Gestalt des Engels Gedanken an die behütende Kraft des Glaubens an Gott aus und symbolisiert das Herabkommen Gottes in die Welt in Jesus Christus.[8]

BREITENBERG 1767 (Abb. 21)

LAS [1]*Abt.19, Nr. 361–362;* [2]*Abt. 65.2, Nr. 3334 –* [3]*Michler 1887 –* [4]*Haupt II 1888 –* [5]*Kunsttopographie 1974 –* [6]*KrArchivar Neumann, pers. Mtlg.*

Einem Inventar der Kirche ist zu entnehmen: »Die Taufe, welche in Gestalt eines schwebenden Engels, der das Taufbecken in einem Kranze in den Händen hält, und vermittelst eines Gewichts herab- und heraufgezogen werden kann. Das dazu gehörige zinnerne Taufbecken mit einem Deckel wird in der Küsterey aufbewahrt... und der Organist und Küster muß selbiges jedesmal, wenn in der Kirche getauft wird, mit lau warmen Waßer anfüllen und in den Kranz des von ihm heruntergelaßenen Engels setzen, wofür er 1 ß bekömmt. Anmerkung: Es war hier ehedem eine metallene Taufe, die 284 Pfund wog. Allein selbige ist im Jahre 1795 bei Umgießung der hiesigen Glocken zum Besten der Kirche mit angegeben und verschmolzen.«[1]

Der Stifter des Taufengels dürfte Graf Friedrich zu Rantzau auf Schloß Breitenburg gewesen sein. Er war Patron der Kirche. Für die Einweihung der (1764–68) neu erbauten Kirche hatte der Itzehoer Kantor Bussäus ein Dankgedicht auf das gräfliche Ehepaar verfaßt, welches der Graf von dem berühmten Hamburger Kirchenmusikdirektor Telemann vertonen ließ. Danach ist anzunehmen, daß das gräfliche Ehepaar Spender der Inneneinrichtung der Kirche war, wiewohl solche Geschenke durch kein Rechnungsbuch gingen und die finanzielle Regelung der Künstlerarbeiten ohne Mitwirkung anderer allein durch den Gutsherrn und Patron erledigt wurde.[6] Der Taufengel dürfte aus dieser Zeit stammen, zumal auch der Kanzelalter mit 1767 datiert wird. Der Visitationsbericht von 1769 hält fest: »Die neue Kirche ist völlig ferttig und sehr bequem. Der Herr Graf von Ranzau, als Patronus, hat viele Mühe und Kosten darauf verwendet.«[2] Auf Breitenburg waren Persönlichkeiten wie Propst Struensee und der Hamburger Kirchenbaumeister Sonnin zu Gast. Anläßlich von Kirchenvisitationen im Umkreis von Breitenburg waren die Pastoren auf das Schloß eingeladen.[6] Im benachbarten Hohenfelde gab es einen Taufengel seit 1735.

Der stattliche, waagerecht schwebende Engel mit männlich-ernstem Gesichtsausdruck (*Haupt*[4] fand ihn »grämlich«, weil ungeeignet bemalt) trägt in einem ovalen goldenen Kranz eine Alabasterschale, in welche zur Taufe ein metallenes Becken eingesetzt wird. Das weiße Kleid ist beidseitig bis zum Knie geschlitzt und dort mit einem goldenen Knopf veschlossen. Eine breite mantelartige, blaue Schärpe schwingt von der Schulter über die linke Hüfte bis zum rechten Fußknöchel. Fassung: Flügel grau, Haar braun, Gesicht, Arme und Beine naturalistisch.

BRUNSTORF 1738 (Abb. 20)

[1]*Haupt IV 1890 –* [2]*Kunsttopographie 1974 –* [3]*P. Giesecke, Gemeindechronik, 1909 –* [4]*P. Schirren, pers. Mtlg.*

»Dieser Taufengel ist zweifelsohne von dem Grafen zur Lippe geschenkt, dessen Gedenktafel sich in der Kirche befindet. Auf der Taufschale finden sich Kronen eingeprägt und die Jahreszahl 1738. Laut Rechnung von 1738 wurde von dem damaligen Dorfschmied eine Kette für den ›neu geschenkten Taufengel‹ geliefert. Daß der Graf kirchlich gesonnen gewesen ist, geht aus der Fassung seines Epitaphs hervor.«[3]

»Reste eines Taufengels der ungeschickteren Art, in der Arbeit dem zu Lütau ähnlich, schwunglos, mit dickem Leib, kümmerlich gearbeitetem Gewande«, so beschrieb *Haupt*[1] den Brunstorfer Engel, den er bei den abgestellten Kirchensachen fand. In den letzten 60 Jahren ist der Engel mehrfach heruntergenommen und wieder aufgehängt worden. Aus Anlaß der Kirchenrenovierung 1970/72 wurde er durch Bildhauer Hensel/Kiel und Restaurator Mannewitz/Oldesloe restauriert und fest über dem Taufstein angebracht.[4] Der aufrecht schwebende, mittelgroße Engel hält mit der linken Hand eine Posaune an den Mund, in der rechten trägt er den Kranz, in den früher die Taufschale eingesetzt wurde. Sein Kleid besteht aus roter, in der Taille glockig ausschwingender Bluse, grünem, mit einem floralen Muster geschmücktem Rock und grüner Schärpe. Zahlreiche Details weisen eine auffallende Ähnlichkeit mit den Engeln in Hamwarde, Kuddewörde und Schwarzenbek (vgl.hier) auf. Für alle fünf Engel, Lütau einbegriffen, ist derselbe Meister anzunehmen.

GLESCHENDORF wohl 1766 (Abb. 1)

[1]*LAS Abt.268, Nr.1639 –* [2]*KKA Eutin –* [3]*Kunsttopographie 1974 –* [4]*P. Dr. R. Rößler, pers. Mtlg.*

Im Gleschendorfer Protokollbuch von 1761 ist zu lesen, »daß die Vermehrung der Kirchen Stände von der Gemeine sehr gewünscht wird, selbige auch zum Besten der Kirche gereichen…als man auf Befragen in Erfahrung gebracht, daß die Gemeine etwa annoch 30 bis 40 Stände unumgänglich bedürfte.«[2] So wurde 1762 eine neue Empore gebaut. Die Stände im ersten Stuhl auf diesem Chor waren für die 8 Schulmeister des Kirchspiels reserviert. Allerdings fielen die Plätze, »wo die Treppe zum neuen Chor hinaufgehet« nun weg, was die Einnahmen aus der Stuhlheuer entsprechend minderte.[2] Offenbar wurde in diesen Jahren eine weitgehende Neuordnung des Kirchenraumes vorgenommen; denn das Visitationsprotokoll von 1766 verzeichnet, daß »die Auszierung der Kirche mit denen hierzu bewilligten, und aus milden Gaben erhobenen 20 Rthl. bewerkstelliget, auch außer diesem ein neues Altar-Laken, Tauffe pp. geschenkt worden«.[1] Der Terminus »außer diesem« bezieht sich vermutlich auf einen bereits 1765 zur Ausziehrung der Kirche bewilligten Posten von 60 Rthl.[2] Der Vermerk im Kircheninventar von 1766 kann sich durchaus auf den Taufengel beziehen. Im Inventar von 1763 heißt es zudem, daß der Küster ein »klein« meßingnes Taufbecken verwahre.[2] Es könnte zu dem Engel gehört haben. Ein anderes großes Becken (vielleicht aus dem alten Taufstein) diente nämlich, mit schwarzem Samt bezogen, als Opferbecken. Wann der Engel abgenommen wurde, ist unbekannt. 1972 wurde er restauriert (Restaurator Karl-Heinz Sass, Lübeck) und wieder aufgehängt.[4]

Die 1,90 m große, gut gearbeitete, ungefaßte Skulptur ist jetzt senkrecht an der Wand des Chorbogens angebracht. Flügel und Taufschale (evtl. auch Kranz?) fehlen. Das modische Kleid, mit einer Drapierung am Halsausschnitt, ist über dem rechten Knie hochgeschlagen und schwingt zur linken Seite. Der Engel blickt mit leicht zurückgeneigtem Kopf aufwärts.

GLÜCKSBURG 1642 (Abb. 4)

[1]Kunsttopographie 1974

Die Taufe der Schloßkirche, ein achtseitiges Becken aus Eichenholz mit Zinnschale, wird von einem knienden Engel getragen. Darüber ein Deckel (h 155) in Laternenform mit freiplastischer Taufgruppe. Der Taufengel mit ausdrucksvoll gefiederten Flügeln, trägt das mächtige Taufbecken auf dem Kopfe, scheint es mit erhobenen Händen zu stützen, ohne es jedoch zu berühren. Er wurde 1642 von Claus Gabriel aus Flensburg gleichzeitig mit der Altarädikula gearbeitet.[1]

GROSSENBRODE 1715 (Abb. 23)

[1]PA KR 1714/1715 – [2]Haupt III 1889 – [3]Oldekop 1908 – [4]P. Rieper, um 1910 – [5]Bogs 1989 – [6]Fr. Bichels, pers. Mtlg.

In der Chronik des Dorfes Großenbrode bis zum Jahre 1800 schrieb Pastor *Rieper* (vermutlich 1910): »Der alte Taufstein, ein großes steinernes Becken, wie in Neukirchen und Hansühn, in das die Kinder ursprünglich ganz hineingetaucht wurden, ist nicht mehr vorhanden; man sagt, er sei auf dem Kirchhof irgendwo vergraben, um ihn ruchlosen Entweihungen zu entziehen. Der heiligen Taufe hat er gedient bis zum Jahre 1714. Damals wurde eine ›neue Taufe‹ gemacht, von einem Christian Göttsche zum Preis von 54 Mk. Das ist der jetzt über dem Taufstein hängende Taufengel, der nun aber wegen seines nicht gerade erbaulichen Gesichts nicht mehr für wert gehalten wird, der Taufe direkt zu dienen, sondern seinem Engelberuf entsprechend über der Taufe schwebt.«[4] *Riepers* Quelle war wohl das Kirchenrechnungsbuch von Lichtmeß 1714 bis dito 1715. Dort ist zu lesen, daß am 11.2.1715 beim Verkauf eines »alt messings Becken

134

so in der alten Tauffe gewesen, und gewogen 11 Pfund à 8 ß« 3 Mark lübsch, 7 ß an Einnahme erzielt wurde. Dagegen wurde am 31. März 1715 »für eine neue Tauffe in der Kirchen zu machen an Christian Gotsche bezahlt laut quitung 54 Mark lübsch.«[1]

Zur Kirchengeschichte ist der Großenbroder Chronik von *Bogs*[5] zu entnehmen, daß seit 1714 der Bedarf an Kirchenstühlen zunahm, so daß um 1748 nicht mehr genügend Platz in der Kirche war. Als Konsequenz wurde 1749 eine Empore gebaut, deren Stühle ab 1750 für je 12 Mark lübsch von Großenbroder Gemeindegliedern erworben werden konnten. 1725 war der Engel von Maler Andreas Taubert aus Oldenburg neu bemalt worden. 1759 reparierte ein Uhrmacher Altar und Taufengel.[5] In der Gemeinde weiß man, daß der Engel entfernt worden sei, weil die »Frau von Klausdorf« über den niedergelassenen Engel zu Tode erschrocken sei.[6] Eine ähnliche Geschichte berichtete *Stolt* von dem Taufengel in Jonsberg/Schweden: Er wurde »niedergenommen, nachdem ein altes Weib vor Schrecken in Ohnmacht fiel und das Kind fallen ließ, als der Engel herabkam.« 1896 wurde die Skulptur beim Aufräumen im Turm gefunden, auf Beschluß des Kirchenvorstands restauriert und wieder in Dienst gestellt.[5]

Heute hängt der Taufengel ohne Funktion im Altarraum hinter dem Chorbogen. Er schwebt in waagerechter Position und blickt aufwärts. Über ihm ist eine silberne Taube im Gestänge angebracht. In den Händen trägt er eine runde, vergoldete Schale in Blütenform. Das Kleid ist blau, die Flügel sind silbern gefaßt. In Haltung und Details zeichnet diesen Engel eine gewisse Ähnlichkeit mit demjenigen in Starup aus, welcher allerdings »beinlos« ist.

GRUBE 1769 (Abb. 24)

LAS [1]Abt.107, Nr. 333, Nr. 335, Nr.340; [2]Abt.8.2, Nr. 832 – [3]P. Hein, Ms. – [4]Haupt II 1888 – [5]Kunsttopographie 1974

Seit 1765 verzeichnen die Akten der Gruber Kirche Platzmangel.[1] Die alte Orgel stand in der Nähe des Altars, sie sollte entfernt und die neue Orgel in den Westchor gesetzt werden. Dort mußten Kirchenstühle weggenommen, im Altarbereich sollten neue plaziert werden.[1] Wie anderenorts war auch hier die neue Stuhlordnung ein schwer zu lösendes Problem. Der Pächter des Vorwerks Cismar klagt noch 1769: »Es ist das hiesige Vorwerck zwar in der Gruber Kirche eingepfarret, es hatt aber selbiges wegen Mangel des Raumes bis hierher keinen KirchenStand darinnen gehabt, und ich habe mit denen Meinigen mich bey andern Leuten… einbitten, und wenn die Stühle alle voll gewesen, gar daraus bleiben müßen.«[2] Aus Anlaß der Orgelumsetzung stellt er den Antrag auf Erbauung eines Stuhls für sich und seine Leute.[2] Bereits 1767 hatte man sich zur Anschaffung eines Taufengels entschlossen. In diesem Jahr enthält das Kirchenrechnungsbuch anläßlich einer Kirchenvisitation den Vermerk des Generalsuperintendenten Friedrich Hasselmann: »Zur Ersparung des Raumes wäre der Taufstein wegzunehmen, zu Gelde zu machen und stattdessen einen Engel machen zu lassen.«[3] Jesaias Theophil Heyer, Pastor in Grube 1751–1770, kam diesem Befehl nach. Er verkaufte den Taufstein und schaffte wohl 1769 für 105 Mark einen von dem Lübecker Bildhauer Hartwig angefertigten Taufengel an.[3] Den zeitlichen Zusammenhang zwischen Orgelumsetzung und Taufengelkauf macht das Anlage-Register von 1770 deutlich, dort heißt es »sowohl in Ansehung der bey Aufsetzung der Gruber Orgel als Aufhängung des Tauf-Engels...verursachten Kosten...«.[1] Das Inventar 1782 nennt »Eine Engel zur Tauffen benebst ein Meßing becken«.[1] Auch 1816 wurde der Engel noch gebraucht: »In der Kirche...ein aus Holz gehauener angemahlter Engel, welcher heruntergelassen werden kann und statt des Taufsteins dient.«[1] Pastor *Hein* berichtet in der Chronik des Kirchspiels Grube, daß der Engel bis zum Jahre 1844, als die Kirche zu Weihnachten wiederum einen Taufstein erhielt, in Gebrauch war. Nikolaus Börn, Pastor in Grube (1834–1862) war über die Schenkung dieses Taufsteins hocherfreut. Er lehnte den Taufengel leidenschaftlich ab und bezeichnete ihn als »fast anstößig«. Also verbannte man den Engel und hängte ihn so unter die Decke, daß ihn der Aufbau des Siggener Stuhls verdeckte.[3] 1888 stellte *Haupt*[4] fest, daß er nunmehr auf der Empore hänge. Dort scheint er weitgehend unbeachtet die Zeiten überdauert zu haben.

Daß der weibliche Engel zeitweilig als anstößig empfunden wurde, ist vermutlich auf seine Nacktheit zurückzuführen. Nur ein vergoldetes Lendentuch schlingt sich um seine Hüften. Die rechte Hand hält den Lorbeerkranz, in welchen die Taufschale eingesetzt wurde, mit der linken präsentiert er einen Palmzweig als Symbol des Friedens. Das Haar ist mit einem diademartigen Lorbeergebinde geschmückt.

Nachdem er seitlich vor dem Altarraum über dem Taufstein wieder einen angemessenen Platz gefunden hat, zieht er bei Kirchenführungen die Aufmerksamkeit von Besuchern, die seine Bedeutung nicht kennen, auf sich.

GUDOW 1692 (Abb. 22)

[1]*KrA Ratzeburg: Ritterschaftliches Archiv Gudow, Varia Nr. 3 –* [2]*Michler 1887 –* [3]*Haupt IV 1890 –* [4]*Oldekop 1908 –* [5]*Kunsttopographie 1974 –* [6]*Herr Behrends, Gudow, pers. Mtlg.*

Am 2. Dez. 1692 bittet der Patron der Kirche von Gudow, Erblandmarschall Joachim Werner v. Bülow, den Großvogt v. Wittorf, Lüdersburg, um Bestellung einer Taufe »auff solche Ahrt, wie die Seine, durch einen Engel haltend. Weil meine Kirche größer, so stelle den meister anheim, ob der Engel nach proportion auch grösser sein müsse als der dortige...«.[1] Lüdersburg liegt am niedersächsischen Elbufer und gehörte bis 1815 zum Herzogtum Lauenburg. Aus dieser Gegend, nämlich aus Lüneburg, kam auch der Taufengel in Gülzow. Die Engel in Gudow und Gülzow sind sicher vom selben Meister gearbeitet. von Bülow muß sehr viel für die Ausgestaltung der Kirche getan haben; denn bei seinem Tode erklärte der damalige Pastor Donner in der Leichenpredigt, der Verstorbene habe die Gudower Kirche zur schönsten Landkirche im Herzogtum Lauenburg gemacht.[6] Der Bildhauer und der Kaufpreis sind nicht bekannt. Die Taufschale wurde 1687 von Bäcker Heinrich Clasen aus Gudow gestiftet. Diesem Becken folgte der Taufengel als Taufgerät.[6]

Der 1,70 m große, stattliche Taufengel schwebt in leicht aufgerichteter Haltung. Er trägt ein muschelförmiges, innen mit Kupfer ausgelegtes Taufbecken in einem Lorbeerkranz. Schön gearbeitete, weit ausgebreitete Flügel. Knöchellanges, blaues Kleid, am Saum golden abgesetzt, mit goldenem Gürtel. *Haupt*[3] beschrieb die Figur: »Taufengel, fast lebensgroß, vergoldet, nicht schlecht gearbeitetes Spätbarockwerk (gegen Ende des 17. Jahrhunderts?) von schwungvoller Haltung.«

In den ersten drei Jahrzehnten dieses Jahrhunderts war der Taufengel vergoldet. Wie er zuvor ausgesehen hat, ist unbekannt. Um 1930 hat Malermeister Zarnkow aus Mölln ihn farbig bemalt. 1955 wurde der Engel restauriert und neu gefaßt (Fey/Talmühle). Erneute Restaurierung 1973/74 (Mannewitz/Oldesloe).[6]

Bis zum Jahre 1969 fanden alle Taufen am Taufengel statt. Pastoren und Gemeinde achteten den Taufengel als das Taufgerät der Gudower Kirche. Jetzt wird die Taufe nach Wunsch der Eltern an einer modernen Taufschale oder mittels des Taufengels durchgeführt.[6]

GÜLZOW 1695 (Abb. 26)

[1]KrA Ratzeburg – [2]KR und TR Gülzow, Mtlg. v. P. Lothar Weihmann –
[3]Haupt IV 1890 – [4]Kunsttopographie 1974

Fast zur gleichen Zeit wie im nahe gelegenen Gudow erhielt die Kirche in Gülzow das neue Taufgerät, ebenfalls aus Lüneburg. Die adeligen Patrone der Landkirchen diesseits und jenseits des Elbstroms wetteiferten offenbar miteinander um die Ausschmückung ihrer Gotteshäuser. Die Bodecks in Gülzow und die Bülows in Gudow waren übrigens durch Heirat verbunden (Trauung der Susanna Francina v. Bodeck mit Joachim Werner v. Bülow am 30.5.1679). Bonaventura v. Bodeck, Herr auf Gülzow, war Patron der Kirche. Er hatte am 13.9.1695 eine Hamburgerin geheiratet.[2] Vielleicht war dies der Anlaß zur Stiftung des Taufengels. Der erste Täufling war der Sohn des Gülzower Schmieds: »1695 Den 29. 7br (Sept.) s. in Fest. Mich. ist Jacob Schröders Fabricius ejus loci Filius Bonavent. Zum ersten in der neuen Tauffe, die als ein Engel sich praesentiret, getauft, darbey der Wollgeb. H. Bonav. v. Bodeck in pers. erschien und Gevatter stand.« (Taufregister 1692–1753, C 3021 Seite D05)[1] Das Fest des Erzengels Michael und aller Engel überhaupt war ein passender Tag für die Einweihung der neuen Taufe. Eine Woche vorher war das neue Taufgerät geholt worden: »1695, 23. September: Dem Tischer noch für Bier bez.(ahlt), welches die Hoffd.(ienste), so die neuen Tauffen von Lüneburg geholet … vertrunken«.[2] Anscheinend hat es zunächst eine provisorische Aufhängung des Engels gegeben; denn am 29. November 1696 heißt es: »Dem Lauenburger Seiler für 1 Tau zur Tauffe von 12 Klafftern« (1 Klafter: etwa 1,7 bis 1,9 Meter). Unter gleichem Datum steht: »Dem Drechsler für 2 hültzerne Rollen zur Tauffen 4 Schilling.« Am 7. April 1697: »Dem Schmidt, was er bey der Winden zur Tauffen verdient, bez. 2 Mark 4 Schilling.« Am 6. Juni 1699: »Dem Müller… noch 2 Tage die neue Tauffen und Rollen dann auffn Boden festzumachen …«.[2] Ein so langer Zeitraum bis zur endgültigen Installierung des Taufengels läßt darauf schließen, daß in diesen Jahren in oder an der Kirche gebaut wurde und der Engel erst nach Beendigung der Arbeiten seinen festen Platz erhielt. 1808 kaufte der Schmied von Franzhof »die eisernen Stangen, woran der Taufengel hing«.[2] Die Kirche wurde 1817 abgebrochen und danach in der heutigen Gestalt neu erbaut. 1877 heißt es: »1 Taufengel aus der alten Kirche ist noch da und vollständig erhalten, ruht aber seit dem Neubau der Kirche auf dem Kirchenboden.«[2] Hier fand *Haupt*[3] den Engel auch 1890 noch und beschrieb die Figur als gute Arbeit, fast lebensgroß, schlank und vergoldet. Nach einer Restaurierung in den zwanziger Jahren hing er dann bis zum Umbau wieder in der Kirche.

Befund von 1975: Das Bildwerk, 1,48 lang, befindet sich auf dem Boden des Kirchturms neben dem Uhrengehäuse und ist durch Holzwurm bereits stark beschädigt. Reste der Vergoldung sind noch erkennbar. Die schlanke, in fast aufrechter Haltung schwebende Gestalt ist in ein eng anliegendes, langes Gewand gehüllt, das den linken Fuß halb verdeckt. Rechts läßt ein Rockschlitz das Bein bis zur Mitte des Oberschenkels frei. Um die Taille schlingt sich eine über der linken Hüfte gebundene Schärpe. Im Profil fallen die große Nase mit wenig ausgeprägtem Ansatz und der betonte Kehlkopf auf. Die Haare, am Hinterkopf glatt gesträhnt, um das Gesicht kranzförmig gelockt, lassen das rechte, grob geformte Ohr frei, das linke Ohr fehlt. Bei angewinkelten Armen sind die Hände mit den Innenflächen nach oben gekehrt, so daß der Engel eine Taufschale oder Muschel (diese vermutlich kranzumwunden wie in Gudow) getragen haben dürfte. Die Flügel sind relativ flach geschnitzt. 1985 wurde die Skulptur restauriert (Mannewitz/Oldesloe). Dabei ergab sich, daß der Engel in der ersten Fassung vollständig vergoldet war, später über einer Rot-Ocker-Schicht eine silberne, an Haaren und Flügeln goldene Fassung bei Inkarnatbemalung erhielt. Er trägt jetzt ein silbern glänzendes Kleid, Flügel und Haare sind vergoldet, das Inkarnat hell, Lippen rot, Schärpe und Ärmelaufschläge citringold. Er hängt nunmehr fest über dem Taufstein.

Der Gülzower und der Gudower Taufengel stammen aus der Hand desselben, bislang leider unbekannten, vermutlich in Lüneburg ansässig gewesenen Meisters. Große Übereinstimmung zeigt sich in der Haltung mit angewinkelten Oberarmen, in der Form des Gesichts und den rahmenden Haarlocken, im Zuschnitt des Gewandes. Besonders charakteristisch ist die Bildung der Flügel und hier insbesondere die auffällige Trennung der langen Hand- von den kürzeren Armschwingen durch eine große dreieckige Einkerbung am Flügelunterrand: Zwei stattliche Taufengel, die infoge der Restaurierung des Gülzower Engels nun wieder, wie zu ihrer Entstehungszeit, miteinander konkurrieren können.

HAMBERGE wohl 1700 (Abb. 25)

[1]*LAS Abt. 268, Nr. 1611, Nr. 1613, Nr. 1627* – [2]*PA Chronik v. 1828, KR 11 1683–1740, Kbuch 44* – [3]*Brodersen 1849* – [4]*Albers 1852* – [5]*Michler 1887* – [6]*Haupt II 1888* – [7]*KDM Lübeck Bd. II 1906* – [8]*Kunsttopographie 1974* – [9]*P. Bredner, pers. Mtlg.*

Brodersen meint: »Der alte Taufengel, der noch in Gebrauch ist, scheint in seiner jetzigen Form schon 1700 da gewesen zu sein.«[3] Diese Ansicht vertritt auch der Verfasser der Chronik von 1828, Pastor *Rittershaus*.[2] Die Quelle dafür dürfte sich in der Kirchenrechnung von 1700 finden, wo es heißt: »Von dem KirchGeschworenen eine Linie den Tauffstein aufzuziehen gekauft – 5 ß.«[2] Linie war ein gebräuchlicher Ausdruck für das Seil, an dem der Engel aufgehängt wurde. In den von Kirchgeschworenen oder, wie sie später hießen, von Juraten geführten handschriftlichen Rechnungsbüchern wurden Taufengel, alter Gewohnheit folgend, nicht selten noch als Taufstein bezeichnet.

Sowohl 1699 als auch noch 1719 wird der Kauf von Kirchenstühlen »bey dem Tauff Stein« beurkundet.[1] Dabei kann es sich um den durch Wegräumung der Standtaufe frei gewordenen Platz gehandelt haben. Diese Taufe hatte »unten gegen Westen« gestanden, wie das Stuhlregister von 1685 ausweist.[1] Eine neue Stuhlordnung von 1724 gibt in der Planzeichnung keinen Platz für eine Standtaufe an.

Schöner barocker Taufengel, fast waagerecht schwebend, 1,50 m lang, nach links blickend, in der rechten Hand den Kranz, in der linken einen Palmzweig tragend. Körper und Flügel marmorweiß, Kleid grau mit blauer Unterfütterung, die an Ärmeln und Saum sichtbar wird. Schärpe, Hals- und Rocksaum, Haare, Kranz und Palmzweig vergoldet. Der Engel ist seit 1962 über dem Taufstein fest aufgehängt.

HOHENFELDE 1735 (Abb. 27)

[1]LAS Abt. 65.2, Nr.3334 – [2]Haupt II 1888 – [3]Kunsttopographie 1974 –
[4]P. Potten, pers. Mtlg.

Der Taufengel der Hohenfelder St. Nikolaikirche wurde 1735 vom Königlichen Amtsverwalter der Steinburg, Anton Hildebrandt gestiftet. Der letzte Wunsch des Mäzens war, unter dem lächelnden Engel begraben zu werden.[4] Die Datierung von *Haupt* »um 1767«[2] ist falsch, sie betrifft nicht den Taufengel, sondern den Neubau der Kirche, die 1765 abgebrannt war. 1769 ergab eine Kirchenvisitation, daß die neue Kirche »für die… Gemeinde räumlich und bequem (ist). Auch sind die Begräbnisse unter der Kirche (die mit ausgebrannt waren) sehr wohl angebracht. Nur mangelt noch der Altar und die Canzel.«[1] Der Taufengel hatte den Brand überlebt.

Horizontal schwebende Figur, mit angewinkelten Armen einen Lorbeerkranz tragend, in welchen das Taufbecken (Messing) von 1637 eingesetzt wird, welches die Randumschrift »MEISTER HANS SELMER HAT DAS TAUFBÄCKEN ANNO 1637 DEN 15. NOVEMB. GESHENK A 1735 VON NEWIDER GEMACHT WORDEN« trägt. Der freundlich lächelnde, deutlich gravide Engel trägt ein weißes Kleid mit goldenen Säumen, links bis über das Knie geschlitzt und mit goldenem Knopf verschlossen. An den weißen Flügeln sind Rand und Schwingensäume vergoldet. Haare vergoldet und mit einem grünen Lorbeerkranz mit goldenen Beeren geschmückt. Weiße Kugeln in der Aufhängevorrichtung. Der Engel trägt über dem rechten Unterarm, einem Brauch in der Gemeinde zufolge, das Taufhandtuch.

LEEZEN 1756 (Abb. 28)

[1]*LAS Abt.110.3, Nr. 471 –* [2]*Haupt II 1888 –* [3]*Kunsttopographie 1974 –*
[4]*P. Hannemann, pers. Mtlg. 1962*

Am 5. Mai 1754 fand in Leezen eine Kirchenvisitation statt. Dabei kamen der Mangel an Kirchenstühlen und der im vorhergehenden Kirchenrecess gefaßte Plan, den Taufstein zu entfernen, erneut zur Sprache: »Da der Taufstein in der Kirche bishero noch nicht versetzet, mithin die neuen Kirchen-Stühle nicht verfertiget, weniger vertheilet und verkauffet werden können... Und dann Pastor Krücke hiervon die Ursachen warum solches bis noch unterlassen, angezeiget, und zwar, daß nicht nur auf die Reparation des Thurms... ein mehreres verwendet werden müssen, als... in Anschlag gebracht worden, auch... in der KirchenCasse so wenig Geld übrig geblieben... daß Kirchen Jurati die Erbauung neuer Gestühle nebst der übrigen Veränderung von denen baaren Geldern nicht bestreiten konnten... zumittelst auch die Einge-pfarrten bezeiget, daß durch die Hinsetzung des Tauf-Steins auf die NorderSeite bey dem Altar ein paar Kirchen-Stühle fast bis auf die Hälfte würden abgekürzet werden, und dann ietzo eine in der Gemeine seyende alte Person die Hofnung gemacht, zur Verfertigung eines neuen TaufEngels in der Kirche 10 bis 12 Rthl. zu schenken, dieser TaufEngel auch weit besser in der Kirche beym Altar anzubringen und zu befästigen wäre, als wenn der Taufstein dahin gebracht würde, auf welchen letzten Fall ein paar Kirchenstühle obangezeigtermassen fast auf die Hälfte weggenommen werden müß-ten, Als haben Kirchen Jurati dieses hirdurch anzeigen... wollen. Die Königl. Visita-tores geben dazu den Consens, ›wenn eine... alte Frau... aus Ihren Mitteln 10 bis 12 Rthl. zu einem TaufEngel... schenken würde, daß so dann dieser TaufEngel ange-schaffet und dasjenige welches zu dessen Ankaufung mehr erforderlich, aus den Kirchen Revenues genommen werden könne. Gestalt dann solcher Kirchen Engel auf best-thunlichste Art, an der NorderSeite des Altars aufzuhängen und künftig anstat des bisherigen Taufsteins zu gebrauchen sey.‹ Der alte Taufstein aber bis weiter noch aufzuheben...«.[1]

Die Stifterin, durch deren Initiative die Sache erst in Gang gebracht wurde, war die alte Mutter des Leezener Hufners Christian Hildebrand. Der Sohn bezahlte am 21. Juni 1756 die versprochenen zehn Reichstaler.[1] Der Taufengel war zwischenzeitlich bei dem Plöner Hofbildhauer Marchalita in Auftrag gegeben worden. Der Meister quittierte am 1. Juli 1756 »für den Tauf Engel und die dabey von ihm hieselbst verwante Zeh-rungskosten« den Erhalt von 30 Rthl., 24 ß. Der Jurat Teegen, Kirchenbuchführer in jenen Jahren, hat seine Mitarbeit bei der Installierung des neuen Taufgeräts sorgfältig im Rechnungsbuch aufgezeichnet: »beym Aufhängen dieses TaufEngels... 2 ½ Tag gearbeitet à Tag 16 ß. – 40 ß« und »den 26. Aug... den alten Taufstein weggebracht und daran einen ganzen Tag gearbeitet – 16 ß«. Für ein passendes Taufbecken, »welches in dem Cranz des TaufEngels gebraucht wird«, wurden im Dezember 1756 32 ß ausgegeben. Zuvor hatte ein Schlachter (!) eine Rechnung für »Mahler-Arbeit an dem Engel und dem Pastorat-Hause« eingereicht, und der Schmied Joch. Hildebrand war für »Arbeit an dem TaufEngel« bezahlt worden.[1] Dabei dürfte es sich um Ein-richtung der eisernen Stangen zur Aufhängung gehandelt haben. Mit buchhalterischer

Genauigkeit hat der Rechnungsführer noch verzeichnet, daß vom 20. Februar bis zum 28. Juni »an Brief Porto wegen des TaufEngels« (vermutlich die Korrespondenz mit dem Bildhauer in Plön) 10 ß ausgelegt worden waren. Wenn ein Jahr später der Schmied noch einmal für Arbeit an der unteren Stange bezahlt wird, hat es sich vermutlich um eine Korrektur der Haltung des schwebenden Engels gehandelt.[1]

Der Befund von 1971 zeigte den im Glockenturm der Kirche abgestellten kräftigen, rundbäuchigen, etwas derben Taufengel an Armen, Flügeln und Füßen stark beschädigt. Taufschale und Kranz fehlten. Reste alter Fassung waren noch erkennbar: rosa Kleid mit grünem Paspel am Halsausschnitt und grüner Schärpe. Haare und Brauen braun, Wangen gerötet, Augen blau. Der Engel soll nach Aussagen von Gemeindegliedern bis Ende des 1. Weltkrieges in Gebrauch gewesen sein. Pastor *Hannemann*[4] berichtete 1962, daß er, seit langem zerbrochen, im Turm aufbewahrt werde. Da *Haupt*[2] ihn bereits 1888 als zerbrochen bezeichnete, muß er wohl in der Zwischenzeit wiederhergestellt worden sein. 1985 wurde die Skulptur einfühlsam restauriert (Hensel/Kiel) und über dem Taufstein aufgehängt.

LÜTJENBURG 1745 (Abb. 29)

[1]*Haupt II 1888* – [2]*Seefeldt 1956* – [3]*Kunsttopographie 1974* – [4]*P. Knoke 1975* –
[5]*G. Thietje 1986 und pers. Mtlg.*

»Wieder wird in der Gemeinde gesammelt und dann (1745) der noch heute erhaltene Taufengel für 104 M lüb 6 S. einschließlich Anbringung beschafft. Ein Loch wird durchs Gewölbe gestemmt und der Engel mit Hilfe von zwei Rollen aufgehängt. Außer Gebrauch wurde er hinauf-, zum Gebrauch wieder heruntergezogen. Von Zeit zu Zeit wurde der Engel einer gründlichen Reinigung unterzogen, wozu man z.B. 1790 nach dem Kirchenrechnungsbuch 1 ß für Seife ausgab! Da geschah am 22.7.1843 das ›große Unglück‹, das der Organist F. A. Ackermann so lebendig schildert… ›Euer Hochwohlgeboren habe ich ein unglückliches Ereignis anzuzeigen, nämlich: Diesen Nachmittag wurde ein Paar copuliert. Dies ging ruhig ab, und nachdem ich selbst beim Weggehen des Pastors die Kirche wieder zuschloß, geschah unmittelbar ein furchtbarer Knall in der Kirche, sodaß einige Zimmerleute glaubten, ein Gewölbe wäre eingestürzt; allein andere blickten von außen hinauf, und sahen, daß dies nicht der Fall war. Ich verfügte mich daher in die Kirche. Vermöge meiner Kurzsichtigkeit konnte ich eher nichts gewahr werden, bis in der Nähe des Altars: Da lag dann die Taufe (in Gestalt eines Engels) mit abgebrochenem Arm u.s.f. Es hat sich gezeigt, daß nicht das Tau um die Rolle auf dem Gewölbe zerrissen, sondern die eiserne Stange, welche durchs Gewölbe in die Kirche geht, deren Haken in der folgenden Öse durch das Alter der Jahre abgenutzt und abgerostet ist. Wir haben also itzt keine Taufe mehr. gez. F. A. Ackermann .‹[2] Das Rechnungsbuch verrät nichts davon, daß der Engel repariert wurde. Seit Menschengedenken lag der zerbrochene Engel auf dem Kirchenboden, und erst Graf Waldersee hat ihn 1905 zugleich mit dem Triumphkreuz restaurieren lassen. Mit einer Eisenstange in der Wand wurde er jetzt an der Südseite des Altars aufgehängt und diente bei allen Taufhandlungen, bis vor drei Jahren der granitene Taufstein wieder zu

Ehren kam. Da an besonders kalten Sonntagen im Januar und Februar der Gottesdienst in der restaurierten Neuhäuser Kapelle stattfand, wurde der Engel hier für Taufzwecke wieder aufgehängt.«[2]

»Die Anschaffung des Engels erfolgte, weil man den Platz, an welchem die alte Taufe gestanden hatte, zur Anlegung einer Gruft benutzen wollte. Offenbar von einem Eutiner Bildhauer ließ man einen solchen für 84 M.lüb. schnitzen. Das ›Unglück‹ von 1843, bei welchem der Engel abgestürzt war, erregte Verwunderung, weil der eiserne Haken im Gewölbe schon nach knapp 100 Jahren abgenutzt sein sollte. Es zeigte sich aber, daß – da die Lütjenburger Kirche mit Segeberger Kalk, d.h. mit Gips, gemauert war – die im Mörtel enthaltene Schwefelsäure das Eisen aufgelöst hatte. 1965 wurde der Taufengel, jetzt an einem Pfeiler der Nordseite, über dem Taufstein wieder aufgehängt. Die Hand mit der Taufschale, welche zerstört gewesen war, wurde nachgearbeitet.«[4]

»Herr Paul Lange hat die Stätte in der Kirche, worauf die alte Taufe gestanden, gekauft, dafür bezahlt 150 M. Noch hat derselbe zu dem neuen Taufengel geschenkt und bezahlt 30 M. Ausgaben: Wegen den neue Taufengel an den Bildhauer laut Quittung 84 M., Fuhrgeld von Eutin 3 M 8 ß. Für ein Stück Sparrholz auf den Kirchenboden, den Engel anzuhangen 1 M 8 ß. Für 2 Rollen 8 ß. Für 4 Stck. kleine Hölzer, eiserner Nagel, so dazu verbraucht 2 M 8 ß. An den Mauermann wegen das Loch durchs Gewölbe zu bohren 8 ß. Den Engel aufzuhängen und im Stande zu bringen, Arbeitslohn 2 M. Dem Schmid vor die Kette zu machen 8 M. Dem Mahler vor die Kette anzustreichen 12 ß.« (Auszug aus dem »Kirchenbuch der Kaspelkirchen zu Lutkenburg«, Sitzung der Kirchenkonvents vom 18.6.1745)[4]

Frau *Thietje*[5] verdanke ich den freundlichen Hinweis darauf, daß um diese Zeit Theodorus Schlichting als Hofbildhauer in Eutin arbeitete und, daß ihm der Engel zuzuschreiben sei. Ein Vergleich mit den Figuren am Hochaltar der Preetzer Klosterkirche, die von Schlichting stammen, macht diese Annahme aufgrund zahlreicher stilistischer Übereinstimmungen überzeugend.

Der 1,50 m lange, fast aufgerichtet schwebende, jetzt fest angebrachte Taufengel trägt in der rechten Hand die in Schulterhöhe gehaltene Taufschale, die linke ist segnend über den Kopf erhoben. Hellblaues, faltenreiches, knöchellanges Kleid mit Schärpe, die über den linken Arm schwingt, braune schulterlange Haare, zart gemaltes Gesicht.

NEUENDORF 1787 (Abb. 31)

[1]*LAS Abt. 65.2, Nr. 3347 und Abt. 19, Nr. 362 –* [2]*Haupt II 1888 –* [3]*Johnsen 1937 –*
[4]*Kunsttopographie 1974 –* [5]*P. Seeliger, pers. Mtlg. –* [6]*P. Theilig, pers. Mtlg. –*
[7]*Kantor A. Hölk, pers. Mtlg.*

Der Taufengel ist eine Stiftung der Witwe Elisabeth Magens aus dem Jahre 1787. Dies ist auf dem Deckel der Taufschüssel vermerkt.[5] Elisabeth Magens war mit dem aus Neuendorf gebürtigen Londoner Kaufmann Nicolaus Magens verheiratet. Er hatte in seinem Testament 1763 ein jährliches Legat von 100 Reichstalern für den Prediger der Kirche ausgesetzt.[1]

Der mit ausgebreiteten Flügeln waagerecht schwebende Engel hält die Taufschüssel auf einem mit goldenen Beeren besetzten Lorbeerkranz, an dem sich vorn auf einem blaugrundigen, mit einer Perlschnur eingefaßten Medaillon in Gold die Inschrift »Ein Herr – ein Glaube – eine Taufe«, Eph. 4, 5, befindet. Zur Taufschüssel gehört ein glockenartiger Deckel mit einem Knauf, auf dem eine vergoldete Taube sitzt. Das weiße, knöchellange Kleid zeigt goldene Säume an Überschlag und Rock. Goldene Flügel, braune schulterlange Haare, Inkarnat des Gesichts mit rosigen Wangen. Stirnschmuck aus vergoldeter Rose und grünem Laubwerk. Im weißen Gestänge der Aufhängung goldene Kugeln. Im Inventar von 1805 sind eine zinnerne Schale und ein Handtuch als Zubehör zum Taufengel angegeben.[1]

Der Bildschnitzer war Hans Holtmeyer in Wewelsfleth, worauf auch die außerordentliche Ähnlichkeit in Haltung und Proportionen mit dem nur andersfarbig gefaßten Taufengel von Wöhrden hinweist (über den Künstler vgl. *Johnsen* 1937). Das Magenssche Legatbuch[7] enthält 1787 folgende Eintragungen:

»An Hans Holtmeyer in Wewelsfleth für den Taufengel	57 Mk
An den Kannegießer in Glückstadt für das neue Taufbecken	12 Mk
Fuhrlohn für den Taufengel von Wewelsfleth zu holen	8 Mk
Für das Rad und den Trog auf dem Boden, welche den Engel aufziehen und für die hölzerne Kugel an der Kette	5 Mk 8 ß
Für das Holz dazu	3 Mk 14 ß«.

Der Taufengel wurde 1963 restauriert (Wehrmann/Glückstadt).

Zum Verständnis des Taufgeräts äußert sich P. *Seeliger*: »Der Engel ist in ständigem Gebrauch und durch zwei Jahrhunderte so im Gemeindebewußtsein verankert, daß eine Entfernung unmöglich erscheint«[5], und sein Vorgänger, P. *Theilig*: »Ich habe in meiner Amtszeit 1945–59 bei Taufen den Taufengel immer benutzt, da er bei den Gemeindegliedern beliebt war. Zur Frage einer evtl. theologischen Begründung: »Illustration des ›vom Himmel‹ Matth. 21, 25. Johannes d. Täufer wird Matth. 11, 10 mit dem Engel von Mal. 3, 1 identifiziert.«[6]

NEUKIRCHEN (Holst. Schweiz) 1768 (Abb. 32)

LAS [1]*Abt. 125.20, Nr. 466;* [2]*Abt. 260, Nr. 4616, 4670, 4673, 4692 –* [3]*KKA Eutin, Abt. I, Nr. 49 –* [4]*Chronik der Kirchengemeinde Neukirchen, S. 574 –* [5]*Rektor G. Peters, pers. Mtlg. –* [6]*Frau G. Thietje, pers. Mtlg. –* [7]*P. L. Rückheim, pers. Mtlg.*

»Am Michaelis Feste 1768 ward der neue Taufengel zum H(eiligen) gebrauche eingeweiht und der Kirche zugeeignet, wie selbiger von meinem… H(errn) Vik(ar) Heins verehret und auf Kosten des H(errn) Kammerrahts Vogeler verguldet…JHeins« (Auszug aus dem teilweise unleserlichen Trau-, Tauf- und Sterberegister 1755–1787 der Gemeinde Neukirchen[5]). Der Name des Stifters bleibt im letzten Teil unklar. Nach einer zweiten Eintragung aus demselben Jahr war er der Bruder von Frau Regina

Margaretha Heins, der Kusine des amtierenden Pastors Johann Heins.[5] Dieser Valentin Heins (eine weitere Eintragung von 1777 auf demselben Blatt des Registers ist von ihm unterzeichnet) war ab 1775 Nachfolger des Johann Heins als Pastor in Neukirchen und zuvor bereits als Vikar dort tätig. Kammerrat Vogeler war Vertreter des Eutiner Konsistoriums bei der feierlichen Übergabe.[5] 1825 stand die Abnahme des Taufengels zur Debatte, wurde jedoch aufgeschoben.[4] Nachdem Herr Dr. von Hollen und seine Gemahlin auf Schönweide im Jahre 1839 ein silbernes Taufbecken in weiß lackiertem Piedestal mit Vergoldung geschenkt hatten, heißt es dann 1840: »wegen Wegnahme des jetzt entbehrlich gewordenen Taufengels. Es wurde dieselbe beschlossen, mit dem Bemerken, daß die zu dessen Befestigung dienenden Stangen zu verkaufen seyen, der Engel selbst aber auf dem Kirchenboden zu verwahren sey.«[2] Offenbar wurde der Engel zunächst aber noch im Chor aufgehängt und 1956/57 anläßlich der Renovierung der Kirche endgültig entfernt.[7]

Mehrfach finden sich Hinweise auf Platzmangel in der Kirche, der 1768 zur Anschaffung eines Taufengels geführt haben wird. Das Kirchenrechnungsprotokoll von 1750 verzeichnet außer der dringend erforderlichen Kirchenreparatur fehlende Kirchenstände. Im Inventar von 1754 heißt es: »Wo vorhin der Taufstein gestanden, sind 1729 nachfolgende Stühle gebaut und nachher verkauft...«[1, 2], das heißt, den Besitzern gegen Entgelt überlassen worden. Ob zu diesem Zeitpunkt der Taufstein versetzt oder entfernt worden war und welches Taufgerät zwischenzeitlich benutzt wurde, geht aus den Akten nicht hervor. Am 21. 9. 1754 ordnet der Bischof an, da der »Baron v. Kurtzrock auf Schönweide einen Herrenstuhl brauche und den Gutsuntertanen 19 Stühle fehlten«, könne man »denen Schönweidern« den Platz des alten Beichtstuhls oder »einen anderen sich findenden guten Platz« ausweisen. Die Kosten habe die Gutsherrschaft zu tragen.[2] Auch am 1. 10. 1759 wird geklagt, »daß viele dieser Gemeinde mit keinen Ständen (d. h. Kirchenstühlen) versehen und solche gerne kauffen wollen.« Gleichwohl seien aber viele Stände, besonders wo der alte Taufstein gestanden, bekanntlich verkauft.[2] Wie prekär die Raumsituation in der Kirche auch später nach Entfernung des Taufengels immer noch war, geht aus dem Dankschreiben des Consistoriums vom 4. April 1839 für den von Dr. von Hollen und seiner Frau geschenkten Tauftisch hervor. Es wird darin die Besorgnis geäußert, »daß ein feststehender Tauftisch sich für den sehr beschränkten Raum vor dem Altar nicht eignen werde, weshalb ergebenst ersucht werden darf, dem Tauftische eine solche Einrichtung geben zu lassen, etwa mittelst Anbringung von Handhaben, daß der ganze Apparat ohne Schwierigkeit, und wo möglich von einer Person, in die Sakristey gebracht oder sonst an die Seite gesetzt werden könne.«[2] Die Lösung des Problems bestand dann darin, daß man unter dem Tauftisch Messingrollen anbrachte (so war man auch in Curau verfahren). Letztlich bleibt ungeklärt, warum der Taufengel durch den Tauftisch ersetzt wurde.

Befund von 1975: Der Taufengel wird in zerbrochenem Zustand in der Gartenlaube des Pastorats aufbewahrt. Mittelgroßer Engel, 1,15 m lang, 64 cm hoch, in horizontaler Haltung mit stark aufgerichtetem Oberkörper, mit fast gestreckten Armen einen *Halb*kranz tragend, Kleid weiß, Körper vergoldet, Reste älterer polychromer Bemalung. Der linke Flügel abgebrochen. Der weibliche Engel dürfte von demselben Schnitzer stammen wie der Engel in Bornhöved. Außer anderen Details weist vor allem die beide Schultern, den Brustansatz und den ganzen Rücken freilassende Drapierung des Hemdes auf die Identität des Künstlers hin. Die hochstehende Gewandfalte unterhalb der am Rücken angebrachten Öse für die Aufhängung tritt nur bei diesen beiden Taufengeln in Erscheinung. Auch die fleischige Wangenpartie des Gesichts, Stirn, Schläfe und Mund sowie die wie gedrechselt wirkenden, runden Arme zeigen Übereinstimmung. Als Schnitzer kommt der Eutiner Hofbildhauer Johann Georg Moser in Betracht (vgl. dazu Bornhöved sowie die Arbeiten von *Thietje*).

Die Skulptur wurde 1978 restauriert (Frau Schedel). Die neue Fassung in Gold und Weiß orientiert sich an der zuletzt vorhanden gewesenen. Der Taufengel hängt, nach vorübergehendem Aufenthalt im Heimatmuseum Eutin, wieder in der Kirche.

NIENDORF 1785, heute zu Hamburg (Abb. 33)

[1]KKA Blankenese, Fascikel 382 – [2]KKA Segeberg, Nr. 17 – [3]Michler 1887 – [4]Haupt II 1888 – [5]Oldekop 1908 – [6]Wolsdorff 1970

»1785 erhielt... (die Kirche) einen Taufengel (ohne künstlerischen Wert) statt des Taufsteines«, stellte *Michler*[3] fest, und *Haupt*[4] meinte: »Taufengel ist übel geraten«. *Oldekop*[5] erwähnte ein »Hübsches Taufbecken, von schwebendem Engel gehalten.« *Wolsdorff*[6] beschrieb das Taufgerät etwas ausführlicher: »Ein Taufengel hängt von der Decke herab, der in seinen ausgestreckten Armen einen vergoldeten Kranz hält. Für die Taufhandlung wird er herabgelassen und in den Kranz die Taufschale eingesetzt.«

Die Kirche stammt aus der Zeit König Christians VII., der 1768 einen Vergleich mit der Stadt Hamburg schloß, demzufolge Niendorf und fünf weitere holsteinische Dörfer aus dem Kirchspiel Hamburg-Eppendorf, zu dem sie bislang gehört hatten, ausscheiden mußten. Ein neues Kirchspiel mit Niendorf als Kirchort wurde gebildet. Für den Neubau im königlichen Landesteil wurde eine Kollekte ausgeschrieben.[2] Die Muttergemeinde Eppendorf half mit der Zahlung von 6000 Reichstalern.[5] Als die Kirche 1770 eingeweiht wurde, hatte man einen nach damaliger Auffassung sehr modernen Bau errichtet: Einen Saalbau über achteckigem Grundriß mit einer Kanzel-Altar-Orgelwand an der Ostseite und an sieben Seiten umlaufenden Emporen. Für ein großes Taufbecken war bei der ökonomisch geplanten, auf den Kanzelaltar ausgerichteten Gestühlsanordnung kaum Platz. Trotz dieser Kalamität scheint es in den ersten Jahren einen Taufstein oder ein transportables Taufgerät gegeben zu haben, das vermutlich vor dem Altar stand. 1785 wurde es durch den Taufengel ersetzt. Ein solches neuartiges Taufgerät kannten die Niendorfer bereits aus ihrer Mutterkirche Hamburg-Eppendorf, die seit 1778 einen Engel besaß. 1893 stellte der Synodalausschuß den Antrag, wegen der Einrichtung einer Beleuchtungsanlage in der Kirche den Engel zu entfernen und für die zu vollziehenden Taufen einen Taufstein anschaffen zu dürfen. Die Bitte wurde 1894 genehmigt »unter der Voraussetzung, daß der... Taufengel an einem anderen geeigneten Platz in der Kirche in würdiger Weise untergebracht wird.«[1]

Großer, horizontal schwebender, weißer Taufengel mit vergoldeter Schärpe, Flügeln und Lorbeerkranz, der mit ausgestreckten Armen getragen wird. Der Kopf ist leicht in den Nacken gelegt. In den Jahren 1978/79 wurde im Zuge einer grundlegenden Renovierung der Kirche auch der Taufengel restauriert. Seine neue Fassung zeigt ihn nunmehr mit Inkarnat und in einem weißen Kleid mit blauer Schärpe. Flügel, Kranz und Kleidsaum sind vergoldet.

OTTENSEN 1739, heute zu Hamburg (Abb. 36)

[1]LAS Abt. 112, Nr. 188 – [2]Grundmann 1953/59

König Christian VI. von Dänemark verlieh der 1738 erbauten Kirche den Namen Christianskirche. Die Inneneinrichtung mit Kanzelaltar im Osten und Orgelprospekt im Westen ist zeitgleich entstanden. Sie wurde, nach teilweiser Zerstörung im 2. Weltkrieg, in etwas veränderter Form wiederhergestellt, wobei die Kanzel aus der Altarwand entfernt wurde. Altar und Orgel sind mit Tuba blasenden Engeln geschmückt. Zur Ordnung des Gestühls in der neuen Kirche wurde bestimmt, daß die königlichen Untertanen vorrangig versorgt und im übrigen die Stühle an die Meistbietenden verkauft werden sollten.[1] Der Meister des Altars ist der Altonaer Tischler Andreas Deters. Der Schnitzer des Taufengels ist nicht bekannt.

Der Engel, 1739 gestiftet, ist ca 1,80 m lang. Auch er wurde im Kriege schwer beschädigt.[2] Zwischenzeitlich abgestellt, ist er auf Veranlassung von Pastor Hammer wieder, jetzt fest über dem Taufstein, angebracht worden.

Stattlicher, aufrecht schwebender Engel mit anliegendem weißen Gewand. Zurückfliehende Haare. Große, weit geöffnete Flügel. In den ausgestreckten Händen Lorbeerkranz, der die Taufschale hielt. Wiederhergestellt mit neuer Fassung. Lorbeerkranz, Flügel und Schärpe vergoldet. Bei der letzten Restaurierung 1986 (Scheidemann, Hamburg) wurde die Fassung nicht verändert.

PREETZ ca. 1725–30 (Abb. 30)

[1]Haupt II 1888 – [2]P. Kobold 1960 – [3]de Cuveland 1985 – [4]P. Thiessen, pers. Mtlg.

»Taufengel, um 1700, nicht gut, auf dem Boden«, lautete die kurze Nachricht bei *Haupt*[1] über den verschollenen Preetzer Engel. Propst *Kobold* wußte mitzuteilen: »…wurde die Kirche ›bereichert‹ durch einen im Chor der Kirche etwa in der Mitte der Südseite angebrachten Taufengel, der mittels eines auf dem Dachboden eingebauten Waagebalkens mit der Taufschale gleichsam vom Himmel schweben konnte. Diese in damaliger Zeit beliebte Spielerei verdrängte endgültig den mächtigen alten Taufstein aus der Kirche.«[2] P. *Thiessen* gab an: »Der Taufengel scheint Mitte des 18. Jahrhunderts nach dem gründlichen Umbau der Kirche aufgehängt worden zu sein. Es findet sich aber nichts Näheres darüber in der Chronik. Den einzigen Hinweis fand ich in einer Notiz, daß bei der Renovierung des Altarraumes 1884–86 der schwebende Taufengel entfernt sei. Wo er geblieben ist, dürfte kaum festzustellen sein.«[4] 1885 wurde ein hölzernes Taufgestell im neugotischen Stil erworben.

Die Anschaffung des Taufengels steht im Zusammenhang mit einer länger dauernden Umbauphase der Kirche, die nicht nur der dringend notwendigen Erneuerung baufälliger Teile – das Gotteshaus soll sich in einem ruinösen Zustand befunden haben –, sondern vor allem einer großen Erweiterung des Raumes galt. Bereits 1676 bestimmte der Klosterpropst Frantz von Rantzau auf Rastorf in seinem Testament, daß ein Legat von 500 Reichstalern »zur vergrösserung ihrer Kirche und nirgendwo anders anzuwenden« sei. Als Gegenleistung habe die Kirche unter anderem »für unsere Unterthanen freye Kirchen Stände« zu gestatten. Der Baubeginn ließ auf sich warten, noch 1689 heißt es, daß »Kirchenbau und erweiterung der Kirche höchstnöthig« seien. 1690 scheint der erste Erweiterungsbau im wesentlichen fertiggestellt zu sein. Er war aber so schlecht durchgeführt worden, daß schon wenige Jahrzehnte später der Enkel des Frantz von Rantzau, Graf Christian der Jüngere, mit den gleichen Problemen zu kämpfen hatte.[2] Christian Rantzau nutzte seine Beziehungen zu den Familien des schleswig-holsteinischen Adels, um Spenden für die Renovierung der Kirche zu erbitten. In einem 1725 an den Hof in Gottorf gerichteten Bittbrief schildert er außer dem Zustand der Baufälligkeit auch die Raumnot: »Es ist die Preetzer Flecken Kirche zu klein für ihre Gemeinde, da der dritte Theil derselben nicht kan zur Kirchen kommen, und bey öffentlichem Gottesdienst der Platz so enge, daß bey Hunderten die Leute auff dem Kirchhofe stehen.« Genauso klagen die beiden Preetzer Pastoren 1725: »Indessen ist unsere Gemeinde zu tausenden angewachsen und damit unser Raum so enge geworden, dass man auf Erweiterung bedacht sein müssen…«[2] Obgleich der Graf unter großen finanziellen Opfern und Übernahme einer erheblichen Schuldenlast 1726 den zweiten Erweiterungsbau der Kirche durchgeführt hatte, waren die Verhältnisse nach wie vor nicht optimal. Pfeiler, die als Stützelemente aus dem Vorgängerbau übernommen werden mußten, versperrten die Sicht auf die Kanzel. Leute, die ihre Stühle in der Turmhalle hatten, klagten über die ungünstige Position. Die Anschaffung eines neuen, platzsparenden Kirchengestühls warf nicht nur finanzielle, sondern wiederum auch räumliche Probleme auf; denn »wenn nun bey verenderung der Stühle in der Preetzer Flecken-Kirche die egalitet (soll heißen, der vorherige Zustand) neml. ein räumiger Mittel- und Kreutzgang mit zwey nebengänge, als wodurch viel Platz verloren gangen, beliebt worden«, so mußte (als Alternative) auf die »alten unförmigen Stuhl Kasten« zugunsten schmalerer Sitzgelegenheiten verzichtet werden. Und dagegen hatten etliche Gemeindeglieder etwas einzuwenden. So wurde die zweite Bauphase um 1730 beendet, ohne daß das leidige Platzproblem zur Zufriedenheit aller hätte gelöst werden können.[2]

In diesen Jahren permanenten Raummangels versuchte die Gemeinde vermutlich, sich durch Entfernung des Taufsteins und Anschaffung eines Taufengels Entlastung zu verschaffen. Es ist anzunehmen, daß die neue Engeltaufe zwischen 1725 und 1730 in Preetz Einzug gehalten hat. Diese Datierung ist insofern von Bedeutung, als sie den Preetzer Taufengel in die zeitliche Nähe desjenigen aus der Ahrensburger Schloßkirche, den Graf Detlef von Rantzau 1716 gestiftet hatte, rückt. Die weitgehende Übereinstimmung beider Figuren macht es wahrscheinlich, daß sie aus der Hand desselben Schnitzers stammen.[3] Zweifellos hatte Graf Christian d. J. zu Rantzau, anläßlich seiner Bittgänge um einen Baukostenzuschuß im Kreise seiner begüterten Familie, den Taufengel in der Ahrensburger Kirche kennengelernt.

Im Frühjahr 1984 entdeckte Küster Abram im nördlichen Choranbau den seit einhundert Jahren verschollen geglaubten Taufengel: 1,40 m langer Engel, in horizontaler Haltung schwebend, in den vorgestreckten Händen eine Schale mit flachem Fuß tragend. Der linke Unterschenkel ist angehoben, das rechte Bein gestreckt. Das Kleid läßt die rechte Schulter frei. Die Ärmel sind über die Ellenbogen hochgeschoben. Der Rock ist über dem linken Unterschenkel geschlitzt und »vom Winde hochgeweht«, rechts fällt er bis auf den Fußknöchel. Eine Schärpe schwingt vom Rücken über die linke Schulter zum Bauch und kaschiert dabei den Ansatz für die Aufhängevorrichtung im Rücken und die Zugöse an der Bauchseite. Die Flügel entfalten sich mit leichter Wölbung des Oberrandes, ihre Federn treten unter Betonung der Kiele plastisch hervor. Das gut modellierte Gesicht zeigt eine kräftige Nase, die Lippen sind leicht geöffnet. Die Haare fallen bis in den Nacken. Über der Stirn springt eine Locke vor. Zahlreiche, meist geringfügige Defekte an den Extremitäten und vorstehenden Gewandfalten, an der linken Schädelseite, am Oberrand der Schale. Die Bruchstücke waren sorgfältig aufgehoben worden und wurden bei dem Engel liegend gefunden. Ein Riß verläuft über die rechte Schläfe zum Hinterkopf. Ursprüngliche Fassung: vollständig vergoldet. Spätere Fassung: helles Inkarnat und weißliches Kleid, Flügel mit dunkelgrau abgesetztem Oberrand, Gesicht mit roten Lippen und Wangen, blauschwarze Augensterne. Vergleicht man die Taufengel aus Preetz und Ahrensburg miteinander, fällt zunächst die Übereinstimmung in Körperhaltung und Größe (beide Engel sind 1,40 m lang) auf. Der Kopf des Ahrensburger Engels wurde im 19. Jahrhundert erneuert und »idealisiert«. Er muß hier unberücksichtigt bleiben. Beide Engel zeigen weitgehende Entsprechungen in der Haltung der Beine und Arme, der Modellierung der Füße sowie der unscharfen Konturierung der Handgelenke. Die Flügel weisen in Form und Struktur große Ähnlichkeit auf. Die einzelnen, meist rundlichen Federn treten mit ausgeprägten Kielen kräftig hervor. Das Kleid ist bei beiden Engeln über dem linken Unterschenkel geschlitzt, der Rocksaum flattert in lebhafter Bewegung. Zwar werden die Schärpen verschiedenartig geschlungen, doch laufen sie jeweils in ein sich trichterförmig auffaltendes Ende aus, das bei dem Preetzer Engel an der rechten Körperseite, bei dem Ahrensburger auf dem Rücken mit Wendung zur linken Seite angebracht ist. Detailaufnahmen von Flügelstruktur und Schärpenenden zeigen die Übereinstimmung dieser Abschnitte. Die Analogie dürfte noch deutlicher zutagetreten, wenn der Preetzer Taufengel sich in seiner ersten Fassung (er war, wie der Ahrensburger, vollständig vergoldet) präsentieren würde. Diese Merkmale lassen es gerechtfertigt erscheinen, auch die Preetzer Skulptur als Arbeit Meister Christian Carl Döbels zu betrachten. Wenn dem Preetzer Engel eine nicht ganz so freie und elegante Pose, eine etwas weniger sorgfältige Behandlung der Oberfläche zu eignen scheint als dem Ahrensburger, mag dies einer reduzierten Schaffenskraft Döbels zuzuschreiben sein, der sich vermutlich in den fünfziger Jahren seines Lebens befand, als er den Auftrag für Preetz erhielt. Nicht auszuschließen ist, daß der alternde Meister sich der Mitarbeit seines Gehilfen Klas Lorentz, der bei den Renovierungsarbeiten an der Ahrensburger Schloßkirche erwähnt wird[3], bediente.

Anläßlich der 775-Jahrfeier der Preetzer Kirche 1985 wurde der inzwischen restaurierte Taufengel am Westende der Kirche aufgehängt.

PRONSTORF 1751 (Abb. 35)

[1]LAS Abtl. 268, Nr. 1649 – [2]Cirsovius 1880 – [3]Haupt II 1888 – [4]Harloff 1899 – [5]Gräfin zu Rantzau 1902 – [6]Oldekop 1908 – [7]P.Schütt 1962 – [8]Kunsttopographie 1974

Gräfin zu Rantzau berichtete 1902 in ihrer Chronik von Pronstorf über den Wechsel des Taufgeräts in der Kirche, wie aus dem Visitationsprotokoll von 1749 hervorgeht: »...ernannte der König (Christian VI.) den Pastor Peter Friedrich Hartung, bisher Pastor in Leezen, zum Prediger in Pronstorf, welcher am 1. Adventsonntage 1744 in sein Amt eingeführt wurde. Durch eine Neuregelung der Verwaltung des Pronstorfer Kirchenvermögens sowie des Wahlmodus traten anstelle der Kirchengeschworenen vier Juraten, die einen eigenen Kirchenstuhl bekamen, weshalb der dort aufgestellte Taufstein der Frau Lucia Oelgart v. Buchwaldt entfernt werden mußte und durch den von Pastor Hartung geschenkten Taufengel ersetzt ist.«[5] Ferner berichtete *Harloff*[4], daß bis zum Jahre 1750 in der Nutzung des Gestühls »eine ziemliche Willkühr« bestand, erst in diesem Jahr wurde das Gestühl dorfschaftsweise verteilt. Ärgernisse und Zwistigkeiten um den Stuhlbesitz habe es bis gegen Ende des 18. Jahrhunderts gegeben. Bei Erneuerung des Patronatsstuhls 1752 habe man für den Pastorenstuhl Platz gewinnen können. Das Visitationsprotokoll von 1749 enthält weitere Informationen: »Actum im Pastorat-Hause zu Pronstorff d. 9. Junii 1749... wegen einer neuen Tauffe sind allerseits anwesende dahin einig geworden, daß mit den wenigsten Kosten ein hangender Engel, wie in vielen anderen Kirchen gebräuchlich, gemachet werden könne, um dadurch mit Wegräumung des alten Taufsteins, einen Platz zu dem neuen Juraten-Stuhl zu gewinnen.«[1] Die Kostenfrage spielte, wie anderenorts, auch in Pronstorf eine Rolle. Bemerkenswert ist die Einlassung, das neue Taufgerät sei »in vielen anderen Kirchen gebräuchlich«, ein Beweis für die Annahme, daß Taufengel um die Jahrhundertmitte als übliches Ausstattungstück anzusehen sind. P. *Schütt* berichtete aus der Geschichte des Engels: »...weil seine (des alten Taufsteines, HdeC) Funktion ein von Pastor Hartung geschenkter Taufengel, der im Jahre 1751 vom Bildhauer Ellroth aufgehängt worden war, eingenommen hatte. Dieser Taufengel trägt unterhalb der Taufschale, die er in seinen Händen hält, die Inschrift: ›Dat, donat dicat. P. F.Hartung, 1751‹. Er hing früher vor dem Altar und wurde zu jeder Taufe heruntergelassen. Die Chronik weiß zu berichten, daß nach dem Tod von Pastor Hartung (1784) als sein Nachfolger Valentin Adrian Valentiner gewählt wurde. Von seiner Wahl erzählt man sich, daß er auf dem Gang zur Kanzel den von Pastor Hartung gestifteten Taufengel mit der Schulter berührt habe und daß daraufhin die Wähler erklärt hätten: ›Den wollen wir haben, denn ihn hat Gott gezeichnet.‹ Der von Kunstmaler Fey, Talmühlen, restaurierte barocke Taufengel schwebt jetzt sinngebend über dem Taufstein.«[7] Zur Person des Stifters gibt *Cirsovius* an: »P. F. Hartung, *1718, den 21. Dezember in Leezen, wo sein Vater Prediger war, dem er im Jahre 1741 daselbst adjungiert ward und nach dessen bald erfolgtem Ableben im Amte succedierte, wurde in Pronstorf zum

Pastor ernannt; 1744 am 1. Advent hielt er hier seine Antrittspredigt. Bei vielen gar seltenen Gaben, die sich in ihm vereint fanden, war sein ganzes Leben in jedem Betracht und besonders in Angelegenheiten seines Amtes und der ihm anbetrauten Seelsorge voll Wirksamkeit. Er starb von Vielen beweint nach einer langwierigen und schmerzhaften Krankheit. Seine Leiche ward neben dem Altar eingesenkt.«[2] In Leezen, dem Geburtsort Hartungs, wurde 1756 ein Taufengel installiert.

Schöner barocker, mittelgroßer (1,45 m) Taufengel, in starker Bewegung wie »im Laufschritt« herbeieilend, das Kleid über dem rechten Knie hochgeschoben, lockiges Haar, in den Händen eine flache Muschelschale. Kleid und Taufschale vergoldet, Körper und Flügel silbern. In der Aufhängung vergoldete Kugeln. Die ursprüngliche Fassung ist nicht bekannt. 1829 war der Taufengel aus dem Erlös vom Verkauf eines Kronleuchters der Kirche »verschönert« worden.[4]

REINFELD 1776 (Abb. 2)

[1]PA Reinfeld – [2]Haupt II 1888 – [3]Wolters 1920 – [4]Kunsttopographie 1974 – [5]de Cuveland 1984

»Der Taufstein… (wurde) durch den 1776 von dem Leutnant Dan in Lübeck, einem Vetter von P. Balemann geschenkten, aus Holz geschnitzten Taufengel… ersetzt… Für den Taufengel ist im Jahre 1894 wieder ein aus Eichenholz verfertigter Tauftisch… gestiftet worden. Der frühere Taufengel hat seitdem seinen Platz am Eingange in den Kirchenraum vor der Orgel erhalten.« Die Quelle für diese Information gibt *Wolters*[3] nicht an, doch bestätigt ein Schreiben des Kirchenvorstands vom 26.4.1936 an das Landeskirchenamt das genannte Datum: »…farbliche Wiederherstellung des Taufengels von 1776.«[1] Der Meister der Skulptur ist der Lübecker Bildhauer Diedrich Jürgen Boy, wie Vergleiche zwischen diesem Taufengel und demjenigen aus der St. Lorenzkirche in Lübeck sowie den großen Figuren auf der Äußeren Holstentorbrücke (der sogenannten Puppenbrücke) ergeben haben.[5]

Befund 1975: Der auf dem Pastoratsboden abgestellte Engel hing zuletzt auf der Orgelempore ohne Funktion. Mittelgroßes, hölzernes Bildwerk in horizontaler Haltung mit zurückgelegtem, etwas nach rechts gedrehtem Kopf. Kräftig proportionierte, weibliche Gestalt mit frisch gemaltem Gesicht, geröteten Wangen. Haare auf dem Kopf in einen Knoten geschlungen. Kniekurzes Gewand, hellgraublau. Der rechte Arm ist abgebrochen, aber mitsamt dem Lorbeerkranz, welcher in der rechten Hand gehalten wurde, noch vorhanden. Finger der linken Hand, welche ein anderes, nicht bekanntes Attribut getragen haben dürfte, sind beschädigt. Flügel und Haare vergoldet. Der Engel wurde 1981 restauriert (M. Schedel und I. Bukor, Lübeck), wobei eine gelblichweiße Fassung vom Anfang des 19. Jahrhunderts freigelegt und erhalten wurde, weil die ursprüngliche Fassung nur noch in Resten vorhanden war. Der Engel hängt nun über dem Taufstein.

SCHENEFELD 2. Hälfte 17. Jh. (Abb. 34)

[1]*LAS Abt. 104, Nr. 554* – [2]*PA KR S. 428 u. Konsistorialschreiben S. 22, 81 f.* – [3]*Haupt II 1888* – [4]*Johnsen 1938* – [5]*Kunsttopographie 1974* – [6]*P. Weilbach, pers. Mtlg.*

»Taufengel, um 1640? Derb und naiv, ganz eigentümlich, ein stehender Knabe mit mächtigen Flügeln, sehr ungeschickter Gewandung, bemalt, h 1,42.«, so charakterisierte *Haupt*[3] das Taufgerät.

Der Engel steht auf einem abgerundeten, flachen Sockel, den linken Fuß etwas zurückgesetzt, in der rechten Hand eine napfförmige Muschelschale, in der linken einen Lilienzweig (oder Palmzweig?). Die silbernen Flügel sind weit ausgebreitet. Rotwangig gemaltes Gesicht. Dunkelblaues Kleid.

1707 war eine neue Empore eingerichtet, die Kanzel versetzt und die Stuhlordnung verändert worden. Auf diese Veränderungen im Kirchenraum bezog sich das Bittschreiben einiger Gemeindeglieder, das sie 1733 an das Oberkonsistorium richteten. Darin heißt es: »… müssen wir anzeigen, was maßen zu Zeiten des sel. Hrn. Pastoris Haberkorn unsere Manns-Bäncke, beym Altar, uns von benannten H. May. Haberkorn via facti sind abgenommen und verkaufft (das geschah 1707), hingegen uns andere unbequeme Kirchen-Stände auf dem neu erbauten Chor angewiesen worden. Ob wir nun zwar jederzeit dagegen protestiret… so ist es doch wegen der eingefallenen Kriegestroublen jederzeit dabey geblieben, bis endlich 1726 die damahlige Herrn Visitatores… zu unsere faveur dahin decidiret, daß denen alte Besitzer die ersten Bänke sollen überlassen, und solches durchs Looß ausgetheilet werden… Wann aber ietzo Hochgebietende Herren Visitatores bey geschehener Erweiterung der Kirche (Turmbau und Kirchenreparatur 1732/33) diejenigen so unsere Stühle gekaufft, anderweitig könne gehol ffen und ihnen andere Plätze ausgewiesen werden, abßonderlich da die Stelle wo bisher die Tauffe gestanden vacant wird: So ersuchen Ew.Excell. und Magnif. wir… daß… unsere alten Bänke beym Altar uns wieder anweisen möge. Sollte aber wider unser Verhoffen solches nicht angehen können: So ersuchen wir wenigstens uns die Plätze wo bis dato der Tauffstein gestanden gratis zu überlaßen…«.[1] 1734 entschied das Konsistorium, daß die Stühle auf dem Platz der Taufe noch nicht verkauft werden sollten, »weil die daran formirte Ansprache (gemeint ist Anspruch) noch nicht völlig abgethan ist«.[2] Dabei handelte es sich um das obige Bittschreiben, und Februar 1735 erteilte das Konsistorium die Genehmigung, daß »eingangs gemelten Funffzehn Eingepfarten in denen besagten ledigen Kirchstühlen beym Taufstein… die erforderlichen Sitze angewiesen werden mögen.«[2] Nach dieser Quelle könnte das Alter des Taufengels, Mitte 17. Jh., fragwürdig erscheinen, da zwischen 1707 und 1733 das vorhandene Taufgerät von seinem Platz entfernt worden war (Stelle vacant). Dann wäre der Taufengel erheblich jünger als bisher angenommen. Die Textstelle kann aber auch bedeuten, daß es der stehende Taufengel war, der damals entfernt wurde, weil immer noch Platzmangel herrschte. Er war nämlich, wie in der Gemeinde bekannt ist, zum Hochziehen eingerichtet, und es hat damals möglicherweise nur ein Wechsel von der stabilen zur mobilen Position stattgefunden. Der Engel hatte im Chorraum vor dem Altar gehangen und war am 12. Juni 1751 heruntergefallen, so daß ein neues Seil für 1 Rthl. 9 ß gekauft werden mußte.[2]

Die Zuschreibung der Skulptur an den Bildhauer Jürgen Heitmann d. Ä. versucht *Johnsen* 1938[4] in Anlehnung an den bei Kanzel und Altar erkennbaren Stil. Die Kunsttopographie[5] schreibt Altar und Kanzelschalldeckel Jürgen Heitmann d. J. zu. Der stehende Taufengel galt bisher als Einzelstück in Schleswig-Holstein. *Johnsen* war der Meinung: »Überdies aber stellt er ein Unicum dar, nicht nur im Werke Heitmanns, sondern, als ikonographischer Typus, unter den figürlichen Taufen überhaupt. Daß Heitmann sollte den Typus erfunden haben, wäre zuviel verlangt.« Stehende Taufengel sind in Mittel- und Ostdeutschland nicht selten gewesen, sie traten auch als Lesetaufengel (Verbindung von Lesepult und Taufe) auf. Ein Unikum ist der stehende Taufengel von Schenefeld also nicht. Auch in Schleswig-Holstein gibt es einen weiteren stehenden Taufengel in Ratekau von 1764.

Nach Mitteilung von P. *Weilbach*[6] ist der Taufengel nach wie vor das Taufgerät der Gemeinde, die sich durch den Symbolgehalt des Bildwerkes angesprochen fühlt. Ein Stifter ist nicht bekannt.

SCHÖNWALDE 1750 (Abb. 39)

[1]*LAS Abt. 19, Nr. 360–361 –* [2]*Michler 1887 –* [3]*Haupt II 1888 –* [4]*Oldekop 1908 –*
[5]*Kunsttopographie 1974 –* [6]*P. Lembke, pers. Mtlg.*

»Ein hölzerner vergoldeter Taufengel vertritt die Stelle eines Taufsteins und hängt an einem, auf dem Kirchenboden befindlichen, auf- und niedergehenden Gewinne (Gewinde). Ein ehemaliger Pächter auf Bergfeld, Namens Görz, hat ihn geschenkt, wofür ihm zwei Grabstellen angewiesen werden sollten. Ob dies geschehen, bestimmt keine Nachricht.«[1] Mit diesen Worten verzeichnet ein Kircheninventar vom 18.7.1831 das Taufgerät, das von *Haupt* 1888 als »gut und groß«[3] beschrieben wird. Die Angaben bei *Oldekop*[4], »Fides und Charitas« betreffend, beziehen sich dagegen auf die Reliefs von Tugenden an der Kanzel. P. *Lembke* teilte mit: »Der Taufengel wurde 1750 geschenkt. Das Stifterehepaar steht auf dem Stifterschild am Engel verzeichnet: Hofpächter B. Görtz und Frau H. Görtzen Bergfeld. Über den Schnitzer ist nichts bekannt. Durch 225 Jahre wurden die Gemeindeglieder an diesem Taufengel getauft. Gemeinde, Kirchenvorstand, Pastor lieben ihren Taufengel; an eine Ablösung wurde und wird nicht gedacht. Für Gäste der Gemeinde ist unser Taufengel eine Attraktion, und die Teilnahme an einer Tauffeier ist ein besonderes Erlebnis.«[6]

Großer, spätbarocker Taufengel, in bewegter Haltung, schräg aufrecht fliegend. In der rechten, vorwärts und abwärts gestreckten Hand der Lorbeerkranz, in der linken, nach rückwärts erhobenen ein Palmzweig. Der Blick ist bei nach rechts gewendetem Kopf aufwärts gerichtet. Das schwungvolle Kleid läßt Schultern und linke Brust, linken Unterschenkel und das rechte Bein bis über das stark gebeugte Knie frei. Die Ärmel sind elegant gerafft. Inkarnat naturalistisch, Haare braun, Flügel golden, Kleid, Palmzweig und Kranz grünlich. In der Aufhängung vergoldete Kugeln.

SOPHIENHOF 1874 (Abb. 3)

[1]*Haupt II 1888*

An der Straße von Preetz nach Plön ließ der Hofbesitzer Ludwig Nicolaus Johannsen 1873 eine Kapelle in byzantinischem Stil bauen und mit einem von Eduard Lürssen 1874 gearbeiteten marmornen Taufengel ausstatten.[1] In der Mitte des Chorraumes vor dem Altar auf quaderförmigem Sockel kniender Kinderengel mit kleinen, gestutzten Flügeln. Große Muschel als Taufschale.

STARUP/Nordschleswig, heute Dänemark, 1742 (Abb. 40)

[1]*Haupt I 1887* – [2]*Danmarks Kirker 1954*

»Der Taufengel 1742, von einem Flensburger gegeben, im Zeitgeschmack manieriert, doch nicht schlecht, wächst mit dem Vorderkörper aus der Wand«, stellte *Haupt* fest.[1] Tatsächlich beeindruckt die einmalige, ungewöhnliche Situation dieser Skulptur, die, wiewohl fliegend dargestellt, bis zu den Knien »in der Wand steckt«.

Der frühere Platz des Engels an der nordwestlichen Ecke des Triumphbogens wurde aufgegeben, als eine neue Standtaufe angeschafft wurde. Der Engel befindet sich seit 1915 am südwestlichen Ende des Kirchenschiffs in einer Ecke zwischen Pfeiler und Außenmauer. Aus dieser Ecke tritt der Körper des Engels in Diagonalrichtung aus, und zwar etwa von der Kniegegend an. Beine sind offensichtlich nie vorhanden gewesen. Die Haltung ist horizontal mit nach links gewendetem und in den Nacken gelegtem Kopf, so daß der Blick aufwärts gerichtet ist. Über dem Engel in der Aufhängung eine hölzerne, versilberte Taube. Haltung und Attribute weisen Ähnlichkeit mit dem Engel in Großenbrode auf, der allerdings nicht beinlos ist. In den ausgestreckten Händen trägt der Staruper Engel eine große, kummenartig tiefe Schüssel mit der Inschrift: THUT BUSSE UND LASSE SICH EIN JEGLICHER TAUFEN AUFF DEN NAMEM JESUS C. ARNOLD BERENS 1742 I[hrer] K[öniglichen] M[ajestät] CAMMER-RAHT IN FLENSBURG. In der Mitte des Stifters Wappen mit einem Bären.

Danmarks Kirker[2] ist darüber hinaus zu entnehmen: »Frühere Bemalung schwarzes Haar, rote Backen, braungelbe Tracht, Taube versilbert. In der Taufkumme Messingschale mit Deckel, gestiftet von Bürgermeister Jost Lauenstein, Elisabeth Lauenstein, 1623. Der Engel war vom Holzwurm stark befallen und ist in der jetzigen Bemalung restauriert worden.«

Der Engel zeigt folgende Farben: Körper silbern, Haare und Taufschüssel terrakotta, Kleid purpurrot, Flügel silbern mit hellgrauem Oberrand, Schrift und Wappen auf der Taufkumme silbern.

[1]*LAS Abt. 65.2, Nr. 2694, Nr. 2850* – [2]*KKA Kappeln Inventar 1761; KR 1749–1774 Sign. 10.1/4.4 Nr. 62–71* – [3]*PA Töstrup Inventar 1840, Gemeindechronik von 1899* – [4]*Jensen 1844* – [5]*Haupt II 1888* – [6]*KDMSH VIII 1957* – [7]*Kunsttopographie 1974*

In Töstrup wurden wegen notwendiger Reparatur der baufälligen und einsturzgefährdeten Kirche ab 1768 und noch bis 1787 Kollekten beantragt. Hier, wie in entsprechenden Rechnungsunterlagen anderer Landkirchen, taucht um diese Zeit immer wieder die Klage auf, daß wegen der das Land heimsuchenden schweren Viehseuche kein Geld vorhanden sei. 1788 konnte endlich die Renovierung beginnen. In deren Verlauf kaufte die Kirchengemeinde 1790 einen Taufengel von der Kirche in Kappeln.[1] Die Skulptur war von der Kappelner Kirche 1759 bei dem Plöner Hofbildhauer Marchalita in Auftrag gegeben worden. Am 6. April 1759 quittierte Marchalita den Lohn für die Anfertigung eines Taufengels: »Auf Verlangen Sr. Hochwohlgeb. Dchl. Rumohr auf Roest Erb-Herr, habe ich vor die Cappeler Kirche verfertiget: Eine Tauf-Engel nebst dabey befindliche Taube und darüber stehende Sonne, wie auch das dabey gehörige messingene Becken darzu geliefert vor die Summa von 42 Rthl. zu Dank bezahlt H Marchalita.«[2] Weitere Quittungen belegen die Ausgaben für Zubehör und Anbringung der neuen Taufe: Am 30. März erhielt Hinrich Wulff für ein Tau »alwo der Engel in häng« zwei Mark. Peter Engelbrecht quittierte für das »Was ich zu die Döp Engel gemacht habe«, nämlich eine Stange von 20 Fuß Länge für die Aufhängung, eine große Kreuzstange mit Schraube, die Befestigung der Taube, eine Messingbewehrung für das Loch im Gewölbe, das durch Marchalitas Sonne kaschiert war, für Hängen, Mauerhaken, Überfall, Krampe und das Beschlagen der Blöcke, über die vermutlich auf dem Kirchenboden das Seil lief. Am 15. Mai erhielt W. Jacobsen für Anbringung der Stange »woan die Tauffe hengt zinnoberroht… 3 Stück grüne Knöpfe woran die Stäbe mit Echt Golt vergült…« 3 Reichstaler, und Johan Christoph Bey verdiente, weil er an dem Tage, als der Engel aufgehängt wurde, mitgeholfen hatte, drei Schilling. Die vollständige Spezifikation aller Ausgaben für die neue Taufe beläuft sich für Bildschnitzer, Kleinschmied, Reepschläger, Tischler, Maler, Maurer und Drechsler auf exakt 56 Reichstaler, 26 Schilling.[2]

Und was war mit der alten Erz-Taufe aus der Kappelner Kirche geschehen? Hinrich Wulff junior hatte sie »Auf Befehl Sr. Hochwohlgeb. Dchl. Cay Rumor auf Röst Erb-Herrn… nach Lübeck transportiret und daselbst verkaufft« und den Erlös unter Beifügung des Wiegezettels für das Glockengut abgerechnet.[2] Die alte Kappelner Kirche war nicht nur baufällig, sondern auch für die zahlreiche Gemeinde zu klein.[1] Der schwebende Engel brachte eine Entlastung. 1789–93 wurde nach dem Vorbild der Schloßkirche Christiansborg ein Neubau errichtet.[1] Er erhielt eine Kanzel-Altarwand, in welche auch die Orgel integriert war, »wodurch unstreitig mehr Raum für die Kirchenstühle gewonnen wird«, wie es 1788 bei Projektierung des Neubaus hieß.[1] Deshalb konnte sich die Kappelner Gemeinde von ihrem Taufengel trennen und diesen nach Töstrup verkaufen.

Aus dem Töstruper Inventar vom 23.11.1840 geht hervor, daß der Taufengel unterm Kirchenboden hing, damals »aber gar nicht gebraucht wurde«.[3] Um diese Zeit waren Haustaufen bereits verbreitet üblich. *Haupt*[5] fand den Engel 1888 in Töstrup auf dem Kirchenboden liegend und beurteilte ihn als »schlecht«. In einer 1899 geschriebenen Gemeindechronik ist angegeben: »Ein Taufengel, durch einen jungen Künstler renoviert, ist im Chorraum angebracht und wird bei der Taufe herniedergelassen.«[3] 1948 wurde er auf dem Pastoratsboden abgestellt.[6]

In Kappeln war das Bildwerk 1764 mit weißer Lackfarbe übermalt worden.[6] 1975 galt für die beseitegesetzte Figur folgender Befund: In schräger Haltung schwebender, mittelgroßer Engel, weiblich und gravide dargestellt, wie Marchalitas Engel in Leezen. Das Kleid ist »in der Flugbewegung« von der linken Schulter gerutscht und über das linke Knie hochgeschoben, Ärmel und Rocksaum flattern weit nach hinten. Die Hände sind beschädigt. Ein Lorbeerkranz ist noch vorhanden. Zart gemaltes Gesicht mit roten Lippen, dunklen Augen. Haare und Flügeloberrand vergoldet, Schwingen weißlich, Kleid hellgelblich.

Die Skulptur wurde 1985 restauriert und wieder in die Kirche zurückgehängt. Die Töstruper Gemeinde hat das »Engelbild« angenommen und dabei ein eigenes, neuartiges Verhältnis zu ihm eingeleitet. Sie benutzt den Engel (derzeit 1989) nicht als Taufgerät sondern interpretiert ihn, mit Blumen in den Händen geschmückt, als segenbringenden Himmelsboten bei Hochzeiten.

WESTERHEVER 1805 (Abb. 41)

[1]*Propsteiarchiv Garding Abtl.1, Nr. 34 Kirchen Schluß Protokoll 1799–1839 –* [2]*Haupt I 1887 –* [3]*KDMSH II 1939 –* [4]*Kunsttopographie 1974 –* [5]*Feddersen 1853, S. 266*

Ein kleiner, völlig waagerecht liegender, die Arme weit vorstreckender Taufengel, ein in seiner Art reizvolles Stück ländlicher Holzschnitzerei mit kräftig gemaltem Gesicht, roten Lippen und Wangen, blonden, im Nacken geknoteten Haaren, dunkelblauem, rot abgesetztem Kleid, rotem Gürtel, breiter roter Zugöse am Bauch: So stellte sich der Engel in Westerhever, der nach *Haupt*[2] von 1805 stammen soll, dar. Er ist 1,20 m lang und trägt die Taufschale in einem goldenen Kranz. Goldene Docken in der Aufhängung.

Leider hat die Figur durch eine wohl 1980 erfolgte Restaurierung, die ihr mit einer bronzenen Fassung Glanz zu verleihen trachtete, alles Charakteristische verloren. Regelrecht »verschlimmbessert« wurde sie durch den Versuch, das Gesicht zu idealisieren: eine kosmetische Operation, die besser unterblieben wäre. Die Zugöse am Bauch wurde entfernt.

Die Datierung findet eine Begründung in den seit 1804 an der Kirche vorgenommenen Bauarbeiten, die zum Abriß des alten Chores und Einbau der Kanzel über den Altar führten. Am Westende waren zwei seitliche Emporen geplant[1]. Über die Raumnot in dem neuen Hause berichtet *Feddersen*[5]: »Die Kirche ist bei ihrem Neubau … in Hinsicht des Raumes beschränkt. Kein Chor, wie gewöhnlich; über dem Altar die Kanzel.«

¹Haupt I 1887 – ²Kunsttopographie 1974 – ³P. Bethke, pers. Mtlg.

»Als die heutige Kirche in den Jahren 1786–1788 erbaut wurde, hat man als Taufgerät den jetzigen Taufengel hineingenommen. Er ist von Hans Holtmeyer geschnitzt worden. Warum man einen Taufengel anstelle eines anderen Taufstandgerätes in die Kirche gebracht hat? Wahrscheinlich ist ein Grund gewesen, Platz zu sparen. Ein feststehendes Taufgerät kann hinderlich sein, wenn der Altarraum beengt ist, wie es in Wöhrden der Fall ist. Man hätte bei uns das Taufgerät in der Mitte des Altarraumes hinstellen müssen, bei Trauungen und Beerdigungen hätte das Gerät im Wege gestanden«.³

Gut gearbeiteter, horizontal schwebender, 1,60 m langer Taufengel, demjenigen in Neuendorf in Haltung und Details außerordentlich ähnlich, jedoch wegen der andersartigen Fassung von ganz anderer Wirkung. Körper- und Gewandfarbe ein gelbliches Marmorweiß, schulterlanges Haar und Lorbeerkranz vergoldet, Flügel silbern. Goldene Laubgirlande als Gürtel.

Abgestellte Taufengel

HAMBURG Unbekannte Kirche, 1. Hälfte 18. Jh. (Abb. 50)

de Cuveland 1985

Das Museum für Hamburgische Geschichte kaufte 1913 einen hölzernen Engel von H.C.J. Schmidt aus der Langereihe 76 in Hamburg für 120 Mark (Inv.Nr. 1913, 709/228), der als Taufengel mit folgendem Befund ins Magazin gegeben wurde: »Engelsfigur aus Holz geschnitzt mit Resten von Vergoldung und Bemalung (Die Vergoldung ist älter). Der Engel hat die Größe eines 2- bis 3jährigen Kindes und ist in einer ekstatischen Stellung modelliert. Beide Arme sind nach rechts oben gestreckt. Das linke Bein ist eingezogen, das rechte befindet sich in ganz leichter Beuge. Ein flatternder Schal schlingt sich um die Hüften, findet sich über dem Rückenansatz zu einem lockeren Knoten, indessen das längere Ende im Rücken eine halbbogenförmige flatternde Schlinge bildend über die rechte Schulter fällt. Von den Flügeln fehlt einer, die Finger sind meist abgebrochen. Die lebhaft, reizvoll und künstlerisch komponierte Engelsfigur, die einen fliegenden Engel vorstellen soll, war ehedem hängend angebracht (am Altar oder Orgel). Maße: etwa 72 cm Länge. Alter: 1. Hälfte 18. Jahrhundert.« Der Befund stellte sich 1983 nahezu unverändert dar. Die Figur wies relativ wenig Schäden auf. Die hochwehende Schärpe, der flatternde Haarschopf und die (leider abgebrochenen) Flügel sind gelungene Motive für die Bewegung des Fliegens. Ein Kranz oder andere Attribute sind nicht erhalten. Die über dem Rückenansatz angebrachte Öse für die Befestigung der Aufhängevorrichtung (Seil oder Kette) ist die bei Taufengeln übliche. Ungewöhnlich ist dagegen die Haltung des Köpfchens, das der Engel weit nach links, von der Taufschale abgewandt, dreht, ohne dabei zum Himmel aufzublicken, wie dies bei einigen anderen Taufengeln der Fall ist. Diese Haltung erscheint für einen Taufengel unfunktionell und unlogisch. Sie ist für eine zur Altar- oder Orgelausstattung gehörende Engelsskulptur, die, während sie ihre Attribute vorweist, den Blick zur Seite auf die Gemeinde richtet, geeignet. Ohne weitere Angaben zur Herkunft des Engels läßt sich nicht sagen, ob es sich um einen Taufengel oder einen vielleicht später umgewandelten »Jubelengel« handelt. Ein Funktionswandel von Ausstattungsstücken war im evangelischen Kirchenbau nichts Ungewöhnliches (Kombinationen von Taufe und Kanzel, Taufe und Lesepult, Taufe und Altar sind bekannt).

HAMBURG, St. Johanniskirche Eppendorf, wohl 1778 (Abb. 48)

[1]*LAS Abt. 112, Nr. 174* – [2]*StA Hamb. KR St. Johanniskirche 1764–1779* – [3]*Schwarz 1925* – [4]*700 Jahre St. Johannis 1967* – [5]*de Cuveland 1985*

»Eigentümlich war das Taufgefäß der alten Eppendorfer Kirche. Ein über dem Altarraum an der Decke hängender, weiß angestrichener hölzerner Engel mit kreisförmig ausgestreckten Armen wurde nach Schlusse des Gottesdienstes an einer Schnur herabgelassen, um das ihm in den Kreis seiner Arme gesetzte messingene Taufbecken schwebend in Brusthöhe des taufenden Predigers zu halten. Dieser Engel ist jetzt im Museum«, so ist bei *Schwarz*[3] zu lesen. 1843 wurde ein Taufstein aufgestellt.[4] Eine Zeichnung aus dem Jahre 1854[4] zeigt den Engel über diesem Taufstein hängend, demnach als Taufgerät außer Funktion. Wann er in das Hamburger Museum für Kunst und Gewerbe, wo er jetzt im Magazin aufbewahrt wird, gelangte, ist nicht bekannt. Belege über den Kauf des Taufgerätes konnten in dem erhaltenen Archivmaterial der Eppendorfer St. Johanniskirche in der Zeit von 1773 bis 1800 nicht gefunden werden. Einen Hinweis auf die Existenz des Taufengels gibt jedoch eine Eintragung vom April 1778[2]. In der Rechnung Nr. 803 quittiert der Maler Peter Welbone »wegen des Taufengels« 106 Mark, 12 Schillinge erhalten zu haben. Welbone hatte in diesem und dem vorhergehenden Jahr für Arbeiten aus Anlaß einer umfangreichen Kirchenrenovierung bereits größere Summen erhalten. Dieser Maler könnte mit einem Guillaume (Wilhelm) Bone oder Boné, dessen Namensschreibweise in den Akten Anlaß gibt, eingedeutscht Welbone zu entziffern, verwandt gewesen sein (eventuell ein Sohn?). Mit jenem schließen die Kirchengeschworenen am 21.11.1765 einen Vertrag ab. Darin heißt es: »wir… Kirchgeschworene der Kirche zu Eppendorff bezeugen hiermit… daß wir… mit dem Herrn Guillaume Bone welcher gegenwärtig zu Eppendorff wohnet uns dahin verglichen..haben, daß wir ihm außer seinem Gestühlte und Stellen so er bereits hat und besitzet und ihm bey seiner in Eppendorff belegenen Hofstädte zugeschrieben sind, noch einen Platz an der NorderSeite… bis an den breiten Gang zwölf Fuß in der Länge, und drey und einen halben Fuß in der breite zu einem neuen und ohne Verdeck auf seine eigene Kosten zu erbauenden Stuhle auf sechs Stellen gerechnet, für eine jährliche an die hiesige Kirche zu entrichtende Grundhauer von neun Mark käufl. überlassen haben und zwar dergestalt, daß er sich auch anheischig mache… allemahl, so ofte eine Leiche in die Kirche kommen, weil beym herumwenden der Stuhl den Todten-Trägern sonst beschwerlich fallen mögte, selbigen Stuhl auf seine eigenen Kosten so lange wegnehmen und nachhero wieder hinsetzen zu lassen, auch auf eigene Kosten jemanden zu halten, der ihm anzeige, wenn eine Leiche in die Kirche komme und der Stuhl weggenommen werden müße…«[1] Dieser wenig vorteilhafte Vertrag weist nicht nur auf die große Enge in der Kirche hin, er könnte auch den Herrn Bone oder Boné veranlaßt haben, sich mit der Stiftung einer Engeltaufe von der lästigen Zumutung des »Kirchenstuhlrückens« zu befreien. Dann lag es nahe, die Skulptur nach ihrer Lieferung von Peter Welbone fassen zu lassen.

Der Engel ist 1,50 m lang. Er hat bis auf einige Rißbildungen im Holz und Lockerungen in den Ansatzstellen der Flügel und Arme keine wesentlichen Schäden erlitten. Er ist bis auf den schärpenartig von der linken Schulter über den Rücken zum Bauch ziehenden und zwischen den Beinen hindurchwehenden Mantel nackt. Die Skulptur schwebt in fast horizontaler Haltung mit leicht angehobenem Oberkörper und wenig, links mehr als rechts, gebeugten Beinen. In den nach vorne unten ausgestreckten Händen hält der Engel den besonders schönen, plastisch geschnitzten, vergoldeten Kranz: Einen Rosenkranz, was als Rarität unter den gemeinhin mit Lorbeerkränzen ausgestatteten Taufengeln zu gelten hat. Der Kopf ist im Profil weniger gut gelungen. Störend wirken die stark prominierende Nase, das fliehende Kinn und die zu hoch in ihren Höhlen liegenden Augäpfel. Betrachtet man das Gesicht von vorne und unten, wie es den funktionellen Gegebenheiten des unter die Kirchendecke hochgezogenen Taufengels entspricht, so fallen diese Unzulänglichkeiten weniger stark ins Gewicht. Die derzeit vorhandene Fassung des Gesichts ist zudem etwas grob geraten. Eine ältere Schicht zeigt zartere Farbtöne, gerötete Lippen und Wangen, braune Augen und fein gezeichnete Wimpern und Brauenhärchen anstelle der später aufgetragenen schwarzen Augensterne und der breiten schwarzen Brauenbögen. Original sind das kräftige Blau-Lüster des Mantels und das Gold an Schärpenband, Flügeln und den im Nacken zu einem Knoten geschlungenen und auf den Rücken fallenden Haaren.

HAMWARDE Mitte 18. Jh. (Abb. 52)

[1]LAS Abt. 218, Nr. 1375[I], 1375[II] – [2]Linsen 1872 – [3]Haupt IV 1890 – [4]Götze 1929

Einen alten Taufengel registrierte *Linsen* 1872.[2] *Haupt* fand ihn bereits auf dem Boden abgestellt, im übrigen »nicht hervorragend, von der gewöhnlichen spätbarocken Art«.[3] Bei *Götze* findet sich die Angabe: »Im Jahre 1663, nach Beendigung des 30jährigen Krieges war Georg Simon Pastor in Hamwarde bis 1679. Ein von seiner Hand geschriebenes Blatt aus dem Pfarrbuch ›Von der Kirchen Geräthe und Zierde‹ ist erhalten. Darin ist verzeichnet: ›Die Taufengelkette hat verehret Ludolf Holtig, gewesener Pensionarius auf dem Grunenhofe 1651‹«.[4] Im Inventar der Kirche von 1802 steht der Eintrag: »No 3 An Koop für Arbeit bey dem Taufengel – 6 ß. No 4 für eine Linie bey dem Taufengel – 20 ß«.[1] Der Begriff »Linie« taucht auch im Zusammenhang mit der Kirchenuhr auf. Vermutlich handelt es sich um eine Ableitung im Sinne von »Leine« aus dem Längenmaß Linie (= 1/10 oder 1/12 Zoll).

Der 1,10 m lange Taufengel ist im Kreismuseum Ratzeburg magaziniert. Kopf, Arme, Flügel, der linke Vorfuß und die rechten Zehen fehlen. Die Bekleidung besteht aus einem rechts bis über das Knie geschlitzten Rock und einer über der Hüfte glockig ausschwingenden Bluse. Vom Rücken über die rechte Schulter zur linken Hüfte zieht eine Schärpe. Nach dem Leihgabenverzeichnis des Museums soll der Engel früher in einer Hand einen Palmwedel getragen haben. Für eine unterschiedliche Haltung der Arme sprechen die Dübelstellen an den Schultern, die rechts horizontal, links senkrecht angeordnet sind. Die Ähnlichkeit in der Schnitztechnik und Anordnung des Gewandes und eine charakteristische Kinngestaltung (einzig erhaltener Teil des Kopfes) wie bei dem Engel von Brunstorf ist auffallend. Ein am Schlitzende des Rockes befindliches Litzenornament in Form dreier Schlingen, eine vergleichbare Gewand- und Flügelbehandlung zeigen auch die Engel von Schwarzenbek und Kuddewörde, die 1749 beziehungsweise 1750 bestätigt sind. Die typische Art, wie das freiliegende Kniegelenk (hier rechts, in Schwarzenbek links) modelliert ist, spricht neben weiteren Übereinstimmungen dafür, daß die Taufengel in den genannten vier Orten vom selben Künstler angefertigt worden sind. Eine Datierung auf 1651 (s.o. »Taufengelkette«) erscheint unverständlich, denn auch für den Engel von Brunstorf wird als Entstehungsjahr 1738 angenommen. Ich habe nicht klären können, ob *Götze* bei der äußerst frühen Datierung ein Lesefehler (Taufdeckelkette statt Taufengelkette?) unterlaufen ist, möchte dies aber annehmen; denn der genannte Pfarrer Simon berichtet weiter: Die Frau des Pensionarius Holtig »hat legen laßen das rote laken auf den Taufstein, Margareta Holtigen 1649.«[4] Um diese Zeit war demnach von einem Engel nicht die Rede.

JEVENSTEDT 1725 (Abb. 54)

LAS [1]Abt. 19, Nr. 68, Nr. 362; [2]Abt. 104, Nr. 7a – [3]Friedrichsen 1849 – [4]Haupt III 1889 – [5]Kunsttopographie 1974 – [6]Wilkens 1987

Im Inventar von 1810 findet sich unter der ansonsten meist leeren Rubrik »Von Geschenken« die Eintragung: »Seit dem Ao 1725 ein junger unverheyratheter Mensch, Namens Jochim Lüder von Embüren, zur Erbauung einer neuen, nehmlich der itzigen Canzel und des Taufengels 100 Rthl. gegeben, hat die Kirche sich keiner Geschenke zu erfreuen gehabt.«[1,2]
1683 wurde eine Empore an der Nordwand eingebaut.[3] 1735 gab es Pläne zur Erweiterung des Baus auf der Südseite.[3] Dafür war erforderlich, die 1725 geschenkte Kanzel, die an der Südwand angebracht war, umzusetzen. Darüber beschwerte sich 1736 der Stadt-Capitain Barmundt; denn nun sei sie »über seinen Kirchenstuhl translociert« und behindere ihn in der Teilnahme am Gottesdienst.[1] 1740 wurde anstelle des geplanten Erweiterungsbaus (südlicher Kreuzarm, der erst 1764 realisiert werden konnte) eine Empore an der Südseite eingezogen. So konnte 1750 festgestellt werden: »Nachdem die hiesige Kirche vor einigen Jahren eine Haupt-Reparation gehabt, so ist dieselbe in gutem baulichen Stande… Es ist auch, nachdem neulieg bey der Haupt-Reparation das neue Chor (Empore) gebauet, mehr geläß in der Kirche.«[1] Dazu hatte dann auch die neue, platzsparende Taufe beigetragen. Eine kleine Studie zur

Entwicklung der Einwohnerzahl des Dorfes veröffentlichte *Friedrichsen*[3]. Danach habe sich die Anzahl der Eigentümer und Besitzer seit 1738 bis 1849 fast verdoppelt: »Was so von den eigentlichen Besitzern gilt, das gilt ohne Zweifel, und wahrscheinlich in noch weit höherem Maaße, von den Insten. Zum Beweise berufe ich mich nicht blos auf… das jetzt bei uns bestehende Verhältnis zwischen der Anzahl der Besitzer und der Insten, sondern auch auf die Aussagen vieler älteren glaubwürdigen Personen in allen Dörfern dieser Gemeine. Einstimmig behaupten sie, daß bei ihnen jetzt mehr als doppelt so viele Insten wohnen, als in ihren Knabenjahren in ihrem Dorfe gewesen seyen.« Die »wiederholte Erweiterung der Kirche deutet… darauf hin, daß die Einwohnerzahl der Gemeinde nach und nach bedeutend gewachsen seyn muß.«[3]

Etwas über mittelgroßer Taufengel, auf dem Kirchenboden liegend. Der rechte Arm fehlt, die Muschel in der linken Hand ist beschädigt. Haltung schräg aufrecht, Kopf etwas geneigt. Enganliegendes, knöchellanges Kleid. *Haupt*[4] hielt die Skulptur für »nicht gut, doch etwas besser als die gewöhnlichen Arbeiten der so schwachen Zeit.« Auf einem Foto um 1910 hing der Engel noch in der Kirche, wurde aber nicht mehr benutzt.

KIRCHBARKAU 1737 (Abb. 59)

[1]PA Inventar 1802, KChronik – [2]Haupt III 1889 – [3]Völkel 1954 – [4]Pöhls 1977, S. 74

Die Information über das Alter des Taufengels stammt von *Haupt*.[2] Woher er sie hat, ist nicht bekannt. Die Kirchenbücher wurden bei einem Brand vernichtet. *Pöhls*[4] schreibt, daß er Engel eine Stiftung des Gutsherrn auf Bothkamp, Hinrich von Ahlefeldt, sei, der auch sonst viel für die Ausstattung des Gotteshauses getan habe. Nach dem Inventar von 1802[1] gehörte eine Gebühr von zwei Mark zu den regelmäßigen Einnahmen des Organisten für das Bewegen des Engels bei der Taufe. 1852 taucht dieser Passus nicht mehr auf. 1859 wurde ein Marmortaufstein angeschafft.[1] Vermutlich wurde der Engel zu diesem Termin in den Ruhestand versetzt.

Befund 1975: Der mittelgroße Engel hängt auf dem Kirchenboden in schlechtem Erhaltungszustand: Es fehlen der rechte Unterarm mit Hand, der linke Arm, der linke Flügel, Teile des rechten Flügels. Beschädigungen an mehreren Zehen beider Füße, an der linken Ferse, am Bauch an der Stelle, wo die Zugöse befestigt war. Unter der derzeitigen grauweißen Bemalung Reste einer alten, wohl der ursprünglichen polychromen Fassung, Spuren von Gold und Rot. Haltung schräg aufrecht. Schärpe von der linken Schulter über den rechten Arm. Haare lockig. Gut geformtes Gesicht. Kranz und Schale sind nicht vorhanden. Vollständig vorhanden ist noch das Gestänge von der Aufhängung mit Kugeln. Ferner befinden sich im Gebälk des Kirchenbodens zwei Rollen, über welche das Seil lief, sowie das Gegengewicht für den Engel in Form eines schweren, mit eiserner Öse versehenen Steines. Nach der Lokalisation der Rollen hat der Engel in der Mitte des Kirchenschiffs gehangen. 1989 war der Zerfall der Skulptur leider beträchtlich fortgeschritten.

KUDDEWÖRDE 1750 (Abb. 49)

[1]*LAS Abt. 218, Nr. 1350* – [2]*KKA Ratzeburg* – [3]*Haupt IV 1890* –
[4]*P. Striewski, pers. Mtlg.*

Das Taufregister von 1750 registriert am 18. September unter Nr. 14 und 15 die Geburt von Zwillingen, und am 24. September unter Nr. 16: »ist Dieterich Lorentz Christian Nachmittags um 2 Uhr geboren und d. 29sten als am Michaelis Tage getauffet. Vater Christoph August Hermann Fesser, Pastor, Mutter Catharina Margarethe. Gev.: Frau Dieterich von Sprekelsen, Herr Lorentz Spieckerhoff junior (beide) aus Hamburg, Jgfr. Augusta Christiana Pfeiffern aus Lauenburg. (Da) die beyden ersteren Gevatter aus Hambg. nicht gegenwärtig waren, vertrat der. Stelle Herr Jochen Friedrich… aus Lauenburg u. Fr. Margaretha Magdalena Spellnern. Diese beyde Mädgens als Zwillinge und dieses mein kleines Söhnl. sind die ersten Kinder, durch welche der neue Engel eingeweihet worden, der von der Freygebigkeit guter Leute in Hambg. und alhir angeschaffet worden«.[2] Im Inventar von 1768 wird »1 zinnernes Taufbecken mit dem Nahmen B.C. Manhard« erwähnt. Es war ein Geschenk des Hamfelder Bauernvogtes Barteram Manshard[1] und sicher für den Taufengel gedacht. Als Inventarposten erscheint es noch bis 1859. *Haupt*[3] verzeichnet 1890 den Engel als abgestellt. Seinen weiteren Verbleib hält die Chronik von Kuddewörde fest: »Der Taufengel, der wie allenthalben auch hier in der beschwingten Barockzeit geschnitzt wurde, so daß die alte, steinerne oder bronzene Taufe abgetan war, befindet sich als Leihgabe im Kreismuseum Ratzeburg«[4]. 1978 wurde er an die Kirchengemeinde zurückgegeben.

Die Figur ist mittelgroß und schwebt in leicht aufgerichteter Haltung. Die Bekleidung besteht aus Rock und Bluse. Der knöchellange Rock ist über dem linken Knie geschlitzt und zeigt am Schlitzende das schon von Schwarzenbek und Hamwarde bekannte Litzenornament. Die Oberarme liegen dem Körper fest an. In Proportionen und Gestaltung hat dieser Engel große Ähnlichkeit mit demjenigen von Schwarzenbek. Beschädigungen: Der linke Arm und der Lorbeerkranz sind abgebrochen, aber ebenso wie die losgelösten Flügel noch vorhanden. Die rechte Hand fehlt, die Zehen sind beschädigt. Die ganze Figur ist weiß übermalt, Gewandsäume vergoldet, im Gesicht an Lippen und Augen Reste polychromer Fassung, Lorbeerkranz.

LASSAHN (Abb. 67)

[1]*Haupt IV 1890* – [2]*P. Jonas, pers. Mtlg.*

»Taufengel, recht gut, spätbarock, in Trümmern auf dem Boden«, stellte *Haupt*[1] 1890 fest. Der Kirchenvorstand von Lassahn an den Synodalausschuß in Ratzeburg, 1912: »Es fehlen schon seit längerer Zeit die Arme und ein Bein der Figur. Die Flügel sind losgelöst, ein Flügel gebrochen, ein Bein losgelöst. Das Gesicht ist schwer beschädigt. Die Farbe ist abgewaschen. Zur Erhaltung dient die Aufbewahrung auf dem Kirchenboden.« – »Obwohl ein Torso, ist der Taufengel ein beachtliches Kunstwerk wegen der schwungvollen Gewandbehandlung«, ist Pastor Jonas' Urteil.[2]

Der 1,40 m lange Engel ist im Kreismuseum Ratzeburg magaziniert. Schlanke Gestalt mit ausgesprochenem Schwung in Körperhaltung und Gewand. Der 1978 noch vorhandene linke Arm fehlt 1990. Aus der abgespreizten Haltung kann geschlossen werden, daß der Engel links eine Posaune getragen hat. Das »Verzeichnis alter... Sachen in der Kirche« von 1881 gibt an: »1 Engel (diente damals an einer Kette schwebend dazu, das Taufbecken zu halten) aus Holz, Länge 1,09 m, scheint ursprünglich teilweise wenigstens vergoldet gewesen zu sein.« (Mitteilung Pastor Heß, Archivar, Ratzeburg). Demnach war die Skulptur 1881 Taufengel, was nicht ausschließt, daß sie auch eine Posaune getragen hat (vgl. Brunstorf). Daß es Posaunenengel gegeben hat, welche später als Taufengel benutzt wurden, habe ich bereits angesprochen. Auch der rechte Arm fehlt, Flügel und ein Bein losgelöst, rechter Flügel ausgebessert, klaffender Riß von der rechten Gesichtshälfte über den Hals in die linke Körperhälfte. 1990 fortschreitende Zerstörung: durch einen Riß an der linken Kopfseite ist das zarte, gut profilierte Gesicht herausgefallen. Bemalung: Rock grünlich, Bluse rötlich (?), goldener Gürtel, Flügel weiß mit gold, Lippen und Wangen rot, Augen und Haare dunkel.

LÜBECK St. Lorenzkirche 1770 (Abb. 66)

[1]*AHL, KR. St. Lorenzkirche, o. Sig.; Chronik J. C. J. v. Melle, 1834* – [2]*KDM Lübeck IV 1928* – [3]*Dr. Weimann, pers. Mtlg.* – [4]*de Cuveland 1984*

Der bekannte Lübecker Bildhauer Diedrich Jürgen Boy ist der Meister des Taufengels der St. Lorenzkirche. Er quittierte auf der Rechnung »No 28. Ao 1770 den 28 May. Die Herrn Vorsteher an der St. Lorentz Kirche: eine Tauf Engel gemachet: bedungs 60 M, den 25. Juny: ein Creutzefichs 16 M, Summa 76 M Zu dank bezahlt. Died: Jürg: Boy«. Der Name des Bildschnitzers erscheint nicht im Kirchenrechnungsbuch von 1735–1771, sondern lediglich auf der Originalrechnung aus dem Jahre 1770.[1]

Weitere Nachrichten liefern die Rechnungen
Re. N° 50 »Lübeck 1770, 14. Sept. Vor den Herrn Carstens, Vorsteher der St. Lorentz Kirche habe verfertiget Ein klein silbern Taufbecken W 22 3/4 lt a 34 ß... H. J. Berg«,
Re. N° 56 »Anno 1770 den 28. Sept. 5 Stück gedrehte Kugel an der Stange zu dem Engel...« und
Re. N° 61 »1 May 8 neu Goldschrauben mit versenkte Köpf zu Engel gemacht.«[1]

Die 1770 gelieferte Engeltaufe wurde 1772 eingeweiht. 1884 wird im Protokoll der St. Lorenzkirche erwähnt: »Die Entfernung des Taufengels noch in diesem Jahr... hängt vom Stand der Kasse ab«.[3] Ein Bild des nahezu lebensgroßen, weiß lackierten und leicht vergoldeten Taufengels, der mitten in der Kirche hing, zeigt die Abbildung auf Seite 425 in Kunstdenkmäler Lübeck Bd. IV 2. Er hält in der Linken einen Palmzweig, in der Rechten einen Kranz zum Einsetzen der nicht mehr vorhandenen silbernen

Taufschale. Die Reste des Inventars der 1899 abgerissenen alten Lorenzkirche einschließlich des Taufengels wurden 1912 ins St. Annen-Museum gebracht.[3]

Lebensgroßes Exemplar in schräg aufrechter Haltung, rechter Arm (zu welchem Kranz und Taufschale fehlen) vorgestreckt, linker zurückgezogen. Knielanges Kleid mit aufgekrempelten Ärmeln und Drapierung des Halsausschnittes in derselben Manier, wie sie der Engel von Reinfeld aufweist. Weitgehende Übereinstimmung auch hinsichtlich des Gesichtsausdrucks bei beiden Stücken. Fassung weiß, Schärpe vergoldet.

Der Schnitzer der Skulptur, Diedrich Jürgen Boy, wurde 1724 als Sohn eines vor dem Holstentor wohnenden Gärtners geboren. Er heiratete eine Tochter des Bildhauers Joh. Balthas. Belger und erwarb 1750 das Bürgerrecht der Stadt.[1] Zu Besitz und – trotz zeitweiliger wirtschaftlicher Schwierigkeiten – zu Ansehen gelangt, hinterließ er bei seinem Tode 1803 in Lübeck ein umfangreiches Werk, zu dem als bekannteste Arbeiten die acht lebensgroßen Steinfiguren auf der Äußeren Holstentorbrücke (sogenannte ›Puppenbrücke‹) und die Liegefiguren auf den Giebelansätzen des Buddenbrookhauses zählen. Zu den sicher vorhanden gewesenen, heute entweder verlorenen oder nicht bekannten Zeugnissen seiner Arbeit außerhalb Lübecks ist der Taufengel aus der Kirche in Reinfeld zu rechnen.[4]

OLDENBURG wohl 1774 (Abb. 51)

LAS [1]*Abt. 8.1, Nr. 1047;* [2]*Abt. 8.2, Nr. 418;* [3]*Abt. 19, Nr. 360–361;* [4]*Abt. 268, Nr. 1645 –* [5]*PA Inventare, KR, TR, StR –* [6]*Michler 1887 –* [7]*Haupt II 1888 und III 1889 –* [8]*G. Thietje 1988/89 –* [9]*Böttger 1925, S. 358*

Im Inventar von 1833 heißt es: »Der Taufengel ist in Holz gearbeitet, weiß gemalt und zum Theil vergoldet, und hängt im Chorgewölbe an einer eisernen Stange«.[3] Im Inventar vom 2.7.1835 findet sich zum gleichen Text ein handschriftlicher Zusatz: »von Hofbildhauer Moser in Eutin für 30 rth. verfertigt«.[5, 9] In einer neueren Arbeit über die Bildhauerfamilie Moser stellt G. *Thietje*[8] fest, daß es weder archivalische Nachweise noch werkimmanente Anzeichen für eine Mosersche Urheberschaft, weder des Vaters Johann Georg noch des Sohnes August Friedrich Moser, gebe. Dennoch zeigt der kleine Engel in der Technik der Gewandbehandlung Merkmale, die ihrer Qualität nach einer Moserschen Werkstatt oder einem jüngeren Sohn, Jacob Friedrich Moser, zugeordnet werden können.

Die Oldenburger Kirche war 1773 vollständig abgebrannt. Ein am Tage des großen Unglücks geborenes Kind mußte auf freiem Feld getauft werden. Es starb zehn Tage später: »Dies ist das Kind, welches bey der großen Feuersbrunst von Archid.: Lange auf dem freyen Felde getauft, und die erste Leiche, die ordentlich wieder unter Gesang und Procession nach dem Gottes Acker gebracht worden.«[5] Nach dem Brand fand der Gottesdienst im provisorisch wiederhergestellten Chor statt.[9] Räumliche Enge war damit zwangsläufig verbunden. »Endlich ward verabredet und beschlossen, daß in dem Chor der Kirche, woselbst nunmehro der Gottesdienst gehalten wird, rund um zwey

Bäncke gemachet werden sollten,« heißt es im Bericht des Kirchenbaukonvents vom 21. 5. 1774.[4] Von Not-Beichtstühlen nahmen die »Herren Prediger« Abstand, dafür reichte der vorhandene Raum wohl nicht aus.[4] Deutliches Zeichen für die beengten Verhältnisse ist auch, daß in den Kirchenrechnungen von 1774 bis 1777 keine Stuhlgelder eingehen. Erst ab 1778 gab es im erneuerten Kirchenschiff wieder ein reguläres Gestühl, das verheuert wurde.[5] Nachdem man sich also im Chor provisorisch eingerichtet hatte, war der 1. Juni 1774 der Tag, an welchem das erste Kind, Cai Daniel Kähler, »wieder in der Kirche hat können getauft werden.«[5] In der Zwischenzeit hatte man sich im Chor auch mit einer Notkanzel behelfen müssen. Sie konnte 1778 durch die gestiftete neue Kanzel ersetzt werden und diente fortan in umgebautem Zustand als Männergestühl an der Nordseite im Chor.[5] Die neue Kanzel war von Claus Christoph Schalburg 1778 geschenkt worden[9], »die ihm bey 300 Rthl. soll gekostet haben und wovon ihm sein Beichtvater, der Herr Diacon Sturm über Psalm 39, 5–8 die allererste Leichenpredigt gehalten.«[5] Aus Anlaß der Beerdigung des Stifters am 1. September 1778 findet sich unter den Kosten für das Begräbnis ein Posten, wonach der Kirchendiener 8 Schilling »für das Zurückbinden des Taufengels«, der bei der Prozedur des Aufbahrens und Hantierens mit dem Sarg vor dem Altar offenbar im Wege war, erhalten hat.[5] Sofern nicht der Engel den Kirchenbrand als einziges Inventarstück überstanden hatte und älter war (wofür es keine Anzeichen gibt), war er demnach 1778 vorhanden. Wahrscheinlich hatte man sich aber bereits 1774 in der engen Chorkirche mit dem Engel helfen können. In den Rechnungsbüchern und Registern der Zeit taucht er nicht auf. Allerdings war auch die alte Oldenburger Kirche bereits zu klein gewesen. 1731 verlangten die Leute aus Lübbersdorf neue Kirchenstühle. Früher hatten sie »Stühle hinter der Taufe«.[2] 1732 wurde eine neue Inneneinrichtung geplant. Neues Gestühl, eine neue Kanzel und Lektor wurden erbeten. Zeichnungen von Havemann zeigen eine Kanzel und einen »Fürstlichen Stuhl«. Eine Taufe sollte in der Mitte vor (oder hinter, das ist unklar) dem Chorgitter stehen.[1]

Der kleine Taufengel hängt heute in einer Seitenkapelle der Kirche. Er schwebt in waagerechter Haltung mit weit vorgestreckten Armen, ist vollständig weiß gefaßt bis auf die vergoldeten Flügel und den grünen Kranz. Am Oberrand des linken Flügels schwarze (Brand-?) Zeichnung.

OLDESLOE 1764 (Abb. 55)

LAS [1]Abt. 11, Nr. 2007; [2]Abt. 19, Nr. 359–360; [3]Abt. 110.3, Nr. 476; [4]Abt. 65.2, Nr. 4546 I, 4556 II – [5]KKA Segeberg, Fasc. 258 – [6]Michler 1887 – [7]Haupt II 1888 – [8]Bangert 1925 – [9]P. Hannemann, pers. Mtlg.

Die alte Kirche in Oldesloe war für die stark angewachsene Gemeinde zu klein. Schon lange gab es Probleme wegen der Benutzung der Kirchenstühle. In einer Klage an den Amtmann vom 14.1.1739 wird von einem Tumult am zweiten Adventssonntag 1738 berichtet. In der Porkirche (Empore) hatte es zwischen den Leuten aus dem Dorf Havekost und einem Knecht des Gutes Rethwisch erbitterten Streit um die Benutzung eines Kirchenstuhls mit zwölf Ständen auf der Empore gegeben. Es kam zu einer

Schlägerei, bei der die Gefahr bestand, daß die Kampfhähne von der Empore herunterstürzen würden.[1] Im selben Jahr schildern die Bürger Meinerts und Däbeler in einem Memorial an den Amtmann die beengten Verhältnisse. Der »publique« Gang, vermutlich der Mittelgang, sei von beiden Seiten mit Stuhlklappen so zugebaut, »daß so bald die Klappen nur ledig nieder gelassen Keiner selbigen passiren kann, wann aber jemand von denen Eygenthümern der Klappen seine Stelle eingenommen hat, ist gar kein Mensch vermögend durch zu kommen, immaßen kaum die Klappe und die Knie der darauf sitzenden Persohn Platz finden. Am allerwenigsten aber sind die Possessores der Klappen gehalten aufzustehen und jemanden vor Begin- oder währender Predigt durch passiren zu lassen, welches auch dahero unmöglich ist, weil bey Passierung eines Menschens sämbtl. Klappen erst aufgeschlagen und alle darauf sitzende Persohnen sich zurückdrengen also unabgänglich in der Kirche ein starckes Gepolter und aufsehen veruhrsachen müssen...«[5] Die Einsender des Memorials hatten zwei dieser Klappen mit einer »offen stehenden Thüre bekleiden lassen, damit unsere Ehe Frauens auf die Klappen nicht gantz blos sitzen sondern etwas distinguiret seyn möchten.« Auf den hierauf erfolgten Protest der übrigen Gemeindeglieder hin erklärten sie schnell, daß sie »niemahls die intention geheget einige Hinderung oder Verdrus hiemit zu erwecken, am wenigsten aber jemand in seinem Rechte zu benachtheiligen«... sie seien auch nicht gesonnen »die gemachte Thüren jemals zu verschließen«.[5] Da eine Reparatur der alten Kirche nicht sinnvoll erschien, wurde in den fünfziger Jahren deren Abbruch beschlossen und der Plan zu einem Neubau gefaßt. Während der König den Neubau verlangte, sperrten sich die Vertreter der Eingepfarrten dagegen, wohl wegen der großen Kosten, die sie auf sich zukommen sahen. Die Gelder sollten durch eine Kollekte in den königlichen Landesteilen und eine Lotterie bereitgestellt werden (s. dazu *Bangert*[8]). Während der Bauzeit sollten die Ornamenta der Kirche, Kanzel, Altar, Orgel und Taufstein auf dem Pastoratsboden zur Wiederverwendung in dem neuen Gotteshaus aufbewahrt werden. Aber der Boden war nicht tragfähig und hätte mit großem Kostenaufwand verstärkt werden müssen. Eine andere Unterbringungsmöglichkeit bot sich nicht an, und man fürchtete auch, daß »sich beym Abbrechen dieser insgesamt uralten Stücke noch allerley unerwartete Mängel zeigen« würden und »sie in totum oder in tantum zur neuen Kirche unbrauchbar befunden oder hiernächst wol gar zu einer nach dem heutigen Fuß erbauten Kirche nicht für modern (!) genug gehalten würden« und also »die auf deren Abbrechung und Verwahrung gewendete Kosten verlohren« wären.[4] Also richtete der Pastor 1756 an den König die Bitte, die Kosten für eine neue Einrichtung aus den für den Neubau der Kirche in den Herzogtümern gesammelten Kollekten bestreiten zu dürfen.[4] Man konnte sich dazu aber jahrelang nicht entschließen. Den Ausschlag gaben endlich zwei Fakten: 1. daß der Baumeister Soherr sich weigerte, die alten Ornamenta unentgeldlich herunterzunehmen, weil dies nicht in seinem Kontrakt vereinbart war und 2. daß der neue Kirchenbau von Anfang an viel zu klein geplant war. Das war schon von Baubeginn an bekannt. Die Kirche hatte mit Einschluß der Landgemeinden 5000 Erwachsenenplätze nötig, gebaut wurde aber nur für ein Fassungsvermögen von 766 Ständen.[4] Obendrein war der Innenraum durch die an beiden Seiten angelegten, tief in die Kirche gehenden Herren-(Herrschafts)stühle wie auch durch den übergroßen Magistratsstuhl unnötig beengt.[4] So wurde die 1764 geweihte neue Kirche von Soherr mit neuem Altar, neuer

Kanzel und einem platzsparenden Taufengel ausgestattet. 1764 war »der zur Taufe destinirte Engel zwahr bereits anhero geliefert worden, die übrigen Erfordernisse zu dessen placierung (d. h. die Aufhängevorrichtung) jedoch noch nicht fertig«.[4] 1765 mußte Soherr die noch ausstehende Bezahlung für Kanzel, Altar und Taufengel in Höhe von 800 Rtl. anmahnen.[4] Wer den Engel geschnitzt hat, ist leider nicht angegeben. 1766 war das Todesjahr König Friedrichs V., und in den Kirchen des Landes wurde getrauert. In Oldesloe wurde die Inneneinrichtung mit schwarzem Tuch drapiert. Im Rechnungsbuch quittiert Herr Joachim Ahrens aus Hamburg unter »Ausgaben Zur Königl. Trauer. Vor den schwarzen Boy zur beziehung der Altar, Canzel, Orgel und Tauf Engel – 64 Rthl.« erhalten zu haben. Hinzu kamen die Kosten für zwei Schneider, für ein halbes Pfund Zwirn zum Nähen des Tuches und für das Bier und den Branntwein, die »an die Schneiders bei verfertigung der Arbeit« ausgeschenkt wurden. Als alles vorüber war, verdiente der Sattler Rode mit dem Abnehmen des schwarzen Boye (ein dicker, locker gewebter Baumwollflanell) noch einen Reichstaler. Das war eine Menge Geld für des Königs Leichenfeier, und dies ist auch die einzige Nachricht von einem Taufengel, der ein Trauerkleid trug.[3] Im Inventar der Kirche von 1849[2] ist der Taufengel – »mit einer Stange zum Herunterlassen desselben« – noch verzeichnet. Bis in die achtziger Jahre des vorigen Jahrhunderts hing er von der Decke des Altarraumes herab und trug eine Taufschale.[6] Als der Altarraum verändert wurde, ist er im Mittelschiff der Kirche hoch aufgehängt worden. Beim Einbau der elektrischen Beleuchtung (wahrscheinlich kurz vor dem 1. Weltkrieg) hat man den Engel abgenommen und, da er vom Wurm zerfressen war und die Gefahr bestand, daß er eines Tages herunterfallen könnte, auf dem Kirchenboden abgestellt. Am 22. Sept. 1936 bestätigte das Thaulow-Museum in Kiel die Übernahme des alten Oldesloer Taufengels als Leihgabe.[9]

Er befindet sich heute im Landesmuseum in Schleswig im Magazin, ist mittelgroß und schwebt in horizontaler Haltung. Die Hände sind abgebrochen, Kranz und Schale fehlen. Fassung vollständig weiß bis auf folgende vergoldete Partien: Haare, Flügel, Saum des Gewandüberschlages, Ärmelaufschläge, Gürtel und Schärpe.

OSTERHEVER 1822 (Abb. 64)

[1]KKA Garding, Abt. 1, Nr. 101 Stuhlbuch, Nr. 46 Bausachen – [2]Haupt I 1887 – [3]KDMSH II 1939 – [4]Feddersen 1853, S. 259

Feddersen[4] berichtet vom Umbau der Kirche »vor etwa 30 Jahren«: »Das Taufbecken wird von einem schlechtgeschnitzten Engel, der zur Handlung herabgelassen wird, gehalten, eine Idee, die eine bessere Ausführung verdient hätte.« *Haupt*[2] gibt an, daß der Taufengel von 1822 demjenigen in Westerhever ähnlich sei. Weitere Nachrichten und alle Spuren vom Verbleib des Engels aus Osterhever fehlten bis 1989, als ich ihn mit Hilfe des Kirchendieners, der ihn auf dem Boden liegen wußte, auffand. Er ist tatsächlich demjenigen in Westerhever recht ähnlich, auch in der Größe (1,20 m). Er schwebt, wie dieser, in horizontaler Haltung mit weit vorgestreckten Händen. Der rechte Arm ist in der Schulter abgebrochen, aber noch erhalten, in der rechten Hand ist ein Teilstück des vergoldeten Kranzes befestigt. Es fehlen das rechte Bein vom Unterschenkel ab, der linke Fuß und der rechte Flügel. Das Holz ist gut erhalten, weist aber einen tiefen Riß vom Hals bis zum Bauch und zahlreiche Sprünge auf. Bei starker Verschmutzung ist zu erkennen, daß das ärmellose Gewand und die schmale Schärpe blau waren. Am Bauch ist die Öse befestigt, an der der Engel heruntergezogen wurde. Das Inkarnat scheint grauweißlich. Das schmale Gesicht ist in einfachster kerbmäßiger Technik gestaltet, doch von angenehmer Strenge. Reste der Farbgebung sind erkennbar: das linke Auge blau, die Brauen blaßbraun. Die Herkunft der grünen Farbe auf der rechten Wangenpartie ist nicht bekannt. Über grob geschnitzten Ohren sind die dunklen Haare strähnig zurückgenommen, im Nacken geknotet und fallen bis auf den Rücken. Der erhaltene Flügel ist vergoldet. Die Skulptur ist auf einfachste Weise geschnitzt, kaum plastisch gestaltet, Gewandfalten sind sparsam durch Kerben angedeutet, die Schärpe liegt bandartig flach auf, die Fiedern des Flügels sind oberflächlich gekerbt. Von der Aufhängung ist ein Teilstück mit einer vergoldeten Kugel erhalten.

Die Kirche wurde im Jahre 1822 im Inneren völlig verändert »und so gut wie neu gestaltet…, so sind auch die Kirchensitze dadurch ganz verändert.«[1] Hier findet sich wohl der Anlaß für die Anschaffung des Taufengels. 1903 wird der Engel im Verzeichnis der außer Gebrauch gesetzten Sachen der Kirche aufgeführt: »Eine Figur aus Holz, einen Engel darstellend, welcher in seinen Händen ein in seiner Form unschönes, messingenes Becken trägt. Derselbe hat früher in der Kirche unter der Decke gehangen und als Taufe gedient. Völlig ohne Kunstwert.«[1] Dieses Urteil führte dazu, daß der Engel nicht, wie drei andere abgestellte Skulpturen, in das damalige Kunstgewerbemuseum Flensburg aufgenommen wurde, sondern auf dem Kirchenboden liegenblieb.

RATEKAU 1764 (Abb. 53)

LAS [1]Abt. 260, Nr. 4909, Inventare von 1763, 1766, 1782, 1783 und 1884; Nr. 4855, 4914; [2]Abt. 268, Nr. 1651; [3]Abt. 65.2, Nr. 4682 – [4]KKA Eutin

Das Kirchenrechnungsbuch für 1764 verzeichnet unter »Ausgabe an Handwerker Lohn Auf Michaelis: dem Tischler für seine Arbeit bey dem Tauf-Engel laut Beylage sub Lit (C) – 5 Rthl.«[4] Die Anschaffung des Taufengels stand auch hier offenbar im Zusammenhang mit dem Raumproblem der Kirche. Von etwa 1758, als die aus Timmendorf Eingepfarrten nicht genügend Kirchenstühle bekommen konnten, bis in die achtziger Jahre nehmen die aus dem Platzmangel erwachsenden Probleme und Streitigkeiten kein Ende.[1] Die »Reparirung der Kirchenstände« war laut Visitationsprotokoll von 1764 gerade durchgeführt worden und zwar »aus milden Gaben«, von denen »annoch ein Überschuß von 18 Rtl., 1 Sch. geblieben, welche zur fernen Auszierung der Kirche anzuwenden… dem Herrn Pastor Wittrock aufgegeben worden.«[4] Möglicherweise fiel der Taufengel unter die Ausgaben für die weitere Auszierung. Im Proponendum zu der genannten Visitation 1764 heißt es unter Punkt 4: »Da die bey einem jegl. Erbe gehörigen Hauerfreyen KirchenStände zu sehr öfteren Gedränge und ärgerl. Gezänke bey dem Gottesdienst… Gelegenheit geben, weil die Leute aus unterschiedenen Dorfschaften untereinander in einerley Gestühle gehen, so wäre zur künftigen Vermeidung eines solchen Ärgernisses eine Obrigkeitl. Entschließung zu wünschen, daß die gesamten nunmehro in gutem Stande sich befindenden KirchenStände numeriret und nach Proportion der Hufen Dorfschaftsweise ausgetheilet und repartiret... (würden).«[4] Lange währte der Kirchenstuhlfrieden nicht; denn 1768 wird, »um die fehlende Kirchenstände herbey zu schaffen«, die Vergrößerung der Prieche auf der Nordseite geplant.[1] In einem Schreiben vom 27.5.1769 heißt es, daß der »Eigentümer Dittmer zu Neuhoff« 200 Reichstaler für die Erlaubnis zum Bau eines Kirchenstuhls für sich und seine Familie bezahlte und daß »der Kirche zu Ratekau ein ansehnlicher Vortheil durch die... verstattete Erlaubniß zugeflossen«.[2] Da die Kirchenstühle außerdem ein jährliches Pachtgeld (Stuhlheuer) abwarfen, mußte es sich für die Kirche rentieren, wenn sie den Taufstein zugunsten neuer Stühle entfernte und einen Taufengel anschaffte. Der *stehende* Taufdiener konnte nach der Feier leicht beiseitegestellt werden, sofern er nicht, wie andere stehende Taufengel auch, bereits zum Hochziehen unter die Kirchendecke eingerichtet war. Aus dem »Abermaligen Entwurf zu einem Kirchen-Inventario bey der Kirche zu Ratekow« vom 1782 ist zu entnehmen, wo der Taufengel aufgestellt worden war: »Vor dem Altar: 2 Schemel, vor welche die Communikanten hintreten. Unweit davon der Tauf Engel und nahe bey ein klein meßingenes Becken zum Kirchen Opfer« (Inventar von 1783 dito).[1]

In den napoleonischen Kriegswirren war die Kirche 1806 geplündert und ihres Altargerätes beraubt worden. 1813/14 wurde Ratekau noch einmal schwer mitgenommen, so daß 1826 die Bitte an den König erging, der geschädigten und verfallenden Kirche mit einem Zuschuß zu den Renovierungskosten zu helfen. Man habe aus eigenen Mitteln bereits Kanzel, Altar, Sakristei und Chor erneuert, es würde noch an »neuen Gefäßen, Bekleidungen und Geräthen (vasa sacra)... und der neuen Taufe« fehlen.[3] 1822 war der Taufengel, dessen lädierter Zustand möglicherweise aus diesen Kriegsjahren herrührt, offenbar zunächst provisorisch durch den alten Taufstein ersetzt worden.[1]

Der Taufengel befindet sich im Pastorat. Die *stehende*, ca 140 cm große Figur trägt ein faltenreiches Gewand, das alte Farbspuren zeigt: Bis zu den Knien reichender, rötlicher Überrock mit gerafften Oberärmeln, Unterkleid blau. Am Halse ein aufgemaltes schwarzes Schmuck-(Samt-?) band mit einem Kreuz vorne. Haare kurz mit auffallender Stirnlocke. Geringe Spuren von Vergoldung. Beschädigungen an Nase und Bauch. Unterarme und Flügel fehlen. Oberarme an den Außenseiten beschädigt. Im Rücke Öse und Haken sowie Spuren der alten Haltevorrichtung.

RENSEFELD 1761/62 (Abb. 65)

LAS [1]Abt. 260, Nr. 5072, Nr. 5098; [2]Abt. 268, Nr. 1655, Nr. 1656 – [3]KKA Eutin –
[4]P. Bünz, pers. Mtlg.

Am Jahresende 1763 berichtete Pastor Fleegen an das Fürstbischöfliche Consistorium in Lübeck, »daß verschiedene zur Rensefelder Gemeinde gehörige Personen freywillig sich erklaret, zur innerlichen Reparation und Auszierung der dortigen Kirche etwas beyzutragen, deren einige den Altar, Kanzel und Tauffengel zum Theil bereits repariren, zum Theil aber noch auszieren zu laßen… als wodurch die Kirche, wenigstens was die kostbarsten Stücke beträfe, durch freywillige Gaben verbeßert werden würde.«[3] Ein Rensefelder Rechnungsprotokoll vom 14./15. Mai 1764 weist für das Rechnungsjahr Ostern 1761 bis Ostern 1762 folgende Eintragung auf: »ad Notat. 11. Hans Friedr. Schütt zu Klein Parien hat 100 Mark lübsch zu einem neuen Tauf-Engel zwar Pastori zugestellet, nachhero aber wieder abfordern und dagegen den jetzigen Engel machen laßen, dannenhero für selbigen auf der designation der milden Gaben keine gewiße Summe angesetzt werden können.«[2] Schütt hatte ein persönliches Interesse an der Schenkung des Taufengels. Das geht aus dem Rechnungsprotokoll von 1771 hervor, in dem es heißt, Schütt habe gegenüber dem Konsistorium »ein gleichmäßiges Verlangen bezeuget, in der Maaße ihm vormals dazu die Hoffnung gemacht worden (in Zusammenhang mit der Schenkung des Taufengels nämlich, HdeC), einen eigenen Kirchen-Stand für seine Frau überkommen zu können. Er wolle hierzu einen Platz in dem so genannten Singe-Stuhl in Vorschlag bringen und erböte sich solchenfalls dafür der Kirche anjetzo sogleich 50 Mark lübsch zu erlegen, und die dafür künftig zu erhebenden Zinsen statt einer Stuhl-Heuer rechnen zu können. Er verspräche daneben, alles und jedes, was an diesem Singe-Stuhl hinkünftig zu repariren seyn dürfte, aus eigenen Mitteln machen zu lassen.«[2] Dieser Stuhl stand aber amtshalber dem Organisten zu. Das Anerbieten Schütts wurde angenommen. Seine und des Organisten Frau teilten sich die Nutzung des Stuhls. Im Rechnungsbuch von Ostern 1764 bis Johannis 1765 lautet eine Rechnung: »Nr 4, Position 5: Die Tauf oder Engel ein Neu gerüste gemacht, weil verfallen.«[1] Seit 1743 bestanden bereits Pläne zur Vergrößerung der Kirche, »um mehrer Stühle daselbst anzubringen«, wie es noch 1758 heißt.[1] Der Umbauplan des Hofbaumeisters Greggenhoffer sah unter anderem vor, die Kanzel abzunehmen und in den Altar einzupassen, also eine Kanzelaltarwand zu schaffen, um den Platz für die Kanzeltreppe einzusparen. Auch in den Folgejahren wird über Platzmangel geklagt: 1751 »Wegen der Kirchen-Stände ist allenthalben Streit in der Gemeinde.«[2] 1758 schaffte man einen Erweiterungsbau, aber weiterhin gab es Streit um die Stühle. Das Herausrücken und Verbreitern der Stände führte zu der Mißhelligkeit, daß »man alsdenn mit den Leichen schwerlich vor dem Altar wenden könnte«.[2] 1779 war der vorgeschlagene Erweiterungsbau immer noch nicht durchgeführt. 1785 klagt der Pfarrer in beredten Worten über die große Not an Kirchenstühlen: Für die »Gemeinde von 18 bis 19hundert Personen, ohne die Kinder« seien nur 500 Plätze vorhanden![1] An den Umbaukosten wollten sich die adeligen Güter nicht beteiligen, denn sie hatten ja bereits ihre Kirchenstände. Ihr Argument war, daß die Kirche aus der Vergrößerung »allein den Nutzen ziehen könne«, in Form von mehr Stuhlgeldern, und also die Kosten selbst tragen solle.[1] Klage wurde auch darüber geführt, daß Besitzer von Kirchenstühlen, von denen manche offenbar über mehr Plätze verfügten, als sie notwendig brauchten, einen »wucherigen Handel mit Kirchenständen« trieben.[1] Erneut stand 1785 der Plan (jetzt Hofbaumeister Richter) zur Debatte, die Kanzel über dem Altar anzubringen und dadurch »allen Zuhörern eine freye Aussicht (zu) verschaffen.«[2]

Nach Auskunft von Herrn Pastor *Bünz*, Rensefeld, lag die Engelskulptur bereits 1926 in zerstörtem Zustand auf dem Dachboden der Kirche, aus der sie möglicherweise anläßlich einer Renovierung in den Jahren 1906–10 entfernt worden war. Bereits vor

1906 benutzte man einen runden Holztisch, nach 1906 einen gußeisernen Ständer als Taufe, bis 1953 eine alte, im Pastoratsgarten liegende Granittaufe wieder hervorgeholt wurde. Es ist denkbar, daß der Taufengel im 18. Jh. dieses steinerne Taufbecken abgelöst hatte. In den Jahren 1965–68 wurde der Engeltorso wegen Reparatur des Kirchendachs vom Kirchenboden entfernt und in das Schwartauer Museum gebracht, mit dessen Inventar er zur Zeit in die Volksschule Cleverbrück ausgelagert ist.

Hier ergab sich Anfang 1977 folgender Befund: Mittelgroßer Engel, schräg aufwärts schwebend. Es fehlen zwei Drittel von beiden Unterarmen, zwei Drittel vom linken Unterschenkel, der rechte Mittel- und Vorfuß sowie beide Flügel. Der Torso ist stark wurmstichig und weist einen klaffenden Spalt an der Vorderseite auf. Zwei Rückenösen, davon eine zwischen den Flügelwurzeln, und eine Öse am Bauch sind erhalten. Das blaue, goldgesäumte Gewand läßt Brust und beide Knie frei. Körperfarbe naturalistisch, Haare goldgelb. Kranz und Taufschale fehlen. Ein an der Figur erhaltener Rest des Kranzes läßt annehmen, daß die körpernahe Kranzpartie fest mit dem Bauch des Engels verbunden war.

SCHLESWIG St. Michaeliskirche, Ende 17./Anfang 18. Jh. (Abb. 57)

¹LAS Abt. 168 Nr. 661, 664, 668 – ²Haupt II 1888 – ³KDMSH III, 1985 –
⁴Dr. Teuchert, pers. Mtlg.

Der Taufengel galt lange als verloren. Er hing bis etwa 1930 in der Kirche und wurde benutzt. Aus Anlaß der Kirchenrenovierung ist er dann abgenommen und auf dem Boden aufbewahrt worden. Später wurde er im Schleswiger Dom abgestellt. Dort ist er jetzt in der Kanonikersakristei aufgehängt.[4] Ein Foto des Engels ist in KDMSH III, S. 108 wiedergegeben, eine Abbildung auf einem Aquarell der Kirche von C. N. Schnittger, ebenda, S. 84.

Barocker Kinderengel von ca. 1,20 m Länge (einschließlich Kranz) und 64 cm Flügelspannweite, horizontal schwebend, mit nach rechts gewendetem Köpfchen, in den vorgestreckten Händen einen Lorbeerkranz tragend, darin eingesetzt eine breitrandige, tiefe Taufschale aus Messing. Das linke Bein kniet auf einer Wolke, das rechte ist gestreckt. Ein Tuch ist über Rücken und Unterleib drapiert. Kurze lockige Haare und kleine Flügel charakterisieren den kindlichen Typ. Im Rücken ist eine längliche eiserne Öse für die Aufhängung angebracht. Die Fassung ist wegen Verschmutzung nicht mehr erkennbar.

Haupt² fand den kleinen Taufengel »sonderbar«. In seiner Haltung ist dieser Engel dem Hamburger Kinderengel, der im Museum für Hamburgische Geschichte aufbewahrt wird, ähnlich. Er weist eine »Schauseite« und eine abgewandte, nämlich die linke Körperseite, von der man im wesentlichen den Anblick des Rückens und des auf der Wolke aufgestützten linken Knies hat, auf.

SCHWARZENBEK 1749 (Abb. 60, 61)

LAS [1]*Abt. 218, Nr. 376, Nr. 1420;* [2]*Abt. 233, Nr. 361 –* [3]*KrA Ratzeburg –*
[4]*Hach 1886 –* [5]*Linsen 1872 –* [6]*Haupt IV 1890*

1746 wird die Kirche in Schwarzenbek als höchst baufällig und einsturzgefährdet
bezeichnet. Pläne und Kostenvoranschläge für den Bau eines neuen Gotteshauses
werden gemacht. In den Rissen des Zimmermeisters Köhler zeigt der Längsschnitt
durch den Kirchenraum einen Kanzelalter und einen Taufengel. Im Kostenanschlag
heißt es: »vor Stangen am Altar und dem Tauff Engel – 5 Rthl«.[1] 1749 ist der Neubau
bis auf die Inneneinrichtung fertig: »Übrig ist also noch die inwendige Übersetz- und
Ausputzung der Wände… wie auch die völlige Verfertigung der Priechen, Cantzel,
Altars, Tauffe und Stühle nebst der nöthigen Mahler-Arbeit«. Als voraussichtliche
Kosten werden dafür angegeben: »Für die Cantzel und Altar 40 Rhtl., Für die Tauffe
16 Rthl., Mahlerlohn 20 Rthl«. Erklärend heißt es ferner, »daß die Cantzel, Taufe und
Altar neu zu machen unumgänglich nöthig, indem die alten Stücke inwendig vom
Wurm verdorben gewesen und daher beym abnehmen auseinander gefallen«.[2] Die
Baukosten für die neue Kirche und deren Inneneinrichtung wurden durch Kollekten
und durch Kreditaufnahme gedeckt.[3] Die abschließende Zusammenstellung der Aus-
gaben vom 9. Dezember 1750 weist unter Nr.40 aus »Für Verfertigung eines Tauff-
Engels, Rolle und Knöpffe, dem Bildhauer Themunt 9 Rthl., 3 ß« und unter Nr. 41
»Für Verfertigung des Altars und Cantzel dem Tischler Findorff 47 Rthl., 39 ß«.[1, 2] Mit
den Knöpfen sind die Kugeln in der Aufhängung gemeint. »Wo der über dem Altar zu
Sch. früher schwebende 1856 entfernte Taufengel jetzt geblieben sein mag, ist mir
unbekannt; schwerlich wird er einer Erhaltung und Aufbewahrung wert gewesen sein«,
meinte *Hach* 1886.[4] Der Engel wurde durch ein Taufpostament ersetzt.[1, 5] Mit der
Aufbewahrung stand es zunächst schlecht; denn *Haupt*[6] fand die Skulptur »in einem
Verschlag liegend«. Jetzt befindet sie sich im Kreismuseum Ratzeburg. Es handelt sich
um eine 1,35 m lange Figur in leicht aufgerichteter Haltung mit knöchellangem Rock
und Bluse. Das Profil ähnelt dem Engel in Kuddewörde. Der Rock ist links bis über das
Knie geschlitzt, mit einem Litzenornament am Schlitzende, wie bei den Skulpturen von
Kuddewörde und Hamwarde. Eine Schärpe ist angeordnet wie bei dem Hamwarder
Exemplar, nur seitenverkehrt. Die Oberarme liegen dem Körper fest an. Unterarme
und Hände fehlen. Die Ansatzstellen für die Unterarme in den Ellenbogengelenken
sind verschieden ausgebildet. Die Haltung der Unterarme war demnach unterschied-
lich, so daß der Engel außer der Taufschale ein weiteres Attribut getragen haben dürfte.
Das Gewand zeigt sich weißlich mit Goldberandung. An den Flügeln sind Reste von
Gold erkennbar. Das Gesicht war farbig gefaßt. Als Schnitzer kommt der Meister der
Engel in Brunstorf, Hamwarde und Schwarzenbek in Betracht.

SÜSEL 1749 (Abb. 56)

¹KKA Eutin – ²LAS Abt. 260, Nr. 5503, Nr. 5540 –³P. Faehling, pers. Mtlg.

Das Stuhlregister von 1784 enthält unter »Unten an der Kirchendiele, und zwar auf der Süderseite« folgende Eintragung: »Auf der alten Taufstelle unter der Wester- oder ältesten Emporkirche, liegen folgende bey Wegnehmung des Taufsteins erbaute Stühle: No. 28 Ein Budendorffer Manns Stuhl von ohngefehr 3 Ständen. 29 Ein Manns Stuhl von 4 Ständen, dem Bauer Vogt Klüver und dem Hauswirth Jacob Wulff gehörend. 30 Des Bauer Vogts Klüver zu Roebel Manns Stuhl vor einem Stand. Von diesem Stuhl sehe mann die folgende No.31 Deßelben (d.h. des Vogt Klüver) eigenthümlicher FrauenStuhl von 3 Ständen… Wenn man von der Thurm Thüre herein die Stühle auf der alten Tauf-Stelle nach der Kirche zählet, so ist No. 31 der dritte Stuhl. Zählet man dagegen von der Kirche nach dem Thurm zu, so ist No. 30 der dritte Stuhl in der Reihe. Nun hat weyl. Asmus Klüver in Ao 1706 den 3ten Stand wo die alte Taufe gestanden, für 6 Rth. von der Kirche gekauft.«¹ Der Platz im Turm wurde häufig als erster für den Bau weiterer Kirchenstühle in Anspruch genommen. Sofern dort der Taufstein stand, mußte er, wie hier in Süsel, weichen. Welches Taufgerät danach in Gebrauch war, ist nicht bekannt. 1749 wurde ein Taufengel gegeben, wie die Jahreszahl auf dem Kranz ausweist. Außer der Raumnot zwang aber auch die finanzielle Situation der Kirche zur Einrichtung weiterer Stühle, denn 1750 wird empfohlen, Baukosten durch Stuhlgelder zu finanzieren.² Noch 1752 ersuchte der Pastor das Consistorium, daß »die Kirche noch mit einem hohen Stuhl auf der Norder-Seite versehen und unten im Thurm ein paar Fenster gemacht werden mögen, damit die Leute, welche aus Mangel des Raumes darin dem Gottesdienst beiwohnen, etwas mehr Licht bekommen können.«²

Der zierliche, nur mittelgroße Taufengel liegt auf dem Dachboden der Kirche. Die Haltung ist horizontal, der Kopf etwas geneigt mit Blick nach links unten. Wehende Haare und ein flatterndes Gewand deuten das Herabkommen des Engels aus der Höhe an. Schärpenende und Flügel sind abgebrochen. Unter der verschmutzten, anscheinend bronzierten Fassung Reste polychromer Bemalung (blaues Kleid). In den flachen Lorbeerkranz mit der Inschrift ANNO PF–HEF 1749 ist eine Blechscheibe eingearbeitet worden, an der vier kurze Ketten mit je einem glockenförmigen, metallenen Lampenschirmchen befestigt sind. Demnach dürfte der Taufengel zuletzt als Beleuchtungskörper gedient haben. In den 1950er Jahren wurde der Chorraum der Kirche renoviert, dabei soll der Engel abgenommen worden sein. Er sei früher farbig gefaßt gewesen.³

TRITTAU 1736 (Abb. 63)

LAS ¹Abt. 8.2, Nr. 1118, ²Abt. 111, Nr. 687 – ³Haupt II 1888 – ⁴Jessen 1914

1736 stiftete der Oberkonsistorialassessor und Amtsverwalter Christoph Hinrich Kaiser einen Taufengel unter der Bedingung, daß ihm ein Kirchenstuhl eingerichtet werde.⁴ In der Kirche mangelte es an Stühlen für die Leute vom Trittauer Vorwerk. Sie stellten 1723 Antrag auf einen eigenen Kirchenstuhl. Die Kirchenkasse hatte aus der Vermietung von Stühlen zeitweilig nicht unbedeutende Einnahmen, zum Beispiel 1726 196 Reichstaler, berichtet *Jessen*[4].

Haupt[3] fand die Skulptur 1888 beschädigt auf dem Kirchenboden liegend. Auf seine Anregung wurde sie 1903 durch Tischler H. Lude und Malermeister Ruser in Trittau wiederhergestellt und über dem Taufstein aufgehängt. 1911 wurde die Kirche restauriert und ein neuer Taufstein aus Eiche mit Messingbecken aufgestellt. Vermutlich wurde der Taufengel zu diesem Zeitpunkt entfernt und über dem Eingang der alten Sakristei an der Nordseite angebracht[4], wo er nach Angaben der Kirchengemeinde Trittau noch hing, bis er am Ende des letzten Krieges während des Artillerieangriffs auf die Kirche stark beschädigt wurde. Seine Reste wurden 1949 bei Renovierungsarbeiten an der Kirche beseitigt. Seither galt der Engel als verloren. 1987 wurde er auf dem Kirchenboden wiedergefunden. Er soll restauriert werden. Befund am 12.7.88: Großer, fast 2 m langer Engel in horizontaler Haltung mit aufgerichtetem Oberkörper. Die Oberarme liegen fest am Körper. Kopf und linker Flügel abgebrochen, aber erhalten. Unterarme fehlen ab Ellenbogen. Linker Unterschenkel angehoben, rechter gestreckt. Die rechte Großzehe fehlt. An beiden Unterschenkeln Spuren von Verleimung. Das Kleid läßt Schultern und linke Brust, auch beide Unterschenkel frei. In Brusthöhe ein Überwurf mit kragenartiger Krempe, von der rechten Brust unter beiden Flügeln bis unter die linke Brust durchziehend. Hochgekrempelte Ärmel. Flügel mit langen spitzen Federn, im Verband geschnitzt, nicht plastisch abgehoben, Rückseiten etwas gröber. Blauer bandartiger Gürtel um die Hüften, an der rechten Seite geknotet, mit gefälteten freien Enden. Farbe des Kleides grünlich, der Flügel golden, Rückseite grüngrau. Inkarnat grau über fleischfarben. Gesicht: alte Fassung mit Wangenrot, dunklen Augen. Schönes Gesicht von gemessen-freundlichem Ausdruck, mit starker Nase, großen Augen, Mund mit hochgezogenen Winkeln, Unterkinn. Haare bis in den Nacken fallend, braun. Starker Haken im Rücken. Das Holz wenig vom Wurm befallen. Der Kranz fehlt.

ULSNIS 1787 (Abb. 58)

[1]*KKA Kappeln 10.1/4.5, Nr. 33; 10.2/217 Nr. 150; 10.2/31, Nr. 191; 10.2/321, Nr. 240* – [2]*Haupt II 1888* – [3]*KDMSH VIII 1957* – [4]*Kunsttopographie 1974* – [5]*P. Kummetz, pers. Mtlg.* – [6]*PA KR 1748–1900*

1763 besaß die Kirchengemeinde noch einen Taufstein, in welchem laut Inventar das Taufbecken (nicht herausgenommen wird, sondern) »immer bestehen bleibt und aus Meßing bestehet«.[1] 1768 heißt es: »In dieser Kirche ist kein besonderer Tauf-Stein. Das Gerüst um den Altar dienet... dazu, auf welchem bei einer Tauf-Handlung das Tauf-Becken gesetzet wird. Besagtes Becken ist von Messing, und Alters halber hat es Ausbesserung bedürft.«[1] Die Taufschale stand demnach auf der 1768 erbauten Altarschranke[6], ein unbefriedigendes Provisorium, das man vermutlich wegen der aus Platzgründen notwendigen Entfernung des Taufsteins in Kauf nehmen mußte. Zwischen 1784 und 1786 wurde die Nordempore gebaut[3], 1787 wurde der Taufengel angeschafft. Erst die Ostverlängerung des Kirchenschiffs 1796 brachte die notwendige räumliche Erweiterung[3, 4], die auch wieder Platz für einen Taufstein schaffte[5]. 1806 wurde beschlossen: »Das jetzige Taufbecken nebst Gestell, so wie der ehemalige Taufengel wird verkauft werden; da die Kirche ein neues hat, wovon das Gestell in dem Gitter vor dem Altar befestigt ist.«[1] Danach muß man annehmen, daß die Gemeinde sich mit dem Taufengel nicht recht anfreunden konnte, auch die nachfolgende Lösung (Taufbecken in einem Gestell) nur als Übergang akzeptiert wurde und letztlich die Taufe in gewohnter Weise mit einer in das Altargitter eingehängten Taufschale beibehielt (halbkreisförmige Halterungen am Altar gab es auch an anderen Orten). Der Engel wurde nicht verkauft, sondern beiseite gesetzt. Obwohl 1955 restauriert, mit neuen Flügeln ausgestattet und neu bemalt[3], war er 1975 wieder auf dem Kirchenboden abgestellt. Inzwischen hat er seinen Platz im Flur des Pastorats.

Schräg aufrecht schwebende, 1,30 m lange, streng wirkende Figur, wozu der erstaunt-ernste Gesichtsausdruck beiträgt. *Haupt*[2] fand ihn »abscheulich«; aber in der großen Vielfalt der Taufengeltypen möchte man diesen Engel, der nicht durch kunstvolle Körper- und Bewegungsdarstellung, sondern durch eine fast bis zur Abstraktion gehende Vereinfachung und Konzentration auf den Gesichtsausdruck auffällt, nicht missen. Dem Erscheinungsbild ist der starre, reifenförmige, mit goldenen Beeren besetzte Lorbeerkranz in den flach ausgestreckten Händen des Engels angepaßt. Auf der Innenseite des Reifens ist die Jahreszahl 1787, auf dem schmalen Unterrand die Inschrift: I ANDRESEN A SIMONSEN IIRAHTEN (= die Juraten Jürgen Andresen aus Steinfeld und Andreas Siemensen aus Gunneby[6]) H CLAUSSEN GEMÄCHTS I I CLAASEN PASTOR vermerkt. Ein vergoldetes grünes Lendentuch ist auf der rechten Hüfte in einen steifen Knoten geschürzt. Glatt fallendes, braunes Haar rahmt das Gesicht mit den hochgezogenen Brauen und den weit geöffneten Augen. Der Meister ist nicht bekannt. In diesem Zusammenhang weise ich auf eine kurze Mitteilung in den Berichten der Königlichen schleswig-holstein-lauenburgischen Gesellschaft für die Sammlung und Erhaltung vaterländischer Altertümer, 3. Band, Kiel, 1838 hin. Hier ist davon die Rede, daß etliche Holzbildwerke, die auf dem Boden der Kirche abgestellt seien und kein hohes Alter hätten, »von einem Manne im Kirchspiel verfertigt seyn (sollen), der erst vor einigen Jahren, 80 bis 90 Jahre alt, daselbst starb«.

Verlorene Taufengel

AGERSKOV/Nordschleswig, Dänemark

Haupt I 1887:

»Taufengel, ohne künstlerische Bedeutung, zerbrochen«.

AHRENSBÖK 2. Hälfte 18. Jh.

*LAS [1]Abt. 65.2, Nr. 4673; [2]Abt. 108, Nr. 868 – [3]KKA Eutin, Inv. 1776 –
[4]Wallroth 1884 – [5]Rahtgens 1924*

Die Kirche des ehemaligen Karthäuserklosters Ahrensbök erhielt 1760/61 einen neuen
Turm. 1766 und 1784 wurden auf der Nord- und Südseite Emporen eingebaut. Der
Patron Herzog Friedrich Carl von Schleswig-Holstein hatte sowohl die Kirchenrepa-
ratur als auch den Turmbau veranlaßt und der Gemeinde darüber hinaus 1780 den
sogenannten Cavalier-Stuhl und den Vorwerks-Stuhl hinter dem Altar zur Nutzung
überlassen.[1] Auf der Inschrifttafel über dem Portal heißt es ferner: »Er zierte das
Gebäude mit neuem Turm und vielen ausgezeichneten inneren Schmuckstücken«.
Wahrscheinlich gehörte zu diesen Schmuckstücken der »pausbackige Taufengel«, den
Rahtgens[5] 1924 mit abgebrochenen Armen auf dem Kirchenboden liegend fand. Da die
Engeltaufe in Kirchenrechnungen, Visitationsprotokollen und Kirchenratsverhand-
lungen nicht erwähnt wird, ist anzunehmen, daß sie vom Patron geschenkt wurde. Aus
einem erhaltenen dicken Konvolut über die Ahrensböker Kirchenstühle geht hervor,
daß 1760 auch das Gestühl erneuert wurde. Die regelmäßig (1760 bis 1851) und
sorgfältig geführten Stuhlregister erwähnen aber keinen Platz bei der Taufe. Auch ein
Grundriß aus dieser Zeit weist keine Taufe aus. Vielmehr läßt sich aus den Aufzeich-
nungen ablesen, daß der Platz in der Kirche bis zum Äußersten für Stühle genutzt
werden mußte.[2] Vermutlich ist der Taufengel vor dem Altar, dem letzten Freiraum für
das Taufgerät, aufgehängt gewesen, dort wo jetzt im Schlußstein des Chorgewölbes
noch die Öffnung zu sehen ist. Bezeichnend ist die aus den Registern ablesbare
Veränderung der Raumverhältnisse im ersten Drittel des 19. Jahrhunderts. Viele
Kirchenstände stehen nun leer und sind auch nicht mehr zu verheuern[2], sei es wegen
eines Rückgangs der Zahl der Eingepfarrten oder wegen nachlassenden Gottes-
dienstbesuches. 1828 wurde »ein neues Taufbecken samt Gestell angeschafft«, ein
leichter Tauftisch also.[4] Zu dieser Zeit dürfte der Engel nicht mehr gebraucht worden
sein. Ab 1837 wird die Benutzung aller Kirchenstände, die nicht im Besitze von
Eigentümern oder verheuert sind, freigegeben. Es überrascht nicht, daß die 1776 und
1784 gebauten Emporen 1883 abgerissen werden. Sie waren überflüssig geworden.
Leider fehlt von dem verlorenen Taufengel jede weitere Nachricht.

BEHLENDORF 1701

[1]*KDM Lübeck IV 1928* – [2]*AHL Inv.1814, 1817* – [3]*Lübecker Blätter 1867*

»Der… Taufstein… im Jahre 1701 durch einen Taufengel ersetzt. Der Taufengel ist spurlos verschwunden.«[1] Im ältesten (1645–1777) Rechnungsbuch der Kirche findet sich unter dem von Johannis 1701 bis Johannis 1702 reichenden Rechnungsjahr ein mit 82 M 10 ß abschließendes »Verzeichnis, wer und wie viel ein jeder zum Altar, Cantzel und neuen Tauff Engel in der Kirchen Gott zu Ehren freiwillig verehret habe«. 1779 Aug. 11 sind »den Tauf-Engel zu erneuern« 5 M verausgabt.[1] Im Kircheninventar von 1814 heißt es: »V. Taufgeräthe u. Kanzelzubehörung. 1) Ein meßingnes Wasserbekken, welches jetzt beym Taufen vermittelst eines eisernen Halbringes am Altar angehangen wird, ehedem von einem großen hölzernen Taufengel, der in der Kirche hängt (dieser Nebensatz durchgestrichen, HdeC), in einem Kranze getragen wurde… Das Becken hat oben auf dem Rande die Umschrift Jgf. Sovia Anna Gallenbecks Anno 1726 d. 16. Juni. Wer glaubet und getauft wird. Marc. 16«.[2] Dazu Anmerkung 2, wohl von 1817: »Der ehemal. Taufengel, beym Ausweißen der Kirche 1817 abgenommen und nicht wieder aufgehangen, weil er zu häßlich ist und liegt in der Garbkammer, da ist er verschwunden. P.A. und das, woran er gehangen befindet sich auf dem Kirchengewölbe und verdient aufbewahrt zu werden, wenn etwa jemand der Kirche einen Kronenleuchter oder andere Verzierung schenken möchte.«[2] Unter Garb- oder Gerwekammer ist die Sakristei zu verstehen. Bemerkenswert auch in Behlendorf die ziemlich profane Einrichtung eines eisernen Halbringes zur Aufnahme der Taufschale, ähnlich wie in der Kirche zu Ulsnis. Von 1670 bis 1703 war Henricus Lübbert Pastor in Behlendorf. »Er und seine Frau bedachten die Kirche«.[3] Vielleicht war das Pastorenehepaar Stifter des Taufengels? Ein Plan der Begräbnisse in der Kirche (bei den Bauakten) und Hinweise auf Beisetzungen »vor dem Altar« oder »unter dem Kirchenstuhl« des Verstorbenen sowie Ankäufe von Begräbnisplätzen in der Kirche im frühen 18. Jahrhundert lassen erkennen, daß der Platz im Gotteshaus eng wurde.[2] Andererseits brachte der Verkauf von Grabstellen und Kirchenstühlen der Kirche Geld ein, das fast immer für nötige Reparaturarbeiten gebraucht wurde. Als Ausweg bot sich an, den Taufstein zugunsten eines Taufengels zu entfernen.

BORNHÖVED wohl 1771 (Abb. 10)

[1]*LAS Abt. 110.3, Nr. 455, 456* – [2]*Meyer 1831* – [3]*Michler 1887* – [4]*Haupt II 1888* –
[5]*Gemeindeblatt für das Kirchspiel Bornhöved, Mai 1905 und Januar 1909* –
[6]*Frau Gutsche, Bornhöved, pers. Mtlg.* – [7]*Herr Hauschildt, Bornhöved, pers. Mtlg.* –
[8]*G. Thietje, pers. Mtlg.*

»Vor dem Altar schwebte in der Luft ein großer hölzerner rotbackiger Engel an einem Seil. In seinen Händen hielt er ein großes metallenes Becken und über diesem lag ein weißes Tuch. Bei Kindtaufen läßt der Küster den Engel herunter, der Pfarrer empfängt aus seinen Händen das Becken und tauft aus diesem das Kind, gibt dann dem

Himmelsboten das Becken wieder, worauf der Küster ihn am Seil in höhere Regionen zieht. Ob diese sinnreiche Erfindung auch in den anderen Landkirchen eingeführt ist, weiß ich nicht, oder rührt sie hier von dem Geistlichen her, der außer seinem theologischen Wissen, auch große Kenntnisse in der Physik und Mechanik sich erworben hat?«[2] Der Autor dieser Impressionen aus der Bornhöveder Kirche war der Frankfurter Hofrat *Meyer*, der 1831 seine Reiseskizzen veröffentlichte. Er kannte offenbar Taufengel nicht und irrte in der Annahme, daß Pastor Friedrich Ernst Christian Oertling deren Erfinder sei. Oertling, der die Pfarrstelle 1811 übernommen hatte, hielt nicht besonders viel von diesem Taufgerät. Er gab bei der Kirchenvisitation 1812 zu Protokoll: »der das Taufbecken… haltende Engel in der Kirche, hält das Becken so schief, daß das Wasser auf die Erde läuft, so oft man mit der Hand hineinlangt. Auch stossen die Leute zuweilen daran, und dann wirds gar arg. Ein Handwercksmann würde am besten beurtheilen können, wie dem Uebel am besten abgeholfen werden könnte. Ein auf der Erde feststehender Taufstein wäre wol die reelste Verbesserung.« Daraufhin erfolgte die Anweisung an die Juraten, »den Engel wieder in Ordnung zu bringen.«[1] 1795 heißt es in der Kirchenrechnung Nr. 1: »An den Tischler für Reparaturen des Tauffsteines«.[1] Man könnte daraus schließen, daß zu diesem Zeitpunkt noch eine Standtaufe existiert habe, dann wäre der Engel jünger als 1795. Mit der Formulierung »Taufstein« wurde jedoch, allerdings selten, auch ein Engel bezeichnet. Ferner könnte die Tischlerarbeit für einen hölzernen Taufengel sprechen. Bereits seit 1739 geht es bei den Visitationen der Kirche um das Problem der »Regulir- und Vermehrung der Stühle«.[1] Um dem großen Mangel abzuhelfen, wurde geplant, die alte untaugliche Orgel ersatzlos zu entfernen (es sei wichtiger, daß mehr Menschen in die Kirche kommen könnten !*), die Kanzel von der Nord- nach der Südseite zu versetzen und an deren Platz eine Empore zu bauen. Fünf- bis sechshundert Plätze wurden gebraucht. Bei der Verteilung hatten die königlichen Untertanen ein Vorrecht auf einen Stuhl.[1] Bis in die achtziger Jahre dauerte die Kalamität. 1781 war geplant, die Kanzel von der Südseite nach dem Altar zu verlegen, an ihren Platz eine Prieche zu bauen und eine Verlängerung der ersten vier Stuhlreihen über den Mittel-gang hinaus durchzuführen.[1] Die Raumnot war unübersehbar. Im Verlaufe größerer Reparaturmaßnahmen an der Kirche war diese Kanzel 1771 von Johann Georg Moser gearbeitet worden. Ein Stilvergleich zwischen den Taufengeln aus Bornhöved und Neukirchen einerseits und Frauenköpfen auf Vasen im Gottorfer Neuwerk-Garten in Schleswig, die von Moser 1771/72 geliefert wurden, macht es wahrscheinlich, daß die beiden Taufengel ebenfalls von Johann Georg Moser stammen. Der Bornhöveder Taufengel dürfte vermutlich gleichzeitig mit der Kanzel in Auftrag gegeben worden sein, also wohl 1771 (Vgl. die Arbeiten von *Thietje*).[8] Die Haltung des Engels war horizontal mit aufgerichtetem Oberkörper, hierin und in zahlreichen Details dem Engel in Neukirchen vergleichbar. Im Jahre 1899 schenkte der Kirchenälteste Saggau aus Schmalensee neue bronzierte Aufhängestangen im Werte von 12,50 Mark.[5] Erst 1905 heißt es: »Der Taufengel, ohne Kunstwert, wird nicht mehr benutzt, statt dessen ein Taufstein modernen Ursprungs.«[5] Seinen Platz in der Kirche (er hing vor dem

*Dagegen protestierte der Küster; denn, da er »eine schwache Brust« habe, könne er nicht »den gantzen Gottesdienst über… bloß und allein singen«, ohne zwischendurch mit der Orgel zu spielen.

Altarraum in der Mitte, nach einem Foto aus dem 1. Drittel dieses Jh.) durfte er bis 1938 behalten. Dann wurde er bei Aufstellung des neuen Altars entfernt und soll danach auf dem Kirchenboden gelegen haben.[6] Nachrichten über seinen Verbleib waren nicht zu ermitteln. Er war zuletzt völlig weiß gefaßt. Mündlicher Überlieferung zufolge soll der Engel ein Geschenk der Gutsherrschaft von Schönböken, Familie v. Treptow, gewesen sein.[7]

BRÜGGE vor 1793

[1]*LAS Abt. 19, Nr. 360–361* – [2]*KKA Neumünster Inventar von 1798* – [3]*PA Inventar 1798 und 1793, KR 1838–1900, S. 147, S.196*

Im Inventar der Kirche von 1793 ist verzeichnet: »2. der Taufengel hält a ein zinnernes Taufbecken mit den Namen Casper und Maria Sander – b eine Serviette von feinem Drell.« Der Posten erscheint in gleicher Schreibweise im Inventar vom 5.7.1798.[2,3] Hier findet sich über die Stifter die zusätzliche Information: »Geschenke an die Kirche sind weiter nicht bekannt, als daß das Taufbecken von Casper und Maria Sander zu Brügge und von der letztere als Wittwe ao 1783 100 Rthl. zu einer Thurmuhr… (geschenkt)«.[2,3] Casper Sander war Kirchenjurat in Brügge und offenbar wohlhabend; denn mehrfach nahm die Kirche Geld von ihm auf.[2] 1864 erhielt die Gemeinde einen neuen Taufstein. Damals dürfte der Taufengel entfernt worden sein. Er war 1852/53 bereits repariert worden: »Für Besserung des Taufengels an Drechsler Wilhelm Anl.N.24 – 32 Schilling.«[3] Über den Verbleib der Skulptur ist nichts bekannt. Möglicherweise wurde sie nach Aufstellung des Taufsteins 1864/65 zur Auktion gegeben. Unter »Extraordinäre Einnahmen« ist in jenem Jahr verzeichnet: »Auf verschiedenen Auctionen über nicht wieder zu benutzende Gegenstände der alten Kirche Anl. Nr.12 – 171 Rthl. 4 1/2 ß.«[3]

EDDELAK

[1]*Haupt I 1887* – [2]*Kunsttopographie 1974*

»Der verstümmelte Taufengel ist jetzt nicht mehr zu ermitteln«, ist die einzige, von *Haupt* stammende Information zu dem Eddelaker Taufgerät. Über den Verbleib des Engels ließ sich nichts mehr feststellen. Kirchenbauakten und -pläne, die Hinweise hätten enthalten können, sind laut Auskunft der Kirchengemeinde nicht mehr vorhanden. Da die Kirche 1740 einen Kanzelaltar erhielt, »oben mit Posaunenengeln«[2], ist dieses Datum möglicherweise auch für den Taufengel anzunehmen.

ELMSCHENHAGEN 1734

[1]*LAS Abt. 19, Nr. 360–361*

Im Inventarium der Kirche vom 16.6.1828 wird als Taufgefäß »ein hölzerner vergoldeter Engel, nebst zinnernem Becken, mit der Aufschrift: Zur Ehre Gottes geschenkt von Lucia Treden aus Kiel 1734« erwähnt.[1] Der Engel ist nicht mehr vorhanden.

HOHENWESTEDT 1770

[1]*LAS Abt. 104, Nr. 7a –* [2]*KKA Rendsburg, Hohenwestedter Kprotokoll S. 761, Vis. v. 1762 –* [3]*G. Thietje 1989*

In »Kurtz-gefaßte Nachricht von der alten Kirche zu Hohenwestedt und derselben d. 14. Mart. 1768 in einer großen Feuersbrunst geschehenen Einäscherung und dem Bau der gegenwärtigen neue Kirche« schrieb Pastor Georg Friedrich Bluhme[1,2] 1773: »…so wurde im Frühjahr 1770 desfalls eine neue Licitation angestellet. Insbesondere ward mit dem Bildhauer Hr. Moses in Eutin ein contract gemachet, daß er die Kanzel und Altar, den Taufengel und überhaupt alle Bildhauer-Arbeit und Zierathen in der Gegend des Altars vor 600 Mark Courant verfertigen solte«. Die alte Kirche (von 1620) war zwar »immer mehr ausgebauet und wegen der Vermehrung der Eingepfarten von hinten zu hinten (!) mit neue Chöre und Kirchen-Stühle, wo noch einiger Raum übrig war, versehen worden.«[1,2] Trotzdem hieß es bereits 1762, daß sie einer Erneuerung bedürfe, weil sie für die zahlreiche Gemeinde viel zu klein sei.[2] Beim Brand wurden unter anderem auch der alte Taufstein und zwei Taufschalen vernichtet.[2] Der Neubau wurde mit einem Taufengel ausgestattet. Der Meister war Johann Georg Moser (1713–1780), Eutiner Hofbildhauer, und nicht, wie irrtümlich angenommen, sein Sohn August Friedrich.[3]

HORST 1768

[1]*LAS Abt. 65.2, Nr. 3338 –* [2]*Haupt II 1888 –* [3]*Juhl 1933*

Haupt gibt an, daß Horst 1768 einen Taufengel erhalten habe, welcher 1874 noch vorhanden gewesen sei.[2] 1768 war das Jahr des Neubaus der Kirche. Im Zuge der Projektierung kam es zu einem heftigen, in scharfem Ton geführten Streit zwischen einigen Gemeindegliedern und dem Kirchenregiment darüber, ob der alte Altar und die alte Kanzel beibehalten oder eine neue Einrichtung angeschafft werden sollte. Die Opponenten der neuen Innenausstattung fürchteten eine zu hohe finanzielle Belastung der Eingepfarrten und gaben sich auch mit dem Hinweis auf versprochene Schenkungen zu dem Neubau nicht zufrieden. Sie behielten damit recht, denn, wie später festgestellt wird, »fängt der süße Traum von den gehofften vielen Schenckungen an gäntzlich zu verschwinden.«[1] Allen Einwänden zum Trotz wurde der Neubau errichtet, allerdings viel zu klein, wie 1769 bei der Visitation festgestellt wird. Und nun bemängeln die Visitatoren, »die Kirchen Juraten (hätten) Thurm, Altar und Cantzel mit vielen unnöthigen Kosten erbauet… ohne Consens der Gemeine.«[1]

Der Taufengel soll nach 1860 abgestellt worden sein. »Ein schwebender Taufengel, der über eine Rolle vom Boden heruntergelassen werden konnte, wurde, weil unschön, entfernt und durch einen Tauftisch, ein Geschenk eines Bauunternehmers Hönerlah, ersetzt.«[3]

JÖRL Ende 18. Jh. (Abb. 8)

[1]LAS Abt. 167.2, Nr. 152; [2]Abt. 65.2, Nr. 2188 – [3]Haupt I 1887 –
[4]Kunsttopographie 1974 – [5]KDMSH VI 1952 – [6]P. Hülsmann, pers. Mtlg.

1769 heißt es im Inventar: »Ein mittelmäßiges gravirtes TaufBecken in dem Tauf-Stein von Meßing«.[1] Danach gab es um diese Zeit den Engel noch nicht. *Haupt*[3] datiert den als »sehr schwach« empfundenen Engel »1773 ?«. Das Datum könnte im Zusammenhang mit geplanten Erneuerungsmaßnahmen in der Kirche zutreffen; denn 1772 wurde ein Antrag auf eine Kollekte gestellt, weil »inwendig… der Altar, als welcher von undenklichen Jahren und vermuthlich schon vor der Reformation von Catholischen Zeiten herrühret, dergestalt vermodert ist…«, daß er ersetzt werden sollte.[2] 1952 hing der Engel noch in der Kirche: »Hinter dem Triumphbogen von der Decke herabhängend. Fast waagerecht steif, mit ausgebreiteten Flügeln, in den vorgestreckten Händen eine Schale (ihr niedriger Rand mit Lorbeerblattschnitt ringsum). Ende 18. Jahrhundert.«[4]

KALTENKIRCHEN vor 1725

[1]LAS Abt. 110.3, Nr. 464, [2]Abt. 150.1 Nr.10 – [3]Möller 1962

»Anno 1725, im januaris Kurtz nach Weynachten, hat sich begeben Zu Calten Kirchen unter dem Consistorio Zu Segeberg gehörig, daß der Organist daselbsten auch Schulhalter und Custos einen hültzernen Engel vor dem Altar in der Kirchen hat massaciret; Womit es eine solche Bewandtnis gehabt. Es hat der Kirchspiel Vogdt posun einen schönen hültzernen Engel schnitzen lassen, als fliegend mit zween flügel, in der linken Hand die posaune am Mund haltend, in der rechten aber einen lorbeer Krantz darauf ein becken gesetzt wurde, wenn der Pastor ein Kind wolte tauffen. Diesen Engel mußte der Custos auff und niederlassen am boden, wenn ein Kind solte getaufft werden, weil aber der Custos solches nicht umsunst wolte thun, als verspricht ihm der Kirchspiel Vogdt davor 4 Rthlr. welche auch jährlich gefolget sind. Da sichs aber begeben das der Vogdt Verbrechens halber abgesetzt worden, als wolten die 4 Rthlr. auch nicht folgen. Welche der Vogdt aus seinen Mittel gegeben; und die Kirche ihm nichts dafür will zuwillen wissen. Was geschieht! Dieses Jahr nach Weynachten geht der Custos Zu Bier und sauft sich voll, darauff geht er hin ein in die Kirche läßt den

Engel vom Boden herunter und poltert ihn vor den Altar, darauff geht er Zu Hauß, holt einen alten Säbel und massacriet den Engel vor dem Altar, unter stätem ruffen, was bistu den für ein Engel, Wehre dich, und solches verharrt so lange biß daß er ihn gantz und gahr hat zerstümmelt. Wie er wird damit fortkommen, daß Wird er erfahren. Der Organist und Custos heißt Bottiges und ist des lebenden pastoris bruder«.[3]

Der Kirchspielvogt hieß Peter Basuhn. Im Visitationsprotokoll für die Jahre 1726 bis 1729 wird dem Sohn (der Amtsnachfolger seines verstorbenen Vaters war), Vogt Johann Henrich Basuhn, das Erbbegräbnis in der Kirche überlassen.[1] Die »Affäre« selbst taucht in den Rechnungsbüchern und Visitationsprotokollen überhaupt nicht auf. Wahrscheinlich sind aber die in der Kirchenrechnung von 1730 aufgeführten Reisekosten für mehrere Kirchenjuraten, die 1728 in einer »Kirchen Affair« nach Elmshorn und Altona unterwegs waren[1], als damit in Zusammenhang stehend zu sehen. Über die räumlichen Verhältnisse ist dem Visitationsprotokoll von 1755 zu entnehmen, daß eine Erweiterung der Kirche geplant war. Statt eines Umbaus sollten zwei Emporen angelegt, die Orgel an die Westseite verlegt und die Kanzel in die Altarwand einbezogen werden.[2]

KARBY 18. Jh. (Abb. 9)

[1]LAS Abt. 195, Nr. 443b – [2]Haupt I 1887 – [3]KDMSH V 1950

»Taufengel, sehr schwach, 18. Jahrhundert«, teilte Haupt[2] mit. In der Kirchenchronik wurde kein Hinweis auf das Vorhandensein eines Taufengels gefunden (W. Brunkhorst, Kirchenvorstand, Karby). Nach einer undatierten Aufnahme des Taufengels aus dem Landesamt für Denkmalpflege in Kiel waren beide Flügel und beide Arme abgebrochen. 1789/90 bestand ein großer Mangel an Stühlen und eine Neuverteilung wurde vorgeschlagen.[1]

KIEL

[1]LAS Abt. 8.2, Nr. 337 und 338; [2]Abt. 19, Nr. 360–361; – [3]Jbb. f. d. Landeskunde. Bd. IV 1861 – [4]Haupt I 1887

1. Heiligengeist-Kirche (Klosterkirche):
   Der Taufengel wird in dem Inventar von 1801 erwähnt: »Taufengel an einer eisernen Kette hangend, wozu ein zinnernes Becken gehört, welches 4 Pfund wiegt und mit dem Namen P. G. Schwinger zu Kiel, bezeichnet ist.«[2] 1861 wird der Engel in den Mitteilungen des Kunstvereins erwähnt und findet, weil er sicher unter rein künstlerischen Aspekten und ohne Kenntnis der Entstehungsgeschichte dieses Taufgerätes betrachtet wird, herbe Kritik: »schwebende Figur aus Holz, muß zu einer Zeit in die Kirche aufgenommen sein, wo aller Geschmack verschwunden war.«[3] 1875 war er entfernt.[4] Die Heiligengeist-Klosterkirche erhielt 1762 eine »von dem Eutinischen Bildhauer Moser zu verfertigende Cantzel«. Moser verlangte dafür 300 Rthl. Die

Kanzel – nach dem Riß des Meisters ein hübscher Rokoko-Predigtstuhl – sollte in »zart-weißer Farbe mit Glanz-Firnis und Vergoldung« ausgeführt werden. Sie war ein Geschenk »Ihrer Kayserlichen Majestät«.[1]

2. St. Nikolai-Kirche:
Haupt[4] fand den Taufengel 1887 bereits abgestellt. Die Akten der Nikolaikirche verzeichnen um 1757 Mangel an Kirchenstühlen.[1]

Die Archive beider Kirchen sind vernichtet, so daß es schwer sein dürfte, weitere Nachrichten über die verschollenen Taufengel zu erhalten.

KROPP 2. Hälfte 19. Jh. (Abb. 7)

[1]*Haupt II 1888 und III 1889*

»Taufengel, neu, von Lage in Rendsburg, klein und sonderbar.« Der Künstler war Holzbildhauer und Möbeltischler in Rendsburg. Seine Arbeiten (zum Beispiel Einrichtung der Kirche in Hamdorf) fallen in die 2. Hälfte des 19. Jh., so daß der Engel von Kropp eines der spätesten Exemplare gewesen sein dürfte. Darauf deutet auch *Haupts* Bemerkung »neu« hin.[1] Der kleine Engel schwebte waagerecht über der Taufschale, die an einer langen, unten ¾-kreisförmig ausgebogenen Stange aus der rechten Hand herunterhing, die linke war segnend erhoben. Er hing vor dem Altar, wurde anläßlich der Kirchenrenovierung 1965 entfernt und nicht aufbewahrt, da er künstlerisch für wertlos gehalten wurde und sich in schlechtem Zustand befand. Foto im Landesamt für Denkmalpflege, Kiel.

LÜTAU wohl Mitte 18. Jh.

[1]*LAS Abt. 218, Nr. 297* – [2]*Linsen 1872* – [3]*Hach 1886* – [4]*Haupt IV 1890* –
[5]*Götze 1929* – [6]*Seeler 1969* – [7]*P. H. H. Engel, pers. Mtlg.*

»…der an Stelle der von den Croaten (1627) zerschlagenen Taufe angeschaffte damals moderne Taufengel war ohne allen Kunstwert«, meinte *Linsen*[2], und *Hach*[3] wußte: »Der plump gearbeitete, grell angestrichene Taufengel, welcher bei Abbruch der alten Kirche zu Lütau 1845 beseitigt wurde, liegt jetzt erheblich beschädigt dort auf dem Vorrathsboden der neuen Kirche.« Auch *Haupt*[4] fand den Engel »sehr ungeschickt… Nur das Gesicht ist erträglich ausgefallen. Rock seltsam tölpisch. Haare Gold, sonst naturalistisch«. *Götze*[5] war ebenfalls der Ansicht, daß der Engel nach Zerstörung der alten Taufe durch die Kroaten angeschafft wurde. Alle Autoren geben keine Quellen an, und die Meinung, daß der Taufengel unmittelbarer Nachfolger der Standtaufe gewesen sei, bleibt unbewiesen.

Seeler hingegen weiß von einer »ziemlich rohe(n) mit Engelköpfen umgebenen Holztaufe«. Dieser Taufständer sei um die Mitte des 17. Jh. als Ersatz für die zerschlagene Taufe benutzt worden, offenbar als Vorläufer des Taufengels.[6] Ferner zitiert *Seeler* aus einem Brief des Lütauer Pastors Eesen von 1683 an die Landesherrschaft: »Weil Gemeinde ziemlich groß, die Stühle aber etwas gering und klein wären, ob nicht darin ihnen behülflich Hand geleistet und etwas Holz zur Verfertigung eines Chors (Empore) zur Hülf gegeben werden könnte«. Erst 1735 wurde die Empore gebaut.[6] Möglicherweise wurde um oder nach 1735 die Standtaufe aus Platzmangel entfernt und der Taufengel angeschafft. Diese Datierung würde auch die Zuordnung zu den ähnlichen Engeln in Brunstorf 1738 (s. dort), Hamwarde Mitte 18. Jh., Schwarzenbek 1749 und Kuddewörde 1750 ermöglichen. 1844 wurden Pläne für den Neubau der Kirche gemacht. In den Ausschreibungsbedingungen heißt es: »Die alte Kirche in Lütau mit Ausnahme des Altars, der Abbildung des Engels über der Taufe mit Zubehör, des Stuhls des Dalldorfer Gutsbesitzers…, wird… dem Unternehmer… zum Abbruch überwiesen.«[1] Der Taufengel, »Abbildung des Engels«, hing zu diesem Zeitpunkt demnach bereits über einem Taufstein. Mit Zubehör sind Stangen oder Kette der Aufhängung gemeint. Der Engel soll aber wohl bis 1910 in Gebrauch gewesen sein. Er sei im Kriegsjahr 1945 in der Schule gegenüber der Kirche nach einem Luftangriff verbrannt.[7]

MALENTE 1734

[1]*LAS Abt. 260, Nr. 4525; Nr. 4461* –
[2]*KKA Eutin, Inventarium v.1820, TR von 1734* – [3]*Rahtgens 1894*

Der aus Hamburg stammende, 1731 nach Malente berufene Pastor Johann Heins (später in Neukirchen, ab 1754) begann das Taufregister 1734 mit dieser Eintragung: »Anno 1734 verehrte H. Benjamin Häversche sen., ein Hamburgischer Kauffmann, den in… Malenter Kirche befindlichen Tauff-Engel, welcher… am Weihnachtstage zum heiligen Gebrauche eingeweihet ward. Die Ursache warum diese Veränderung mit der Taufe vorgenommen ward, war diese: weil der alte Tauff-Stein gantz unten in der Kirche unter dem Chor (= am Westende) standt und ein mahl viel Platz einnahm, fürander auch höchst unbequem, das, wan nach geendigter Vermahnung und Gebet (die bei der Verrichtung der Taufe Anwesenden den) Altarplatz verlassen (und) durch die gantze Kirche mit dem Kinde gehen mußten um alda die Tauffe zu verrichten.« Dieses seien die Motive des Stifters gewesen, der durch sein Geschenk sich die »stete Verehrung seines Gedächtnisses« sichern wollte.[2] Der Taufengel hing vor dem Altar, bis am 2. Juli 1797 ein Unglück geschah. Der Organist hatte ihn eben heruntergezogen und war im Begriff, das Taufbecken mit Wasser aufzusetzen, als der Engel »mit einem fürchterlichen Getöß« herunterfiel und zerschmettert wurde. Die Zerstörung der Skulptur war so erheblich, daß »an keine Reparation zu denken wie auch die Anschaffung eines neuen Engels 4 mal mehr gekostet haben würde.«[2] »Acta wegen des in der Malenter Kirche heruntergefallenen Engels der das Taufbecken hielt, und wegen des, statt deßen, angeschafften Tauftisches. 1797. Den 3. Jul. 1797. Dem Hochfürstlich Bischöfl. Lübeckischen Consistorio zeige ich unterthänigst an, daß gestern der in unsrer Kirche an einem Seile hängende Engel, welcher zu einer Taufhandlung herunter gezogen worden, niedergefallen und sehr beschädigt ist. Da ein solcher Zufall sich in der Folge leicht wieder ereignen und Mancher wohl gar dabei zu Schaden kommen könnte, so nehme ich mir die Freyheit unterthänigst vorzustellen, ob es nicht passender und zweckmäßiger seyn möchte, wenn statt dieses schweren Engels, zu dessen Wiederherstellung eine geschickte Hand erforderlich und der Kosten Aufwand nicht unbeträchtlich seyn dürfte, ein kleiner zu diesem Gebrauch bequem eingerichteter Tisch nach Art eines Gueridons ververtiget, und auf diesen das Taufbecken gesezt würde. Dieses könnte ganz füglich bei der Eingangs Thür hingestellt werden und wäre als dann weder Schaden noch Störung der Andacht mehr zu befürchten, wie letzteres oft der Fall ist, wenn der Engel bei Verlesung des Kirchen Gebets unter vielem Geräusch heruntergezogen werden muß, oder auch die Communikanten bei der Communion hindert, und in ihrer Andacht stört, wenn es zuweilen vergessen wird, ihn wieder hinauf zu ziehen. Malente, den 3ten Jul. 1797 G C Weise, Pastor«.[1] Im Antwortschreiben vom 4. Juli 1797 wird vom Consistorium die Anschaffung eines Tisches nach Art eines Gueridons (d.i. Leuchterträger) genehmigt.[1] Erhalten blieb das Taufbecken. Es ist aus Messing und zeigt in der Mitte des Bodens den Apostel Petrus in getriebener Arbeit mit der Unterschrift Paul Wernicke. Am Rande steht die Inschrift »Gott zu Ehren und der Kirche zum Zierrat sei dies verehrt 1734«. Die Raumnot in der Malenter Kirche geht nicht nur aus Pastor Heins Eintragung über den Platzbedarf des alten Taufsteins hervor. In den Jahren 1733 und 1734 hatte Heins wiederholt beantragt, daß ein Kirchenstuhlkataster erstellt werden möge, »da indeß wenigstens 40 Stände mangelten«.[2] Bereits 1728 hatte es geheißen, daß zwar die Kirche selbst in gutem Stand sei, jedoch nicht genug Platz böte, so daß es oft Streit um die Stände gäbe und empfohlen würde, ein »project zu Gewinnung mehrerer Plätze machen zu lassen.«[1] 1740 wurde beschlossen, eine neue Empore an der Südseite zu erbauen.[2]

PÖTRAU

LAS [1]*Abt. 218, Nr. 608;* [2]*Abt. 231, Nr. 429 –* [3]*Haupt IV 1890 –*
[4]*KKA Ratzeburg (Verzeichnis alter Sachen in der Kirche vom 28.10.1881) –*
[5]*Foto im Landesamt für Denkmalpflege, Kiel*

Ein Inventar der Kirche von 1683[1] nennt noch einen Taufstein, aber eine Gravamina Juratorum beklagt, »daß nicht Stühle genug in der Kirche seyen und die Dorffschafften durcheinander in die Stühle gingen.«[1] Platzmangel herrschte auch in der Folgezeit. 1748 will der Müller Busekist »ein neues Chor« (Empore) auf eigene Kosten für sich und seine Erben stiften und sucht dafür Platz. Auch H. J. Behrling zu Bartestorf sucht Platz zum Bau eines Stuhles an der Nordseite.[2] Leider fand sich keine Nachricht über die Anschaffung des Taufengels. Er war massiv aus Eichenholz geschnitzt und 1881 im Turm der Kirche abgesetzt.[4] 1890 stellte Haupt[3] fest, daß der »ziemlich schlechte« Engel zerbrochen sei. Ein altes Foto des Kircheninneren zeigt ihn vor dem Altar über dem Taufstein hängend.[5]

QUICKBORN

[1]LAS Abtl. 112, Nr. 841 – [2]PA, KR 1740–1752 – [3]KDMSH IX 1961

»Ein Taufengel war lt. Fragebogen 1874 in der alten (1805 abgebrochenen) Kirche vorhanden gewesen«. Das ist alles, was wir über den Quickborner Engel wissen.[3] Zwar hatte 1742 die »Viel- Ehr und Tugendreiche Frau Ilsabe Carstens aus Haßloh gebürtig, allhir ein Neues Altar verehret«, auch 1743 als Gevatterin der Tochter des Baumanns Jochim Cordes in Hasloh eine neue Taufe gestiftet.[2] Aber diesen neuen Taufstein ließ die Gemeinde bereits 1749 aus nicht bekannten Gründen »heraushohlen und die alte Tauff wieder hineinbringen« sowie vier Wochen später auch »den Neuen Deckel auff der Tauff heraushohlen«.[2] Vielleicht hat es sich bei der so geschätzten »alten Tauff« (die nicht als Tauf*stein* bezeichnet wird) um den Taufengel gehandelt? 1805 bittet Johann Lorenz Semmelhaack, das in seinem Hause aufbewahrte Inventarium aus der abgerissenen Kirche, nämlich Orgel mit Zubehör, Krone vom Altar, die neue Kanzel und Kleinigkeiten (darunter vielleicht der Taufengel), »ihm abzunehmen und anderweitig zu verwahren«.[1, 2]

SARAU 1802

[1]LAS Abt. 260, Nr. 5461, Inv. v.1800 – [2]PA Chronik von 1873, Rubr. II B No 1 – [3]Jbb. f. d. Landeskunde Bd. V 1862 – [4]Haupt II 1888

»Jürgen Friedrich Dittmer, Hufner in Liensfeld, hat unsrer Kirche eine neue Taufe geschenkt, in welcher s. Tochter, Anna Dorothea Christina (s. Taufreg. Bd. 3, p 69) den 3ten October 1802 zuerst ist getauft worden«, lautet Pastor C. C. F.Hansens Eintragung vom Dezember 1802.[2] Die Chronik berichtet auf S.10 f. und S. 28, daß es sich bei der neuen Taufe um einen Engel gehandelt habe, bei dessen Anschaffung die alte Taufe auf den Kirchenboden gebracht wurde. Aber »im Oktober (1835) wurde auf Veranlassung des neuen Patrons die alte Taufe wieder vom Boden geholt, reparirt, gemalt und so ihrem Gebrauche wiedergegeben, während der Dittmersche Engel eigentlich ganz entfernt werden sollte. Da Dittmer sich aber hierdurch gekränkt fühlte, so wurde es erlaubt, daß er an der Seite, etwas höher hinaufgeschoben hängen bleiben durfte, wenn Dittmer ihn wollte malen lasse, was denn auch alles geschah«.[2] Das Inventar von 1800 verzeichnet den Engel merkwürdigerweise zwei Jahre früher: »In der Küsterei ein Taufbecken von Messing und eines von englischem Zinn. In der Kirche… ein hölzernes Gestell zum Taufbecken, ein hölzerner Engel, zu welchem das zinnerne Taufbecken gehörig, welches beides von dem Kirchenjuraten Ditmer aus Liensfelde geschenkt worden.«[1] Bei dem Gestell handelt es sich um die 1835 wieder hervorgeholte alte Taufe, die mit der zugehörigen Messingschale noch heute in der Kirche steht. Der Engel wurde an der Nordseite des Chors über dem Eingang zur Sakristei aufgehängt, wie eine der Kirche gehörende Zeichnung des Innenraumes erkennen läßt. 1888 lag er dann auf dem Kirchenboden[4], wo er noch vor etwa einem Jahrzehnt gesehen wurde. Sein weiterer Verbleib ist unbekannt.

ST. GEORGSBERG bei Ratzeburg

[1]LAS Abt. 218, Nr. 1121, Nr. 1361; [2]Abt. 232, Nr. 556 – [3]Hach 1886

»Reste des alten Taufengels sind auch noch in St. Georgsberg«, stellte *Hach*[3] 1886 fest, aber 1908 hieß es nur noch: »Von dem Taufengel haben sich auf dem Boden der Kirche zwei beschädigte hölzerne Flügel aufgefunden, die jetzt im Pastorat aufbewahrt werden.« (Schreiben des Kirchenvorstandes von St. Georgsberg an das Konsistorium in Kiel vom 8.12.1908). Ein Inventar von 1859 nennt unter Nr. 40 »Ein Taufstein mit einem messingnen Taufbecken.«[1] Das Taufbecken erscheint auch bereits im Inventar von 1855.[1] Im Inventar von 1835 fehlt ein solcher Eintrag, so daß vielleicht vor 1855 ein anderes Gerät, ein Engel, vorhanden war?

Gravamina der Eingepfarrten im Jahre 1723 über fehlende Kirchenstühle und Streitigkeiten um die letzten Plätze vorne nahe dem Altar und hinten unter dem Orgelboden[1,2] mögen bezeichnend für die Verhältnisse im Kirchenraum gewesen sein. Für eine präzisere Datierung des Taufengels reicht das magere Ergebnis der Suche nach Archivalien der Kirche in St. Georgsberg nicht aus.

STEINBEK bei Hamburg 1668

[1]LAS Abt. 111, Nr. 720 – [2]PA Steinbek, Steinbeker Kirchspielschronik von 1626 bis 1720 – [3]Jbb. f. d. Landeskunde, Bd. V 1862 – [4]Haeger 1934 – [5]A. Schreyer, pers. Mtlg.

»Der Taufengel… ist eine kniende Figur von Holz, das Taufbecken auf Kopf und Flügeln tragend; Jahreszahl 166? (gewiß 1668)«,[3] lautete 1862 die Beschreibung der Steinbeker Taufe. Die Kumme war mit Engelköpfchen geschmückt. »Anno 1668. Weiln der alte Taufkeßel, so von Ertz oder Glockengut, im Diameter bey 3 Fuß, oder 5 ½ Quartier weit und bey 2 Fuß tieff, mit 3 geraden Beinen, in alles bei 7 Quartier hoch, altförmisch, ohne Jahrzahl gegossen war, seither dem Kirchenbrande 1646 ohne Decke offen gestanden, hat Mense Junio H. Cornelius Block, Besitzer der Pulvermühle in der Schleme, aus eigener Bewegnis sich erboten, eine neue Decke auf gemelten Taufkessel machen zu lassen. Nachdem er aber berichtet worden, daß die Kirchengemeine vorhabent die Anno 1660 den 29. Febr. zersprungene Glocke wieder gießen zu lassen, und zu Vermehrung desselben Glockenguts den Taufkessel zu gebrauchen und an dessen statt einen kleinren füglicheren Taufbrunnen zu verfertigen, hat er, H. Block, ein gantz neues Baptisterium, wie es itzt zu sehen, uff seine Kosten setzen lassen; ohn daß die Kirchgeschworne den Schnittger und Mahler mit ihren Gesellen, bey Aufrichtung dessen, müssen im Kruge Zehrung fernhalten, so uff 10 M Lübsch. sich belauffen, und den Gesellen einen Ducaten Trinckgeld geben. Sacris usibus destiniret und eingeweihet worden. Gott erhalte die heil. Tauffe beym rechten Brauch allezeit! Amen«[4] (mitgeteilt von Herrn L. *Ihnenfeldt*). Außer Schnitzer und Maler war auch der Kleinschmied bei der Installierung des neuen Taufgeräts beteiligt. Er erhielt 1668 »vor die arbeit an der Tauff« 1 Rtl., 8 Schilling.[1] »Anno 1669. Der vorm Jahre neu angelegte

Tauffstein, weil in das drinne befindliche Becken das Wasser öfters als im vorigen geschehen, erfrischet, und der Deckel bey jedem Tauffacte auff- und zugemachet werden muß, hat den Organisten und Küster Gottfried Frenckeln veranlasset, einen Doppelschilling von jeder Kindestauffe zu fordern, und als selbiges von der Gemeine nicht wollen bewilligt werden, hat er zweymahl das Tauffwasser lassen mangeln. Darüber das letzte Mahl, als am 12. Septembris, war der 14. Sontag nach Trinitatis, ein groß Gemurmel über die ganze Kirche entstanden, daß ich's kaum mit Vermahnen habe stillen und bey der Stille die h. Tauffe administriren können, welches frembden anwesenden Leuten sehr ärgerlich gewesen«. Daraufhin erfolgte die Suspendierung ab officio des renitenten Küsters, später aber seine »Restitution und Begnadigung«. Übrigens wurde dieser Küster 1680 »hinter der Taufe« begraben.[2] Beim Brand von 1881 wurde die hölzerne Taufe vor der Zerstörung bewahrt[4], dann aber in die neue Schiffbeker Kirche verbracht: »In die 1894/95 erbaute Kirche in Schiffbek wurde derzeitig aus der Kirche zu Steinbek die alte Taufe überführt. Sie war aus Holz geschnitzt, achteckig, auf einem Engel ruhend.« Bei der Zerstörung der Schiffbeker Kirche im 2. Weltkrieg ist die Taufe verbrannt.[5]

THUMBY 1742/45

[1]PA Thumby KR 1742–1745, S. 106 – [2]KDMSH VIII 1957

Im Rechnungsbuch für die Jahre 1742 bis 1745 findet sich der Posten: »Für Verfertigung eines TaufEngels…16 Rthl. 32 ß.«[1] Das Bildwerk ist nicht mehr vorhanden.[2]

WEWELSFLETH 1780

LAS [1]Abt. 103, Nr. 433; [2]Abt. 19, Nr. 362 – [3]Haupt II 1888 – [4]Johnsen 1937 –
[5]P. Lohse, pers. Mtlg.

»21. Nov. 1779 Ein Zettul publiciren lassen, ob die Gemeine darin consentiren wolle, daß der Taufstein aufgenommen und statt dessen ein Tauf-Engel wider angeschafft werden möchte.
1. Dez. 1779 Nach Wilster gewesen, um mit Hans Hinrichs zu accordiren, was und wieviel der Tauf-Engel kosten würde.
9. Dez. 1779 An Hans Hinrichs einen Brief geschrieben, daß er den Tauf-Engel machen sollte.
19. Febr. 1780 Einen Brief an Hans Hinrichs gesandt, daß er es beym Kanngießer (Zinngießer) besorgen möchte mit dem Tauf-Becken, das der Engel halten soll.
9. März 1780 Einen Kahnfahrer bestellt, den Engel von Wilster zu holen.
12. März 1780 Vor denselben von Wilster herzuholen an Johann Peters bezahlt 1 Mk 8 S. Vor das Taufbecken von der Wilster herzutragen an Peter Lange bezahlt 6 S.
19. März 1780 An Hans Hinrichs vor den Tauff-Engel laut Quittung Nr. 29 60 Mk.«
(Kirchenrechnungen 1672–1805 Wewelsfleth)[5]

Merkwürdigerweise ließen die Wewelsflether den Engel nicht bei ihrem dörflichen Bildschnitzer Hans Holtmeyer, der die Skulpturen für Neuendorf und Wöhrden gearbeitet hatte, anfertigen. *Johnsen* berichtete 1937, daß der Wewelsflether Engel »jetzt in einem Schlachterladen bei der Stöve schwebt« und fand ihn gröber als die Holtmeyerschen Arbeiten.[4] Im Inventar von 1848[1,2] existierte noch »Ein Taufengel mit einem Taufbecken von Zinn«, aber *Haupt*[3] führte ihn als 1874 »reponiert« und um 1880 als verkauft auf. P. *Lohse* berichtet vom weiteren Schicksal des Engels: »1883 zum 400-jährigen Geburtstag Luthers wurde die Wewelsflether Kirche restauriert und das alte, morsch gewordene Gestühl verkauft, wahrscheinlich als Brennholz. Auch der Tauf-engel, so wird vermutet, ist versteigert und von einem Schlachtermeister Goldt erworben worden. In dessen Laden hing er zur Weihnachtszeit als Dekoration. 1958 oder 1959 verkaufte der Schlachtermeister Arthur Goldt für 200,– DM den Engel an einen Antiquitätenhändler in Eyendorf.«[5]

Zeittafel

Einführung von Taufengeln in nordelbischen Kirchen

	Jahr	Ort		Jahr	Ort
	1642	Glücksburg		1756	Leezen
	1668	Hamburg-Steinbek		1761/62	Rensefeld
	1692	Gudow		1764	Oldesloe
	1695	Gülzow		1764	Ratekau
wohl	1700	Hamberge		1766	Bergstedt
	1701	Behlendorf	wohl	1766	Gleschendorf
	1715	Großenbrode		1767	Breitenberg
	1716	Ahrensburg		1768	Neukirchen
wohl	1725/30	Preetz		1768	Horst
	1725	Jevenstedt		1769	Grube
vor	1725	Kaltenkirchen		1770	Lübeck-St. Lorenzkirche
	1734	Berkenthin		1770	Hohenwestedt
	1734	Elmschenhagen	wohl	1771	Bornhöved
	1734	Malente	wohl	1774	Oldenburg
	1735	Hohenfelde		1776	Reinfeld
	1736	Trittau	wohl	1778	Hamburg-Eppendorf
	1737	Kirchbarkau		1780	Wewelsfleth
	1738	Brunstorf		1785	Hamburg-Niendorf
	1739	Hamburg-Ottensen		1787	Ulsnis
	1742	Starup		1787	Neuendorf
	1742/45	Thumby		1788	Wöhrden
	1745	Lütjenburg		1790	Töstrup ex Kappeln 1759
	1749	Süsel	vor	1793	Brügge
	1749	Schwarzenbek		1802	Sarau
	1750	Schönwalde		1805	Westerhever
	1750	Kuddewörde		1822	Osterhever
	1751	Pronstorf		1874	Sophienhof

Ende 17./A. 18. Jh.	Schleswig
2. Hälfte 17. Jh.	Schenefeld
1. Hälfte 18. Jh.	Hamburg
Mitte 18. Jh.	Lütau
Mitte 18. Jh.	Hamwarde
2. Hälfte 18. Jh.	Ahrensbök
Ende 18. Jh.	Jörl
2. Hälfte 19. Jh.	Kropp

ohne Angabe

Agerskov
Eddelak
Karby
Kiel (2)
Lassahn
Pötrau
Quickborn
St. Georgsberg

Literaturverzeichnis

Ungedruckte Quellen

LAS
Abt.   Nr.
7   Herzöge von Schleswig-Holstein-Gottorf 1544–1713: 4157, 4158, 4176, 5097
8.1   Geheim. Regier. Conseil zu Kiel: 515, 833, 836, 839, 840, 841, 922, 923, 1047
8.2   Rentekammer zu Kiel: 418, 832, 337, 338, 1109, 1113, 1118
11   Regierungskanzlei Glückstadt: 2007, 271
18   Gen.Sup.Intend.Schleswig: 66, 83, 87A, 116, 160, 162, 172
19   Gen.Sup.Intend.Holstein: 64, 67, 68, 82, 94, 97, 99, 101a, 359, 360–362, 364, 365, 367, 368, 373, 735, 736, 737, 750, 751, 755
65.1   Deutsche Kanzlei zu Kopenhagen: 1763, 1832
65.2   – dito: 2188, 2694, 2787, 2850, 3334, 3338, 3347, 3357, 4161, 4162, 4163, 4313, 4481, 4546, 4551, 4556, 4673, 4682, 4685
101   Landschaft Norderdithmarschen
101.2 –, Kirchspielvogteien: 123
102   Landschaft Süderdithmarschen
103   Amt Steinburg: 409, 409a, 411, 431–433, 435
104   Amt Rendsburg: 7a, 520, 554
107   Ämter Cismar und Oldenburg: 333, 335, 339, 340, 371
108   Amt Plön/Ahrensbök: 323, 324, 867, 868, 869, 871, 872
110.3 Amt Segeberg: 307, 384, 455, 456, 457, 464, 471, 476
111   Amt Reinbek/Trittau/Tremsbüttel: 687, 688, 693, 694, 708, 709, 710, 711, 714, 720, 727
112   Herrschaft Pinneberg: 174, 188, 191, 841, 842, 843
125.20 Güterdistrikt Preetz: 465, 466
150.1 Holst. Propstei- und Pfarrarchive: 1
167.2 Amt Flensburg: 146–149, 150, 151, 152
168   Amt Gottorf: 661, 664, 668
195   Schleswigsche Adelige Güter u. Landgemeinden: 443. bI + bII, 446
218   Lauenburgisches Konsistorium zu Ratzeburg: 173, 182, 183, 185–87, 198, 214, 223, 224, 228, 263, 275, 297, 315, 367, 606, 608, 1119, 1121, 1326, 1334, 1350, 1361, 1375, 1393, 1420
231   Amt Lauenburg: 355, 372, 397, 429, 448, 449
232   Amt Ratzeburg: 449, 450, 507, 553, 556, 579
233   Amt Schwarzenbek: 189, 224, 309, 361
260   Regierung Eutin: 4612, 4616, 4670, 4673, 4692, 4813, 4854, 4855, 4909, 4914, 4956, 5048, 5069, 5072, 5098, 5246, 5461, 5503, 5540
268   Domkapitel Lübeck: 1611, 1612, 1613, 1627, 1633, 1634, 1635, 1636, 1638, 1639, 1640, 1643, 1644–52, 1655, 1656
269   Kollegiatstift Eutin: 4914
415   Fotonegative und Filme: 548

Staatsarchiv Hamburg, Archiv der Hansestadt Lübeck, Kirchenkreis- und Pastoratsarchive in Schleswig-Holstein: s. Angaben im Katalog

Ruckdeschel, Christoph Friedrich, Fortgesetzter Versuch einer topographischen Beschreibung des Dorfes Oberröslau. Vorlesung der Gesellschaft für Aufklärung vaterländischer Geschichte, Sitten und Rechte zu Röslau. Vom 15. Juni 1785. Ms. 168 des Historischen Vereins für Oberfranken in der Universitätsbibliothek Bayreuth

Saucke, Hieronymus, Stormarsche und Hardeshornische Chronica. Mit Beylagen I. und II. Teil. (Diakon in Herzhorn 1694–1732)

Scherber, Johann Heinrich, Die Kirche in Kirchenlamitz. 1793. Ms. Nr. 66 des Historischen Vereins für Oberfranken in der Universitätsbibliothek Bayreuth

Gedruckte Quellen

Ahlfeld, Friedrich, Predigten... gehalten in St. Nikolai zu Leipzig 1854–56. Halle 1856

Braun/Hogenberg, Civitates Orbis Terrarum (Theatrum urbinum). 1572–1618. Faksimile Amsterdam 1965

Gesangbücher:

GB 1: Kirchen-Gesangbuch für das Herzogthum Lauenburg. Ratzeburg 1841

GB 2: Neu-vermehrtes Hamburgisches Gesang-Buch. Hamburg 1735

GB 3: Evangelisches Kirchen-Gesangbuch für Westpreußen, Königsberg 1854. Nach den von Quandt und Rogall 1732 und 1738 hsg. Gbb.

GB 4: Gesangbuch... in den Kirchen und Gemeinden des Herzogthums Schleswig und Holstein. Nach der 10. Auflage 1767 neu gedruckt. Kropp 1885

GB 5: Gesangbuch in den Kirchen und Gemeinden des Herzogthums Schleswig, Herzogthums Holstein, Herrschaft Pinneberg, Grafschaft Rantzau und der Stadt Altona. Altona ⁸1760

GB 6: Evangelisches Kirchengesangbuch für Schleswig-Holstein-Lauenburg, Hamburg, Lübeck, Eutin. 1954

GB 7: Hoch-Fürstlich Schleswig-Holsteinisches Gesangbuch. Kiel ²1738

GB 8: Neu-vermehrtes Hamburgisches Gesangbuch. Hamburg 1726

GB 9: Geistliche Singe-Kunst und... Gesang-Buch von Johann Olearius. Leipzig 1671

GB 10: Neu-aufgelegtes Gesang Buch im Bischofthum Lübeck. Eutin 1761

GB 11: Allgemeines Gesangbuch für die Herzogthümer Schleswig und Holstein, Herrschaft Pinneberg, Stadt Altona, Grafschaft Rantzau. Kiel 1793

– s. ferner Laubach, Löscher, Luther, C. C. Sturm, Wackernagel

Goeze, Johan Melchior, Auszüge aus seinen Sontags=, Fest= und verschiedene Wochen= Predigten des 1768 Jahres. Hamburg 1768

Hennings, August v., Materialien zur Statistik der Dänischen Staaten. Bd. 1, Flensburg und Leipzig 1784

Kirchenordnungen, die Evangelischen des XVI. Jahrhunderts, Hg. E. Sehling, Bd III Leipzig 1909, darin: Kirchen-Ordnung im churfurstenthum der Marcken zu Brandenburg... 1540; Bd. VI Tübingen 1955, darin: Kirchenordnung unser, von Gottes genaden Julii, herzogen zu Braunschweig und Lüneburg etc... Wulffenbüttel ¹1569

– Kirchenordnung Braunschweig-Lüneburg von 1569, 1615 revidiert. Hannover 1853

– Kirchenordnung, Niedersächsische im Fürstenthumb Niedersachsen. Lübeck 1635

Luther, Martin, Passional, Anhang zum Betbüchlein Z, 1929. Kritische Gesamtausgabe, WA Bd. 10 II, Weimar 1907, S. 458 ff.

– ders., Deutsche Messe. 1526. Kritische Gesamtausgabe, WA Bd. 19, Weimar 1897, S. 44–113

– ders., Großer Katechismus. 1529. Kritische Gesamtausgabe, WA Bd. 30 I, Weimar 1910, S. 123–238

– ders., Kleiner Katechismus. 1529. ebd. S. 239–474

– ders., Die Erste Predigt von den Engeln Auff den abend vor Michaelis Tag gethan. 28. Sept.1531. Kritische Gesamtausgabe, WA Bd. 34 II, Weimar 1908, S. 222–242

– ders., Die ander Predigt am Tage Michaelis frue vor Mittage gehalten, 29. Sept. 1531. ebd. S. 243–269

– ders., Die dritte Predigt Von den Engeln An S. Michaelis Tag nach Mittage gehalten. 29. Sept. 1531. ebd. S. 270–287

– ders., Katechismuslieder. Kritische Gesamtausgabe, WA Bd. 35, Weimar 1923, S. 281–285

– ders., Predigt am Michaelistage (im Hause) 29. Sept. 1533. Kritische Gesamtausgabe, WA Bd. 37, Weimar 1910, S. 151–153

– ders., Von der heiligen Taufe. Das ander teil. ebd. S. 644–672

– ders., Tauf-Predigt für Bernhard v. Anhalt in Dessau am 1. 4. 1540. Kritische Gesamtausgabe, WA Bd. 49, Weimar 1913, S. 111–160

Luthers Schriften, Geist aus. Concordanz der Ansichten und Urteile des... Reformators. Hg. F. W. Lomler et al. Bd. 1 Darmstadt 1828. S. 740 ff. Stichwort ›Engel‹

– ebd. Bd. 2 Darmstadt 1829. S. 87–88 Stichwort ›Geburt, geistige‹

– ebd. Bd. 4 Darmstadt 1831. S. 354–379 f. Stichwort ›Taufe‹

Magazin von Tauf-, Trau- und Grabreden. Magdeburg 1843

Quinsfeld, M. Johann, Evangelischer Hertzens Schatz. Leipzig 1768

Schmolck, Benjamin, Der mit rechtschaffenem Herzen zu seinem Jesu sich nahende Sünder..., nebst Morgen- und Abend-Andachten. Frankfurt und Leipzig 1789

– ders., Morgen- und Abendandachten, Frankfurt und Breslau 1796
Scriver, Christian, Kleiner Seelen-Schatz. Magdeburg und Leipzig [2]1729
– ders., Beth-Altar. Frankfurt und Breslau 1792
Sturm, Christoph Christian, Tägliche Unterhaltungen mit Gott. [3]1774
– ders., Morgen- und Abendandachten. Hamburg 1785
– ders., Lieder und Kirchengesänge. Hamburg 1780
Sturm, Leonhard Christoph, Vollständige Anweisung alle Arten von Kirchen wohl anzugeben… Augsburg
    1718
Tiede, Johann Friedrich, Unterhaltungen mit Gott. Halle [4]1780
Weihenmayer, Johann Heinrich, Heilsame Sterbens- und Todes-Betrachtungen… Ulm 1706. Darin: Leich-
    Predigt für Christoph Buntzen von 1698. S. 276

Literatur

Albers, F. H., Das Amt Reinfeld im Herzogtum Holstein. Oldesloe 1852
Albers, W., Der Bildhauer und Kunsttischler Döbel. In: Zeitschrift für Genealogie Familie und Volk,
    9 (1960) H. 4, S. 136–139
Alwast, Jendris, Die Orthodoxie in Schleswig-Holstein. In: Schleswig-Holsteinisches Kirchenlexikon Bd. 4,
    Neumünster 1984, S. 39–72
– ders., Die Aufklärungszeit. In: Schleswig-Holsteinisches Kirchenlexikon, Bd. 5, Neumünster 1989,
S. 13–47
Arndt, Johann, Das andere Buch vom wahren Christenthumb. Lüneburg 1653, S. 327, S. 430
Bangert, Friedrich, Geschichte der Stadt und des Kirchspiels Oldesloe. Oldesloe 1925
Barenscheer, Friedrich, Taufengel in Niedersachsen. Celle 1972
Barth, Karl, Die kirchliche Lehre von der Taufe. Zürich 1947
Baumgarten, Art. ›Frömmigkeit‹. In: RGG = Religion in Geschichte und Gegenwart. Bd. II. Tübingen [2]1928,
    Sp. 811 f.
Böcker, Otto, Art. ›Engel‹. In: TRE = Theologische Realenzyklopädie. Bd. IX Berlin 1982, S. 599
Bogs, Holger, Nachrichten zur Großenbroder Kirche. In: Chronik Großenbrode. Ms. 1989 im PA
    Großenbrode, in Druckvorbereitung
Brandt, Otto und Klüver, Wilhelm, Geschichte Schleswig-Holsteins. Kiel [6]1966
Braun, Josef, S. J., Art. ›Altarhaus VI‹. In: RDK – Reallexikon zur Deutschen Kunstgeschichte. Hg. Otto
    Schmitt. Bd. I. Stuttgart 1937, Sp. 498 f.
– ders., Handbuch der Paramentik. Freiburg 1912
Brodersen, H. E. A., Das Kirchspiel Hamberge. In: Kirchen- und Schulblatt für die Herzogtümer Schleswig,
    Holstein und Lauenburg, 6 (1849)
Burgheim, A., Der Kirchenbau des 18. Jahrhunderts im Nordelbischen. Hamburg 1915
Calwer Bibellexikon. Hg. Karl Gutbrod und Reinhold Kücklich. Stuttgart [5]1985
Cirsovius, L. J., Nachrichten über Pronstorf. Segeberg 1880
Claussen, H., Art. ›Kanzel‹. In: RGG = Religion in Geschichte und Gegenwart. Bd. III. Tübingen [3]1959,
    Sp. 1131
Cooper, J. C., An Illustrated Encyclopaedia of Traditional Symbols. London 1978
Cremer, Art. ›Engel‹. In: RE = Real-Encyklopädie für protestantische Theologie und Kirche. Bd. V. Hg.
    J. J. Herzog und G. L. Plitt. Leipzig [3]1898, S. 371
Cuveland, Ernst de, Geschichte der de Cuveland in Schleswig-Holstein. In: Deutsches Familienarchiv
    Bd. 79. Neustadt 1982, S. 139–261
Cuveland, Ernst und Helga de, Hölzerne Taufengel im Kreis Segeberg. In: Segeberger Zeitung Nr. 274
    (1971)
– dies., Die Taufengel in den Kirchen zu Wöhrden und Neuendorf. In: Dithmarschen H. 3 (1976),
    S. 131 f.
– dies., Taufengel im Kreise Segeberg. In: Heimatkundliches Jahrbuch für den Kreis Segeberg 1976,
    S. 68–73
– dies., Taufengel in den Kirchen des Kreises Schleswig-Flensburg. In: Jahrbuch Heimatverein für die
    Landschaft Angeln 1976, S. 10–14

- dies., Taufengel im Kreis Steinburg. In: Steinburger Jahrbuch 1977, S. 170–178
- dies., Taufengel im Kreise Plön. In: Jahrbuch für Heimatkunde im Kreis Plön-Holstein 1977, S. 126–133
- dies., Taufengel in Nordfriesland. In: Nordfriesisches Jahrbuch 13 (1977), S. 16–165
- dies., Taufengel in Schleswig-Holstein und Hamburg. Hamburg 1978
Cuveland, Helga de, Der Lübecker Bildhauer Diedrich Jürgen Boy und die Taufengel in Lübeck und Reinfeld. In: Nordelbingen 53 (1984), S. 77–84
- dies., Der Taufengel aus der Preetzer Stadtkirche. In: Jahrbuch für Heimatkunde im Kreis Plön 1985, S. 113–121
- dies., Der Taufengel, ein neues Taufgerät in der protestantischen Kirchenausstattung des 18. Jahrhunderts. Unter Berücksichtigung zweier wiederentdeckter Exemplare in Hamburger Museen. In: Beiträge zur Deutschen Volks- und Altertumskunde 24 (1985) S. 37–41
Daniélou, Jean, Die Sendung der Engel. Salzburg 1963
Danmarks Kirker, Sønderjylland, Bd. XX Haderslev Amt. København 1954
Deckers, Johannes G., Die Huldigung der Magier in der Kunst der Spätantike. In: Ausstellungskatalog Die Heiligen drei Könige. Köln 1983/84, S. 20–32.
Detzel, Heinrich, Christliche Ikonographie. Bd 1 und 2 Freiburg 1894 und 1896
Dinkler, Erich, Art. ›Versiegelung‹. In: RGG = Religion in Geschichte und Gegenwart. Bd. VI. Tübingen ³1962, Sp. 1366 f.
Dohrendorf, Bernd, Die Puppenbrücke. In: Vaterstädtische Blätter Lübeck 29 (1978), S. 38–43
Ende, Horst, Die Stadtkirchen in Mecklenburg. Berlin 1987
- ders., Kirchen in Schwerin und Umgebung. Berlin 1989
Erffa, Hans Martin von, Art. ›Empore‹. In: RDK = Reallexikon zur Deutschen Kunstgeschichte. Hg. Otto Schmitt. Bd. V. Stuttgart 1967, Sp. 302–311
Erichsen, Ernst, Das Bettel- und Armenwesen in Schleswig-Holstein. In: ZGSHG 79 (1955), S. 217–256
Feddersen, Friedrich, Beschreibung der Landschaft Eiderstedt. Altona 1853
Fendt, Leonhard, Der lutherische Gottesdienst des 16. Jahrhunderts. München 1923
Ferckel, Martin, Gepredigte Taufe. Diss. Zweibrücken 1968
Fischer, Johann Paulus, Ms. von 1784, S. 54 ff. Zitiert in: Die Bau- und Kunstdenkmäler von Bayern. Oberfranken Bd. I. München 1954, S. 278
Friedrichsen, Pastor in Jevenstedt, Fragmentarische Bemerkungen. In: Falcks Archiv für Geschichte. Jg. 1849, S. 357–366
Fritsch, K.E.O., Der Kirchenbau des Protestantismus. Hg. Vereinigung Berliner Architekten. Berlin 1893
Fritz, Sven, To englebårne sølvdåbsfade i Viborg Stift. In: Viborg Stifts Årbog. Særtryk 1976, S. 39–50
Furttenbach d. Ä., Joseph, Architectura civilis. Ulm 1628
- ders. und Furttenbach d. J., Allgemeine Deutsche Baukunst in 5 Teilen. Kirchengebäu. Augsburg 1649
Gerhardt, Joachim, Pommern. In: Die Kunst im deutschen Osten. München 1958
Gericke, Johann Peter, Die Herrlichkeit Gottes in den Geschöpfen. Altona 1747
Götze, Theodor, Die alte Hamwarder Kirche. In: Niedersächsische Mitteilungen der Allgemeinen Lauenburgischen Landeszeitung 9,1929
- ders., Lütau und seine Kirche. In: Niedersächsische Mitteilungen der Allgemeinen Lauenburgischen Landeszeitung 1,1929
Goldammer, Kurt, Kultsymbolik des Protestantismus. Stuttgart 1960
Grashoff, Ehler W., Raumprobleme des protestantischen Kirchenbaues im 17. und 18. Jahrhundert. Berlin 1938
Grundmann, Günther, Der evangelische Kirchenbau in Schlesien. Frankfurt 1970
- ders. und Wulf Schadendorf, Schlesien. In: Die Kunst im deutschen Osten. München 1962
Gudme, A. C., Die Bevölkerung der beiden Herzogthümer Schleswig und Holstein. Altona 1819
Habich, Johannes, Die künstlerische Gestaltung der Residenz Bückeburg durch Fürst Ernst (1601–1622). Bückeburg 1969
Hach, Theodor, Die kirchliche Kunstarchäologie des Kreises Herzogtum Lauenburg. In: ZGSHG 16 (1886), S. 118 f.
Haebler, Hans Carl von, Das Bild in der evangelischen Kirche. Berlin 1957
Haeger, H. K., Die Geschichte des Kirchdorfs Steinbek. 1934
Hager, W., Art. ›Kirchenbau im 16. bis 19 Jahrhundert‹. In: RGG = Religion in Geschichte und Gegenwart. Bd. III. Tübingen ³1959, Sp. 1386

Hahn, Wilhelm, Art. ›Taufe‹. In: Biblisch-Theologisches Handwörterbuch. Hg. Edo Osterloh und Hans Engelland. Göttingen 1954, S. 574 ff.

Hannemann, K., Die Kirche in Leezen. In: Heimatkundliches Jahrbuch für den Kreis Segeberg. Segeberg 1962, S. 95–101

Harloff, G. Chronik der Kirchen-Gemeinde Pronstorf. Ahrensbök 1899

Hartmann, Jorgen Birkedal, Antike Motive bei Thorvaldsen. Tübingen 1979

Haspecker, J., Art. ›Sphragis‹. In: LThK = Lexikon für Theologie und Kirche. Bd. IX. Hg. Josef Höfer und Karl Rahner. Freiburg ²1964, Sp. 963 f.

– ders., Art. ›Siegel‹, ebd., Sp. 740 f.

Hauck, A., Art. ›Kirchenbau‹. In: RE = Real-Encyklopädie für protestantische Theologie und Kirche. Bd. X. Hg. J. J. Herzog und G. L. Plitt. Leipzig ³1901, S. 793

Haupt, Richard, Einiges über die Arbeiter, Meister und Kräfte in der nordelbischen Kunst. Nordelbingen 1 (1923), S. 130–140

Hawel, Peter, Der spätbarocke Kirchenbau und seine theologische Bedeutung. Würzburg 1987

Hedemann-Heespen, Paul v., Landesherrschaft und Kunststätten in Schleswig-Holstein während der Neuzeit. Nordelbingen 1 (1923), S. 2–15

Hegemann, Hans W., Der Engel in der deutschen Kunst. München 1943

Heinz-Mohr, Gerd, Lexikon der Symbole. Köln 1971

Heiser, Lothar, Die Engel im Glauben der Orthodoxie. Trier 1976

Herbst, Wolfgang, Quellen zur Geschichte des evangelischen Gottesdienstes. Göttingen 1968

Heussi, Karl, Art. ›Aufklärung‹. In: Kompendium der Kirchengeschichte. Tübingen ¹³1971, S. 359 f., S. 403 ff. und ¹⁵1979, S. 382–426

Hoffmann, Friedrich, Der Weg in die »bessere Zukunft« und A. C. H. Neumann… In: Nordelbingen 19 (1950), S. 63–79

– ders., Schleswig-Holsteins Volksaufbau zu Anfang des 19. Jahrhunderts. In: ZGSHG Bd. 78 (1954), S. 293–299

Horn, C., Art. ›Kirchliche Baukunst. B. Evangelischer Kirchenbau‹. In: Wasmuths Lexikon der Baukunst. Bd. 3. Berlin 1932, S. 360 ff.

Hotz, Joachim und Isolde Maierhöfer, Frankens Kunst und Geschichte. I Oberfranken. Lichtenfels 1970

Hüber, Eberhard, Evangelische Theologie in unserer Zeit. Bremen 1966

Hülfsbuch beim Gebrauch der Kirchen-Agende in den Königlich= Preußischen Landen. Potsdam 1826

Jaeger, Carl Friedrich, Die Taufen in den evangelisch-lutherischen Kirchen des Kreises Segeberg. In: Heimatkundliches Jahrbuch für den Kreis Segeberg 1962, S. 106–123

Jakubowski-Thiessen, Manfred und Hartmut Lehmann, Der Pietismus. In: Schleswig-Holsteinische Kirchengeschichte Bd. 4, Neumünster 1984, S. 269–324

Jannasch, W., Art. ›Altar‹. In: RGG = Religion in Geschichte und Gegenwart. Bd. I. Tübingen ³1957. Sp. 263 f.

– ders., Art. ›Kanzel‹. ebd. Bd. III. Tübingen ³1959, Sp. 1131 f.

Jean Paul (Richter), Leben des Quintus Fixlein (1796). In: Sämtliche Werke, 1. Abt. Bd. 5., S. 168. Hg. Eduard Berend. Weimar 1930

– ders., Flegeljahre (1795–1805). ebd. Bd. 10., S. 279. Weimar 1934

Jensen, Hans Nicolai Andreas, Angeln. Flensburg 1844

Jensen, Wilhelm, Das Kirchspiel Bergstedt. Hamburg 1952

Jessen, Alfred, Die Geschichte des Kirchspiels und Amtes Trittau. 1914

Johnsen, Wilhelm, Meister Jürgen Heitmann der Ältere in Wilster. Wilster 1938

– ders., Wewelsfleth als Vorort der Wilstermarschkunst im 18. Jahrhundert. In: Die Heimat 1937, S. 182–184

Jordahn, Bruno, Der Taufgottesdienst im Mittelalter bis zur Gegenwart. In: Leiturgia, Handbuch des evangelischen Gottesdienstes. Bd. V Kassel 1970, S. 498–533

Juhl, Detlef, Horst einst und jetzt. 1933

Jungbauer, G., Art. ›Band‹. In: Handwörterbuch des deutschen Aberglaubens. Hg. Hanns Bächtold-Stäubli. Bd. 1. Berlin 1987, Sp. 863–873

Jursch, Hanna, Ich sah den Engel mir erscheinen… Berlin o. J.

Kamphausen, Alfred, Die Kirchen in Schleswig-Holstein. Schleswig 1955

Kantzenbac h, Friedrich Wilhelm, Protestantisches Christentum im Zeitalter der Aufklärung. Gütersloh 1965

KDM – Kunstdenkmale des Landes Anhalt. Hg. Hermann Giesau. Bd. 2, 1. Tl. Landkr. Dessau-Köthen. Burg 1943

KDM – Bau- und Kunstdenkmäler von Bayern. Hg. Josef M. Ritz. Reg.bez. Oberfranken, Bd. 1. München 1954

KDM – Handbuch der Deutschen Kunstdenkmäler. Hg. Georg Dehio. Bayern I: Franken. München 1979

KDM – Kunstdenkmäler der Provinz Brandenburg
- Ostprignitz. Bearb. von Paul Eichholz, Friedrich Solger und Willy Spatz. Berlin 1907
- Kr. Lebus. Bearb. von Wilhelm Jung, Friedrich Solger und Willy Spatz. Berlin 1909
- Kr. Westhavelland. Bearb. von Paul Eichholz und Willy Spatz. Berlin 1913
- Kr. Weststernberg. Bearb. von Wilhelm Jung und Willy Spatz. Berlin 1913
- Kr. Ruppin. Bearb. von Paul Eichholz und Willy Spatz. Berlin 1914
- Kr. Luckau. Bearb. von Wilhelm Jung und Willy Spatz. Berlin 1917
- Kr. Grossen. Bearb. von Wilhelm Jung, Willy Spatz, Friedrich Solger und Melle Klinkenberg. Berlin 1921
- Kr. Königsberg (Neumark). Bearb. von Friedrich Solger, Willy Hoppe und Georg Voß. Berlin 1928
- Kr. Angermünde. Bearb. von Friedrich Solger, Otto Korn und Paul Eichholz. Berlin 1934
- Kr. Templin. Bearb. von Heinrich Jerkel und Paul Eichholz. Berlin 1937
- Stadt und Landkr. Cottbus. Bearb. von Kurt Reißmann. Berlin 1938
- Kr. Niederbarnim. Bearb. von Heinrich Jerkel und Joachim Seeger. Berlin 1939
- Kr. Sorau. Bearb. von Hans Erich Kubach und Joachim Seeger. Berlin 1939
- Kr. Oststernberg. Bearb. von Hans Erich Kubach. Stuttgart 1960

KDM – Deutsche Kunstdenkmäler. Hg. Reinhardt Hootz. Mark Brandenburg-Berlin. München 1971

KDM – Bau- und Kunstdenkmäler des Landkr. Breslau. Von Kurt Degen. Frankfurt 1965

KDM – Kunstdenkmäler des Regierungsbezirks Cassel. Neue Folge. Hg. Friedrich Bleibaum. Kr. des Eisenberges. Kassel 1939.

KDM – Bau- und Kunstdenkmale in der DDR
- Bd. 1 Bezirk Potsdam. Bearb. von Horst Drescher, Joachim Fait, Ingrid Kompa, Helmut Spielmann. Berlin 1978
- Bd. 2 Bezirk Frankfurt/Oder. Bearb. von Heinrich Trost, Beate Becker, Horst Büttner, Ilse Schröder, Christa Stephansky. Berlin 1980
- Bd. 3 Bezirk Neubrandenburg. Bearb. von Horst Ende, Gerd Baier, Brigitte Oltmanns, Wolfgang Rechlin. Berlin 1982
- Ein weiterer Nachweis fand sich in: Theologische Realenzyklopädie Bd. XVII, Berlin 1988 Abb. 7 Tf. 4

KDM – Bau- und Kunstdenkmäler der Freien und Hansestadt Hamburg. Hg. Günther Grundmann. Bd. 1 Hamburg 1953, Bd. 2 Hamburg 1959

KDM – Kunstdenkmäler der Provinz Hannover
- Regierungsbezirk Hildesheim. Bearb. von Heinrich Siebern und D. Kayser. Hannover 1910
- Kr. Alfeld. Bearb. von Oskar Kiecker und Paul Graff. Hannover 1929
- Kr. Alfeld II. Bearb. von Heiner Jürgens, Hans Lütgens, Joachim Freiherr von Welck, Arnold Nöldeke. Hannover 1939
- Landkr. Goslar. Bearb. von Oskar Kiecker und Carl Borchers. Hannover 1937
- Kr. Peine. Bearb. von Heiner Jürgens, Hans Lütgens, Joachim Freiherr von Welck. Hannover 1938
- Landkr. Hildesheim. Bearb. von Heiner Jürgens, Hans Lütgens, Joachim Freiherr von Welck, Arnold Nöldeke. Hannover 1938
- Kr. Gifhorn. Bearb. von Oskar Kiecker und Hans Lütgens. Hannover 1931

KDM – Handbuch der Deutschen Kunstdenkmäler. Hg. Georg Dehio. Hessen. München 1982

KDM – Bau- und Kunstdenkmäler der Freien und Hansestadt Lübeck. Bd. II Lübeck 1906. Bearb. von F. Hirsch, G. Schaumann und F. Bruns. Bd. III Tl. 1 Lübeck 1919, Bd. III Tl. 2 Lübeck 1921. Bearb. von J. Baltzer und F. Bruns.

KDM – Kunst- und Geschichtsdenkmäler des Großherzogthums Mecklenburg-Schwerin. Bearb. von Friedrich Schlie. Bd. 1–5 Schwerin, ²1898–²1902

KDM – Kunst- und Geschichtsdenkmäler des Freistaats Mecklenburg-Strelitz. Bearb. von Georg Krüger Bd. 1, 2. und 3. Abt. Land Stargard, Neubrandenburg 1925 und 1929

KDM – Deutsche Lande – Deutsche Kunst. Hg. Burkhard Meier.
- Mecklenburg. Von Werner Burmeister. Berlin 1926
- Vgl. auch Ende, Horst, Stadtkirchen in Mecklenburg

KDM – Kunstdenkmale des Landes Niedersachsen. Hg. Oskar Karpa.

- Land Hadeln und Stadt Cuxhaven. Hannover 1956
- Landkr. Stade. Hannover 1965
- Landkr. Hameln-Pyrmont. Bearb. von Joachim Bühring. Hannover 1975
- Kr. Neustadt am Rübenberge. Hs. Oskar Karpa. Hannover 1958
- Landkr. Celle. Bearb. von Joachim Bühring und Konrad Maier. Hannover 1970
- Vgl. auch Friedrich Barenscheer, Taufengel in Niedersachsen. Celle 1972

KDM – Bau- und Kunstdenkmäler der Provinz Ostpreußen. Bearb. von Adolf Boetticher. H. 3 Das Oberland. Königsberg ²1898. H. 4 Masuren. Königsberg 1896. H. 8 Nachträge. Königsberg 1898

KDM – Handbuch der Deutschen Kunstdenkmäler von Georg Dehio und Ernst Gall. Deutschordensland Preußen. München, Berlin 1952
- Vgl. auch Ulbrich, Anton, Kunstgeschichte Ostpreußens. Königsberg 1932

KDM – Kunst- und Kulturdenkmäler der Provinz Pommern
- Kr. Kammin Land. Bearb. von Gerhard Bronisch und Walter Ohle. Stettin 1939
- Vgl. auch Schulz, Heinrich, Pommern östlich der Oder. Herford 1963

KDM – Deutsche Kunstdenkmale im Bezirk Rostock. Bearb. von Gerd Baier, Horst Ende, Renate Krüger. Leipzig 1973
- Kr. Greifswald und Rügen

KDM – Kunstdenkmale der Provinz Sachsen.
- Kr. Stendal Land. Hg. Hermann Giesau. Burg 1933
- Kr. Osterburg. Hg. Hermann Giesau. Burg 1938

KDM – Bau- und Kunstdenkmäler der Provinz Sachsen.
- Kr. Wolmirstedt. Bearb. von Heinrich Bergner. Halle 1911
- Kr. Querfurt. Bearb. von Heinrich Bergner. Halle 1909
- Kr. Naumburg Land. Bearb. von Heinrich Bergner. Halle 1905
- Kr. Ziegenbrück und Schleuningen. Bearb. von Heinrich Bergner. Halle 1901
- Kr. Delitzsch. Bearb. von Gustav Schönermark. Halle 1892

KDM – Bau- und Kunstdenkmäler des Königreichs Sachsen.
- AHscht Döbeln. Hg. Cornelius Gurlitt. Dresden 1903
- AHscht Dresden-Neustadt. Hg. Cornelius Gurlitt. Dresden 1904
- AHscht Oschatz. Hg. Cornelius Gurlitt. Dresden 1905
- AHscht Löbau. Hg. Cornelius Gurlitt. Dresden 1901
- AHscht Kamenz Land. Hg. Cornelius Gurlitt. Dresden 1912
- AHscht Großenhain Land. Hg. Cornelius Gurlitt. Dresden 1913
- AHscht Meißen Land. Hg. Cornelius Gurlitt. Dresden 1923
- Vgl. auch Rietschel/Langhof, Dorfkirchen

KDM – Bau- und Kunstdenkmäler der Provinz Schleswig-Holstein. Bearb. von Richard Haupt. Bd. 1–3 Kiel 1887–1889. Bd. 5 Heide 1924. Bd. 6 Heide 1925. Bau- und Kunstdenkmäler im Kreise Herzogtum Lauenburg. (Bd. 4) Bearb. von Richard Haupt und Friedrich Weysser. Ratzeburg 1890

KDM – Kunstdenkmäler des Landes Schleswig-Holstein.
- Kr. Eckernförde. Hg. von Peter Hirschfeld. Berlin 1950
- Kr. Eiderstedt. Hg. Ernst Sauermann. Berlin 1939
- Landkr. Flensburg. Hg. Peter Hirschfeld. Berlin 1952
- Kr. Husum. Hg. Ernst Sauermann. Berlin 1939
- Kr. Pinneberg. Neubearbeitung. Hg. Peter Hirschfeld. Berlin 1961
- Landkr. Schleswig. Hg. Peter Hirschfeld. Berlin 1957
- Stadt Schleswig. Hg. Hartwig Beseler. Berlin 1985
- Kr. Südtondern. Hg. Ernst Sauermann. Berlin 1939

KDM – Deutsche Kunstdenkmäler. Hg. Reinhardt Hootz. Hamburg-Schleswig-Holstein. München 1961

KDM – Kunsttopographie von Schleswig-Holstein. Hg. Hartwig Beseler. Kiel 1974

KDM – Bau- und Kunstdenkmäler Thüringens
- Herzogtum Sachsen-Meiningen. H. VII Jena 1890. Bd. III Jena 1899 bearb. von P. Lehfeldt. Bd. II H. XXIX und XXX Jena 1903. H. XXXI Jena 1904 bearb. v. P. Lehfeldt und G. Voss
- Fürstentum Schwarzburg-Rudolstadt. Bearb. v. P. Lehfeldt. Bd. I H. XIX und XX Jena 1894. Bd. II H. V Jena 1889
- Fürstentum Reuss Ältere Linie. Bearb. v. P. Lehfeldt. H. IX Jena 1891
- Fürstentum Reuss Jüngere Linie. Bearb. v. P. Lehfeldt. Bd. I Jena 1896

- Großherzogtum Sachsen-Weimar-Eisenach. Bd. I H. XVII und XVIII Jena 1893. Bd. II Jena 1892. Bd. III Jena 1897 bearb. v. P. Lehfeldt. Bd. IV H. XXXVII Jena 1911, Heft XXXVIII Jena 1913, H. XXXIX und XL Jena 1915 bearb. v. P. Lehfeldt und G. Voss
- Herzogtum Sachsen-Altenburg. Bearb. v. P. Lehfeldt. Bd. I Jena 1895. Bd. II Jena 1888
- Sachsen-Coburg und Gotha Bearb. v. P. Lehfeldt. Bd. I Jena 1891. Bd. II Jena 1898

Kettler, F. H., E. Sommerlath und J. Beckmann, Art. ›Taufe‹. In: RGG = Religion in Geschichte und Gegenwart. Bd. VI. Tübingen ³1962, Sp. 643 ff.

Kirchen der Herzogtümer, Die. In: Jahrbücher für die Landeskunde der Herzogthümer Schleswig Holstein und Lauenburg. Bd. IV 1861; Bd. V 1862

Klauser, Th., Art. ›Altar‹. In: LThK = Lexikon für Theologie und Kirche. Bd. I. Hg. J. Höfer und K. Rahner. Freiburg ²1957

Kobold, Karl, Die Stadtkirche in Preetz. 1960

Kommer, Björn R., Der Figurenschmuck der Puppenbrücke. In: Vaterstädtische Blätter Lübeck 29 (1978), S. 72–73

Krause, Hans-Joachim, »Imago ascensionis« und »Himmelloch«. Zum »Bild«-Gebrauch in der spätmittelalterlichen Liturgie. In: Skulptur des Mittelalters. Funktion und Gestalt. Hg. Friedrich Möbius und Ernst Schubert. Weimar 1987, S. 280–353

Kübel, Robert, Art. ›Engel‹. In: RE = Real-Encyklopädie für protestantische Theologie und Kirche. Bd. IV. Hg. J. J. Herzog und G.L. Plitt. Leipzig 1879, S. 220 ff.

Kühn, Heinz, Das Reich des lebendigen Lichts. Die Engel in Lehre und Leben der Christenheit. Berlin 1947

Kühn, Ulrich, Sakramente. In: Handbuch für Systematische Theologie. Hg. Carl Heinz Ratschow. Bd. 11 Gütersloh 1985. Stichwort ›Taufe‹ S. 25–45

Künstle, Karl, Ikonographie der christlichen Kunst. Bd. 1. Freiburg 1928

Kunstgeschichte. Eine Einführung. Hgg.: Hans Belting, Heinrich Dilly, Wolfgang Kemp, Willibald Sauerländer, Martin Warnke. Berlin 1985

Kunze, Gerhard, Lehre – Gottesdienst – Kirchenbau in ihren gegenseitigen Beziehungen. Bd. II bearb. von Alfred Weckwerth. Göttingen 1960

Labuda, Adam S., Die Auferstehung Christi im Krakauer Marienaltar. Zum Problem von Körper und Bewegung. In: Artibus et Historiae, Nr. 18, S. 17–39, Wien 1988

Laubach, Hans-Jürgen, Das deutsche protestantische Tauflied von der Reformation bis zur Gegenwart. Diss. Bamberg 1971

LCI = Lexikon für christliche Ikonographie. Hg. Engelbert Kirschbaum. Bd. 1–4. Freiburg 1968–1972

LdK = Lexikon der Kunst. Bd. I–V. Leipzig ²1981

Lengeling, Emil, Wort und Bild als Elemente der Liturgie. In: Bild-Wort-Symbol in der Theologie. Hg. Wilhelm Heinen. Würzburg 1968

Lengsfeld, Peter, Symbol und Wirklichkeit. In: Bild-Wort-Symbol in der Theologie. Hg. Wilhelm Heinen. Würzburg 1968

Léon-Dufour, Xavier, Wörterbuch zum Neuen Testament. München 1977

Lesage, Robert, Liturgische Gewänder und Geräte. Aschaffenburg 1959

Lieske, Reinhard, Protestantische Frömmigkeit im Spiegel der kirchlichen Kunst des Herzogtums Württemberg. München 1973

Linsen, H., Statistisches Handbuch für das Herzogtum Lauenburg. Ratzeburg 1872

Löhe, Wilhelm, Vom Schmuck der heiligen Orte. Kassel 1949

Löscher, Valentin Ernst, Geistliche Lieder. Hg. F. Blanckmeister. Dresden 1909

Lübeckische Blätter, 1867: Einweihung der Kirche in Behlendorf 1866. o. Verf.

Lurker, Manfred, Wörterbuch der biblischen Bilder und Symbole. München ³1987

Mai, H., Der evangelische Kanzelaltar. Geschichte und Bedeutung. Halle 1969

Mann, Ulrich, Das Wunderbare – Segen und Engel. In: Handbuch für Systematische Theologie. Hg. Carl Heinz Ratschow. Bd. 17 Gütersloh 1979, S. 47–55, S. 93–96

Marx, Wolf, Die Saalkirche der deutschen Brüdergemeine im 18. Jahrhundert. Leipzig 1931

Mendelsohn, Henriette, Die Engel in der bildenden Kunst. Berlin 1907

Mertens, H. A., Kleines Handbuch der Bibelkunde. 1969

Messerer, Wilhelm, Kinder ohne Alter. Regensburg 1962

Meyer, Bernhard, Reiseskizzen. Frankfurt am Main 1831

Michler, J. M., Kirchliche Statistik der evangelisch-lutherischen Kirche der Provinz Schleswig-Holstein. Bd. 1 1886; Bd. 2 1887. Kiel

Möller, R., Eine Kaltenkirchener Skandalgeschichte. In: Heimatkundliches Jahrbuch für den Kreis Segeberg 1962, S. 87

Nelle, Wilhelm, Geschichte des deutschen evangelischen Kirchenliedes. Hamburg 1904

Neuhäusler, E. und P. Engelhardt, Art. ›Hoffnung‹. In: LThK = Lexikon für Theologie und Kirche. Bd. V. Hg. Josef Höfer und Karl Rahner. Freiburg ²1960, Sp. 416–424

Neumeister, Erdmann, Kurtzer Beweis, daß das itzige Vereinigungswesen… dem… Catechismo… zuwiderlauffe. Hamburg 1721, S. 22 ff.

Oldekop, Henning, Topographie des Herzogtums Holstein. Bd. 1 und 2, Kiel 1908

Osterloh, Edo, Art. ›Engel‹. In: Biblisch-Theologisches Handwörterbuch. Hg. Edo Osterloh und Hans Engelland. Göttingen 1954, S. 106 f.

Otte, Heinrich, Handbuch der kirchlichen Kunstarchäologie. 5. Aufl., Leipzig Bd. 1 1883; Bd. 2 1885

Peters, Jan, Der Platz in der Kirche. In: Jahrbuch für Volkskunde und Kulturgeschichte. Akademie der Wissenschaften der DDR. Berlin 1985, S. 77–100

Peterson, Erik, Das Buch von den Engeln. Leipzig 1935

Pfeiffer, August, Christen Schule. Lauenburg 1704

Pfister, F., Art. ›Amulett‹. In: Handwörterbuch des deutschen Aberglaubens. Hg. Hanns Bächtold-Stäubli. Bd. 1. Berlin 1987. Sp. 374–384

Philipp, Wolfgang, Hg., Das Zeitalter der Aufklärung. In: Klassiker des Protestantismus. Bd. VII 1963, S. 80 f.

– ders., Das Werden der Aufklärung in theologiegeschichtlicher Sicht. Göttingen 1957

– ders. Art. ›Physikotheologie‹. In: Evangelisches Kirchenlexikon. Hg. Heinz Brunotte und Otto Weber. Bd. 3, Göttingen 1959, Sp. 214 f.

Pöhls, Bothkamp, Eine Heimatkunde. 1977

Poscharsky, Peter, Die Kanzel. Gütersloh 1963

Rahtgens, Hugo, Die Kirche des ehemaligen Karthäuserklosters zu Ahrensböck. In: Nordelbingen 3 (1924), S. 97–132

Rantzau, A. L. Gräfin zu, Chronik von Pronstorf. Lübeck 1902

Reclams Bibellexikon. Stuttgart ⁴1987

Reudenbach, Bruno, Das Taufbecken des Reiner von Huy in Lüttich. Wiesbaden 1984

Rieper, Pastor, Chronik des Dorfes Großenbrode bis zum Jahre 1800 n. Chr. o. J., vermutlich 1910

Rietschel, Christian und Bernd Langhof, Dorfkirchen in Sachsen. Berlin o. J.

Rietschel, G., Lehrbuch der Liturgik. Berlin Bd. 1 1900; Bd. 2 1909

Ripa, Cesare, Iconologia. Hildesheim und New York 1970, nach der Ausgabe von 1603

Röbbelen, Ingeborg, Theologie und Frömmigkeit im deutschen evangelisch-lutherischen Gesangbuch des 17. und 18. Jahrhunderts. Göttingen 1957

Rumohr, Henning v., Dome, Kirchen und Klöster in Schleswig-Holstein und Hamburg. Frankfurt am Main 1962

– ders., Schlösser und Herrensitze in Schleswig-Holstein und Hamburg. Frankfurt am Main 1963

Runge, Wolfgang, Kirchen im Oldenburger Land. Bd. III. Oldenburg 1988

Sachs, Hannelore, Ernst Badstübner und Helga Neumann, Wörterbuch zur christlichen Kunst. Leipzig 1973

Sauer, Joseph, Symbolik des Kirchengebäudes und seiner Ausstattung. Freiburg 1902

- ders., Art. ›Taufe Christi, Ikonographie‹. In: LThK = Lexikon für Theologie und Kirche. Hg. M. Buchberger. Bd. IX. Freiburg ²1937, Sp. 1019 f.

Schadendorff, H., Die Woldenhorner Kirche (Schloßkirche) in Ahrensburg. Heide 1966

Scheel, Otto, Pietismus, Christiansfeld und Dalbyhof. In: Schriften des Vereins für schleswig-holsteinische Kirchengeschichte. 2. Reihe, 11. Bd., 2. Heft, Preetz 1952 und 2. Reihe, 12. Bd. Preetz 1954

Schelter, Alfred, Der protestantische Kirchenbau des 18. Jahrhunderts in Franken. Kulmbach 1981

Schiller, Gertrud, Die Boten Gottes. Kassel 1951

– dies., Ikonographie der christlichen Kunst. Bd. 4,1 Gütersloh 1976

Schipperges, Heinrich, Die Welt der Engel bei Hildegard von Bingen. Salzburg 1963

Schmitt, Otto, Art. ›Altarbekleidung‹. In: RDK = Reallexikon zur Deutschen Kunstgeschichte Bd. I, Hg. Otto Schmitt. Stuttgart 1937, S. 471

Schnackenburg, Rudolf, Das Heilsgeschehen bei der Taufe nach dem Apostel Paulus. München 1950

Schreyer, Alf, Das Kirchspiel Steinbek in der Zeit von 1626 bis 1639. In: Jahrbuch für den Kreis Stormarn 1983, S. 56 ff.

‒ ders., Kirche in Stormarn. Hamburg 1981

Schröder, Albert, Der Lübecker Bildhauer Dietrich Jürgen Boy. In: Mitteilungen des Vereins für Lübeckische Geschichte und Altertumskunde. 15 (1931), S. 87‒98

Schütt, Pastor, Die Taufe in der Kirche zu Pronstorf. In: Heimatkundliches Jahrbuch für den Kreis Segeberg 1962, S. 111

Schultze, Victor, Art. ›Kanzel‹. In: RE = Real-Encyklopädie für protestantische Theologie und Kirche. Bd. X. Hg. J. J. Herzog und G. L. Plitt. Leipzig ³1901, S. 26 f.

Schulz, Heinrich, Pommersche Dorfkirchen östlich der Oder. Herford 1963

Schwartz, Carola, Kirchenbauten unter König Friedrich I. und Friedrich Wilhelm I. in der Mark Brandenburg. Dresden 1940

Schwarz, Wilhelm, Eppendorfs Vergangenheit. Hamburg 1925

Sedlmayr, Hans, Die Entstehung der Kathedrale. Zürich 1950

Seefeldt, Fritz, Aus der Geschichte der Lütjenburger Kirche. 1956

‒ ders., Lütjenburgs Kirchenchronik. 1956

Seeler, Siegfried, Lütau. Ratzeburg, 1969

Sparmann, Friedrich, Die alte Kirche zu Bergstedt. Rahlstedt 1931

Sperl, Wilhelm, Der protestantische Kirchenbau des XVIII. Jahrhunderts im Fürstentum Brandenburg-Onolzbach. Nürnberg 1951

St. Johannis Eppendorf 1267‒1967, 700 Jahre. Hamburg 1967

Stebbins, Sara, Maxima in minimis. Frankfurt 1980

Steinbeker Kirchspielschronik von 1626 bis 1720. Übertragen und herausgegeben von Heinrich Harders. 1954

Stirm, Margarete, Die Bilderfrage in der Reformation. Quellen und Forschungen zur Reformationsgeschichte Bd. XLV. Gütersloh 1977

Stolt, Bengt, De svävande dopänglarna. In: Iconographisk post. Nordic Review of Iconography. 2 (1989), S. 27‒40. Hier auch weitere Literatur über skandinavische Taufengel

Strasser, Ernst, Das Wesen der lutherischen Kirchenkunst. Festschrift für Ihmels. Leipzig 1928

‒ ders., Schleswig-Holstein ‒ Schöne Kirchen. Hannover 1964

Tavard, Georges, Art. ›Engel‹. In: TRE = Theologische Realenzyklopädie. Bd. IX Berlin 1982, S. 606 ff.

Teuchert, Wolfgang, Taufen in Schleswig-Holstein. Heide 1986

Thieme, Ulrich und Felix Becker, Allgemeines Lexikon der bildenden Künstler. Bd. 1‒37. Leipzig 1907‒1950

Thietje, Gisela, Der Bildhauer Theodorus Schlichting. In: Nordelbingen 55 (1986), S. 79‒122

‒ dies., Der Bildhauer Johann Georg Moser (1713‒1780). In: Nordelbingen 57 (1988), S. 23‒72

‒ dies., Die Peter-Pauls-Kirche in Hohenwestedt. In: Jahrbuch des Kreises Rendsburg 1989, S. 149‒167

Uffenbach, Zacharias Conrad von, Merkwürdige Reise durch Niedersachsen, Holland und Engelland. Erster Theil Ulm und Memmingen 1753. Zweiter Theil Frankfurt und Leipzig 1753

Ulbrich, Anton, Kunstgeschichte Ostpreußens. Königsberg 1932

Völkel, D., Warum Pastor P. A. Dreyer… nicht Pastor in Kirchbarkau werden konnte … Preetz 1954

Wackernagel, Philipp, Das deutsche Kirchenlied von der ältesten Zeit bis zu Anfang des XVII. Jahrhunderts. Leipzig. Bd. 3 1870, Bd. 4 1874, Bd. 5 1877

Wackernagel, Martin, Die Baukunst des 17. und 18. Jahrhunderts. Bd. II Berlin 1915

Wallroth, E., Beiträge zur Geschichte Ahrensböks. In: Ahrensböker Nachrichten 1882‒84

Wanckel, Alfred, Der deutsche evangelische Kirchenbau zu Beginn des 20. Jahrhunderts. Wittenberg 1914

Warnke, Martin, Cranachs Luther. Frankfurt 1984

Weder, Hans, Art. ›Hoffnung‹. In: TRE = Theologische Realenzyklopädie. Bd. XV. Hg. Gerhard Müller. Berlin 1986, S. 480‒491

Weihenmeyer, Johann Heinrich, Leich-Predigt … Christoph Buntzen vom 15.11.1698 über das Wort »Geist«. Angebunden an: Heilsame Sterbens- und Todes-Betrachtungen. Ulm 1706

Wessel, Klaus, Symbolik des protestantischen Kirchengebäudes. In: Goldammer, Kurt, Kultsymbolik des Protestantismus. Stuttgart 1960

Westermann, C., Art. ›Engel‹. In: Evangelisches Kirchenlexikon. Hg. Heinz Brunotte und Otto Weber. Bd. 1, Göttingen 1956, Sp. 1071 ff.

Westphalen, E. J. de, Monumenta inedita. 1743

Wex, Reinhold, Ordnung und Unfriede, Raumprobleme des protestantischen Kirchenbaus im 17. und 18. Jh. in Deutschland. Marburg 1984

Weyres, Willy und Bartning, Otto, Hg., Kirchen-Handbuch für den Kirchenbau. München 1959
Wiegmann, Chr. L., Kurzgefaßte Geschichte der christlichen Religion und des Kirchenwesens in den dänischen Staaten, besonders in den Herzogthümern Schleswig und Holstein. Kiel und Flensburg 1840
Wiesenhütter, Alfred, Wort Gottes und bildende Kunst. Dresden 1931
– ders., Protestantischer Kirchenbau des deutschen Ostens in Geschichte und Gegenwart. Leipzig 1936
– ders., Der evangelische Kirchenbau Schlesiens. Düsseldorf ²1954
Wilk, Sarah Blake, Donatellos Dovizia as an Image of Florentine Political Propaganda. In: Artibus et Historiae, Nr. 14, S. 9–28, Wien 1986
Wilkens, Ulrich, Zur Orgel- und Kirchengeschichte in Jevenstedt. Jevenstedt 1987
Wirth, Karl-August, Art. ›Engel‹. In: RDK – Reallexikon zur Deutschen Kunstgeschichte. Hg. Otto Schmitt. Bd. V. Stuttgart 1967, Sp. 342–555
Wolsdorff, Christian, 200 Jahre Kirche am Markt zu Niendorf. Hamburg 1970
Wolters, J., Aus Reinfelds Vergangenheit. Eckernförde 1920
– ders., Die Pfarrkirche des Reinfelder Klostergebietes. In: Schriften des Vereins für schleswig-holsteinische Kirchengeschichte. II. Reihe, II. Bd. 3 H., 1903. S. 341
Wünsch, Carl, Ostpreußen. In: Kunst im Deutschen Osten. München 1960
Zeller, L., Art. ›Hoffnung‹. In: Lexikon für Theologie und Kirche. Hg. M. Buchberger. Bd. V. Freiburg 1933, Sp. 94 f.

Abkürzungen

Abt.	Abteilung
ADB	Allgemeine Deutsche Biographie
AHL	Archiv der Hansestadt Lübeck
AHscht	Amtshauptmannschaft
Art.	Artikel
bearb.	bearbeitet
GB	Gesangbuch
H.	Hälfte
HDA	Handwörterbuch des deutschen Aberglaubens
Hg.	Herausgeber
Jb./Jbb.	Jahrbuch/Jahrbücher
Kat.	Katalog der nordelbischen Taufengel
KDM	Bau- und Kunstdenkmäler-Verzeichnis
KDMSH	Kunstdenkmäler Schleswig-Holsteins
KKA	Kirchenkreisarchiv
KR	Kirchenrechnungsbuch
Kr.	Kreis
KrA	Kreisarchiv
LAS	Landesarchiv Schleswig-Holstein, Schleswig
Ms.	Manuskript
NE	Zeitschrift Nordelbingen
P.	Pastor
PA	Pastoratsarchiv
pers. Mtlg.	persönliche Mitteilung
SH	Schleswig-Holstein
StA Hamb	Staatsarchiv der Freien und Hansestadt Hamburg
TE	Taufengel
TR	Taufregister
V.	Viertel
Vis.	Visitationsbericht oder -protokoll
WA	Weimarer Archiv
ZGSHG	Zeitschrift der Gesellschaft für schleswig-holsteinische Geschichte

Bildnachweis

Ortsregister

(Abbildungsnummern kursiv)

Namen- und Sachregister